U0130841

大明命脈的危局（上）

鄭森

朱和之 著

序

二〇〇四年，我到日本九州平戶島上的千里濱海灘，去看一塊石頭。這塊石頭黑黝黝地，略作錐狀，無甚奇特之處。將近四百年前，一位姓田川的少婦，在一個細雨紛飛的日子獨自來此，忽然陣痛分娩，生下了一名男嬰。少婦為孩子命名福松，取其諧音等待幸福之意。

這孩子日後有個響噹噹的名號：國姓爺。

國姓爺誰不認識？從小，我們就聽說過他的各種傳說。他在台灣初嚐了一種好吃的魚，直問「啥麼魚？」從此這魚就被稱為「虱目魚」；他率軍到北台灣，遭遇劍潭魚精和鶯歌妖石，都一傢伙就給鎮殺了……我們的身邊，充滿了跟他有關的名號：國姓埔、延平路、成功大學。

曾經，他是矢志反攻大陸的民族英雄典範。等到標舉復國的年代過去，又聽說，大陸在鼓浪嶼立了他的像，讚揚他收復台灣。有人說他的功業是將台灣收入版圖，也有人說他在台灣建國立都，連日本人都說他是日本血裔海外雄飛的代表。在每個不同的時代，哪怕立場極端對立的不同官府，都要拿他來拉攏台灣民心。

這麼一來，不可避免地使他過於神格化，失去了作為人的面貌，且看清朝的漢臣沈葆楨連「創格完人」這樣到頂的話都搬出來了。可是他實際上脾氣壞得很，動不動就誅殺犯過的部將。他的部隊在海上無敵，卻非常不會打陸仗。他決定攻打台灣這件事，後世大加推崇，但當時人們認為他到海外便是放棄復國，是一面倒地反對的。

我站在平戶千里濱的「兒誕石」旁邊，回到他生命的原點上，忽然強烈地感受到他出身於海外的事實。我不由得奇怪，在反清復明這場「驅逐韃虜」的戰爭中，他一個倭人之子，怎麼能夠在整班漢人文武間建立領導統御的正當性？他的父親鄭芝龍是一代海上梟雄，他為什麼卻走上科舉的仕宦之路？

聚集在他身上的各種複雜衝突霎時鮮明起來：日本血統與中華衣冠、儒家道德與商業務實、追隨父親還是移孝作忠、海洋戰略對抗大陸思維……他實是個無比生動又富戲劇性的人物啊。而他所面對的命題，更是台灣人世世代代糾扯不清的困惑。

之後，我只要有機會就去走訪與他有關的歷史現場。我前往他少年以後的家鄉泉州安海、觀兵弈棋的金門山巔、立營整軍的廈門海港，當然還有台南安平——他最後悲慟於復國不成，抓破臉面，無顏見先帝於地下的辭世之處，我也一次又一次去了。

他寫的詩、題的字，所有關於他的歷史文獻記載，我讀了又讀。

我試著去理解他，理解他的冷風熱血、青年疑惑，以及比國破家亡更為沉重的，整個內在世界的天崩地解。他追尋儒道，而儒道不存。他欽仰父親的經世之能，而時代的浪潮將父親的生命和事業徹底捲走。他日夜渴念著分離十餘年的母子親情，卻只得短暫重逢便又天人永隔。

青年成為孤軍統帥，成為王，成為神，終於失去本來面目。

而在將他從神明還原成青年的追尋中，他與他的時代樣貌逐漸清晰起來。於是我寫下這個故事——一個名為鄭森的青年在無比綺麗，卻又詭譎無常的晚明世界裡衝闖碰撞。越是熱血澎湃越是激起無窮質問，越是腳步堅定越是走向悲壯的結局。

這是一次對他的人格樣貌之揣摩，也是一次對歷史的重新探索。

目錄

第壹回

聞警

轟！

站在船頭的青年手上鳥銃一震，銃口噴出火光，一陣濃重的硝煙味也跟著飄散開來。同一瞬間，海面遠處一艘小船上立著的靶子邊緣應聲木屑飛散。

青年並不多看一眼，毫不遲疑開始重新填藥裝籽彈，他取下火繩夾在左手兩指之間，然後將鳥銃豎直，從腰間抽出一支小竹筒，拔開塞子俐落地把火藥倒入銃口，接著取一顆鉛籽塞入銃口，用搠杖直壓到底。送鉛籽時手上傳來恰到好處的滯澀之感，顯示鉛籽與銃管十分密合。然後青年「唰」地一下把搠杖抽出插回銃身上的暗槽裡，端正鳥銃，打開火門倒上一點細火藥、插回火繩，然後舉起銃身再次照對靶子。

青年鄭森這一連串動作一氣呵成，不知是幾百、幾千次練習得極為純熟的。他端著鳥銃，呼吸之間全是前一次射擊後留在銃身上的硝煙味。那是一種乍聞十分熏人，聞熟了卻也令人親切的氣味。

鄭森眇起一目對齊銃身的前後照星，凝神照對著遠處船上的靶子。兩艘船被海浪推得起起伏伏，靶子也隨著在銃口上下飄移不定，竟似一個端著火銃對準鄭森的人影。如果這是在戰場上……鄭森想，兩船距離不夠近時，貿然開火只是徒然浪費彈藥，也得耗去好一段時間重新裝填，給對手可趁之機，因此必須等距離近了，有必中的把握才能開火。但太晚開火，敵人也可能先給自己致命的一擊。

父親曾對他說，這個道理雖簡單，真上了戰場，看到敵人的銃口向著自己，誰都會忍不住想要先開火，於是兩軍火銃霹靂啪啦對放一陣看似聲勢驚人，其實總是殺傷甚少，還得靠近身肉搏取勝。好的銃兵得靠嚴格的操練和臨敵經驗，才能發揮戰果。父親鄭芝龍操練銃兵打靶子，必派另一組人從斜側往這邊頭頂上開火，藉此訓練銃兵臨陣的堅忍與膽識。加上鄭軍征戰無數，千錘百鍊，旗下銃兵的威力可說獨步海內。

鄭森也接受一樣的操練，早已習慣鳥銃的震耳聲響和嗆鼻氣味，雖然他未曾實際上過戰陣，但他十分自信，臨敵時必能耐住性子在最要緊的那個剎那開火。不過他卻也隱隱質疑著自己，倘若對船上真是一個敵人，一個活生生的人，他能不能毫不猶豫扣下鬼扳，像把靶子打得木屑飛散般痛下殺手。

這些念頭如電光石火，一瞬即逝。一回神，見遠方的靶子正對著照星，鄭森本能地扣下鬼扳，夾著火繩的龍頭霎時扎入火門點燃火藥，轟地一下把靶子打個稀爛。

「浩！」鄭森旁邊一個身材矮小、膚色褐黑的男人怪腔怪調地稱讚。

「多默你安靜點行不行，老是吵得爺不能好好瞄準。」旁邊一個十五、六歲的少年鄭渡一臉不耐煩地抱怨。

鄭渡和另一名比他稍長一兩歲的青年鄭肇基手上也各端著一支鳥銃。鄭渡慢手慢腳，鄭森都已經打出三發彈丸了才裝好火藥鉛彈，剛剛舉起鳥銃，還沒瞅準了就毛毛躁躁扣下鬼扳，跟著全身一震自己嚇了一跳，遠處船邊濺起一朵小水花，彈丸打進海裡去了。

鄭肇基則是漫不在乎地端著鳥銃半瞇著眼瞅了老半天，看似要扣火了，又轉頭向鄭渡做個鬼臉，這才扣下鬼扳，火繩啪地一下扎進火口，卻無聲息。「疑？」鄭肇基瞧瞧銃身，嗤鼻笑道：「忘了在火口裡倒藥了。」說著就掏出火藥筒要往火口裡倒。

「諸手！諸手！火繩還沒有拿掉，發火，危險！」多默連忙制止他。要知銃兵身上掛滿火藥，若火繩操持不慎，後果不堪設想。因此鳥銃裝彈填藥，定當先將火繩取下。

「知道了多默，說一聲就是了，嗚哩哇啦嚷嚷甚麼呢？」鄭肇基取下火繩，取筒填藥。

「豬手！豬手！」鄭渡拿多默說話的腔調取笑。

「渡舍住口，多默是你可以取笑的嗎？」鄭森喝道。

「呵，『忽庫將』替多默抱不平啦。外洋來的就是盡幫著外洋來的說話。」鄭肇基故意叫著鄭森的日本小名「小福——ふくちぁん」，取笑他的海外出身。鄭森的母親是日本人，他在日本九州平戶島出生成長，到七歲上才被父親鄭芝龍接到泉州安海來，不少族中長輩和兄弟因此輕視他。

鄭肇基說話間已倒好了火藥，夾回火繩，端起鳥銃照對，嘴裡繼續喃喃說道：「渡舍啊，你瞧我們打這死靶子多沒意思，我拿靶子當倭寇打，打起來才有勁！」

鄭渡拍手笑道：「是了是了，我待會也要打倭寇……」話音未落，鄭肇基手上的鳥銃異乎尋常地猛然「轟隆」一響，震得他雙手鬆脫，把鳥銃失落在船板上。鄭渡嚇得跌倒在地，鳥銃擱到腰上，火繩就在火藥筒旁一晃一晃。鄭森眼明腳快，伸足把鳥銃勾開，多默也搶上前去把兩人鳥銃上的火繩拆掉，嚴肅地告誡兩人：「火繩不可以靠近火藥筒！危險！」又對鄭肇基道：「火藥倒太多，裝在筒子的時候沒有先裝好，不用心，裝太多，自己炸自己，危險！」

鄭肇基惱羞成怒，往掉在船板上的鳥銃上踹了一腳，恨恨地道：「所以我說這鳥銃是紅毛番和倭寇用的玩意兒，就只能嚇人，真打起仗來一點用也沒有！」說罷從船艙裡取出弓箭，口中嘟嚷著，「瞧，森舍裝藥填籽再快，發一次火也比不上我射上七、八箭！」一邊抽箭連射了五支，卻只有一支歪歪斜斜地射中了靶子，其他的都射進海裡去了。

「操練銃術與弓法都是為養氣定心。平日不養氣，臨陣不定心，鳥銃也好弓箭也罷，都是射不準的。」鄭森道：「再說火器之威優於弓箭，早有明證，紅毛人便是靠著火槍火砲和夾板樓船叱吒海上，咱們鄭軍也是因為善使鳥銃、佛郎機砲和龍槓大砲，所以臨敵的時候總能先占到上風。」

「別在那裡吹牛，你打過仗？知道鄭家軍靠的火器？」鄭肇基十分不服氣，「這東西莫說填籽慢，發一次火人家射你好幾箭。遇著作風落雨的天氣，藥引子打濕就成了廢物。事前還得先把火藥按量分裝在小竹筒裡，多麻煩，上陣用完了竹筒，莫非還叫敵人停下來等你重裝一批竹筒再打？」

鄭森正色道：「這次就是你事前裝火藥筒時打馬虎眼，倒得過量，才弄得差點炸了膛，幸虧沒傷人，否則這會你還能在這東拉西扯嗎？」

鄭肇基心知理虧，嘴上卻不願退讓：「哼，哪來那麼多道理，大不了我一輩子不用火器。」

多默拾起二人掉落的鳥銃道：「鳥銃要愛惜，丟在地上不管，不科意。」

鄭渡本來嚇得臉色煞白，驚魂甫定，聽到多默開腔，忍不住噗地笑出聲：「豬手多默，不科意，不科意。」

「教頭說話，不許胡鬧。」鄭森道。

「不過就是個大伯買來的黑鬼嘛，甚麼了不起。」鄭肇基道。

鄭森正色道：「他不是買來的奴僕，是和蘭[1]人在爪哇訓練的火槍高手，爹用一年一百五十里爾——眼下合一百零五兩銀子請來當銃兵教頭的。就是我爹，見了他也是禮敬有加，哪個像你們這般無禮。」

鄭肇基和鄭渡別過頭去，不理會鄭森。鄭渡忽然綻顏，興奮地叫道：「有船來了，是聯哥的船，聯哥！」

鄭森轉頭望去，一隻尖頭圓底、和鄭森座船相同式樣的「同安梭」正飛快駛來，船頭掛著鄭軍的紅底金龍月牙旗，船頭上站著一名三十多歲身形圓胖的男子，乃是鄭芝龍的遠房族侄鄭聯。他依附在鄭芝龍旗下做點海外買賣，也跟著出兵打過幾回海盜，保了個千總的官職。

兩船靠近，鄭聯不等搭上跳板，直接一個縱身跳過來。

「弟弟們在吵甚麼啊？」鄭聯道。

「爹要大哥教我們練鳥銃，他卻只會罵我們。」鄭渡一上來就巴著鄭聯，「聯哥，這鳥銃又麻煩又不經用，剛才還害我嚇了一大跳呢，我不想練了，你帶我們去捉螃蟹好不好？」

「我就不懂。」鄭肇基也搶著道：「這鳥銃發火慢、準頭差，又碰不得水，練它做甚？不如弓箭抽了就射，又快又準，一個弓手就勝過十個銃兵呢！」

多默聞言搖搖頭道：「弓箭力量小，而且海上很多風，射不準。火槍力量大，聲音大，敵人聽了害怕。」

「學鳥銃也罷，」鄭肇基道：「甚麼教頭不好找，弄這麼個黑鬼，說話嘰咕嘰咕。」

鄭聯瞧著，知是鄭渡二人銃術生疏，被多默和鄭森訓了。鄭渡雖和鄭森是同父異母兄弟，卻和鄭芝龍四弟鴻逵的兒子肇基交好，乃至於和鄭聯等一干族兄都還近乎些。

鄭森向鄭聯點點頭招呼，說道：「他們不肯用心，差點炸了膛，還要怪別人。」鄭森知道鄭聯多半幫著鄭渡二人說話，也不想在這種小事上多費唇舌，兩句話交代過了，便自顧自拆下火繩熄掉，取塊布沾清水包在搠杖上通起銃管來。

「火槍自然有其威力，」鄭聯打過仗，曉得火器的好處，卻故意道：「不過弓術要是練熟了，威力不比火器差，應變也快。」言罷從鄭肇基手裡取過弓，由鄭肇基肩上的箭袋裡抽箭就射，嗖嗖嗖嗖嗖嗖快捷無倫地射出六箭，無不中的，兩艘船上的水手們都大聲喝采，鄭肇基和鄭渡更是手舞足蹈。

鄭聯把弓還給鄭肇基，對鄭森道：「我是來找你的。省裡派來兩個大官，一個福建巡按御史，一個撫標參將，說是奉了憲諭要找芝龍叔遞公事，非得見他不可。芝龍叔一早出海去了，沒交代去哪——興許只有你知道。那兩個官兒還纏著老蔡派船載他們到海上去找，現在還在你家呢，快回去看看怎麼打發吧。」說罷不等鄭森答話，便轉頭對鄭肇基和鄭渡道：「抓螃蟹有甚麼好玩？帶你們到外海釣魚去！」

鄭肇基和鄭渡歡天喜地跟著鄭聯到另一艘船去了，鄭聯手一揮，水手立刻抽板解纜，升上篷帆起航。風中隱隱傳來鄭聯等三人的談笑：「你們知不知道為甚麼森舍鳥銃打得特別好？因為多默待過長崎，會講日本話，所以森舍跟他學起來特別快。」「而且他用的那支是芝龍叔從長崎替

1 和蘭：即荷蘭，明朝時稱和蘭。

他買回來的日本貨啊！」「怪不得『忽庫將』用起來格外趁手。」「哈哈哈！」

鄭聯的船很快去得遠了。鄭森不發一語把幾支鳥銃收拾好，多默過去拍拍他的肩頭說道：「他們不懂事，傻子，不用理他們。」鄭森對多默微微頷首，臉上看不出甚麼表情，隨即轉身命水手起椗，張滿帆起航。

船行甚快，在浪頭上一撞一撞，從那艘立著靶子的小船邊駛過，越離越遠。鄭森不知何時已取弓箭在手，雙足不丁不八，在猛烈搖晃的船板上穩穩立住，滿拽弓弦，手上羽箭忽然狡如活物脫弓而去，長了眼睛似地往那小船猛衝，牢牢釘在靶子上。

「浩！」多默大喊一聲，回頭看時，鄭森早已走進船艙裡去了。

●

鄭森的同安梭船駛進圍頭灣底，向一道深入陸地的狹長海灣航去。這海灣盡頭處便是閩南大港安海鎮，長長的碼頭上千帆並靠，無數水手和腳夫如蜂蟻般忙碌來去。安海鎮又稱安平，是泉州府南安縣下的一座古鎮，除了有深灣良港，又有圍頭灣外的金門島作為屏障。鄭芝龍生於此地，當年在海外闖出事業，成為東南沿海勢力最強大的商人與海盜，接受明朝招安之後，回到此處做為老營，不唯衣錦還鄉，也是看中這裡的形勢。他做了朝廷命官後明正言順掃蕩異己，掌握海上商業命脈，出洋興販於日本平戶、長崎、印度孟加爾、爪哇萬丹、舊港、咬留吧、滿剌加、暹羅、大泥[2]、占城、呂宋和臺灣的大員、北港、雞籠等地。十餘年經營，安海竟成一大口岸，鎮上市肆商號林立，各國商人熙來攘往，繁華不下省城。

鄭芝龍時為署理潮漳鎮總兵，潮漳鎮雖設駐南澳，但他多數時候待在安海。鄭家宅院就臨著碼頭，兩頭開門。臨著大街的一邊完全按照總兵府的規制起造，山川門、大堂、穿堂、內署等一應俱全，甚至比南澳真正的潮漳總兵府還要氣派許多；面海的內宅占地極廣，亭榭樓台、石洞花木、朱欄錦幄，叫人眼花撩亂。最特出卻也不為外人所知的是，內宅坐陸擁海，不惜金錢人力開鑿水道深入園中，海船可逕通臥內。鄭芝龍若從海上出入，陸地上無從得知，十分隱密。

鄭森的船通過碼頭來到自家宅院前，衛哨開了水閘放行。待船在鄭森居住的院落前停好，老管家蔡仔已在此等候。

「蔡叔。」鄭森下船招呼，「聯哥說省裡來了兩位大官，非要見爹？」

「在前廳坐了老半天呢，說不見到老爺不肯走。我說老爺出海操兵，不定甚麼時候回來，結果一個說要在廳裡等，一個硬要我派船載他出海去找。還說總兵大人府上，竟沒有半個像樣的官兒留守接待，太不像話。」

鄭森問道：「馮叔不在？」馮叔指的是鄭芝龍自海上起事便跟隨至今的老部屬馮聲海，現為諮議參軍，鄭芝龍都說他是「狗頭軍師」，今日留守在府中。蔡仔道：「馮爺說這兩個官不是要緊人，他不見，叫我隨便敷衍一番打發掉。」

鄭森微微皺眉，心道巡按御史和撫標參將官兒也不算小，怎可隨便敷衍？老蔡看他臉色，接

---

2 咬留吧：今雅加達；滿剌加：即麻六甲；大泥：古國名，位今泰國南部。

著道：「其實前兩天咱們在福州的人就有消息來，說巡撫張大人派兩個官員來催老爺調任。不過老爺說今天要見南京和臺灣來的商人，沒空理會他們，一早到海上去會議了，說這兩個官兒要是來了，就讓他們自個兒慢慢等著。」

鄭森點點頭，父親要與商人開會之事他原是知道的。「既是如此，你好生接待，請他們先回驛站去歇著，過兩天總能見到阿爹的。」

「我也這麼說，但他們說巡撫張大人要親自來敦促一官出兵，人已經在路上了，務必請老爺儘早回來。」

「撫台大人親自來請？」鄭森有些詫異。

「福州來的消息沒這麼說，我也很意外。但是看來也許不假。」

「爹在哪裡會議？」

「這種事我不會知道，只能問馮爺，但他也不會告訴我，除非是森舍您自己去問。」

鄭森聞言默然。從幾年前開始，鄭芝龍就幾次要鄭森跟著他學做買賣生理[3]，或者跟著帶兵，但鄭森另有打算，想從科舉上謀個正途出身，因此總是推辭。鄭芝龍也不勉強他，只是每次有重要的事情都依然不憚其煩地招呼他去，鄭森也一貫委婉地拒絕。但眼下兩個大官坐在府衙大廳，雖說乃是不速之客，但己方只有管家出面，太也輕慢。鄭森稍一猶豫，決定自己先去見見那兩個官員。

鄭森回房換上儒服唐巾，他並無功名在身，只是一介秀才，如此裝扮便是他在官面上的「公服」。

鄭森和蔡仔穿廳過院。鄭家宅院甚大，假山流水布局工巧，宛如迷宮，非特富賞玩之趣，更有阻擋外敵的功用。園林間有許多捷徑方便家人往來，鄭森和蔡仔自是走得慣了的，不多時便來到前廳。

廳上一名武官來回踱步，不時向大門張望，想是以為鄭芝龍回家時會從街上進來。另有一名文官，十分沉著地端坐在椅子上。

鄭森二人從後進入廳，蔡仔幫他引見：「二位大人，這是咱們鄭總兵的大公子鄭森。森舍，這位是福建巡按御史李嗣京李大人，這位是巡撫大人中軍參將林文燦林將軍。」

「南安生員鄭森，見過二位大人。」鄭森拱手道。

李嗣京看鄭森一身儒服、氣宇不凡，倒有幾分好感。「鄭公子，請問鄭帥何在？」

「家父出海操兵去了。」鄭森道：「晚生不敢有所隱瞞，出海操演一趟不定多少日子，這會兒到哪裡了也說不準。」

「又是個不知道。」林文燦吼也似地大聲說道：「莫非鄭帥在躲我們？」

「不知兩位大人前來，有失遠迎還請恕罪。但若事前有信息交代過來，家父豈有不親迎的道理。」鄭森答道。

「操兵總有地方，就是在海上也可以派船載了我們去。誤了軍情你擔待不起！」林文燦大聲說道。

3 生理：即生意。

「我們來得不巧。」李嗣京特意放緩聲調道：「不過林參將說得不錯，正因為有要緊公務，所以來得唐突些。請問鄭帥平日操練總有幾處固定的地方，能否帶著我們去找找？」

「海上潮流風向不定，沒有固定的操練地方，找起來可不容易。」鄭森道：「而且我看二位大人都是北方人，海上風浪大，怕坐不慣海船。要是知道地方，大人們辛苦一番還有道理，但眼下不知家父在哪，咱們冒冒失失出海，豈不害兩位白折騰一遭。」

「軍情緊急，哪裡有怕折騰就不去的。」林文燦道。

李嗣京卻想，就算鄭森知道鄭芝龍的所在，他若不願帶自己去找，故意在海上亂兜圈子，那確實只是白白受罪。原來朝廷命鄭芝龍星夜馳赴關外覺華島駐守，福建巡撫張肯堂下了幾道公文急催，鄭芝龍都用各種理由拖延了大半年。張肯堂決定自己來催他，又怕鄭芝龍得到消息避不見面，所以先派李嗣京和林文燦打「前站」，出其不意到訪絆住鄭芝龍，沒想到還是沒能見到他。李嗣京心想沒奈何，只好道：「我們也不強人所難，但巡撫張大人已經在路上了，這兩天就會到達此間。請兩位務必請鄭帥趕回來。」

「巡撫大人要來安海？」鄭森問。

「是的，鄭帥要的新造四百門大斑鳩銃、二百四十門中斑鳩銃，還有九百門鳥銃，上個月廣東都司已經移交給潮漳總兵府。鄭帥親自督造的大小戰船也應該做得差不多了。」李嗣京加重語氣道：「想來鄭帥不日就要啟程，因此張大人特來為將軍壯行，也是順道點閱一下這新船新砲的軍容。」

「這叫家父生受不起了，總兵離省，自當到福州向撫台大人辭行，怎敢勞動撫台大人來送。」鄭森道。

「關外局勢急如星火，鄭帥早一天前去，朝廷上下早一天安心。鄭帥到福州一趟，怕又耽誤了。」李嗣京道。

「哼，」林文燦倒是毫不客氣，「這大半年鄭芝龍百般推託，連請他到省裡來商量一下都不肯，要等到他來辭行，可真是遙遙無期。」

「林將軍言重了。」鄭森道：「家父常說，火器易造、海船易得，唯有勁旅難練。此番為赴關外新募了三千兵卒，人船不習，驟然派赴前線恐誤戎機。家父正是為此不分日夜加緊操練之中。」

「鄭帥勤勞王事，可感可佩。」李嗣京拱拱手繼續說道：「此番張撫台還交代我們解來餉銀八千兩，鄭帥還有甚麼須要辦的事情，也可以交給我們來辦理。無論如何，都請鄭帥儘早回來和張撫台相見。」

鄭森心想，鄭芝龍早已得知省裡派出官員來接洽公事，他並不怕見這些官員，只是不想被拖得分不開身，所以才叫各地商人在海上會議。但鄭芝龍並不曉得張肯堂親自到安海來，如果進了家門才知道此事，不免難以從容應對。想到此節，覺得去給他報個信也好，遂道：「既然張撫台親自到訪，我們這就多派些船出去找找，說不定還趕得及通知他回來迎接張大人。」

「如此就太好了。勞煩鄭公子辛苦一趟。」李嗣京連聲稱謝。

鄭森退入後進，去找馮聲海商議。馮聲海正在自斟自飲，十分悠哉。他身形瘦長，留著三絡鬍子。看見鄭森來了，笑道：「真是稀客。森舍該不會是要我去見外頭那兩個官兒吧？」鄭森道：「兩位官員我方才見過了，我是想請馮叔帶我出海去找阿爹。」馮聲海道：「一官早知道這兩個人會來，是他說不必理會的。」馮聲海打從鄭芝龍嘯聚海上、劫奪商船時就跟著他，因此說起芝龍還是用舊稱「一官」。

鄭森道：「可是方才李大人說，巡撫張大人親自到安海來，這兩天就會到了，這一節阿爹卻似乎並不知曉。巡撫大人來，倘若阿爹不在，或者毫無準備也不妥當。你看我們是不是去跟他通報一聲？」

馮聲海沒好氣地道：「這巡撫怎地說來就來，也不先遞個單兒知會一下，像抓姦似地。」他沉吟一會兒，點點頭道：「這事是該給一官報個信，他在賊仔港，咱們這就過去！」兩人即刻動身，一起乘著鄭森那艘同安梭，直往「賊仔港」而去。

賊仔港是金門島東北角上的一處港灣，早在嘉靖年間便有倭寇和海盜嘯聚於此，避風停船、逃躲官軍追剿，也當作儲存糧草和戰利品的基地。人多成市，何況在這裡的都是揮金如土的亡命之徒，久而久之，竟也成為一個規模雖小但十分熱鬧的地方。鄭芝龍掃蕩了東南沿海的海盜勢力之後，把這裡當成一個祕密據點，儲存一部分糧秣與海外貨物，也建有幾間小而舒服的房舍。他若不在安海自宅會見商人，多半就是到這裡來。

到了賊仔港外，便有哨船上來截住，一見是鄭森的船，十分恭敬地引他們入港，碼頭上果然停著幾艘大號的福船，其中一艘是鄭芝龍乘慣了的。岸上則有鄭芝龍親信的一隊爪哇黑人銃兵防守。

鄭森一下船，鄭芝龍手下老將施天福已在船邊等候，他身型矮壯，穿著便於行船的短袍，更顯軀幹厚實。頭髮鬆薄微黃，臉上皺紋刀刻般深，顯是吹慣了海風的。皺紋雖多，卻滿是精悍之色，樣子似老非老。

「福叔。」鄭森打個招呼。

「森舍，今日哪得一陣好風把你吹來？」施天福道。

「老施，」馮聲海人還在跳板上，就搶著找話拌嘴。「一官出海會議，我道你必幫他找個隱密的所在，選來選去還在這老地方，讓我一找就找著了。碼頭上併著這許多大商船，莫不招惹楊九那班小海賊們眼紅，捨命來搶？」

「地方是老，守起來萬無一失。」施天福道：「你們的船才出灣口，山頂放哨的早用千里鏡盯上了。虧得船頭插的是森舍的號旗，如果是你的旗子，看我不叫岬角後面十幾號戰船抄上來試試新裝上的大斑鳩銃？」施天福領著鄭森二人從碼頭旁的一道石階往小丘上走，「一官在這裡和各路大商人會議，沒天大的事不准擾他的，可看你們樣子又不像怎麼急。」

「事情說急不急，但不來報個信一官回去了也麻煩，巡撫張肯堂要來安海催一官出兵關外覺華島，這兩天就要到了。」馮聲海道。

「我道甚麼事？」施天福停下腳步，「就憑這點『急事』，闖進去擾了，一官不把你丟進海裡餵鯊魚去。巡撫又如何，就是皇帝老子親自來調兵，也得看一官肯不肯給他面子，我們又不靠他那一點官餉皇糧，大不了……」

「好了好了，就知道你三句話又要叫一官下海去幹老本行。」馮聲海卻不停步，一個勁兒往上走，施天福只好跟上。馮聲海繼續說道：「一官做這潮漳總兵，省卻多少麻煩，海上哪個敢反他就是抗官，咱們出手剿滅了是廓清海氛解民倒懸。再說咱們投了朝廷以後，把朝裡幾個福建、浙江和廣東出身的大官弄得服服貼貼，幫著大力反對海禁，貨物往來毫無窒礙。倘若動不動就鬧事，那幫主張海禁的大臣又能抓著題目發揮了，說不準又叫皇上重啟禁令，『片板不准下海』，到時調度貨物要費多少功夫？」

「就你有理。我倒覺得從前那樣自在些。」施天福道。

「景況不同了。現下一官就想再落草也辦不到。別的不說，安海鎮上那座大宅和園子，連著七、八里長，他就沒法帶到海上去。」馮聲海道：「朝廷的事該敷衍還得敷衍些。」

「福叔，」鄭森插話道：「我們也不攪擾爹會議，等他議完了事你再遞話進去也是一樣。就告訴他巡撫要來，讓他心裡有個底就行了。」

「見是森舍來，已經報進去了。」施天福道。

三人順著階梯越走越高，向海上看去展望甚佳，北邊大陸近在咫尺，海岸蜿蜒曲折，幾座山岡像是從海底匍匐而出，緩緩爬升，向著內陸延伸而去。東方則是汪洋大海，廣闊無涯，風波不興時便是康莊大道，通往無數遙遠而奇妙的國度。當然也通往日本，鄭森想，這海水和平戶千里濱沙灘前的海水是相連著的，也許眼前某個浪花裡，就摻著千里濱上飄來的一粒白沙。自己七歲時從平戶來到安海，母親礙著幕府的禁令不能離開日本，一晃眼兩人已然分離了十三年。初到中國時，鄭森每天夜裡都會跑到海邊，默默東望漆黑幽深的大海，空對著萬頃之茫然，盼望母親乘坐的船就從這重霧一般的黑暗中凌波而來。隨著年紀增長，鄭森早已不再時時眺望大海，但今日見這渺無涯涘的美好情景，心裡仍不能抑止地猛然一縮。

不多時，階梯轉入一處山坳，綠樹掩映仿若無物，裡頭卻是別有洞天。一小塊空地上蓋著幾間屋子，花樹圍繞十分清雅。門口的守衛見了他們，行過一禮便入內通報。施天福逕自領著兩人進了屋子前廳，眾人眼前一亮，只見室內錦帷玉砌、金壺瓷瓶布置得十分繁麗，與戶外迥然隔世。

三人才剛站定，裡間已閃出一個影子。這人白面長身，鬚垂及胸，兩道劍眉直入鬢邊，一雙大而黑的眼睛炯炯有神。他長得後生，英挺中帶著幾分俊秀，若非一頭略略花雜的頭髮顯出年紀，看不出是已經四十多歲的人。他穿著一襲繡滿錦蝶的月白綢長衫，走動時金絲錦線閃動如蝶舞花叢。右手拇指上戴著一個巨大的翡翠扳指，通體碧綠，波光璘轉仿若深潭隱流。這便是大明廣東潮漳署總兵右都督，更是實際上的東南海上之王鄭芝龍了。

「爹。」鄭森一個上前，搶在馮聲海前頭發話：「兒給您捎個消息來。福建巡撫張大人臨時到安海來催促爹出兵關外，說是這兩日就到了。」鄭森頓一頓又道：「此事說緊不緊，本不敢擾您會議。我怕您心裡沒底回去忽然撞上了不好，才請馮叔帶著我來找您。」

鄭芝龍笑吟吟看著眾人，只道：「小事，不妨的。」大家一時也不知他說的「不妨」是指巡撫來訪還是打擾了會議的事。鄭芝龍一副早有耳聞成竹在胸的模樣，只道：「森兒既然來了，進去見見幾位爹的老朋友，聽聽天下大勢。老馮先別回去，跟福仔山下吃酒去，晚點也有話跟你們商量。」

馮聲海和施天福聞言辭了出去，鄭森向來不願參與鄭芝龍的事業，但這時也沒有說走就走的道理，只好跟他進去。

兩人進入內室，裡面五個人站起身來。鄭森看到左首一個女子，乃是鄭芝龍的小妾黃益娘，知道她幫父親總管海外帳務，只是沒想到她也來這會議。旁邊一人是鄭森的族兄鄭明駼，在鄭芝龍手下營商，也經常出入鄭家的。另外三人就都不曾見過了。

鄭芝龍擺擺手道：「都坐，都坐。給各位引見，小兒鄭森。」鄭森向眾人一拱手，道：「南安縣儒學生員鄭森，草字明儼，給各位世伯請安。」黃益娘「嗤」地一笑，「我還道森舍轉了性肯來會議，一開口『自報家門』，還是書生本色。」鄭森出海時已又換過一套衣服，但仍是素袍網巾的儒生打扮，闖進這海上大賈的聚會確實有些惹眼。

鄭芝龍聞言一笑，沒有接話，逕自為鄭森介紹起來。他指著中間一個臉色蒼白的瘦老頭道：「這位是福州的許耀心許老板，經常往來臺灣的，和蘭人背地裡鼓搗甚麼都瞞不過他。」鄭森見他老病模樣底下藏著曖曖鋒芒，知是個極堅忍的人物，恭恭敬敬地道：「久仰。」許耀心聞言，只是恰到好處地和藹一笑。

鄭芝龍又指著一個團團富家翁般的人物道：「這位是咱們泉州的曾定老曾老板，現在長住南京。江西的瓷器、江浙的絲綢生理，都歸他一把抓。」曾定老滿面堆笑道：「做點小生理，老一官太往我臉上貼金了。」

最右首則是個三十來歲的男子，長得斯文秀氣，若非一身珠光寶氣，倒像和鄭森是一路上的。鄭芝龍也為鄭森引介：「這位是晉江的柯文老柯掌櫃，三代經營的瓷器生理，繼承父業才幾年功夫已是幹得有聲有色，後生可畏啊！」柯文老拱手道：「在下今年剛進得同安縣學，從母姓取了個學名王賚登。早聞森官十五進學，乃是前輩，景仰得很。」鄭森深深一揖，道：「柯爺說笑了。」對他有幾分同道中人的親切，卻又覺得柯文老全身珠簪玉墜地不免俗氣，猜想他大概並非有志於學，只是混個功名增添體面。

「老一官好福氣，」曾定老對許耀心道：「咱們就沒材料生個這樣的兒子。」

許耀心一貫溫煦地笑道：「有這樣一個好幫手，老一官往後還愁別人搶了他的生理？」

「呵，」鄭芝龍掩不住得意地笑著，卻道：「一點不管用。他滿腦袋只想著讀書考功名，練弓箭鳥銃甚麼的倒還肯，說是甚麼孔子門下也有射箭和駕車的把戲，但是想要叫他學做生理或是跟著帶兵都是枉然。我這點子基業倒真不知是為誰打理的。」

「森官志向遠大，非我輩可比。」柯文老道：「像我們這種半吊子，把個功名在手，無非是炫耀鄉里。實在也是和官府打交道的時候，能讓皁隸們客客氣氣叫聲先生，見了縣太爺不必叩頭，還有個位子坐，事情就好談了。森官從正途上謀出身，將來金殿掄元、點入翰林都是指日可待的事，幾時入閣拜相，老一官可就官場商場所向無敵了。」柯文老頗會奉承，一番話把鄭芝龍和鄭森兩頭都捧了。這番言語倒也有幾分點中了鄭芝龍的心思，他不硬逼鄭森學商賈、兵事，也是覺得鄭家若在朝中有人，未嘗不是一大助力。

「犬子不足掛齒，咱們還是接著議事吧！」鄭芝龍道：「許老板，你方才說和蘭人揚言要派船隊前來攻打，詳情究竟如何？」

「上回臺灣的『高文律』[4]——臺灣長官麥爾給老一官寫信，送來一批禮物，同時下一筆訂單。我照您的意思把禮物退了，」許耀心慢條斯理地道：「話也帶到，說上年和蘭人收貨開的價都太低了，而且還不肯用現銀付款，只拿胡椒等物來抵貨款，害您一艘船貨就虧了一千兩，您很不滿意。更別提前年他們扣了您一整艘船的生絲和銀條的事，至今也沒有解決，所以您決定不准船隻過去臺灣了，直接去日本貿易。麥爾有回信在這裡，而且把禮物加厚了幾分。」

許耀心取出一封信和一張禮單，鄭芝龍並不接過，道：「勞煩您給唸一唸。」

「禮物是紫紅色呢絨二十六埃爾、印花棉布十四、毛織物二匹，還有一百二十三斤象牙。」

許耀心把禮單傳給鄭芝龍，芝龍看也不看就擱在桌上，鄭森看上頭寫滿蝌蚪般的符號，雖然一字不識，但認得是佛郎機文[5]。

許耀心展信唸道：「致尊敬的總兵大人一官閣下，敬聞閣下拒絕我們上次致贈的禮物，也拒絕我們開出的訂單，以及讓商船到此間貿易的請求，令我們非常失望。特此再次奉上較前次更豐厚的禮物，代表我們友善的心意，相信一官閣下鑒於貴我雙方長久以來的友誼，必然不會再度拒絕。

「關於前年我方在前往馬尼拉的航線上查扣一官閣下船隻一事，乃是前任長官德鮑專斷的作為，德鮑閣下在先前的報告中表示該船違反了貴方不得前往呂宋和萬惡的西班牙人進行貿易的規定，因此查扣，這完全是按照貴我雙方合約的行事……」

「放伊娘的紅毛臭屁，」鄭明騄忍不住罵道：「那艘船是在澎湖遭了風，被吹到臺灣南邊，和蘭人硬說成是要開往馬尼拉，根本是栽贓。」

許耀心待他罵完，繼續唸道：「……我們瞭解一官閣下對於這件事情有不同的意見，對於您的損失我們至為遺憾，但德鮑閣下已經離職，我們無法介入您們間的爭執。我們在此——奉上帝之名——給您提出保證，只要您閣下准許船隻前來大員，往後我們都會用比過去優惠的價格收購，絕對不叫您在利頭上吃虧。」

鄭芝龍不以為意地笑道：「幾句話就想把扣船的事情推得一乾二淨，這麥爾沒嘗過我的手段，好叫他知道，我要真嚴令不准所有的中國商船前往大員，他們一根蠶絲都買不到。嗯，前頭好話就說得這麼硬，底下的話該更難聽了？」

許耀心沒有搭腔，繼續從容讀信，但像是漸漸纏緊的樹藤般加重了力氣：「和蘭人是普天之下所有海洋的國王和皇帝，這個權利已經維持了許多年，將來也會長久地繼續下去。」

「哼哼，狂悖無知，他麥爾不曉得海上有我鄭芝龍，有我大明天朝！」鄭芝龍道。

「領有海洋，以及領有海洋上的貿易，是上帝賜給和蘭人的特權。」許耀心像是和鄭芝龍爭執般抗聲唸道：「無論是一官閣下或者任何人阻礙這樣的特權，和蘭人都將會毫不猶豫地使用武力來保護這神聖的權利。至為盼望一官閣下明智地依照合約上所承諾的，像從前那樣友好地派船前來貿易。爪哇的總督閣下已經調集戰船，即將前來中國沿海，讓反對貿易的人們明白上帝的旨意。」許耀心語氣一轉，平靜地道：「沒了，後頭都是客套話。」

鄭芝龍接過信一看，大致不錯。沉默了一下，忽然劈頭問許耀心，「這事你看呢？」

4 高文律：係荷語Gouverneur（行政長官）之閩南語音譯，指荷蘭東印度公司臺灣長官。
5 佛郎機：即後世所謂葡萄牙，其語言文字為當時海上貿易諸國間通用。

「和蘭人擺擺架式嚇唬人也是常有的事，平時是不必太認真計較。不過去年老一官您把不少船直接開去日本，大員收的生絲和瓷器減少很多。爪哇那兒還是照往年的例子把白銀一批批運來，結果都堆在庫房裡成了爛頭寸，帳上一盤，不大吃得消了。」許耀心不疾不徐說著，「麥爾新官上任，頭一年就遇上這景況，爪哇那邊上奏和蘭國去的『考語』想必不妙。臺灣是和蘭人一大利藪，爪哇總督對臺灣的狀況也不會坐視不管的。」

「阿騄，臺灣那邊可有調兵遣將的跡象？」鄭芝龍問。

「和蘭人若想從臺灣出兵，眼下是辦不到的。」鄭明騄道：「和蘭人的公司仔[6]在臺灣連兵帶將本有七百零八人，上個月病死五個，滿期回國兩個，餘下七百零一個。其中五百三十人守著熱蘭遮城，八十人守淡水，四十三人在雞籠，另外四十八個分散在各地。這點兵力要防守臺灣島上的土番還可以，想出兵騷擾咱們萬萬不能。」

「軍隊多寡是一回事，他來攻打得要有船，大員港內外夾板船有多少？」鄭芝龍問。

「只有一艘。」鄭明騄把握十足，「港裡都是小船，或者跟咱們中國人買的艚船。那艘大夾板船艙裡的貨裝了八分滿，等著開往爪哇去的，上不了戰陣。就把貨卸下來也要大半個月工夫。他們要來打，非得從爪哇調兵不可。」

「老一官真有一套，」曾定老驚奇地道：「敢情和蘭人庫房裡有幾隻老鼠您都曉得。知己知彼，真要打起來，管叫和蘭人吃不了兜著走。」

鄭芝龍微微一笑，他在大員商館裡布置得有人的，但這節他不肯多說。

「爪哇的事就得問問文老兄了。」鄭芝龍轉頭向柯文老，「你有船跑咬留吧，有甚麼新聞沒有？」

「和蘭的爪哇總督在咬留吧和美洛居[7]香料港有不少船，那本是載胡椒、豆蔻用的，貨買足了也得派幾艘回和蘭去。」柯文老不敢把話說得太過篤定：「調齊來臺灣機會不是沒有，但咬留吧地方遠，消息來得慢，我也不敢打包票。不過現在才二月初，風向不順，即便調了船隊，最快也在三月裡才能到此間。」

鄭芝龍點點頭，心裡盤算著，如果要跟和蘭人開戰，得先把許耀心和他手下一幫福州商人拉在自己這邊，免得他們背地裡把軍情賣到臺灣去。於是問許耀心道：「你們福州怎麼看？願不願意跟著我們直接到日本去做生理，生絲和沙糖在長崎那邊開的價少說比大員要高出一半。」

「價格是高出一半不止，高一番的也不是沒有，」許耀心道：「可老一官您曉得，咱們那幫人本錢薄，都得先拿和蘭人的訂金去進貨的，自然也只能把貨送到大員去。而且咱們的船小，跑一趟日本的功夫能跑大員三到四趟，老遠開到長崎去，路上遭風呑沒的風險也高。」他細細一想，道：「這東南沿海歸您老一官號令，您若決心與和蘭人明著幹，咱們福州幾個公司仔[6]自然不敢犯令出海。只不過做生理嘛，總是以和為貴。咱們底下多少兄弟們的生計都在這上頭，把船擺在港裡泡鹹水怕不是個長局。」

「我知道你們的難處。直接去日本風險是高些，又是向和蘭人借的本錢……」鄭芝龍從許久

---

6 公司仔：本為航海水手的互助組織，辦理傷亡撫恤、喜慶祝賀，後發展出合資買賣、風險分攤等業務，具有後世公司之雛形。此處指荷蘭東印度公司。

7 美洛居：今摩鹿加。

以前就一直想放本金給各路商人，斬斷和蘭人對中國商人的控制，但他自己生理上開銷不小，又養著幾萬兵，眼前還得備戰防範和蘭人來攻打，實在沒辦法挪出資金來拉攏福州商人，只好打消這個念頭。

「那就且先不提。」鄭芝龍換個話題道：「和蘭人的確是這樣，買賣不成也就沒了仁義，點著佛郎機砲上的藥線也要逼你非把貨賣給他不可。舊時紅毛在咱們沿海砲轟火燒搶掠一氣的光景我是見得多了，仗也打過幾次。其實他們就算派個十艘、八艘大夾板船來我也不擔心，只怕消息不靈，給打個措手不及。這上頭兄弟是吃過虧的。」鄭芝龍輕描淡寫地道：「崇禎六年的事各位想必也都有所耳聞，那時和蘭人就是為了朝廷不肯通商，前來騷擾——說了也不怕各位取笑，那時我正新建一支船隊，仿效和蘭戰船的辦法，選了三十艘大福船，各給安上二十到三十六門佛郎機砲，打算以紅毛之道還治其身。誰料紅毛人竟和劉香那廝聯手，趁我外出追討劉香時攻進廈門港，把我費盡心血建成的船隊全都打沉。這是兄弟平生一大敗，一大恨事。」他彷彿在講一件別人的軼聞般平靜，「後來我緊急從各地調來一百五十隻小船，還是用老把戲——群圍、火攻！總算把這筆帳給討了回來。」

「老一官敗中求勝，古名將也不過如此。」柯文老道：「何況先前一仗，紅毛是趁人不備，又有劉香做走狗，才占得了便宜。正面交鋒，哪裡是老一官的對手。」

鄭芝龍陰惻惻似笑非笑，目光掃過眾人，道：「紅毛這次若敢再來，我自有辦法治他——只要別從甚麼地方又蹦出個劉香來。」許耀心眼鼻觀心入定似地不為所動，曾定老並非海商，一臉事不干己，柯文老則被鄭芝龍的眼神掃得不由得心裡一突。一瞬間，鄭芝龍又恢復一向豪邁爽快的神情，「和蘭人是要防的，這我自有計較。可眼下麻煩不只一處，楊九那夥人在南澳出沒，奪了潮州佬幾隻船，攪得粵東的沙糖一時都運不出來。連澎湖都出了一群小毛賊劫奪往來商船，也得緩出手來料理。」

鄭芝龍看看曾定老：「北方局勢似乎也很不穩，安海好一段時間沒有接到朝命，連個邸報也沒有，只隱約聽說流賊和清兵都有動靜，但消息都不真確。曾老板有甚麼見聞？」

「糟得很，真正是遍地烽火，生靈塗炭。」曾定老搖動肥厚的腦袋，「李闖聲勢越來越大，朝廷眼看制不住了，上年十月襄陽失守，連以前被流寇管叫『左爺爺』的左良玉也沒法抵擋。禍不單行，就這同一個月裡，清兵又繞過山海關從蒙古入長城，在山東和河北大肆擄掠，官兵是一點辦法也沒有，也不知何時才能退兵。唉，算起來這是清兵第五次入關了，想起來真叫氣煞。」他話鋒一轉，「朝廷四處打仗，老天爺也降災禍，幾個地方鬧旱，兩下一擠兌，各地糧食都缺得荒。江浙一帶已經有不少地方砍了桑樹改種稻，今年生絲勢必要減產！」

鄭森聞言，心下微有悚然之感。和蘭人的事只是未發的隱患，若鄭芝龍願意讓步也能消彌於無形。但中原局勢糜爛至此遠超過耳聞。鄭森讀聖賢書，頗有以天下為己任的志向，對此甚感關心。

「其實從去年二月關外松山一敗，朝局就已經不可聞問。」鄭明駿道：「且不說關外之地皆淪於清兵之手，十三萬大軍讓洪承疇敗個精光，朝廷的老底算是吃盡了。」

「可不是，」曾定老道：「朝廷各地的撫臣守將靠得住的本就不多，洪承疇這一敗，士氣更低了。有些人省不得觀風使舵，想著要投到李闖那面去。左良玉本來還能和流寇抗衡，這次敗陣逃到武昌，紀律也亂了，根本就跟流寇一個樣！他一到武昌就跟楚王開口要二十萬人的餉，楚王拿不出來，他的中軍就在城裡到處劫掠。等值錢的東西搶完了，怕李闖順著長江打下來，本月裡竟棄了武昌要往下游來，說要『就食』南京。」

鄭芝龍聞言留上了神：「那可不好，絲、綢、瓷器、藥材，多少貨都出在這片地面上，又都得靠長江運出來。左軍東下之事消息可真？」

「消息不假，我離開南京的時候城裡已經戒嚴了。其實十月間左良玉一到武昌，不少打垮了的散兵游勇就招著他的旗號在長江下游各地騷擾。去年底湖口已經不通商船，江西那邊硬闖過一次，給劫去了兩隻。叫人氣惱的是那些不識貨的丘八搶到瓷器，見不能吃不能喝，又不是金銀財寶，沒做去處，竟整簍整簍砸碎了玩。」曾定老扳著指頭說：「左良玉的中軍在正月中離開武昌，這會到了九江，再過來安慶、蕪湖怕都無人能擋。」

「留都[8]兵部可有甚麼對策？」鄭森忍不住開口問道。

「唉呀呀，朝廷的軍政大事我可不懂，森官您是問道於盲了。」曾定老笑嘻嘻地說。

鄭芝龍畢竟對各地軍事較有概念：「南京城裡守兵有限。神機營、巡捕營和神武營額數二萬一千，實際上腐朽糜爛，真能打仗的就水陸標兵四千多而已。左近只有鳳陽的馬士英可以指望，不過他不一定願意蹚這個渾水。左良玉新敗之餘，為免手下譁變叛離，驅著這一批飢狼餓虎往南京劫掠，那準叫敗兵們人人紅了眼，誰敢阻攔就拿性命相拚的。沿江順流而下又占著地利，古來定都南京，必遣大將守荊襄，就是這個道理。」鄭芝龍沉吟道：「如今『大將』自己順流來攻，南京情勢怕不樂觀。」

鄭明駿道：「說南京城龍盤虎踞，卻不知能否抵擋得住。」

鄭森插口道：「左良玉畢竟只說『就食南京』，沒有明著造反，武昌到九江短短一段路倒走了許多天，可見是個作勢要脅的意思。他們終究是朝廷節制的官兵，將領們也有官位爵祿、妻小家業，想造反也要看捨得不捨得。既然是鬧餉，朝廷不必與之為敵，下一道敕文責以大義，看正額上欠多少餉如數撥下去，令其還回武昌鎮守去也就是了。」

鄭芝龍眼睛一亮，笑吟吟地道：「這幾句話倒有點見識。」他又問許耀心：「咱們隔岸觀火，當說著玩，許老板有甚麼高見？」

「瓷器運不出來，左兵一到南京，江浙絲業也不免遭殃，這把火算是燒著咱們身上了。」許耀心捋鬚道：「我是做買賣的，帶兵打仗的事情我不懂。不過事理一般，天底下沒有做不成的買賣，只有談不攏的價錢。森官所言不差，左良玉帶著十幾萬兵，無非就是要吃要喝，餵得飽了誰還跟你性命相搏？」

「只怕朝廷無餉可撥了。」鄭明駿道：「關外用兵二十多年，正項之外，遼餉、練餉、剿餉加徵不已，螞蟻身上熬油，民不聊生，流寇就是這樣逼出來的。左良玉一介總兵，額兵不過四萬人，硬是膨風虛報成二十萬。雖說這年月當兵不值錢，年例加上本色米折銀，算他一人二十兩，二十萬人總共就要四百萬兩，這簡直是開玩笑嘛。就算照他四萬額兵的例撥下去，也要八十萬兩！朝廷哪來這麼多錢填這個狗洞。」

8　留都：指南京。明初奠都南京，成祖遷都北京，以南京為留都，保留六部等行政機構。

「這正所謂漫天開價，著地還錢嘛。」曾定老道：「我看也不必撥足一整年的例銀，有個十幾萬下去應該暫時可以打發了。」

鄭芝龍聞言低頭沉思起來，背著手快速地轉著那枚碩大的翡翠扳指。眾人見他不語，也都不敢言聲，屋裡忽然變得異常安靜，只有漸斜的日光送來窗外樹影，帶著沙沙風聲。

「許老板，」鄭芝龍忽然拾起擱在桌上的禮單，交給一旁的黃益娘收好。「和蘭人的禮物我就收下了，你們手上有甚麼貨都不妨運到臺灣去。」許耀心有所會意地點點頭，鄭芝龍又道：「文老兄也是一樣，這幾天能發的船就往臺灣發去。阿騄，你盡快備兩船貨，和許老板一道走。」

「貨色是……」

「安海庫房裡不是有一批沙糖？」鄭芝龍轉頭問黃益娘：「確數是多少？」

「二千八百十七擔。」黃益娘想都不想就答。

鄭明騄略顯遲疑：「那批糖製得不好，不很白。」

「好貨色我還是運到日本去，先拿點東西敷衍一下和蘭人——價錢還是要硬，每擔開價四里爾……不，四里爾半，不買拉倒。另外德化瓷和生絲、京綾甚麼的也挑些不上不下的貨色送去。還有，他們既然銀子沒處使，多拿些金錠去換！」鄭芝龍環視眾人笑道：「餵點東西給紅毛，讓他們餓不死吃不飽，不敢貿然出兵也就是了。另外請各位到處傳我的話，說這兩個月商船出海不收水費，讓一班小商人們多往臺灣去。」

「坐得真有些乏了。」鄭芝龍站起身來，背著手踱到窗邊。「南北局勢都亂，眼下不是與和蘭人開戰的時機。朝廷兩頭對付韃子和流賊，調兵籌餉捉襟見肘，連我的水兵都想調到關外覺華島去，也不管閩南子弟到了北邊苦寒之地相不相宜。」他指指鄭森道：「森兒這趟來就是要告訴我，趕明兒福建巡撫張肯堂還要親自來安海攆我出兵呢。天下大亂，個人心餘力絀，本來也管不了這許多。但是長江之事，對在座諸位，對東南生計影響太大，不容我們坐視。方才許老板和曾老板說得不錯，朝廷若能湊個十幾萬兩出來，應該不難叫左良玉退兵，說起來那也是他分上該得的。朝廷能夠拿得出這筆錢當然最好，如果真湊不足，咱們倒不妨酌情報效，就當作是出一筆買路財，否則瓷器絲綢都堵在長江裡面，咱們吃的虧更大。」

「咱們出錢，面子卻讓朝廷做去，這不白白便宜了朝廷？」鄭明駿道：「不如直接把錢送給左良玉，請他的兵高抬貴手別騷擾商船，花費也許更少些……」

「不行！」鄭芝龍毫不考慮，「風聲傳出去，大家都要來勒索了，朝廷還能安個『鎮將勾結』的罪名。這事情必得朝廷出面，咱們暗裡報效，求的是實惠。」

「老一官如此處置甚好，既為朝廷解燃眉之急，又顧著了長江上下與東南沿海多少生業。」許耀心道：「咱們都在一條線上，這也就是大家的事，福州雖然力量不大，也願盡點棉薄之意。」

「晉江也當效勞。」柯文老趕緊跟著道。

「自然要靠大家幫忙。」鄭芝龍道：「不過這終究是朝廷的事，先要讓南京戶部擠一筆款子出來，不夠的我們再補上。江西的瓷器商也不能坐享其成，該叫他們幫著點。南京是曾老板的地面，得勞你多費神，明天請還到安海舍下來一趟，好好商議——今日就議到這吧。」鄭芝龍歉然一笑，「晚上本該照例和大家吃個便飯，好好喝他幾杯，但明天巡撫到安海，兄弟得先回去布置一番。待會就由明縣代我陪各位，兄弟先告罪。」

眾人聞言紛紛起身：「老一官身上有事儘著忙去……」「老一官何必客氣，都是經常見面的……」你一言我一語地客套起來。

鄭芝龍向眾人團團一揖，領著鄭森、黃益娘辭別而出。

三人下山登艦，隨即在幾艘戰船圍繞護衛下離開賊仔港往安海駛去。鄭芝龍一時並不入艙，站在船頭遠望。鄭森站在他的身側，只見父親目光深沉如海，不知正在想些甚麼。

鄭芝龍忽然抽動鼻子嗅了嗅，轉頭看看在另一旁的施天福，施天福有所會意，道：「今年暖風來得好早。」兩人相視一笑。時序剛進二月，海上依舊吹著凜冽的北風，但鄭森聞言，果然也覺得陣陣寒風中夾著難以察覺的幾縷溫涼。施天福又道：「暖風上來了，明日怕不有大霧？」鄭芝龍眼光閃動，似乎動了甚麼心念，卻只點點頭道：「進艙裡去吧！」

第貳回

抗令

次日一早，安海鎮上的鄭家大宅前忙碌非凡，大隊軍士在府衙外的廣場上列隊，衣甲鮮明、旗幟嚴整。鳥銃手、弓箭手、長矛手分行別列，隊伍前端還擺著二十架佛郎機砲。

主街彼端忽然一陣騷動，看熱鬧的人群口耳相傳：「巡撫大人來了。」遂都蜂擁而去。眾人到了街口一看，官員行進的行列正遠遠向著鎮上過來，最惹眼的是兩百名爪哇黑人鳥銃手，在隊伍最前方扛著式樣劃一、裝飾精美的鳥銃，在晨光下精神抖擻地齊步走著。後方接著一陣馬隊，清一色白袍白馬，馬上之人無不意氣昂揚、衣襟帶風。鎮上人們知道鄭芝龍外出時必做如此陣仗，混在裝扮相同的隊伍中好叫人無法認出他來。但奇妙的是，今日在一團雪白之中，卻有一個打扮樸實的矮小老者，騎著匹黑瘦騾子，顯得兩人極不相襯。

鄭芝龍確實便在馬隊中，與那老者並轡而行。他眼看將到鎮上，揚鞭高呼：「鳴鑼、開道！」那老者隨即道：「不必，不必！」一邊作勢阻止。

鄭芝龍笑著對老者道：「張大人忒也謙抑了，方才請您換馬您不肯，換轎也不肯，這會兒到鎮上，總該讓導子開開道，令鄉野小民們瞻仰一下撫台大人威儀，也是朝廷體制嘛。」

「德化黎民，原不單靠威儀。我這次來，一路上輕車簡從，為的就是不要驚擾地方，徒增小民不便。」巡撫張肯堂道。

鄭芝龍一臉沒正經地笑道：「大人愛民之心是好的，可咱們安海地方偏鄙，平日不常有甚麼大官來，敲鑼喝道一番不過圖個熱鬧，小民們也樂呢，哈哈。」說著揚鞭一揮，隊伍前面的「肅靜」、「迴避」、「廣東潮漳署總兵右都督」等牌子霎時高高舉起，同時大鑼也敲打起來，張肯堂待要制止已然不及。

隊伍張揚地穿過安海鎮街，來到鄭家大宅。福建巡按李嗣京和撫標參將林文燦已在宅門口等候多時，連忙迎了上來。鄭芝龍和張肯堂下馬與二人招呼已畢，一身戎裝的馮聲海和施天福從行伍中閃出，單膝跪參，一面高喊：「潮漳總兵麾下諮議參軍馮聲海、參將施天福，參見巡撫大人！」隊伍頓時跟著齊聲暴喝：「參見巡撫大人！」李嗣京被這陣仗冷不防嚇了一跳，轉頭看時，卻見張肯堂面色平和，微笑道：「馮參軍、施將軍請起。」又對鄭芝龍道：「鄭帥麾下軍容壯盛，名不虛傳。」

鄭芝龍見鄭森道旁立等著，招手叫他過來，為張肯堂介紹道：「張大人，這是小兒鄭森。森兒，見過撫台張大人。」

鄭森上前恭恭敬敬地一揖道：「南安縣生員鄭森，拜見老公祖。」

張肯堂見鄭森文質彬彬、謙恭有禮，渾不似鄭芝龍飛揚跋扈，不像是一般富貴人家子弟混個閒功名的。又見他中氣十足、精神飽滿，也非一般文弱書生可比，不免略感好奇道：「哦？你沒有跟著鄭帥學習弓馬武藝，倒入了學？」

鄭芝龍道：「弓術甚麼的他還肯隨便練些，要他學行軍打仗卻是千難萬難。」

鄭森道：「『射、御』也屬六藝，聖人許之。然丈夫生世，自當以天下為己任，循正途以效國事。」

張肯堂微微一笑道：「有此抱負，甚好，甚好。赴過鄉試沒有？」

「學生十五歲進的縣學，上年十九歲初赴鄉試，未能得中，慚愧得很。」

「你還年輕，不必心急。」張肯堂溫言鼓勵道：「以你資賦志向，科名只是遲早之事，且在修身功夫上多用力些。」

「是。」鄭森慎重地點頭。

「那還得撫台大人多多提攜了，」鄭芝龍洪聲笑道：「科考這檔子事，人都說場中莫論文，哪怕文章寫得花團錦簇一般，沒遇上投緣的主考也是取不中的。實在還是要有個好老師，後台硬才是道理。不如，森兒就跟著撫台大人讀讀書，多請教請教？」

鄭森聽得這話，背脊一陣冷麻，他絕無攀附倖進之意，父親這麼一說卻顯得今日拜見別有所圖，但又不好當面反駁父親，正在想著怎麼接話才得體，張肯堂已正色道：「公子天資聰慧，他日自能高中的。國家掄才取士，非張某能干礙。」一番話說得鄭森面上發熱，微感羞愧，忙道：「老公祖是海內文宗，若蒙指點自是學生之福，學生不敢另有他想。」

鄭森看著張肯堂，見他鬚髮蒼蒼，儼然溫然，確是碩學有德的長者風範，不由得心生好感。但鄭森知道這位福建巡撫和父親有些過節。張肯堂幾次檄調鄭芝龍，芝龍都相應不理，頗令張肯堂戒心。有一次鄭芝龍收服一群海盜，總共五十餘人，通報張肯堂說要留在標下當作親兵，張肯堂回覆道：「剿寇，元戎職也，未有朝命而擅受降，不可！」還將此事上奏朝廷，招來一道嚴旨，將這群海盜悉以論斬。鄭芝龍不肯在江湖上失了信用，竟私下另外抓了一批不肯聽他指揮的山寨寨民斬了湊數。從此對張肯堂更加不滿。然而兩人今日會面，一時看來倒還和氣。鄭森有點拿不準父親的心思。

眾人進了鄭家大宅，張肯堂環顧一番，見仿照總兵府規制所建的正殿、廂房乃至長條石板地，無不新穎光亮、張揚誇耀。遂道：「早聞府上十分氣派，今日一見猶有過之，相比之下，福建巡撫衙門竟是遠遠不如了。」

鄭森聞言刺心，鄭芝龍卻笑道：「大人說笑了，公堂處處都有規制，玩不出甚麼花樣，也不過用料實在些、修繕勤快些。舍下就在後面，那才是我一番苦心之作呢，稍停咱們完了公事，再招待大人逛逛園子。」

「這一片大宅恐怕所費不貲吧。」李嗣京意在言外地道。

「錢是小事，朝廷體面要緊。潮漳總兵府雖在南澳，但我時常往來此間，總不能太寒酸，叫人小看了官儀。這是我自掏腰包——可沒一分錢挪用公款。」鄭芝龍十分自得地道：「別人做官都是伸長了手撈錢，只有在下做官是花錢貼補呢。各位大人不妨到處打聽看看，是不是這麼回事。一回兒校閱士卒點點衣甲器械，那是一點也不短少的。」

「果然如此，那就真是國家之福。」張肯堂道。

「大人遠來辛苦，請到裡間稍事休息。」馮聲海道。

「不必，直接辦公事吧。請借個地方讓我更衣。」張肯堂道。

馮聲海想，換了公服在大堂上議事，顯是要拿出官威來壓人了，於是道：「大人勞頓，要不，在花廳談事，比較舒泰些。」

「禮不可廢，請帶路吧。」張肯堂堅持。

鄭芝龍命鄭森領張肯堂到後進廂房更衣，鄭森恭謹地領路，雖有孺慕親近之意，畢竟一句話不敢多說。不多時，張肯堂穿著公服出來，鄭芝龍也已換上右都督的武官公服，兩人相偕回到正殿。鄭森並無官職，自行退到殿外等候。

張肯堂入了大堂，居中坐下，神色嚴峻，已非適才溫煦的老好人模樣。此番到安海來前，與一干幕僚智囊計議，當時頗有勸他不要親自前來的，怕萬一張肯堂調不動鄭芝龍，有失巡撫威信。但流寇在中原和西北各省奔竄，清兵又入關大肆劫掠，南北音信斷絕，國勢十分危急，因此張肯堂以巡閱為名，慨然動身前來。

他盤算著，福建、廣東兩省撥款給鄭芝龍募兵、造艦，若鄭芝龍有侵吞公款的跡象，便奏明朝廷查辦。若兵、船如實備辦，便責成鄭芝龍即刻出兵。

眾人依次在兩邊站定，鄭芝龍見張肯堂沒有讓眾人坐下的意思，故意打個哈哈，對李嗣京和林文燦道：「兩位大人別客氣，像是罰站似地，請入座吧。」

「撫台大人未賜坐，下官怎敢擅坐？」李嗣京道。

「咱們是議事，又不是審案。您是巡按御史，代天巡守，乃是欽差，怎可無座。」鄭芝龍一邊說著，自個兒就坐了下來。他話裡說的是李嗣京，其實也在自況，蓋巡撫和總兵都是無品級的欽差，最初都是有特殊的事務時才奉敕到地方公幹或征伐，事畢還朝。明末時巡撫與總兵實際上已改為常設，巡撫節制地方文武官員也早就成為行之有年的通例，但因朝廷不敢改動「祖制」，在體制上仍屬欽差而非地方官，就形式言並無統屬關係。鄭芝龍故意這麼說，從大道理上還不容易駁他得倒。

李嗣京看看張肯堂，張肯堂點點頭道：「各位大人都請坐吧。」於是眾人紛紛坐下。

「張大人公務繁忙，遠道而來，著實辛苦。」鄭芝龍道。

「有些事總要親眼看看，才能得實情。」張肯堂道：「何況本撫幾次請總兵大人前來福州，大人都推說有事，想見一面竟是千難萬難。」

「大人言重。」鄭芝龍一派輕鬆地道：「確實是軍務繁忙，走不開身。大人別瞧這兒太平年月似地，其實紅夷倭寇、山賊海盜，剿也剿不完。還得一面督造戰船、操練士卒，這些都是本鎮必須親力為之，責無旁貸之事。」

「如此說來，總鎮大人乃是勤勞王事，宵旰焦勞啊？」李嗣京語帶譏諷地道。

「李大人美言了，這不過是分所應為。」鄭芝龍像是受了稱讚似地坦然受之。

「總兵大人，」張肯堂不願在口舌上耗事，切入正題道：「上年朝廷命你速挑堪用水兵三千，星夜揚帆，飛赴關外覺華島一帶，如今大半年過去了，總兵大人為何還不出兵？」

「大人明知故問了，本鎮前已奏明朝廷。東南海防需人，兵卒未便多調，必須重新選練。遊寨戰船若取現成，萬里驅馳怕不夠堅固，必須從新再造。舊有銃器久經磨耗，火口過寬射擊不準，也須新製。而督造之責，職不容辭，是以始終走不開身。」

張肯堂想，若鄭芝龍仍以船械未備推託，就以玩忽職守責之。於是問道：「如今已備否？」

「盡皆齊備！」鄭芝龍爽快地回答。「本鎮督造大號福船二十隻、中號趕繒船二十隻，都已造就。廣東掌印都司新造大斑鳩銃四百門、彈二萬顆，中斑鳩銃二百四十門、彈一萬二千顆，鳥銃九百門，日前皆已撥到，本鎮點收無誤。此外水兵三千，本鎮日夜操練，已成一支勁旅。我本就有意請張大人前來校閱，張大人這次來得可巧呢！」

張肯堂聽鄭芝龍說得俐落，心想倒要看他一看，別給蒙混了。於是道：「如此甚好，正要瞻仰貴鎮軍容，請問何時可以校閱？」

「都已經準備好了，」鄭芝龍兩手往膝蓋上一拍，從椅子上彈起來，「這就去看，請各位大人移步吧！」

鄭芝龍說走就走，張肯堂等三人倒有些反應不及，見鄭芝龍一個勁兒往外走去，只好離座跟上。

眾人出得署衙，從側邊走出不遠就是碼頭，平日此處商船、民船、軍艦往來停靠十分熱鬧，這時卻只見兩艘嶄新的福船停靠在空盪的碼頭邊。

李嗣京疑惑地道：「總鎮大人，貴鎮的四十隻船呢？」

「碼頭窄，怎停得下四十隻戰船？都已在海上待命了。」鄭芝龍道：「各位大人請登船吧！」

「不能就在岸上看嗎？」李嗣京道。

「要看船操，當然得在海上。」馮聲海道：「在碼頭裡也瞧不出船隻造得好壞，有些船外表光鮮，卻禁不得風浪，一出海就要散架的。」

李嗣京苦笑道：「這個，我是北方人，怕坐不慣海船。附近可有山丘岬崖，可以居高臨下觀看？」

「那可難辦了，附近是有高處，但離海甚遠，甚麼也看不清。」馮聲海道：「好在今日風平浪靜，坐船出海應該是不礙的。」

「今日原想好好操演一番，大人們若坐不慣海船，唉，那也只好作罷論了。」鄭芝龍故意裝出一副十分可惜的樣子。

「哼，出海就出海，鄭帥不怕咱們看，咱們還怕看？」林文燦說著，大踏步從斜搭在碼頭邊的長跳板走上船去。張肯堂想，莫非鄭芝龍故意要他們知難而退？傳聞此人富可敵國，乃是海外通商而來，卻不知是否也由貪贓所得，這船隊非看不可。於是手一比，道：「請！」跟著走上船去。李嗣京見此光景，自然不能獨後，只好硬著頭皮跟上。鄭芝龍見鄭森混在人群裡觀望，招手要他一塊上船。

福船分為四層，底層填塞土石壓艙，第二層是兵士寢息之所，第三層左右各開六個方型的小窗，官廳設於中間，前後則是解纜下椗和炊爨之處。第四層如露台，開有梯穴通往下層，矢石火砲都由此而發。船後又有高聳的尾樓和將台。

眾人踩著跳板登船，鄭芝龍隨即命施天福指揮解纜揚帆，道：「外頭風大，各位大人且在官廳稍坐，待到海上再請到上層看操。」領著眾人下梯進到官廳。這官廳錦幃繡帳地布置得十分華麗，用的桌椅也是紫檀木，關上窗就像一般平地的房舍似地。林文燦不由嘖嘖讚道：「鄭帥打仗好舒服，真叫人大開眼界，回頭我也請撫台大人調我去做水師。」鄭芝龍聞言笑笑不答。

船離碼頭甚是平穩，若不往窗外看還不覺船在移動。鄭芝龍淨說些笑話，從人流水價送上酒餚，仿如富商乘船遊玩。張肯堂等三人起先都說出營看操不宜飲宴，後來禁不住鄭芝龍等人則頻頻相勸，說稍飲可擋風寒，才勉強喝了一點。

不多時，船身搖晃漸強，李嗣京道：「這酒勁道好沉。」走到窗邊一看，只見海面湧動、浪花飛濺，霎時一陣暈眩，忙扶著板壁回座。還沒坐定，忽聽得遠近一片霹靂之聲轟然爆響，心頭一驚，胸口煩惡之感大盛。

「船隊放砲相迎，到地方了。請各位大人移步吧。」鄭芝龍說著，起身領眾人出了官廳，循梯上到頂層。這梯子既窄且陡，在搖晃的艙腹中顯得格外幽暗狹小。出得頂層甲板卻是豁然開朗，四望天寬海闊，長風勁直凜冽。近處海面上，四十艘簇新的戰船井然陣列，旗幟拍動，兵卒衣甲鮮明挺立船頭，煞是壯觀。

鄭森觀望四周，船隊停泊在圍頭灣正中心，與北方南安、石井，東北方的圍頭以及南邊的金門差不多等距。

鄭芝龍又領眾人走到尾樓將台上，手一擺道：「張大人，這便是此番新造的二十隻福船和二十隻趕繒船，一共四十號戰船。」

施天福向鄭芝龍和張肯堂一個抱拳道：「請大人看操！」

張肯堂點點頭道：「請吧。」

施天福轉身高喊：「結寨！」尾樓上頓時三聲砲響、戰鼓急擂，艙板隨之震動，立在桅斗上的旗手也打起旗語。四十艘戰船立即升帆駛動，向著鄭芝龍等人的旗艦迎上來，將之圍在中間。船隻排成四列，首尾相接如同四道平行的木牆，形成一座水寨。

施天福又高喊：「變陣！」尾樓鼓響數通，船隊轉動，須臾排成一個魚形：二十艘大福船圍著中軍旗艦排成菱形船陣，算是魚身，左右和陣尾後掠的四列趕繒船是魚鰭和魚尾。

施天福再喊：「啟航！」砲響帆升，中軍向前駛進，船隊同時並發，陣形絲毫不亂。

林文燦見船隊進退有法，不由得讚道：「陸兵擺陣，也難整齊。海船操持不易，而能有此法度，鄭帥帶兵真是有一套！」

鄭芝龍微微笑道：「海上風向不定、波濤變幻，難拘一定之勢，操演陣法不過令船隊熟習進退之道，臨敵之際，還得從權應變。」他對張肯堂道：「撫台大人，海戰之道無他，不過大船勝小船、多船勝寡船，大銃勝小銃、多銃勝寡銃而已。又兩軍相峙，上風順潮者利，下風逆潮者不利。」

「喔？願聞其詳。」張肯堂道。

「福船舷高船堅，遇著小船，當頭駛過去就能將之犁沉。且大船上的火砲和弓箭居高臨下，擊小船就如捏雞蛋似地。此所謂大船勝小船；又海上交鋒，火器最先。蓋火器及遠，海上又無從掩蔽。若敵我船隻一般大小，則銃大且多者，自然得利。而不論是衝犁還是發砲，都須順風順潮，才顯得出威力。反之，下風逆潮則船速遲、煙火倒吹，是授敵以大勢。」

張肯堂向舷邊走了兩步，張望陣中較小的趕繒船，彷彿想像著從福船上往下攻擊的光景，一面點頭道：「信然也。」

林文燦問道：「聽說紅夷的夾板船比福船還要巨大，可是真的？」

「是的，夾板船舟長可達十八丈，橫廣五、六丈，豎桅杆五支，設夾板五層，舷側鑿小窗置銅銃數十門。其大銃長二丈餘，銃門如四尺車輪之轂。可謂樓高船堅，遠非我中華船船可比。」馮聲海答道。

「長十八丈？」林文燦咋舌道：「那豈不是比福船大了一半有餘？」

「一點不錯。」

「若此，敵船大我船小，豈非無法可制？然將軍曾在浯嶼大破紅夷，是以何策？」張肯堂問。

「紅夷夾板船固然難制，畢竟萬里遠來，其數不多、其援不濟。」鄭芝龍道：「要跟它比大，自然比不過，此時便得以多取勝了。以十圍一，順流火攻，或者群擁而上登船肉搏，以己之長攻其所短，可奏全功。」

張、林二人恍然，連連點頭。張肯堂忽指著海上問：「那是甚麼？」鄭森順著他所指看去，見船陣前方有六艘船下了椗停在海面上，仔細一看似乎不是戰船，而是略顯破敗的舊船，船舷邊立著許多人形木牌。

鄭芝龍笑著說道：「大人，這是幾艘靶船，用來操演火器的！」說罷下頷朝著施天福一揚，施天福立時高喊：「列砲陣！」船尾鼓響、桅斗旗舞，魚形船隊向左右展開，成為一個倒寫「人」字般的逆雁行之勢，由中軍正對著那六艘靶船，兩翼斜伸包抄。施天福又一個指令，船隊轉以右舷對靶船，同時艙板下腳步聲響，六十一名黑人銃手從底艙循梯而上，在右舷邊排成三排，熟練地裝藥、填彈、上火繩，然後第一排銃手舉銃瞄準，等待命令。

張肯堂等見了這隊黑人銃手，還在驚奇之際，施天福已大聲喊道：「開火！」銃兵頭領多默手中長刀一揮，二十管鳥銃同時轟然噴出火光，硝煙大作，靶船上的人形木靶片片碎散。第一列銃手隨即退到後排，第二列銃手上前舉銃，立時又是一陣銃響。等第三列銃手也如法射擊完，第一列銃手已然裝填完了，隨時可以再發。

張肯堂等人還不及讚嘆，施天福手一揮，銃兵隨即拆下火繩轉身退開。另一隊兵卒扛著十門大銃上前，俐落地裝藥、填彈。鄭芝龍道：「撫台大人，這便是新造的大斑鳩銃了。」眾人看這大斑鳩銃，與鳥銃十分相似，只是更為巨大。鄭芝龍道：「大斑鳩銃威力強大，但十分笨重，無法單憑雙手施為，須用一根木棒立在地上撐住銃身。」銃兵一如所言，裝填好火藥鉛彈後把銃身架在一根直豎的木棒上，接著得令發火，威勢又勝鳥銃一籌。

鄭森站在眾人後面，正覺煙硝嗆人，忽見李嗣京有些異樣，曲下身子手扶短欄，於是上前問道：「李大人您還好嗎？」李嗣京捂著胸口勉強說道：「還……還好，就是有點暈。」鄭森見他嘴唇發白，眼光渙散，知他醉船得凶，忙問：「大人要不要進艙去休息一下？」李嗣京搖搖手，卻說不出話來。鄭森抬頭一看，張肯堂和林文燦臉色也不好，都在強自撐持。

這時大斑鳩銃手已經退下，砲手們推著八門佛郎機砲，簇擁著正中一門碩大無朋的巨砲，在舷邊砲位上就定。

「請眾位大人看我潮漳水師無堅不摧的砲陣，」鄭芝龍道：「這佛郎機砲，鉛彈可及百餘丈之遠。自嘉靖時傳入中國，已歷百年，雖海盜小賊間亦有之，但要如我軍數量之多、演練之精，放眼神州那是絕無僅有。」他又指著正中間的那門大砲道：「當中這門巨砲，乃是我重金向濠鏡澳[1]的佛郎機人所購，重千餘斤，能發二十四斤之彈，及遠四、五里。在佛郎機國也是難得之物。本鎮名之為『龍檟』，請大人校閱！」

鄭芝龍言罷，施天福隨即高喊：「開砲！」頓時舷邊八門佛郎機砲碰隆齊響，跟著左右四十艘戰船紛紛開砲不歇，有如天降雷神，霹靂爆發。眾人舉手捂住耳朵，卻絲毫不減震撼。鄭森直

1 濠鏡澳：即今澳門。

感胸臆翻騰、五內顛倒，腳下艙板震顫欲裂，叫人幾乎站立不住。定神向靶船看去時，只見六艘船上木屑噴飛，不多時便已千瘡百孔、處處洞穿。一艘船上的主桅忽然中彈，嘩啦一下折倒，杆頭倒栽進水裡去，濺起極高的水花。

鄭森雖也熟練鳥銃，但一直有意遠離兵事，像這樣上百門火砲齊發的陣仗也是初見，不覺血脈賁張，對父親也更增敬意。鄭森數著，火砲不過放了三輪，感覺卻是地老天荒一般。

好容易才覺得砲聲漸歇，剛喘過一口氣來，冷不防一聲轟然巨響，如焦雷怒劈直中座艦，正是龍槓砲發。對面一艘靶船應聲從船身中段栗喇斷碎，糜爛一團。鄭森嚇了一大跳，心想虧得靶船上沒有人，否則真不知會是多麼悽慘的光景。

龍槓發後，眾砲俱寂，海上一瞬間又恢復了安靜。鄭森卻猶覺耳中嗡鳴、心跳狂急。海風到處，圍著船隊的濃密硝煙團團飛走，而鄭森鼻中依然聞到刺鼻的硝磺氣味，中人欲嘔。

施天福老神在在，看鄭芝龍向他一點頭，遂高喊：「操演完畢！」號砲響過，四十艘船上的水兵們齊聲呼喝。施天福轉身抱拳道：「大人！砲操完畢！」

張肯堂等三人不能發一語，只有擺手點頭示意。李嗣京忽然趴在欄杆上嘔吐起來，他起先還顧念著官儀掙扎忍耐，卻終於撐持不住一嘔再嘔。鄭森忙俯身幫李嗣京拍背，按壓他掌心勞宮穴幫著順氣。鄭森看看另一邊，張肯堂臉色蒼白，邊扶著欄杆邊撫胸喘氣。林文燦也好不到哪裡去，雖勉強扠腰而立，卻掩不住腳下虛軟。

「唉呀，三位大人醉船了。快扶大人們進船艙裡去休息。」馮聲海趕緊招呼。

「李大人能移步嗎？」鄭森問。李嗣京神情委頓，依然說不出話來，只能淺淺地搖頭。鄭森看看陡峭的梯級，對鄭芝龍道：「爹，大人們很不舒服，怕不好下梯。」

「那就快取凳子來。」鄭芝龍道：「還有醒船湯！」

很快有小兵取來三張凳子，張肯堂卻堅持不肯坐下，只道：「我……一會兒進艙去再休息……」胃中猛然一股酸水湧到嘴邊，咬緊牙關不肯嘔出，硬是吞了回去。

鄭芝龍看在眼裡，道：「撫台大人，我軍操演已畢，請寬坐吧。海上風浪大，咱們待慣了的不覺有甚麼，頭一回上船都是這樣的，還是坐著舒坦些。」馮聲海則斥責小兵道：「慢手慢腳的幹甚麼吃的，快把水和盆子取來讓李大人淨淨口，伺候大人們吃醒船湯。」

張肯堂向施天福答個禮，算是校閱已畢，這才願意坐下。林文燦見己方三人大為失態，勉強開口破破氣氛道：「看來幹水兵也不是挺舒服啊。不過平日裡便這般操演，不嫌太費火藥了？」

施天福答道：「海上交鋒火砲最先，平日吝於操練，上陣時船讓敵人打沉了，火藥還不是都得白白泡進海水裡去。」

眾人一陣忙亂，三人總算緩過來些。鄭芝龍抱歉道：「大人們委屈了，還是進艙去避避風吧，咱們這就回頭。」一邊交代施天福慢慢返航。

張肯堂等人進了中艙官廳，猶難言語，或以手撐頭，或抱著胸腹，只盼望趕緊回到陸地上。鄭芝龍等人見此光景，也不多打擾，自往另一個艙間喝酒談話去，留下鄭森陪伴三人以備有事時可以招呼。

過了不知多久，李嗣京打起哆嗦，鄭森命小兵取來毯子，自己也覺得涼得有些古怪。這時隱約聽得隔壁哨兵報告，海上起了大霧。鄭森拉開窗板一看，外頭一片茫然，霧氣也直往艙裡滲界。

進來。鄭森走到隔壁，見無人影，登梯走上頂層，不由詫然，原本一望千里的朗朗海天，此刻卻成了白茫茫一片，幾丈之外即已影綽難辨，整艘船像是被塞在一大團棉花裡，與方才仿如兩個世界。

「果然起霧了。」施天福道。

馮聲海見鄭森上來，清咳一聲，刻意大聲道：「不知怎麼回事，忽然起得好大霧。」

「方才還是一碧萬頃，怎麼就霧重如此？」鄭森不解地問。

「海上風波瞬息萬變，森兒今日可親眼見識了吧。」鄭芝龍道：「冬盡春初，陽氣乍生，此間海面常有大霧，並非出奇之事。但似今日濃霧來得如此之速，卻也少見。」接著又向施天福道：「這霧實在太重，別撞了船了。」

施天福一點頭，喊道：「傳令各艦，落帆、下椗，尾樓張燈！」哨兵領命去了，不多時尾樓上鑼敲號響，水兵們也忙著把帆落下。

鄭森回到官廳，向張肯堂等說了起霧停船之事。馮聲海也進來說這霧短則一個時辰，長則三、四個時辰才會散去。李嗣京不由叫苦，直問能否慢慢靠岸。馮聲海解釋道，大霧之中，船隻盲目航行甚是危險，靠岸近了還會觸礁擱淺，因此只能就地下椗。林文燦開窗一看，確實白花花一片，只好嘆氣道，那也別無他法。

停船後，船艙裡靜得磣人，只有海水拍打船身，以及木頭摩擦的嘎喇響聲。窗板邊緣微微透光，嘶嘶地滲著冷氣。

鄭森看張肯堂雖然身上不豫，依然盡力端坐，沒有絲毫鬆懈，心裡暗暗佩服他的修身功夫，想著如果有機會，真該向他請教些為學修養之道。於是自己也默坐澄心，屏除雜慮。

如此良久，忽聽得隔艙騷動，哨兵往來探報，接著腳步沓雜，鄭芝龍等人似乎上了頂艙。鄭森起身走到上層甲板，見大霧依然，天上偶有水珠滴落，下著稀疏的霧雨，把梯級和船板都濕濡了。鄭芝龍正凝神傾聽，遠處白茫中隱約傳來別船上的哨官喝問聲：「……是哪一號船……別直靠過來，不是叫下碇了？」

施天福抽抽嘴角，道：「有古怪。」霧中別船的哨官語氣忽轉為激動：「……慢著，這不是我們的船……喂！來船報上號來……這是……是賊船！」話音才落，接著便發出報警的銅鈸之聲、水兵們備戰呼喝，乃至有零星的兵刃碰撞之聲。

鄭森一瞬之間氣血上衝，又緊張又疑惑，一面不敢相信在這大霧中遇上海盜，一面對於生平首次臨敵竟莫名地亢奮。忽然警覺心裡過於激昂，趕緊告誡自己靜氣沉著。

鄭芝龍低聲下令：「把尾樓上的燈滅了，眾人噤聲。」

施天福道：「要不要鳴號讓附近的戰船靠攏？」

「不！」鄭芝龍壓著嗓子道，「霧太大，各船靠近難保不自相碰撞。而且一鳴號就暴露位置了。」他走到一尊佛郎機砲旁，伸手一抹，道：「不好，砲身全濕了。悄聲傳令下去，砲手盡量把砲擦乾，到底艙去拿乾的火藥和火繩。」

施天福道：「哼，小小毛賊，不飄過來也就算了，撞著咱們潮漳水師是他們倒楣。」

馮聲海道：「平日裡也還罷了，眼下張大人他們在船上，須得護得大人們周全。絕不能讓敵人上船來肉搏。」

「只不知敵船有多少？我軍戰船雖多，霧中遭遇純是瞎碰，眾寡之勢難言。不過情勢對敵船也是一樣的。」鄭芝龍鎮定地道：「這會兒太濕了，火器怕打不著，霧裡開砲也怕誤傷僚船。讓士兵們改拿標槍和弓箭，敵船若太靠近了就升帆避開。」

這時林文燦聽得聲響，也上來頂層，睜大眼睛問：「有敵人？這麼大霧裡怎麼遇上的？」

「怕正是這霧，讓海賊沒頭沒腦亂漂著，偶然撞進咱們船陣裡。」馮聲海道。林文燦手按腰刀，道：「㑚他媽，老子頭一回打海盜，倒也新鮮。」

「噤聲！」鄭芝龍低聲道，眾人抬頭一看，近處霧中綽然印著一個船影子，緩緩向這邊靠近。鄭芝龍交代施天福：「叫哨官看仔細，辨別來船是敵是友。」

林文燦上前一步正要說話，腳下卻差點滑了一跤。鄭森在旁趕緊攙住了。施天福悄聲道：「文燦兄注意腳下。海船上搖晃得緊，現在船板又濕，您打不慣海戰，還是讓兄弟來吧。」林文燦感慨道：「我自入行伍，還不曾見敵不戰。」

鄭芝龍充滿威嚴地道：「林將軍稍安勿躁，護衛張大人和李大人的重任還得有勞您。」林文燦聞言重重點頭，轉身小心地下梯進艙去了。鄭芝龍對鄭森道：「森兒，咱們倆也下去，上面就交給你福叔去料理。」鄭森稍一猶豫，跟著鄭芝龍下艙。

官廳裡，張肯堂與李嗣京也警醒了，李嗣京猶自醉船不止，聽說遭遇海盜，苦著臉虛弱地道：「怎麼醉船、大霧、海盜都給碰上了……」

張肯堂告誡道：「李大人，無論遭逢何等橫逆，面不改、目不瞬方為我輩本色。總兵大人無敵於海上，偶遇小小海賊，不足掛懷。」

「是……」李嗣京十分慚愧。

鄭芝龍笑道：「兩位大人且寬心，鼠輩不足為患。」

艙頂上忽然一陣騷動，同時傳來施天福的呼喝：「來船是哪條道上的？」接著是一片長久的死寂，官廳右邊艙壁外忽然「咚」地一聲悶響，有物事飛擊而中。頂艙上傳來施天福的喊聲：「好傢伙，不畫個道兒就放冷箭！來呀，給我射！」他話還沒完，艙壁上已驟雨般咚咚亂響。

鄭芝龍道：「眾位大人，請到艙房中間來。」一面召喚鄭森合力把紫檀木大桌翻倒，推在張肯堂和李嗣京身前。「弓箭和標槍是射不穿艙壁的，」鄭芝龍一派輕鬆地微笑道：「大霧天敵船就有火砲也無法擊發，如此處置只為以防萬一。」

鄭芝龍又交代鄭森：「把火燭滅了，免得交戰時船身衝撞打翻了火。」鄭森起身熄了燭火，官廳裡頓時一片黑暗。鄭森聽得艙頂上呼喝不止，艙壁上叮咚不絕，而且鈍重的聲響漸漸增加，似乎是標槍或石塊打中的聲音，顯見敵船更加接近。黑闃中不明情勢，更增焦慮，艙壁上每響一下眾人心裡就是一揪。鄭森心想，莫非敵人真要登船刃戰？倘如此，自己必盡力保護父親和張、李等大人。然而這時他才想起手中並無武器，胸中一陣翻湧，又是惶恐又是心虛慚愧。

頂艙忽又傳來施天福的罵聲：「幹伊娘，倒吊蝙蝠旗，是楊九一夥！」似乎還有人受傷倒地的聲音。

鄭森按捺不住，對鄭芝龍道：「兒出去看看。」說著就衝到後艙武庫，本想取一支鳥銃，順手一摸前襟和髮際，猶然微感濕溽，遂拿了弓箭，返身登梯而上，又一個箭步躲到尾樓前的護牆後。探頭看時，一個比本船稍小一號的船影就在眼前，幾乎快要可用勾索勾住，但霧氣太重，對船上甚麼也看不清，只見兩船間弓箭互射。奇怪的是雙方準頭都甚差，對方似乎專朝著本船的舷側發箭。

鄭森瞅見對方船頭上立著一個人影，心裡忽然無比清明，很自然地起身、抽箭、搭弓、照準，像是有股莫名的力量驅使著，弓弦一放箭矢疾出，那人影沒聲沒息地驟然消失，也不知是被射中翻倒還是避開了。鄭森躲回牆後，胸口怦怦亂跳，這才意識到自己頭一回對著一個活生生的人放了箭，也許沒射中，也許已然將他射死了。待要起身再射，雙手卻不爭氣地瘓軟抖動著，不由得暗罵自己沒用。

一回神，鄭芝龍已在身邊，按著他肩膀道：「森兒進艙去，我命你守護大人們，你不能違令。」

鄭森點點頭，起身下艙，在梯口瞥見鄭芝龍向將台上的施天福使了個眼色。回到官廳後不久，便聽得頂上一聲悶悶的砲響，像是火藥沒裝足，頂艙上接著又傳來兵卒們的歡呼聲。鄭芝龍跟著進了官廳，眼睛往艙頂上一瞟，說道：「火藥大概濕了，不過畢竟把砲點著，說不定還打中了。」

施天福快步走進官廳，抱拳道：「砲管受潮，藥力發得不足，打得太近。不過敵船被這一砲嚇得逃了。」

「不可鬆懈，繼續戒備！」鄭芝龍道。

「是！」施天福轉身出去。

「大概是不礙了，」鄭芝龍把大桌翻正，鄭森也將張肯堂和李嗣京扶回座位上。李嗣京本已醉船得七葷八素，這麼一折騰更是痛苦不堪。張肯堂也是多數時候緊閉雙眼，極力忍耐。

「大帥，」林文燦畢竟是武人，身子骨結實，也經歷過殺伐戰陣，顯得較為鎮定，「咱們遇上的是哪一夥賊黨？這海面怎麼如此不平靜？」

「看樣子，像是先前本鎮剿滅的海盜楊六、楊七一夥人的餘黨。本來小賊鼠輩，必不敢犯我大軍，大霧之中偶然漂流撞見，算他們晦氣。」鄭芝龍意有所指地道：「自本鎮坐守東南海上，水寇巨魁無論鍾斌、李魁奇、劉香，還是楊六、楊七等人，賴皇上洪福，本鎮盡皆加以殄滅。無奈前年朝廷調我到湘粵之交的萬山叢中去剿猺人，折損了我手下大將陳鵬不說，海上賊寇也就此得以喘息，只怕又將多事。」鄭芝龍嘆口氣道：「海氛不靖，今日尚且累得各位大人受驚，總是我這個署潮漳總兵攻剿不力，慚愧啊慚愧。」

張肯堂和林文燦互看一眼，兩人多少都疑心鄭芝龍養寇自重，但一來毫無憑據，且三人都正自委頓不已，一時拿不出力氣質問鄭芝龍。張肯堂只好道：「今日之事非總兵大人之咎，不必自責了。」

此後彼此無話。良久，哨官來報霧氣稍散。鄭森跟著父親到船板上張望，只見大海之上霧氣漸收，陽光斜照，水面金光亂閃，殘霧裡也透著一片澄黃，四望真是大好風光。

船隻緩緩起航，穩穩地駛回安海港。靠岸以後，李嗣京依然腳步虛浮，走不得跳板，由鄭森背負著下船。鄭森只覺李嗣京比想像中輕得多，但他如負千鈞，戰戰兢兢一步一步走過跳板。張肯堂雖也虛弱，依然堅持自行走下。

鄭芝龍早已安排好三乘轎子在碼頭上，吩咐轎夫將張肯堂等三人送回驛館裡去。臨上轎前，鄭森靠得近，聽到林文燦和李嗣京附耳道：「今日的遭遇未免古怪，該不會是鄭芝龍那廝安排好的？」李嗣京眼神迷惘地道：「不會吧，總兵大人又不是孔明，還能呼風喚雨召來大霧？」

鄭森聽聞此言，不由得想起前一天傍晚，鄭芝龍離開賊仔港時，施天福說天氣暖了怕不有大霧？鄭芝龍當時神情詭祕，似有深意。一念及此，鄭森倒抽一口冷氣，心下無比疑懼，卻又不敢想實了。忽然背上有人一拍，嚇了他一跳，卻是馮聲海抓著他肩膀，笑道：「森舍也醉船了嗎？」鄭森看馮聲海開朗磊落的樣子，霎時覺得安定不少，也笑道：「我雖是讀書人，可也是船上長大的，怎會醉船。」說罷相偕往鄭宅走去。

●

當晚鄭森輾轉反側，一直睡得不深。直聽到遠處鳥鳴聲起才朦朧沉睡，但不多時便又警醒，睜眼一看窗已透亮，忙起身盥洗更衣。

用早飯時，鄭芝龍說張肯堂已差人來請，一會兒在總兵府後進花廳議事。鄭森對昨日之事感到疑惑，又不知該從何問起，一時倒有些失悔過去不夠留心兵事。他又想到朝命調遣之事，自來與父親鮮少談及於此，前陣子見鄭芝龍積極打造戰船、操演士卒，一直以為父親會遵奉朝命，現在看來卻似乎不是如此，於是開口詢問。鄭芝龍聽了卻只淡淡一笑說，此事他自有計較，總不會誤了國家。

飯後鄭森跟著鄭芝龍出宅院，從後門而入，在花廳外的天井遇到馮聲海和張肯堂等三人。鄭芝龍親熱地招呼：「三位大人早，身上都好了吧？」張肯堂答道：「將息一夜，已然無礙。」

鄭森深深一揖，道：「給老公祖和兩位大人請安。」張肯堂等人淡淡點頭，並未多說甚麼，向鄭芝龍一讓，走入花廳裡。鄭森並無身分與會，本該離去，又十分關心眾人商議之事，心裡反覆叨念著非禮勿聽，猶豫半天，還是給自己找了個藉口，走進廳後小間「等候父親招呼伺候」。

花廳裡眾人分次坐定。今日改在花廳議事，眾人都穿的便服，氣氛輕鬆不少。張肯堂逕入正題道：「昨日海上校閱，本撫也算是開了眼界。閩帥麾下軍容壯盛、操演得法，確是一支勁旅。」他半仰著頭，捋鬚感嘆道：「方今天下多事，眼看竟是個大廈將傾的局面。本撫身處南疆，卻無時不關心江北與關外的戰事，每日裡搜神剔思，就想為國多獻一策、多給一兵。」他笑看鄭芝龍道：「如今見我閩海有這麼一支龍驤之師，真叫人快慰非常啊！」

李嗣京也道：「是啊，這支水師派往關外，清人難敵，朝鮮叛師也不能在覺華島海面助夷為虐了，實是一大生力軍。」他自失地笑道：「老實說，昨天在海上可把我折騰慘了，那醜態，想起來還真不好意思。不過能夠目睹我軍威勢，再辛苦難受也值。」

「我也是個吃慣皇糧的，知道帶兵難，」林文燦道：「像大帥這般，四十艘船指揮得整整齊齊，著實不易。」

「這是眾位大人不棄嫌，把部隊操演好，乃是我輩的本分。」鄭芝龍爽朗中不無自得之色，然而他隨即姿態一轉，大聲嘆氣道：「我也和列位大人一樣憂心這時局啊，國家殘破，教人恨不能插了翅飛到關外去，但眼下，唉，竟是輕易走不得開。」

鄭森在廳後聞言大感詫異，不知父親有何苦衷。殿內三位官員也紛紛驚噫，林文燦立時率直地問道：「鄭帥何出此言？兵既練成，怎麼就走不開？」

鄭芝龍眉頭一鎖道：「昨日就在這圍頭灣裡，我潮漳總兵宅邸的大門前，竟有海盜公然出沒，還累得三位大人受了驚。本鎮昨天一晚上睡不著覺，慚愧得不得了！總歸是本鎮沒有清剿乾淨，讓一幫小賊得以喘息偷生，甚且騎到咱們頭上來了。不過大人不必擔心，我昨夜已經傳令，將新造成的大福船和趕繒船各派出十隻，一共二十隻船分頭搜索，勿使奔竄！」

「總鎮大人……這未免小題大作了吧？」李嗣京道：「昨日重霧之中遭遇賊船，係屬偶然。我福建海氛平靜多時，不曾聽聞有成氣候的大股海盜出沒啊！地方上有些小賊在所難免，大人手下戰船不下五百艘，卻將新造的戰船派出一半去，置關外危急之地於不顧，這未免本末倒置！」

「不然。」鄭芝龍搖搖頭道：「舊船雖多，除去部分殘敗不堪使用的，其餘多分汛各地，倉促間調遣不及，非派出新造戰船不可。且除惡不盡將養虎貽患。楊九一夥賊人近來劫奪南澳商船，地方上必有警報到省，等眾位大人回到福州自然就看到了。倘若坐視不理，小賊終將成為巨寇。」

張肯堂臉色一沉道：「本撫三令五申，不准官民人等下海興販，私通外國。商人知法犯法，貪圖暴利，啟盜賊覬覦之心，乃是咎由自取。」

鄭芝龍道：「商人固然咎由自取，海盜坐大，卻不只會騷擾商人。我昨兒就說了，若非前年朝命調我去湘粵邊區的深山裡去剿猺人，也不至於讓海寇有喘息之機。更何況海上不僅賊寇橫行，」他加重聲氣道：「近來我又得知，和蘭人正蠢蠢欲動，揚言來攻哪。」鄭芝龍看了看馮聲海，馮聲海隨即從袖中取出一封書信，呈給張肯堂。鄭芝龍接著道，「大人請看，這是紅夷的爪哇咬留吧王日前捎來的文牒。」咬留吧乃是雅加達的古地名，當時在和蘭治下改稱巴達維亞，但中國人仍沿其舊稱。所謂咬留吧王，指的乃是和蘭東印度公司常駐當地的東印度總督，明朝官員不明就裡，誤以為是個藩王。鄭芝龍雖知底細，但此時依著官場上的習慣稱之。

鄭森在廳後聞得鄭芝龍此言，心中犯疑。前日他也參與了賊仔港的會議，只聽說臺灣長官來信要脅，卻不曾聽聞東印度總督也有文牒，莫非是後來新到的書信？其實這正是臺灣長官麥爾寫給鄭芝龍的那封信，鄭芝龍欺張肯堂等不懂佛郎機文，故意說成是咬留吧王所寄，張肯堂自然無法分辨。

鄭芝龍接著道：「那咬留吧王甚是狂悖，說近日將調集數十艘夾板船，寇掠我大明海疆！」

「豈有此理，紅夷落腳臺灣已近二十載，十一年前總兵大人更在料羅灣大敗夷船，令其喪膽，如今怎敢復來騷擾？」張肯堂道。

鄭芝龍道：「和蘭人不辭萬里遠涉風波來此，乃是慕我天朝器用，求市如渴。此番揚言來攻，正為的撫台大人不准官民出海興販，掐住了他們脖子。他們狗急跳牆，甚麼事都做得出來。」

「不然，紅夷傾慕天朝，便該循禮前來朝貢。」張肯堂道：「禮部恤其遠在重洋之外，曾允其二十年一貢，哪知紅夷不知饜足輕啟戰端，才絕了朝貢之道。我閩省原本民風淳樸，耕食自足，但自與紅夷交通之後，小民棄義趨利輕犯波濤者不知凡幾，即使中人之家亦窮奢極欲，我福建風俗為之大壞。此乃動亂之源，非得禁絕不可。」

說話間，殿外忽然一陣嘈雜。鄭芝龍不悅地道：「外面在鬧甚麼？這裡正議著事呢！」

施天福忽然來到花廳門口，向鄭芝龍行禮，道：「有緊急軍情稟報。」

鄭芝龍向張肯堂抱歉地一點頭，道：「撫台大人請稍停一會兒，待我瞧瞧有何軍情。」接著起身到花廳門口，對施天福道：「說！」

施天福道：「汀漳守備星夜差人來報，南安、仙遊一帶賊徒嘯聚，漳南也傳群盜作亂。」

「人呢？」

施天福回身往廳外一招，一個渾身髒汙、狼狽不堪的武官踉踉蹌蹌走了進來，跪在鄭芝龍身前道：「汀漳守備標下把總許得祥拜見大帥。」

「出了甚麼事？」鄭芝龍問。

「稟大帥，泉州府和漳州府間幾十個地方賊寇大起。泉北的南安、仙遊等地，由梁良和賴祿二人為首，聚眾攻打郡城。另有崔鷹、鍾亮、葉祝、方安等賊徒，往來騷擾漳南的龍巖、永定及平和各縣。」許得祥氣喘吁吁地道：「賊人……賊人像是約好了似地，忽然一古腦兒起來作亂，搞得到處傳警。漳州知府大人和咱們守備大人兵力有限，怕中了調虎離山之計……眼下固守著……守著漳州府城，請大帥派兵……派兵進剿……」

「你從漳州星夜來報？」

「是，奉守備大人嚴令……一刻也不敢……耽遲……」

「辛苦你了，先下去好好休息，我自有計較。」鄭芝龍把許得祥扶起來，拍拍他身上的塵土，許得祥眼眶一紅，向鄭芝龍重重點頭。鄭芝龍對施天福道：「好生照看，一會兒問仔細些。」

「且慢！」林文燦道：「總鎮大人，這可怪了。梁良和賴祿二人我是知道的，他們在泉北山中結寨多年，雖然不服官府、不納糧稅，但與世無爭，從不出寨劫掠的。」

許得祥不知林文燦等人是誰，疑惑地看著鄭芝龍。鄭芝龍道：「這是本省巡撫張大人，還有巡按李大人、參將林將軍。」許得祥忙俯跪在地道：「卑職有眼無珠……拜見各位大人。」

「許把總請起來。」張肯堂道：「適才林將軍問的話你可聽到了？」

「是，這梁、賴二人確實甚少出寨騷擾……」許得祥還沒說完，鄭芝龍不以為然地打斷他道：「他等既然不服官府，出而作亂有何奇怪。」許得祥心念一轉，道：「大人們明察，他二人從前抗官的事情也是有的，只是近年彼此相安無事罷了。」

李嗣京問道：「你說幾十處地方賊寇大起，未免誇大了吧？」

「不誇大，真是到處同時傳警。」許得祥道：「咱們閩南山間，一直都有許多不服官府的刁民在山中結寨，他們也不是想造反，就是抗糧而已。這會兒卻不知怎麼一齊下山作亂了。」

張肯堂道：「哦？山寨間平日可有聯繫？還是背後有人策動？」

「各寨只求自保，平日應該沒有聯繫。至於是否有人策動，卑職就不知道了。」許得祥答道。

「興許是官逼民反呢，」鄭芝龍插話道：「這幾年朝廷加派『遼餉』、『練餉』、『剿餉』，催徵不已，地方官給逼得沒法兒，死人骨頭上都想刮出錢來，亂子當然就多了。」

鄭芝龍看張肯堂等一時無話，向施天福揮揮手，施天福遂領著許得祥下去了。鄭芝龍臉色凝重地回座，道：「本鎮職守閩南粵北，安海又正好位處泉、漳之間，此間亂事責無旁貸。張大人請寬心，我即刻調兵遣將，相機進剿。」

鄭森聽著頗覺蹊蹺，怎麼忽然同時生出許多事來？廳裡李嗣京果然也問了：「海盜、紅夷還有各處山賊一齊起事，這未免太巧了點吧！」

鄭芝龍不悅地道：「李大人莫非懷疑這些事情是本鎮一手安排的？」

「不敢，只是幾件事情早不發、晚不發，同時讓咱們遇上了，總覺怎能巧合如此。」李嗣京道。

鄭芝龍睨視著李嗣京冷冷地道：「海盜飄忽於閩粵之間，紅夷咬留吧王遠在爪哇，梁良一夥結寨於泉北，崔鷹等人作亂於漳南。我鄭芝龍就有通天本領，又如何能使這幾支人馬同時發難？你何不乾脆說關外建州韃子[2]和各省流寇都是我教唆造反的？」

「總兵大人莫惱，」張肯堂道：「李大人不是這個意思。本撫也難免疑惑，為何國家多難至此？然而無論情勢如何險峻，我輩終究還是得奮勉為之。」他微微沉吟，道：「事情雖多，未必不能解決。譬如泉北漳南的賊亂，安海雖位處中心，由貴鎮出剿固然可得地利之便。但派水師入山剿賊，卻又不甚相宜了。這兩處亂事可由陸兵去敉平。」

林文燦一拍大腿，自告奮勇道：「不錯，咱們陸兵不是閒擺著好看的。撫台大人，末將此刻就向您請命，願入山剿寇！我只帶一營兵，剿不平軍法從事！」

鄭芝龍冷笑道：「林將軍好氣概！只是賊人眼下正圍著泉州城攻打呢，將軍回福州調一營兵馬前來征剿，要費多少辰光？郡城撐不撐得住？」

「泉州憑城固守，撐持幾日沒有問題的。」張肯堂道：「閩南雖然諸難並發，畢竟只是癬疥之疾。放眼天下情勢，關外建州夷虜才是腹心之患。國家危急存亡，皆繫於此。此其一也；閩南無鄭帥，尚可維持，關外無鄭帥，卻難有一旅能夠截奪朝鮮水師、防護海口。此其二也。」張肯堂肅容道：「山賊作亂，自有陸兵進剿。鄭帥即便領新練的三千水師北上，此間慣戰水師也還有萬餘名，足堪守禦了。請總兵大人以天下為念啊！」

「撫台大人有所不知。」鄭芝龍道：「本鎮在此，潮漳水師則安，本鎮一離，恐怕潮漳水師就要分崩離析了。」

李嗣京道：「總鎮大人此言差矣，大人治軍雖嚴，本省卻非別無將才，怎可說一身離去，一軍皆潰呢？」

張肯堂也道：「上年朝命調大人前往覺華島，大人推說兵不足、船械不新而不可。朝廷在萬般拮据中，嚴命閩粵兩省硬擠出款子來建此新軍，如今兵也募了，船、銃也都造好，總兵大人盡數接收了去，卻還是頓兵於此推託不出，這豈不是擁兵自重？」

鄭芝龍道：「大人言重了，此番斑鳩銃等火器確是廣東都司所造，移交本鎮。但四十艘船乃是本鎮自行督造，共費六萬多兩銀子，多數是我先行墊支。此外招募操練三千水師，加上開拔所需的費用，也還短缺不少。大人們只見軍容壯盛，不見本鎮在後撐持的苦心。」

李嗣京道：「此次張大人特從省裡調了八千兩銀子給總鎮大人開拔，那可是東挪西湊，搜空家底了。總鎮大人可要拿出良心來啊！」

2 建州韃子：清朝前身後金，原屬建州女真。明人出於鄙視，常以「建州」取代「清」稱之，又因其為異族，稱之為「建虜」或「建州韃子」。

「八千兩！哈哈哈……」鄭芝龍狂聲大笑，眼角還逼出一滴淚來，隨後捂著胸口道：「對不住，失態、失態。」他緩過氣來，收斂神色道：「李大人，我鄭芝龍行事對得起天地良心！你且聽我算算。崇禎九年，朝廷調本省陸兵三千，安家、衣甲、犒賞、雇船、器械等費，加上月行糧原該給一年，只酌給八個月，共費銀一十一萬八千八百兩。此番調用水兵，衣甲器械費用倍於陸兵，就算月行糧也只給八個月，總共需銀十六萬餘兩。合計兵、船兩項二十三萬餘兩，到今天為止兩省撥給我的還不足十萬！」鄭芝龍哼哼一笑，接著道：「更不提本鎮歷年兵餉，歲缺六萬，累計懸缺二十五萬有奇。兩項合計，朝廷欠我近四十萬。多年來本鎮勉力調度，終使一軍完整，保得一方平靜。倘若我離開安海，這麼大窟窿卻不知撫台大人和巡按大人如何彌縫？萬一頂不過來，後果可是不堪設想。」

李嗣京和林文燦啞口無言，張肯堂沉默了一會兒，道：「久知總兵大人慷慨好義，隻手護著閩粵海面平靜，張某感佩無已。似大人所說，餉銀短絀，仍要貴鎮出兵，是有些強人所難。然而國事蜩螗，此非常之時，不可為常理所囿。」張肯堂無限感慨地道：「三百餘年前，堂堂中國淪於蒙元鐵騎蹄下，肯堂每讀史至此，猶感鬱鬱。幸賴我太祖高皇帝義師奮起，才復我漢人衣冠。不想今日建虜復起，奪我遼東、窺伺神州，此刻五度入關寇掠冀、魯等地。而內又有流賊為禍，十餘年來奔竄陝、甘、晉、豫、鄂、湘、川、皖各省，半壁江山烽煙不絕，生靈塗炭，眼看又是個不忍言的局面。中原騷亂，福建與京師音訊斷絕已近四個月，不知皇上安否……唉，總歸一句，萬請總兵大人以天下為重啊！」張肯堂說罷起身，向鄭芝龍深深一揖。

鄭芝龍連忙起身讓開，道：「張大人這可折煞我了。大人以天下相責，卻不知本鎮正是以天下為任，才不敢輕離安海。清人有鐵騎十萬，本鎮縱領三千水兵到關外，於大局無助。然而我一去此地，潮漳水師勢必難以為繼。」鄭芝龍十分為難地道：「我就攤開來說吧，潮漳鎮額兵一萬六千五百人，實有二萬四千餘人，全軍糧餉和船舶器械維持，一年花費近百萬，全賴本鎮維持。一旦財用不足，二萬四千人現就得挨餓了。到時別說是出兵平亂，鬧餉譁變都有分——要知流賊有一半原本也是餓殺的官兵哪！倘若東南局勢大亂，鄭某擔待不起。」說著，鄭芝龍摘下帽子，竟露出一個光頭，青森森地顯是新剃。他一邊伸手摩挲著頭頂，道：「左思右想，居然沒一個兩全其美的善策，此事實實超乎鄭某所能。上負朝廷、下愧生民，阿彌陀佛，善哉善哉，鄭某只好遁入空門，吃齋念佛懺悔去了！」

張肯堂等三人不料鄭芝龍忽有此舉，盡皆傻了。李嗣京道：「總鎮大人自始便無意出兵，那麼昨日一番折騰，竟是戲弄咱們了。」

鄭芝龍答道：「怎敢。請大人們校閱、看操，是讓朝廷知道銀子沒丟進水裡去，也沒讓本鎮給吞沒了。潮漳水師兵強船堅，可保閩粵海上無虞，朝廷用兵北疆，絕無後顧之憂！」

張肯堂僵立良久，知道畢竟是調不動鄭芝龍。他昨日折騰了一天，此刻既擔憂關外情勢，又怕鄭芝龍終成尾大不掉之勢，頓時雙膝一軟，重重跌坐在椅子裡，臉如金紙手搖心顫。

眾人大吃一驚，忙湊上前去迭聲呼喚，鄭芝龍也趕緊叫馮聲海去請大夫。鄭森在後頭聽得有變，衝進廳來，見鄭芝龍正為張肯堂推揉幾個穴位，好半晌，張肯堂慢慢緩過氣來，臉上也恢復些許顏色。

「張大人先回舍下休息吧。」鄭芝龍道。

張肯堂搖搖頭道：「只是一時肝陽上亢，不礙事的。」他扶著桌緣起身，李嗣京和鄭森忙從左右攙著。張肯堂道：「總兵大人既不肯出兵，咱們在這也沒甚麼好談了，這就散了吧！」

鄭芝龍和李嗣京都勸張肯堂再歇息一會兒，張肯堂執意不肯，逕自巍巍顫顫地向外走。到了府外，張肯堂叫牽他的騾來，鄭芝龍只傳來轎班，眾人也苦勸他乘轎離開，張肯堂拗不過，才掀了轎簾坐進去。

鄭芝龍叫來施天福，說鄭近地方山賊作亂，命他派五百兵護送張肯堂回省。

臨走，鄭森向張肯堂躬身道：「老公祖多多保重。」李嗣京和林文燦「哼」地一聲不多理會，張肯堂看了一眼鄭森，只道：「好自為之。」

第參回 請纓

送走張肯堂後，鄭森出門在街上亂走，心裡十分氣悶，只覺陽光刺眼，看到甚麼事情都不對勁。他走著走著，不覺來到馮聲海家，遂進門去找馮聲海的兒子馮澄世。

馮澄世一見到鄭森就頑皮地道：「好啊，阿森來抓我去上學了？我也不過才三天沒去嘛。」馮澄世和鄭森年紀相仿，鄭芝龍為鄭森和族中子弟請了塾師授業，馮澄世也跟著一起讀書，平日和鄭森感情最好。

鄭森並不答話，耷拉著一張臉。馮澄世見了大感詫異，問道：「怎麼啦？」鄭森卻不打話，拉著他出門，默默穿街過巷來到港邊，沿著長而曲折的碼頭亂走。馮澄世知鄭森性子頗為堅忍，但也因此，每有甚麼不順意的事情，都自個兒壓在心裡，問也不說。因此他也不追問，就跟著鄭森一路走去。

兩人走著走著，來到昨日出海看操的那艘中軍大福船邊。鄭森看船身上留下不少細小坑洞，羽箭、標槍等物都已拔去。鄭森二人踩著跳板上船，在船頭船尾隨意張望，船上兵丁認得是森官，都不來擾他。

鄭森走到尾樓將台上，靠著欄杆探頭下望船身，見碼頭和船身之間的縫隙裡潮水湧動拍打，生出許多泡沫。他忽然看見欄杆底下不起眼處斜斜插著一支羽箭，遂彎腰伸長了手去拔，整個人幾乎要倒栽下去，馮澄世連忙拉著。鄭森拔箭在手，立直了身子，細細端詳起來。那羽箭形制和鄭軍所用不同，箭簇黃繡、尾羽稀疏，箭桿也黯淡無光，似乎是十分陳舊之物。鄭森稍一用力拗折，箭桿隨即脆裂。

「這就是昨日大霧中海盜射來的箭？未免太寒酸了點吧！雖說現在年月不好，沒想到連海盜也清苦如此？」馮澄世開玩笑道。

鄭森若有所思，道：「只怕這不是海盜之物，而是從庫房深處拿出來的。」

馮澄世聽這話有異，雖然對張肯堂來安海的事略有聽聞，畢竟不是親歷，遂問是怎麼一回事。鄭森把整個過程概略說了。馮澄世聽了笑道：「你真忘了咱阿爹們是海上買賣的出身，要點把戲算甚麼，我說這事我爹八成也在一旁出主意。」

「何以見得？」

「你想想，這陣子是不大平靜，可也沒有在一天裡全鬧騰出來的道理。先說和蘭人吧，紅毛意在通商，出兵只是恫嚇。一官叔說紅毛不日來攻，至少是特意誇大、虛張聲勢了；其次，眼下海面上沒有成氣候的海盜，一官叔擺著四十艘簇簇新的船隊在這海面上操演，我要是海盜，聽到風聲早就跑得遠遠的了，還沒事在這兒瞎晃？只怕霧中遇到那船不見得是海盜呢。」

「我也老覺得奇怪，怎麼就沒你說得這麼明白透徹？」鄭森略有些懊惱地道。

「當局者迷嘛，而且你心地好，不願往這路子上想去，眼光就有不到處。」馮澄世道：「再說泉北漳南的山寨，那都是咱們有聯絡的。我以前聽我爹抱怨過，一官叔給寨主們的禮太重了些，也不過想求他們安分，讓地方平靜就是了，幹麼巴結到這分上。想來一官叔不只要他們安分，還要他們聽話。」

鄭森聞言，心裡不由得一沉。他當然知道父親的過去，但從他七歲上來到安海，父親已接受朝廷招安為官，多數時候對朝廷甚為恭順。鄭森自己意在仕進，讀的都是聖賢之書，乍然看清楚父親行事的手段，一時有些手足無措起來，惘然自失地道：「陽明先生說『第一等事不在讀書登第，而是讀書做聖賢。』卻不知，像陽明先生這般大賢，倘若處我之境會怎麼做？」

「陽明先生若生在海盜頭兒家裡，真不知會變成一個甚麼樣的人呢？」馮澄世故意繞著彎子回答。

鄭森苦笑一番，道：「我實在摸不透阿爹心底的盤算，只是覺得這兩天發生的事情太過蹊蹺，彷彿故意設計著戲弄撫台大人似的。」

馮澄世道：「一官叔和阿爹他們做事是這樣的，可本心並不壞。你看他們從前在海上討生活時，不但不騷擾百姓，還救濟所到之處的貧苦人家。我想他們總有他們的理由。省裡那些大官都是翰林院的出身，腦袋硬得石頭似地，跟他們講道理哪成？」

鄭森道：「你說的是。我聽阿爹跟張大人說不能去覺華島的理由，也非全然強詞奪理。譬如潮漳水師全仗阿爹一人支持，這確是實情，他要走了，倘若三年五載膠著在北方，這邊水師解體乃至譁變作亂那更不行。只是……張大人乃忠藎之士，素負清望，如此戲弄實非禮也。你我也是讀書之人，你說咱們該怎麼辦呢？」

「涼拌炒雞蛋，一斤二錢半。」馮澄世道：「誰叫咱們是海盜種子呢！」

鄭森苦笑一番，道：「我讀史冊，亂世裡似乎還真是不拘一格者才能做出事業來呢！」他把手上折成兩截的羽箭往海裡拋去，道：「阿爹不能輕離安海，可朝廷在關外覺華島也著實需要一支水師。我得勸阿爹另派將領率水師前往，倘若無人願去，我鄭森願自請領兵！」

鄭森辭了馮澄世，回到鄭府，逕自走往父親所居的大宅院。一問宅門口的下人，說鄭芝龍正在書房和眾人議事。鄭府大宅的書房乃安海鄭氏的樞機之地，鄭芝龍多半在此會議、決策，反而較少到前院的簽押房去。

鄭森來到書房，早有從人報了進去，書房門敞開著候他。鄭森到門口一看，鄭芝龍、黃益娘、馮聲海和施天福全都在。他朗聲道：「打擾阿爹會議了，兒子有事相稟。」

「啊呦，是森舍來了，真是稀客哪！」黃益娘笑道。

「他是來興師問罪的。」鄭芝龍開懷地問鄭森：「是不？」

「兒子豈敢。」鄭森道：「兒只是有幾件事不太明白。」

「進來說吧，坐，一起議議事也好。」

鄭森走入書房，卻不坐下，問道：「昨日霧中遇敵，是真的海盜，還是安排好的？」

鄭芝龍興味盎然地瞧著鄭森，道：「大霧裡要能撞著海盜，那我在這地上一掘都該掘出金子了。」說罷與眾人相視大笑。

鄭森追問道：「那麼各地山寨，咱們也都是有聯絡的了？」

「不錯。」

鄭森鼓足了勁道：「爹不願去覺華島，必有爹的理由。但張大人乃士林領袖，忠忱為國，爹可以和大人好好談，何苦戲耍人家。寨民作亂，鬧得四境不安，更不免誤傷無辜，怎可為此！」

鄭芝龍看看自己這個兒子，雖然面相後生，二十歲了還是娃娃似的一張臉，但劍眉斜插，目光炯炯，性子十分堅毅，像他母親田川松一般。想到這一節，鄭芝龍不由得放軟聲音道：「咱們和各地山寨是有聯絡，但他們畢竟不是我養的兵，叫造反就造反的。這些人若非被官府欺壓得狠了，好端端的何必棄守家園入山結寨？近來朝廷催徵三餉，地方官把腦筋動到他們頭上，才是寨民作亂的原因，我不過是沒有插手阻止罷了。至於張肯堂，我大可以跟他硬著來，他也沒奈我何。但這樣就不好玩了。」鄭芝龍雙手交疊在桌上，探身道：「今日之事乃張肯堂自找的。想調人的兵，要嘛得有可以制人之師，或者把對方的餉源掐住，再不然有其親人或把柄在手上，否則誰聽你的？張肯堂甚麼都沒有，光憑大義二字就想說動我，未免過於天真。他既敢來，我就跟他玩玩，讓他校閱、看操，算是給他面子，也讓他知道我沒把這筆餉銀給吞沒了。」

「兒聽得爹說不能去覺華島的理由，是因潮漳水師全賴爹一力撐持，無法輕離安海，這是真正的原因嗎？」鄭森道。

「確是主因，但不盡然全是為此。」

「爹如果走不開，能否派其他得力將領率師前往？」鄭森下定決心道：「若眾將皆不能行，兒願往！」

「呵呵呵，森兒這可是自比為得力將領了。」鄭芝龍樂不可支。

「虎父虎子，森舍當然是個將才。」黃益娘順勢奉承道。

「兒子不是戲言，」鄭森道：「爹離不開安海，關外卻也少不得我潮漳水師之助。兒請命北行！」

「你別急，咱們議的事正好與此有關呢，先坐下一起聽聽吧！」鄭芝龍道。鄭森聞言，猶豫一下拉了張椅子坐在旁邊。

鄭森坐定之後，鄭芝龍卻不即議事，而是一邊拍著肚皮大聲道：「搞了老半天，實在餓了，先叫上點東西吃吧！」管家蔡仔在門外聽見，連忙張羅，菜都是早就備好了的，即刻流水價送上桌來，無非是炸蚵、潤餅、魯麵、土筍凍和捆蹄等物，下人們忙進忙出一陣，好容易擺設好了。鄭芝龍早已抓起一塊捆蹄啃嚼起來，嘴裡含混著道：「森兒，你前日在賊仔港也與會的，把各方幾件大事給你馮叔和福叔講講。」

鄭森應了，不假思索將和蘭人威脅來攻、南澳與澎湖有海盜出沒、清兵繞道蒙古入關劫掠，以及左良玉順江而下威脅南京等諸事說了，言簡意賅而條理分明，馮聲海與施天福都聽得真切。

「天下多事，叫人慨歎。」馮聲海道：「咱們也難置身事外，這幾宗事情都得靠一官坐纛指揮，看來這關外覺華島真的是萬不能去。」

「本就從沒打算去。」鄭芝龍將捆蹄啃得乾乾淨淨，隨手往桌上的銅盆子裡丟了，抽過一張杭紡的綢巾亂揉一氣擦去油膩。「事情一件一件來談，先說和蘭人的事吧！」

「一官既然允了許耀心他們前去臺灣市販，也派明駼即刻運幾批貨去，固然是緩兵之計，但和蘭人素來狡詐，仍須有所防範。」馮聲海道。

「正是這話，老馮叫阿駼仔警醒點，各地商人探得和蘭人甚麼風吹草動都盡早報來。眼下臺灣無兵無船，一時還不必太過緊張，但得防著三、四月南風起後和蘭人從爪哇那邊調船隊來。大員水淺不便停泊，夾板船若來，必在澎湖集結，到時福仔記得在澎湖和泉廈海面添派哨船，另外也要讓一批戰船、水兵隨時待命。」鄭芝龍明快地分派，隨即問道：「楊九那幫人現在何處？」

一邊促狹地看了鄭森一眼。

「他們自前些時在南澳截了那幾艘潮州的沙糖船後，就消聲匿跡了一段時間。」施天福答道。

「澎湖的小賊和他們是不是一夥？」

「應該不是，澎湖海盜的船小，沒有甚麼火器，手段也不高明，大概只是甚麼地方的窮人鋌而走險。」

「那就這樣，」鄭芝龍夾了一塊土筍凍丟進嘴裡，「澎湖水道得打通，否則許耀心他們往來不便。讓……讓鄭聯去，幾個小賊，聯仔料理得下來。南澳的海盜得馬上肅清，至少要遠遠攆開。咱們手上能賣給和蘭人的東西不多。」他轉頭問黃益娘：「咱們在潮州和惠來一帶有多少沙糖？」黃益娘即答道：「孫老板還欠咱們四千擔，其他馬上能調度的通扯起來總有六千多擔吧。」

「在平時說多不多，這節骨眼上也不算少了。」鄭芝龍道：「得緊著些把這批沙糖運出來。」

「讓陳霸去？南澳地方他最熟。」施天福道。

「陳三尺勇則勇矣，做事少根筋。」鄭芝龍一邊舉杯招呼眾人同飲，一邊說道：「楊九知道硬著來不是我們對手，無非抱定騷擾的宗旨，像蚊子一樣偶爾叮你幾下，幹一票得手就在哪個島上躲一陣子。這事得派個老成得力的去，耐著性子下幾個餌釣楊九上鉤。」

「那麼就是陳輝或林習山。」馮聲海道。

「我看老馮倒合適，他釣魚耐得住性子，上回看他釣了一下午沒釣到兩條，還是挺坐得住的。」施天福道。

「餌離水三尺，我釣的是閒情！」馮聲海笑道：「哪像你，前次釣魚還坐不到一刻，沒魚上鉤就氣得要拿佛郎機砲往水裡轟。」

鄭芝龍道：「林習山駐守廈門拱衛安海，也是很要緊的。陳輝還可以，就讓他去吧，要多少水兵、戰船由福仔去分派：漳泉寨民的『亂事』，就由老馮去接頭。先把各地的軍報彙整一下，上摺子奏報朝廷，省不得提幾句潮漳總兵心憂國家責無旁貸、即刻出兵犁庭掃穴。到時先大張旗鼓熱鬧一陣，挑幾個真正心懷不軌的掃蕩掃蕩，別讓山寨的朋友們太早回家哪，哈哈。」

馮聲海點頭領命，鄭芝龍又道：「小小山賊海盜不難料理，南京的事才真正棘手。雖說要朝廷出面安撫左良玉，咱們暗裡助餉的方策是計議定了的，但從何著手倒費思量。」

「對了，說到南京的事，這幾天有三封信與此有關，」馮聲海從文書櫃子裡取出三封信來。「這幾日事情多，我看寄信的不是在任官，又像是賀壽的應酬文書，就沒急著交給你。」

「誰寄來的？」

「一封是常熟的錢謙益，另兩封是漳浦的黃道周。」

「錢謙益？」鄭森詫道。

「森兒識得此人？」鄭芝龍問。

「牧齋先生乃是當世文宗、東林領袖，和崑山吳梅村、臨川龔芝麓並稱江左三大家，天下讀書人都很敬重的。」鄭森難掩興奮地道：「錢先生寫信給阿爹？」

「老馮不識貨，手上捏著件寶貝沒瞧出來。」黃益娘笑道。

鄭芝龍取過信，看封套上寫著「敬呈鄭大將軍飛黃麾下」、「敬賀鄭大將軍壽詩，並附〈請調用閩帥入衛留都議〉」遂把封口一把撕開，抽出兩張紙箋來。書信頭尾都是客套話，只當中大字寫著一首詩，瞧沒幾個字就皺眉，把信交給了鄭森：「文謅謅的看了叫人牙疼，你給爹念念。」

鄭森小心接過信來，朗聲吟誦：

戟門瑞靄接青冥，海氣營雲擁將星。荷鼓光芒朝北斗，握奇壁壘鎮南溟。扶桑曉日懸弧矢，析木長風送柝鈴。蕩寇滅奴須及早，佇看銅柱勒新銘。

鄭森邊讀邊品咂著，錢詩之雅自不待言，但詩中引用典故卻非自己當下的才學能夠盡解，不敢妄言，只稍把詩中意思用平話說明一番，表示錢謙益對鄭芝龍十分推崇。

「呵呵，這些文人都是這樣，盡寫些莫測高深的詩句，叫人看了一頭霧水，說穿了沒幾句實在話。」鄭芝龍展開第二張信箋，乃是一篇上奏朝廷的議論，曉暢易懂，於是速速瀏覽了一番。「果然不出我所料，真有人奏請朝廷調我去守南京。」

鄭芝龍將信交給鄭森，奏議甚長，省不得一些套語，鄭森挑著要緊的地方看了，見寫著：

為今之計，拯溺救焚，權宜急切，惟有調用閩帥一著，伏啟皇上立敕鄭帥，移鎮東南，專理禦寇事宜……鄭帥慷慨赴義，急病攘夷。東南之要害不只一隅，既奉命移鎮，則東南皆信地也。皖急可借以援皖，鳳急可借以援鳳，淮急可借以援淮……

說了許多鄭芝龍入衛南京的好處，後面則寫著些自己衰廢之身本不該輕率議論時局，但軍情報急，不得不獻策上保高皇帝陵寢，下顧身家性命云云。

鄭森讀信間，鄭芝龍另抽出黃道周的兩通信讀畢，道：「也是勸我自請入衛南京的，話倒好聽，說甚麼『南中之望麾下，猶楚人之望葉公也。』還說只須調一、二千兵卒同去，光靠我的威名就能讓左軍望風而退。」鄭芝龍把信傳給鄭森，哂道：「讀書人見事大多如此，不知軍務艱難。」

「哼，也沒聽說孔老夫子能夠呼風喚雨、灑豆成兵，這些翰林大老爺熟讀之乎者也，就自以為知道怎麼打仗了。」施天福輕蔑地道：「別說調我們去覺華島的餿主意，先前京裡還有大官說要派我們從山東渡海遼東，直搗黃龍攻打瀋陽！」

「這黃道周幾次上疏彈劾奸臣，震動朝野，幾次貶官也不改其志，算是條漢子。」鄭芝龍道：「可他和張肯堂這些人都一樣，自命忠忱謀國、秉持正道，就以為自己胸中滿是韜略，殊不知兵事也是一門學問，隔行如隔山啊！看看遼東怎麼丟掉的，李闖怎麼起來的，朝廷的統兵大將雖有一半是貪腐無能的奸臣小人，卻也有一半是這種自命赤誠報國的腐儒。」

「城狐社鼠，歷朝歷代都是有的。」鄭森不由得辯解道：「文臣武將都有好人壞人，壞人多朝局自然亂。本朝也出過孫承宗、袁崇煥等能臣。像黃道周這樣剛正不阿之士，至少也能一清朝氛，讓奸邪小人氣焰收斂些。」

鄭芝龍不置可否，轉頭問馮聲海：「錢謙益和黃道周都促我入衛南京，你看他們打的是甚麼主意？」

「錢謙益雖然在野多年，聲望不衰，內閣每有出缺，也不乏召他入閣的呼聲。想來此公做官的心還熱，趁著天下騷亂，在軍務上出出主意，給人『知兵』的印象，好為起復鋪路吧。」馮聲海略想一想道：「咱們既然不去覺華島，要不要利用這機會，自請入衛南京，似乎理直氣壯些。」

鄭芝龍搖搖頭道：「覺華島去不得，南京一樣去不得。咱們的根本在安海，光靠興販外洋便可自給自足。去南京對咱們沒有好處，還會招忌，不僅左良玉恨我從他口中奪食，其他的將領也以為咱們占了多肥的一塊地面。現在朝廷發不出餉，誰不想占個好地方搜刮搜刮？」他眼睛咕溜一轉，道：「不過這錢謙益可以結交，此公他日不定真入閣當個首輔，敷衍一番沒有壞處。」

「兒有一言！」鄭森道。

「喔？你想去見見這錢謙益？」鄭芝龍微笑著道。

「不，兒還是要提覺華島的事，適才聽爹一番計議，絲毫沒有出兵的意思。」

「一點不錯。」

「阿爹論到咱們的根基在此，不可輕離，說得很是。但兒有另一重想法。」

「倒說說看。」

「咱們的根基在出洋興販，但生理的根基在天下。咱們腳跟站得再穩，還是得隨著外頭局勢變化。譬如佛郎機人原本在濠鏡澳開埠，把中國貨物賣到日本和南洋，多年經營可謂根深柢固，但前些年日本忽然不准他們去做生理，勢頭就倒向和蘭人了。」鄭森不疾不徐地道：「咱們立足安海，出入的貨物卻沒幾樣是本地土產，瓷器出在建德和江西饒州、絲綢出在江浙、沙糖出在廣東。從海外進來的東西洋貨物，也得賣到大江南北去。太平時日裡，安海的基業便是鐵板一塊，但方今天下大亂，眼看是個巢覆卵破的局面，如此說來，大局才是真正的根基！爹既是朝廷的總兵，又是東南生理人的頭領，於公於私，都應該幫朝廷扶持局面。」

鄭芝龍笑吟吟地聽完，道：「說得很是，所以你覺得咱們該去覺華島？」

「自從去年松山、錦州一敗，朝廷在關外只剩下寧遠一座孤城，倘或不守，則韃子兵便可直薄山海關下，如此京師危矣。」鄭森侃侃而談，「然而寧遠孤懸，必得與遼東灣裡的覺華島倚為犄角之勢，方能固守。島在海中，能囤糧、能練兵、能出援、能打敵軍後路，建州韃子沒有水師，靠著大海一道天塹足可自保。此所以朝廷調我軍赴覺華島之意。」

「不見得，」施天福不以為然，「關外苦寒，咱們閩南水兵熬不過，而且冬天海水會結冰的，天啟六年韃子就踏冰攻上去過，殺得守軍片甲不留。加上朝鮮降了韃子，朝鮮也有水師。」

「朝命本就是要我軍『奪擊麗船，防護海口，共圖剿禦』，至於島上陸戰，自有駐紮的步軍去抵禦。」鄭森道：「我有戰艦而清兵無之，進退驅避全然在我。何況海水不是年年結冰，真結冰時咱們往南撤，也不違『防護海口』的命令。」

「清兵鐵騎十萬，咱們三千水師去了又能怎樣？」施天福道。

「勝敗豈在兵將多寡，韃子騎兵雖多，大海就是咱們的防馬柵。我船上有砲，實是一座座移動的砲城，對騎兵最是有力。韃子攻寧遠時咱們也可在岸邊發砲助守。即便無功，應可無過。」

鄭芝龍莞爾，拿施天福先前的話調侃道：「森兒熟讀之乎者也，這會兒也論得一口好兵法了。」

鄭森正色道：「兒未曾典兵上陣，自知妄論兵法，談得再好也不過是趙括馬謖。只是國家有難，爹又身繫東南海疆安危不能輕離，故兒願代領一軍，為國效死罷了。」

「益娘，妳方才說森兒是個將才，那妳看讓他去覺華島好不？」鄭芝龍開玩笑道。

「不可！」施天福搶著答道：「莫說朝廷沒這規矩，只怕森舍也帶不動咱鄭家水師。」馮聲海喝道：「福仔別亂說！」「我不是亂說，帶兵不是好玩的，何況到關外打的是韃子，是夷虜。森舍自己卻是海外回來的，」施天福毫無顧忌地道：「這話說了也不怕一官罵我——底下弟兄們不服他。」

馮聲海道：「你胡謅甚麼，森舍是一官的嫡子，憑甚麼不能帶鄭家水師？」施天福並不退讓：「該說的話我不能不說，好過兵帶出去出事了才來放馬後砲。大家心裡怎麼想老馮你一清二楚。」

「福叔此言差矣，鄭森是堂堂中華男兒，受的是聖人之教，挺身禦虜，云何不宜？」鄭森語氣鏗鏘，臉上壓抑著，胸口起伏不定。

鄭芝龍了解這個兒子，知道「日本出身」乃是他最大的心病。於是道：「鄭家水師不去覺華島，誰帶兵都一樣不去。別怪你福叔說話衝，我知道你那點子心思，你自己不也為著這個才自告奮勇？可帶兵不能有這些異樣的想法。你是我兒子，自然帶得鄭家水師。你若真想帶兵，機會有的是，但覺華島咱們無論如何不去。跟你說為甚麼。關外的情勢想必你多少有些瞭解？」

鄭森點點頭，鄭芝龍繼續說道：「要論根本，天下的根本在朝廷，但天下的問題也正出在朝廷裡頭。關外用兵二十年，為國家賣老命、出死力的人還怕少了？局勢卻依然糜爛至此，這是為何？一是朝中大臣分黨別派傾軋不休，二來文臣瞧不起武將，又儘會紙上談兵。三者，也是皇上識人不明、用人不當。」鄭芝龍嘆口氣道：「就拿這回在松山敗仗降清的總督洪承疇來說，十三萬大軍在他手裡灰飛煙滅，又不能死節，千百世罵名是不免的了。但他難啊！洪承疇也是咱們南安人，我見過一次，絕頂聰明！要論海內人才，真能說是出將入相、文武雙全的，袁崇煥之後我看也只有他了。可他領軍不如袁崇煥果斷敢決，實在也是袁崇煥死得太慘，榜樣擺在前頭，誤了他，也誤了國事。洪承疇本來穩紮穩打步步為營的方略是好的，兵部卻嚴令他速戰速決，那是以己之短攻敵之長，他不敢抗命，只好自己鑽進敗局裡。」

「袁督師實在死得冤。」馮聲海跟著感嘆，「像他這樣的大兵家、大忠臣，隻手讓關外局面起死回生，一聽說清兵繞道包圍北京，又一刻也不耽遲地千里勤王，皇帝卻如此輕易中了反間計把他殺掉了。這叫誰還肯實心為皇帝賣命？」

「遼東大將沒一個好下場，像袁應泰和楊鎬這等戰死或自殺的竟還算是好的，倒是熊廷弼、袁崇煥這些盡忠為國之士，結局最慘。」鄭芝龍看著鄭森道：「該打的仗我會打，鄭家水師要用在於大局有用的地方。當兵吃糧的多是窮苦出身，皇帝如此，朝局如此，我不能讓閩南子弟白白到關外去送死。天下不是他朱家能夠萬世把持的天下，無德無道之君，不值咱們效死命。」

「阿爹為國家大將，何能言此？」鄭森詫異地道。

馮聲海插話道：「森舍，孟老夫子不也說民為貴？不能夠為老百姓著想的，只是一獨夫。朝廷這些年遼餉、練餉、剿餉徵掠不已，螞蟻身上熬油，老百姓走投無路只好跟著流寇造反。朝廷徵了餉能打勝仗也罷，偏生皇帝自壞干城專用小人，國勢不問可知。」

黃益娘接著道：「你爹雖是做海上買賣出身，自起事以來不僅從不打劫窮人，尚且劫富濟貧。有那登門求告的，身強體健者就收在帳下，年老病弱的也都加以周濟。朝廷欠餉不發，你爹把興販外洋的利頭拿出一大半來養兵，維持沿海平靜。說起來是朝廷虧欠我鄭家多呢！」

「姨娘和馮叔說的是，森並非食古不化的酸丁，也能分辨報國和愚忠的差別。」鄭森說道：「但福建畢竟不能自外於天下，等清兵和流賊打來，地方還能平靜不？貿易還可得不？」

「天下局勢非一人可以扭轉。鄭家水師無敵於海上，拿到關外對付清兵鐵騎卻是無用。你爹在外洋闖蕩多年，眼界豈僅限於福建一隅。但就像下棋，總要下在急所。」鄭芝龍道：「崇禎皇帝倒行逆施，各地有兵權的將領多在觀望，縱使清兵不入關，李闖遲早也會打進北京去。朝廷氣數怕是不長了，山海關和寧遠城守不守根本無關宏旨。然而南方被禍不深，各地雄兵不下百萬，兼有長江天險，無論是韃子騎兵還是流賊，在這裡都討不了好。」鄭芝龍眼裡放光，慎重地道：「依我看，留都南京，將成為新君和朝廷之所在！錢謙益和黃道周這些人，恐怕也是這般計議。他們促我入衛南京，正是要保江南元氣。」

鄭芝龍此言令鄭森直感驚心動魄、難以置信，但將前後幾件事情兜起來仔細思量，卻紋絲合縫、入情入理，不由暗暗嘆服父親見事之深。

鄭芝龍繼續說道：「方才我說應該結交錢謙益，便是為此。此人將來不僅會在南京朝廷入閣輔政，說不定擁立新君都有份。到時候再去巴結就晚了。不過眼前最要緊的還是先退左良玉的兵，保南京安穩。這事本該我自己料理，不過我一時還走不開，得有個人先去布置一番。」鄭芝龍看著鄭森道：「此人必須是我心腹，也得有應變之才，又要能夠和南京的文臣們打交道。此非森兒你去不可！」

鄭森聞言大感意外，此事關係東南局勢，責任太大，忙道：「兒……怕不能擔此重任……」

「此事不容你推辭！你要想想，國家亡了，甚麼仕進之路都談不上。看事情要往大處看，你領三千水師到覺華島，沒有甚麼用處。到南京退左兵以保江南元氣，待他日定都復國，乃扭轉乾坤之舉！」

鄭芝龍篤定地盯著鄭森，鄭森也望著鄭芝龍，心裡一時卻拿不定主意。

「方才還自請到關外去打仗呢，怎麼去南京料理點事情反而畏畏縮縮了？」鄭芝龍道：「別擔心，你不過幫我打個前站，待此間事情完了，興許我也要自己走一趟的。」

鄭森心念飛轉，到南京暗中活動促使一支大軍撤退，行事必得十分周密，和率三千水師巡弋海口比較起來，其實更為艱難。不過父親如此看重自己，也有知遇之感。南京人文薈萃，對錢謙益等士林前輩更是仰慕多時，能夠與之交遊也是一大心願。一時之間好生難以決定。

「不要緊，你慢慢考慮。」鄭芝龍道：「今天就議到這兒。森兒陪我坐船到海上吹吹風解乏吧！」

鄭芝龍父子搭一艘小船，從鄭芝龍寢室旁的水道直駛到安海港裡，天色向晚，碼頭上早已獲令掛上一盞盞風燈為小船指路。其實船後梢公極熟這條水路的，閉著眼睛也能把船開進開出。

鄭森本以為父親有甚麼話要說，但鄭芝龍卻只是自得地斟飲著。不多時船駛進圍頭灣，暮色漸沉，西邊天空滿是澄黃色的光芒，一道長雲遮住夕日，卻有金光如瀑，直直向下灑在海面上。天光尚明，而四周陸地和島嶼已慢慢變成一塊塊黑沉的剪影。鄭森見暮雲光影變幻不已，甚是美麗，遂瞧得出神。

「這海上的風雖冷，吹著就是舒服。」鄭芝龍走出篷艙，道：「海上日子過慣了，一天不吹這風就覺得不對勁。」

日頭下去後空氣冷得甚快，鄭森這也覺得脖子冷颼颼的，忙拉了拉衣領。

鄭芝龍拎著一支呂宋手琴[1]，坐在船頭撥弄起來。鄭芝龍本是浪蕩不羈的性子，聲色犬馬之事無所不愛、無所不通。早年到濠鏡澳浪遊，還曾受洗入了天主教，取有教名「尼古拉斯」，學得一口佛郎機語，也把手琴等玩意兒學了個全。

父子倆默然無語，在船頭沐著夕照晚風。鄭芝龍手上叮叮咚咚隨意彈奏，在風中旋律殘缺，鄭森覺得耳熟，留心一聽，卻竟是日本九州平戶島的小調〈自和安樂〉，一時不由癡了。

鄭森就是在平戶島川內浦出生。鄭芝龍年輕時浪跡濠鏡澳和馬尼拉，都不得意，後來落腳平戶，起先以賣草鞋和做裁縫為業，因為十分機伶，又通佛郎機語，被當地的大華商李旦收為義子並加重用，以此發跡。川內浦在平戶港南方，是華人聚居之所。有一位旅居當地多年的泉州鐵匠翁翊皇，娶田川家的寡婦為妻，也收養她與前夫所生的女兒，也就是田川松。翁翊皇曾為平戶藩主鑄刀，算是碼頭上有點頭面的人物，鄭芝龍又看上了天生麗質的田川松，李旦遂為兩人撮合婚配。小兩口感情甚好，但田川松剛懷孕不久，鄭芝龍就奉義父之命前往澎湖擔任和蘭人的通譯。

隔年秋天的某一日，田川松獨自到川內浦附近的千里濱海灘上散步、撿拾扇貝，被一場驟雨阻住無法回家，忽然又劇烈陣痛起來。她見沙灘上空無一人，呼救無門，遂自行靠在一塊大石頭上產下一子，便是鄭森。

田川松最初為兒子取名福松，不僅承襲自己之名，「松」字在日語的讀音，又與「待」字發音相同，以是「福松」也就有等待幸福之意。

鄭芝龍離開平戶後多在臺灣和中國沿海發展，雖然後來又和田川松生了次子七左衛門，但與母子三人聚少離多。他每次回到川內浦，都會給福松和弟弟帶來許多海外的奇珍異寶，且芝龍詼諧爛漫，一家團聚時總是非常熱鬧而開心。但待不數日，便會在某個清晨悄悄離開，家中也隨即恢復平日的清寂，彷彿只是夢境一場。

鄭森記得，父親每次回家，都會彈著手琴唱起海外各地的歌謠，中國的、呂宋的、佛郎機的、琉球的、爪哇的……最後甚麼都唱過了，就唱起平戶本地小調。有一次母親聽著聽著，忽然便不言語，撇過頭去強忍抽噎。父親扶起她的頭說，阿松不用哭啊，我在這裡，咱們一塊唱歌吧。母親立時在清淚不止的臉上綻開笑顏唱起歌來……

---

1 呂宋手琴：即後世所謂吉他，係由西班牙人攜來東方。

到了七歲上，父親派人來接福松前往中國。福松興沖沖收拾著行李，卻才發現母親和弟弟並不同去。他疑惑地問起，母親只說她會搭下一艘船去找福松，他才甘願上船離港。只不料這一別後就不曾再見過母親，倏忽十三年過去。

鄭森望著暮色中幽幽的島嶼輪廓，與從千里濱眺望九州島的景色一般。倒是母親的臉孔，竟已縹緲得不復記憶。念及於此，不由得閉目潸淚。

「おい，ふくまつ——」鄭芝龍忽用日語叫喚著「福松」。打七歲來到安海，改名鄭森之後，父親很少這樣叫他了。鄭森不知何以為應，只抬頭從淚眼中看著父親模糊的影子。

鄭芝龍感慨萬千地道：「我忙碌半生，稱雄海上、開府建衙，也算是不枉了這五尺之軀。可時時想起來，倒是當年在川內浦時日子最是愜意。」他手上繼續隨意彈奏著，漸漸不成曲調。「那時我還年輕，雖然窮困，但與你娘和樂融融，少有煩惱。你娘性子堅毅，獨自在平戶帶著兩個孩子，也從未聽她有過一句怨言。」

「ははうえ……」鄭森也脫口說出許久未用的日語，低聲呼喚母親，但旋即改口道：「母親平日很想念阿爹的，只是見了阿爹就開心了，總也不說。」鄭森心下黯然，「連我也離開她十三年了，她絕少回信，偶有片紙來，不過三言兩語一切平安。我知道她是要我別掛念。真不知道母親這些年是怎麼過的。」

鄭芝龍聽鄭森話中微有怨懟之意，遂道：「早些時我在海上奔波，未便接她出來，倒也還不時有空去看看她。自當上了朝廷命官，反不得便到日本去。何況崇禎八年的時候，嗯，算來是七年以前，江戶的將軍嚴令海禁，外國中只許唐人與和蘭人到長崎一地，再不能到平戶去。但阿松又不能隨意到長崎來，想要相見竟是千難萬難。」

崇禎八年，在日本是寬永十二年，德川幕府第三次頒布海禁，取消平戶的對外貿易特許，只留長崎一港與華人、和蘭人通商，並嚴禁日本人進出海外，後世謂之「鎖國」。當時鄭森十三歲，鄭芝龍原本打算再過兩年就讓鄭森隨著自家商船到平戶去探望田川松，也藉機讓他學習生理。但隨著日本鎖國，鄭森又志在舉業，無意於商賈之道，始終未曾搭乘商船遠行。

鄭芝龍繼續說道：「其實我早有意接你娘到安海，只是幕府不准日人出海。想偷偷接了出來，又怕連累你翁爺爺和田川外婆，事情也就這麼擱下了。我向來不愛談論還沒有眉目的事情，不過此事應該讓你知道。你外婆過世快三年了，剛好去年那個死腦筋的長崎奉行拓植正時老病告退，換成現在的馬場利重，我遣人厚幣重賂，他倒也肯收。待時機成熟，要接你娘出來就不成問題了。」

鄭森聞言，不由得熱血上湧，衝口道：「森兒願去接阿母出來，請派森兒到日本去！」

「你別心急，這事弄不好，奉行切腹都有分。說得太早被他一駁，日後就再也難提了。」鄭芝龍道：「我知道你思念母親得緊，你剛來安海的時候，每天晚上都要到海邊翹首東望的。族裡長輩們也都愛拿這個調侃你。」

豈止是調侃？鄭森心想，伯叔兄弟們都因此瞧不起他，只有四叔鄭鴻逵對他好。鄭森默然片刻，道：「兒雖不再望海，心中思念未嘗一日稍減。」

鄭芝龍仔細瞧著兒子，緩緩道：「我曉得族裡長輩兄弟們，都說你是倭人之子，百般輕賤。」

鄭森昂然答道：「兒以母親為榮，也以身為中華男兒為傲。可嘆世人不辨賢愚，只知妄分夷夏。」

「假仙！」鄭芝龍率直地笑他，「你把四書五經讀個爛熟，又一頭熱著要帶兵出關，不就是唯恐旁人不把你當中國人看？」

「兒子一心報國，未及他念。」

「報國之途忒多，你不打海盜山賊，也不想去剿流寇，一個勁兒只想打建州韃子，不就為的這個。」

鄭森聞言嘿然，待要往下分辯，父親卻實實說出了自己不願想分明的心事。

鄭芝龍道：「你不必難過，旁人嘲笑，其實骨子裡是妒忌於你。他們見自己萬般事項都不如你，就只能拿這個笑罵。」

鄭森聽得此言，如在幽深洞穴中見到一點光明。自小，他愈是被族人所輕，就愈加發憤，從沒想過正是因此而更遭排斥。父親這般解鬬，不僅一針見血，也是對自己極大的肯定，霎時胸中一熱，感愧無已。

鄭芝龍見他的模樣，知道兒子有所了悟，也就不再多言，只道：「想叫人住嘴，要嘛給他一拳，要嘛拿出作為讓人無話可說。這一點你做得很好。只一件，就是心裡過於執著了。怕人笑你的海外出身，為此想學作聖賢、想帶兵出關、想忠君報國。別這麼激憤，甚麼都往心裡去，會把脊梁壓斷的。」

鄭森搖搖頭道：「讀書學作聖賢、知忠義，此皆本分之事，兒子也並非事事都為著遮掩出身。譬如海內動盪生靈塗炭，孰不義憤？」

鄭芝龍笑道：「那也罷，只是勸你別凡事都看得太重。一向以來，你不做生理、不習兵事，我都由著你。但你也二十歲了，眼下有事，你不可推託。」

「阿爹手下人才濟濟，南京退左良玉兵之事，關係重大，為何非兒子不可？」

「倘若只是為了辦成這件事，當然也有更合適的人選。但要說到人才啊，我手下雖有不少幹才，卻都難獨當一面。」鄭芝龍感嘆地道：「原本有個陳鵬，多年栽培總算有點大將之風，可惜在湘粵山區戰死了。其餘都不足論。武將尚且如此，文事上就更不必說了。」

「馮叔不就是個絕好的參贊？」

「嘿，老馮就是個臭皮匠，出幾個餿主意還可以。但我欠的是可以和朝廷打交道的人才、能夠進朝廷作官的人才，更欠缺能看清時勢、指畫方策之才。講白了，欠個張子房、諸葛亮。」

「張良和孔明乃是佐其主逐鹿天下，阿爹不宜出此言。」

「呵呵，倘若大明天子丟失了他的鹿，你也不許我去追逐？你看眼前的局勢，不正是天下競逐著這頭鹿哪！」鄭芝龍笑道：「不過阿爹一時沒有這樣的野心，也還顧不到天下去。我不是甚麼大忠臣，皇帝封我官作，我對他盡些禮數、替他鎮守一方也就是了。我所在意者，在於海上平靜，生業藩盛，咱閩中子弟人人安居樂業。」鄭芝龍看著鄭森道：「百餘年來，天下安定，唯沿海騷亂。而今天下騷亂，只有沿海安定，你可知其中原由？」

「沿海平靜，是因先有戚繼光、俞大猷等名將驅逐倭寇，後又有阿爹剿平海上群盜。」

「此是俗論，只見其然而不知其所以然。」鄭芝龍道：「我這麼問吧，海上巨寇並起，往來飄忽，官府束手。最後卻都遭我敉平，這是為何？」

「鍾斌、劉香之輩倒行逆施，故天假阿爹之手鏟除之。」

「不錯，若要比狠比勇，鍾斌、劉香、李魁奇等人都遠勝於我，但他們不知順勢而為，終不能長久。這世上，凡事都有其理路，順之則昌逆之則亡。即便再強橫的人都難扭轉，這是阿爹海上經營多年的心得。」鄭芝龍難得一本正經地說著，「咱們福建山多田少地力貧瘠，單靠農事難以為生，小民下海捕魚、出洋市販都是再自然也不過的道理。可朝廷裡那些只知詩曰子云的大官，食古不化，硬說甚麼出洋輕犯波濤，乃唯利是趨的非義之舉。朝廷又要防奸宄之徒勾結倭寇，嚴令海禁，乃至於片板不准下海。唉，咱們福建人苦啊，你應該也聽說過『出海死一身，不出死一家！』的諺語。父母在不遠遊當然是孝順，可若窮困已極，無以奉父母，明明出海就有生路，難道也得守著全家一起凍死餓死？這就是為甚麼二百年來朝廷禁海越嚴，沿海越亂的原因。小民走投無路，只好被逼著上梁山，所謂『倭寇』，其實十之八九都是中國人！我以一介後起的小海商，能夠平靖亂局，也不過就是順事之理路。該下海的讓他下海，該市販的任其市販，願意當兵吃糧的就收在帳下。如此人人樂從，即便海盜與紅夷來犯，大家都儘幫著我，想不打勝仗都難呢！再往深處看，市面興旺，大家都有好日子過，誰還肯在刀頭上舔血？當然是安居樂業一片昇平！因此這十餘年中，流賊禍延半壁江山，東南沿海無一響應，康泰如故。反之朝廷三十年來黨禍不斷，又為了在關外用兵而苛徵酷斂驅民為賊，才使得版圖之內永無寧日。」

鄭森聽父親一番長篇大論，確是從實事上見來的道理。當時世道亂，儒者哲人們多闡揚經世致用之學，好談農桑舟楫、郡國利病，以及種種匡時救世之策。鄭森對照著一想，父親的種種作為雖不合聖人之道，但確實寧定地方活人無數，可謂有功於社稷，遂道：「近來兒子看新刻的幾部書上，多談富國強兵之道，阿爹所言，似乎還更深入些。」

鄭芝龍說得興發，對鄭森的言語只是一笑，接著道：「放眼這東南沿海，表面上無人能與我匹敵，大小海盜盡皆討滅，船舶出入沒有我鄭氏令旗不行。但這番事業遠遠稱不上穩固，稍有閃失，一轉眼渣滓都不剩。海外紅毛和佛郎機都是一個弄不好就跟你火拚到底的。日本眼下國內安定，倭寇不復來犯，但也說不準能平靜到幾時。」鄭芝龍站起身來，在艙板上踱步。天色已然完全黑了，時值月初，滿天繁星閃動。「何況中國商人，處處受制海外。和蘭人不許華商前往呂宋和爪哇咬留吧，再好的貨色都只能銷往臺灣，最近還想禁止咱們到日本去。此外許多商人欠缺本錢，得向和蘭人拿定金到內陸採購，所購之物和價格，自然也都得任由紅毛指揮，利錢又重，大半好處都歸他們拿去了，中國商人反而只能賺點零頭。」

鄭芝龍目光炯炯望著遠方，大手一揮：「我對逐鹿中原沒甚麼興趣，我看的是這片海。這片海繞著中國，應該由咱們來管，讓閩中子弟豐衣足食，讓中華商人不再受外洋挾制。海外諸國別無特產，中國並不希罕他們甚麼東西，而是他們渴求中國的生絲、綢緞、沙糖和瓷器，那麼就應該是中國人得其利，把零頭留給他們賺去！」鄭芝龍堅定地看著鄭森，「控扼此海，才是阿爹的志向。你想想看，北到日本、朝鮮，東到呂宋、美洛居，南到爪哇、暹羅、滿剌加、咬嚠巴，這片水道若能盡在我掌握之中，那將是怎樣的一片光景！到時無論富國、強兵都是指顧之間的事。」

鄭森再也坐不住，跟著起身遠望。海上雖然一片漆黑，卻又似無比光明。他深深被父親廣大的眼界與抱負所打動。

「森兒，此事並非一蹴可幾，也非光憑阿爹一人之力可為。我的兒子雖多，只有你能成大器，將來這番事業也都會是你的。你明白嗎？」

鄭森看著父親，重重地點頭。鄭芝龍取下手上長戴的那枚翡翠扳指，遞給鄭森。鄭森深深吸一口氣，遲疑了一下，慎重地伸出手去接過了。

第肆回

拜師

兩天後鄭森跟著南京商人曾定老離開安海，馮澄世也隨之同行。三人乘海船北上，經舟山入長江口。

行前鄭芝龍指授方略，由鄭森聯絡南京小朝廷的大臣，商談報效助餉以退左良玉兵之事。曾定老幫忙先調度一筆資金，並且和江西瓷商接頭。鄭芝龍則在南安調集現銀，隨後派人押送過來。鄭芝龍交代此事務必辦得機密，不可有半點走漏，以免成為政敵攻擊之柄。同時鄭森卻不妨以遊歷留都為名，多結交朝野名士。

小船不日將抵常熟，鄭森受命進城向錢謙益投遞鄭芝龍的回信，曾定老則先行一步到南京打點。

鄭森自打平戶到安海之後，這還是頭一回出遠門，馮澄世更是首次離家，兩個年輕人站在船頭上眺望沿江夾岸景色，好不興奮。鄭森想到即將靠岸，將指上套著的那枚翡翠扳指摘下，收在懷中。這是鄭芝龍長年戴慣了的，出發前交了給他，其中含意不言可喻。然而戴在他手上畢竟過於惹眼，因此先藏了起來。

馮澄世一邊興致勃勃地張望著，一邊樂呵呵地道：「人說國之將亡，必有妖孽……」鄭森瞪他一眼道：「胡說甚麼呢！」馮澄世漫不在乎地道：「總是世道亂、年頭變嘛，甚麼烏白頭、馬生角都不算甚麼，阿森願意坐這商船，跟個商人出來給你爹辦事，才真是奇中之奇。」

「此國事也，你我以國士自期，安能辭之？」鄭森道：「再者，陽明先生志學之年即出遊居庸關、山海關，慨然有經略四方之志。如今天下騷亂，我輩更該多留心各處形勢。此行尤其得細察京口金山古戰場。」

「就是當年梁紅玉擊鼓助威，韓世忠以八千孤軍而困十萬金兵四十八日之地？」

「不錯，金兵肆奪宋朝半壁江山，尚且擄去徽、欽二帝，可謂所向披靡。韓蘄王卻能以寡擊眾，憑的是將略、武勇，更因著南朝水師的海船高大堅固，北兵儘自鋒銳，也無用武之地。」

「是極！」馮澄世興奮地道：「清人自稱後金，鐵騎縱橫關外，但在這大江之上確然不是水師對手。我敢說咱潮漳水師比韓王爺的要強十倍，只怕清兵不來，倘若來了咱們定能迎頭痛擊。」

鄭森眉頭輕鎖，略有些憂慮地道：「唉，實盼我大明不會有須在此憑江固守的一日。」馮澄世道：「時局糜爛成這個樣子，怕不有個萬一？阿森一向志氣極高的，即便真有那天，也該奮起一搏，力挽狂瀾。怎地今日好像有些氣短呢？」鄭森沉默了一會兒才道：「這話我也只能跟你說……報效國事不惜身命自是我輩本等之事，真能提一旅之師在此抗敵，就是粉身碎骨又有甚麼。但你知道的，到那時節，咱們要抗的是建州韃子，而我自己就是半個『夷虜』。天福叔說得很明白了，我帶兵，底下弟兄們不能服我。即便我有一搏之志，只怕沒有肯隨我出戰之兵。」

馮澄世道：「你說的多少是實情，我也不能說些空泛的言語安慰你。不過華夷藩籬，也未必牢不可破。拿咱們福建來說，古時還是山越盤據之地，能保準閩人就沒有其血胤？我說朱子搞不好就有呢！《尚書》裡說『皇天無親，唯德是輔』，你自修德，又擔心這個作甚？」

「你說得對，我就是要從修德入手。」鄭森堅定地道：「世上儘有那穿著華夏衣冠而不習聖人之教的，也更有滿口聖人之言而倒行逆施的，這些人即便是黃帝子孫、孔門後裔又如何？我必當立天下之正位，行天下之大道，總要做得令人無話可說。」

馮澄世讚道：「好傢伙，這才是男兒本色。」

「錢謙益先生乃是四海宗盟，東林領袖。這次到常熟，若有機會，我必求他納於門下。」鄭森凜然道：「我要從錢先生那裡求習正道，並且立於君子義士之門。」

「好志氣！」馮澄世忽然語氣一轉，「不過你想破清兵，水師海船固然已經有了，卻還是少一樣呢！」

「哪一樣？」鄭森殷切地問。

「梁紅玉！」馮澄世開心地道：「沒有美人擊鼓，你怎麼破金兵哪？」

鄭森被他逗得一笑：「哪來這麼多巾幗英雄？我也不想像韓王爺一般只能保朝廷偏安江左。」

「說到美人，說不定馬上就能見到一位。」

「你別老在那裡亂扯一氣。」

「我可不是亂扯，」馮澄世開懷地道：「錢謙益先生可有個名聞天下的美妾呢！」

「你是說……柳如是？」

「對啦，不知柳如是之美者，無目者也。」

「你又沒見過。」

「馬上就能見到啦！」馮澄世一派天真，「這老先生真好福氣，年過六旬，還能娶個嬌滴滴的雙十佳人。聽說當初還是柳如是仰慕錢先生文才天下第一，自己登門求納呢！看來也不一定是大富大貴才能討得美嬌娘，我馮澄世還是有望的。」

「那是人家內室，焉能輕易得見？」鄭森道：「你別亂嚼舌根唐突大賢了。之後到人家府上，說話可仔細些。」

「曉得！那可是你將來的師娘，私底下說兩句笑話罷了，我哪裡那麼不知輕重。」

正說話間，曾定老從船艙裡出來，滿臉堆笑道：「快到白茆港了，兩位得在那兒換乘小船，循港道往常熟去。我就接著往南京去啦，過後幾天咱們再碰頭。」白茆港是長江邊上一大口岸，也是一條河道，直通常熟縣城，其中一小段還作為護城河。

海船不久在白茆港靠岸，曾定老幫兩人安排租了一艘河船，乃是專為文人雅士遊觀之用。鄭、馮兩人上船之後，見艙中潔淨明亮，坐氈舒適，桌上已擺好茶點、盞箸、香爐等物。曾定老招呼二人就座，直道：「船上好茶、好酒都有的，儘管吩咐船家。」馮澄世笑道：「曾老板好周到。」曾定老道：「船錢我都打發了，到地時兩位再隨意開發點賞錢就是了。」兩人自向曾定老謝過不提。

待兩人行李和要給錢謙益的禮物裝好，河船便往港道中緩緩駛出。遊船雖慢，好在路途不遠，沒半天工夫也就到了縣城腳下。鄭森看天色不早，問清楚錢謙益所居的半野堂就在城中，遂找了家客棧投宿。

第二天早上，兩人用過早點，雇了腳夫挑上禮物，循著掌櫃指點來到半野堂。鄭森見府邸門口燈籠上寫著「錢」字，不免有些興奮。從懷中取出名刺，反覆把上面的字又看了兩回，確認無誤，才登階尋著門房，投刺說道：「南安縣生員鄭森，奉家父潮漳署總兵鄭芝龍之命，求見錢宗伯老先生，並遞鄭帥書信，煩請通報一聲。」錢謙益曾任禮部侍郎，因此人們多以周代的掌禮官

「小宗伯」作為對他的尊稱。

門房客氣地請二人在門口稍等。一會兒快步而出，延請二人入內。門房繞過前落大廳，領著二人逕由側邊廂廊到中進的一個小客間。大廳裡有不少人在等候，見鄭森二人直入內室，不免側目。馮澄世渾不在意旁人眼光，一貫興味盎然地東張西望。鄭森則謹守父親的指示內斂恪慎而行。

門房請二人在客間稍坐，隨即退出。鄭森肅然坐等，馮澄世看牆上張掛著幾張條幅字畫，遂背著手走動觀看，一邊唸道：「張天如、劉念臺，嘖嘖，都是名士大家手筆……」鄭森聽馮澄世口中喃喃沒個樣子，正想叫他回來坐好，馮澄世卻忽然驚呼：「咦？柳如是！這兒掛著一張她寫的字哪。」鄭森聽他這麼一喊，不免好奇心起，走到字幅前觀看。只見一幅狂草，酣暢淋漓、奇氣滿紙，渾不似出自女性之手。但紙末明明白白落署「我聞居士柳如是」，鈐印「柳隱書畫」。

「這手狂草真好哪，我就再練一百年也趕不上。」馮澄世驚嘆道：「難得的是這神采氣韻……真的是柳如是親筆所寫的嗎？該不會是錢牧齋先生代筆的吧？」

兩人驚疑讚嘆間，忽聞裡邊腳步聲響，趕緊轉身肅立。簾開處，一個儒服網巾的俊美青年步伐瀟灑地走了進來，小客間裡頓時一亮。鄭森仔細一看，對方身形細小、結束俏利，柳眉斜挑目光流眄，分明是個美貌女子。奇的是在此初春猶寒之時，她只穿著單薄的儒衫，而雙頰仍緋似朝霞。

馮澄世一時呆了，鄭森胸中也是一團熱霧瀰漫，但在驚訝之餘，不知怎麼有種捉摸不清的親切。

「二位公子遠來，有失迎迓，尚請恕罪。」那女子落落大方，神態瀟灑地道：「雲間柳如是，代錢牧翁肅迎二位。」

兩人正自心頭怦然，聽得「柳如是」之名，萬想不到這位聲聞海內的美人竟會代錢謙益出來肅客，一時有些手足無措。鄭森畢竟比較沉穩，暗暗吸一口氣，斂容拱手道：「南安縣生員鄭森，奉家父之命持書前來，拜見錢宗伯老先生。」

「南安縣生員馮澄世，多多拜上，幸會何如。」馮澄世深深一揖。

「牧翁聽說是鄭帥公子親來，本該倒履相迎，但此際正在後進樓上的書房待客，他腿腳不便下樓慢些。請二位稍稍在此寬坐，牧翁稍停便來。」柳如是侃侃地道。

「不敢打擾錢先生待客，我們在此等候便是。」鄭森道。

「前面大廳還有不少客人，多是來求詩文，或者挾著述來請指教的，牧翁每天見得怕了，我得去招呼一番，二位請自便，莫嫌簡慢。」柳如是笑著說罷，一陣清風似地去了。

鄭森和馮澄世對看一眼，恍如夢醒。馮澄世樂不可支道：「你還說見不著呢，第一個就見著了。不想人間真有此絕色，不可思議，不可思議。」

鄭森感嘆道：「親睹佳人，才知言語無用。甚麼沉魚落雁、羞花閉月，都是虛詞。」

「總是名不虛傳。只不解她並非足下躡絲履、頭上玳瑁光，而是一身儒巾儒服。更可怪是出而肅客，談吐有男子風。虞山風俗，真叫人摸不著頭腦。」

「聽說南京舊院和蘇州半塘名妓，不唯姿色而已，更兼才藝過人，尋常文士還不一定較她得過呢！看來真是如此。」

馮澄世又走到柳如是的狂草字幅前，頻頻點頭道：「確哉斯言。此字出於柳氏之手，吾信之矣。真箇是人如其字，字如其人。」

鄭森沉吟道：「但不知怎麼，我總覺得她有種熟悉之感。只是左思右想，茫無頭緒。」

兩人又自讚嘆了一回不提。不久，內室聲響，兩人起身立迎。一老者安步而出，只見他面色黧黑，蒼髯飄逸，腰身頗為豐肥，恰與柳如是成一對比。老者精神矍鑠，樂呵呵地一拱手道：「虞山錢謙益。失迎了，哪位是鄭公子？」

「晚生鄭森，草字明儼，奉家父之命拜上錢先生，問候老先生安好。」

「那麼這位就是馮世侄了。」錢謙益溫煦地道。

「晚生馮澄世，拜見錢先生。」

「呵呵，二位不必多禮，且請寬坐。」

錢謙益是海內文宗、東林魁首，鄭森仰慕已久，候見時忐忑之情不下於方才乍見柳如是。本以為錢謙益必如張肯堂一般偉岸高峻，沒想到是這樣一位和藹開朗的長者。

「鄭大將軍雄鎮南溟，老夫一向很景仰的，」錢謙益道：「若非老邁衰廢，早該親往拜見，一瞻風采。」

鄭森聽他提到父親，趕緊站起身來道：「多承厚愛，愧不敢當。錢先生是文苑北斗，家父心儀久矣，但以邊鄙武夫不敢高攀。蒙錢先生賚書、賜詩，幸何之如，特遣晚等前來拜上。」

錢謙益笑咪咪地按著鄭森肩膀，要他坐下。「明儼不必這麼客氣。我看你也是志學之人，常往我這兒走動的後生們多稱我『牧翁』，你不妨也這麼叫吧。」

「是，牧翁。」鄭森從懷中掏出一張禮單，雙手遞上，「家父謹備菲禮一份，請牧翁笑納。」

「鄭帥太客氣了。」錢謙益接過單子，看上頭所開禮物甚重，有占城伽南香木、西洋蟬翼細紗、日本摺扇、東海大蚌珠、和蘭千里鏡等海外之物。錢謙益猶豫一番才將禮單收下，拱手道：「禮物實在太重了，本不該受。但既為鄭帥厚意，卻之不恭，老夫就腆顏收下了。多謝，多謝。」

鄭森早先看父親開出的禮單，總覺貴則貴矣，要送給錢謙益這樣的文魁卻似乎不甚得體。見錢謙益收下了，心裡稍稍鬆了口氣，一面暗想，錢謙益果然有意與父親結交。

錢謙益又看了看禮單，指著千里鏡一項道：「這千里鏡，我在皖帥幕府中見過一次，觀三十里外塔尖，鈴索宛然，牌匾上題字點畫絲毫不爽，真是奇器。」

「這是和蘭人發明之物，我們閩人又叫它『和蘭杜』。」馮澄世道。

「和蘭人與佛郎機人萬里驅帆，海上哨望，非此物不可。」鄭森道：「禮物暫寄在府上門房，勞駕阿世去取來。」

馮澄世欣然起身，很快把千里鏡取了來。鄭森先調好長短，錢謙益接過之後興沖沖地站在門口瞭望遠處，臉上露出孩童般新奇的笑容，一面讚道：「果然縮地望遠，巧奪天工。雖非初見，依然叫人驚嘆。」

「海上行船、交戰，都憑此物哨得先機。」鄭森道。

錢謙益一邊欣喜地摩挲著千里鏡，道：「不錯，譬如弈棋，爭得先手至為緊要。我近來也頗為留心兵事，能得此物，大有助益。」他把千里鏡收短，領著二人回座，續道：「明儼此來，何以教我？」

「不敢當。晚生此行，除了特來拜望牧翁，也是奉家父之命，到南京籌退左兵之策。」

「喔？想來鄭帥對此已有善策。我上疏朝廷議調閩帥入衛留都，但聽說朝廷還是想調鄭帥到關外去，不知鄭帥自己作何計較？」

「家父以為，從眼前看，關外情勢較南京急切。但從長遠看，留都才是必爭之地。」鄭森頓了一頓，加重語氣道：「家父說，南京是我大明根本重地。守得留都，才能保江南元氣。」

「鄭帥也這麼看？」錢謙益目光閃動，喜上顏色：「上個月我與左近幾位大賢共謀王事，令尊此見略與諸公暗合呢！那麼，左兵不日東下，何以擊之？鄭帥可有自請調守南京的意思？」

「不必擊之，當以計退之，命其還守武昌，則南京不特解圍，更多一拱衛矣。」

「釜底抽薪，確是上策。」錢謙益似乎有些失望，略帶保留地道：「但左良玉安肯輕易退兵？」

「左良玉未豎反旗，行軍又慢，足見其意在要脅，如此則大有商量餘地。」

「不錯，不錯，鄭帥真是見事入微。」錢謙益一拍大腿，高興地道：「看來明儼此行，必是銜著錦囊而來了。且慢一慢，有個人你們可以見見，讓他一塊兒聽聽鄭帥的妙策。他這會兒正在後進樓上看書呢。」

正說著，柳如是從前面大廳應酬回來，錢謙益忙上前拉著她手道：「我就說鄭帥實可重託，果然不錯，他也看出南京安危關係著朝廷氣運興廢呢！該讓太沖一起談談這事。」

「我去請太沖下來。」柳如是道。

「他二位也是學問中人，初次來訪，且讓他們看看書房。」

「甚好。」

錢謙益和柳如是當即領著鄭森二人向內走去。隔著一個小院就是後進，有座不甚大的二層樓房。眾人從一樓大門而入，裡面是一間書房，大桌上凌亂地疊著幾落書，還有厚厚一堆紙頁，像是份書稿。牆上掛著幾幅字軸，全都是錢謙益與柳如是應和的詩作。

錢謙益笑道：「樓上是我的書庫，海內藏書，除了內府以外，只怕少有富如此間者。」接著走到角落一道陡而窄的木梯旁，朝樓上喊道：「太沖，我給你引見兩位朋友，這就上來了。」說罷就抓著扶手往上走。

那木梯十分陡峭狹隘，與海船上的穴梯差堪比擬。錢謙益雖然還算硬朗，但畢竟年過六旬，加上身軀肥胖，上這樓梯必須手腳並用，幾乎是半走半爬，頗為辛苦。樓梯太窄，旁人無法施以援手，鄭森二人儘自替錢謙益揑把冷汗，也只能乾瞪眼，但錢謙益自己卻顯得樂在其中。鄭森心想，錢謙益一定是位真心愛書之人。等他爬上去，柳如是讓鄭森二人先登，最後才跟著上樓。

鄭森一到樓上，猶如栽入一個書海迷宮，只見幾十架書櫃比肩而立，充棟填宇，遮掩得室內一片幽暗。書架上頭擺滿無數書籍，各色牙籤分門別類，叫人不知從何看起。兩排書櫃間的走道僅容旋身，想往高一點的地方找書勢必得仰著脖子瞻望。空氣中更瀰漫著一股故紙舊墨的特殊氣味。

鄭森家中甚富，福建又因盛產竹紙，為海內刻印書籍最多之地，鄭森每說想看甚麼書，鄭芝龍便差人幾箱幾箱地買來，但他從未能想像有如此浩瀚的藏書。鄭森忍不住想取幾本來翻閱，卻又不敢隨意亂碰，只能嘆道：「此真神仙藏書之『瑯嬛福地』也。」

馮澄世一上來，頓時更「哇」地一聲叫道：「牧翁您究竟有多少書啊！」

「差堪有十萬卷，放在這兒的還不是全部哪，地小難以盡收，有些書暫放在城外的拂水山莊。」錢謙益道：「你二位若不嫌棄，盡可來此讀書。」

「真的嗎？」鄭森喜不自勝，「果能如此，森之幸也！」

「書就是讓人看的，」柳如是已爬了上來，說道：「牧翁不像有些藏書家，得了珍本便祕不示人，乃至帶進棺材裡去，倒把前人著述、刻刊的苦心給淹沒了。」

「這地方是好，只上下一趟太累人，書也擺不下了。我老早就盤算著要在後院起造一座新的書樓，總以手頭拮据，遲遲不能動工。唉，床頭黃金盡，生平第一煞風景事也。」錢謙益語氣一轉，難掩得意地道：「這裡的藏書，是我半生蒐羅而來，蠶食鯨吞，費盡心血，總該給它們一個好的歸處。」

馮澄世不解地問：「何謂蠶食鯨吞？」

「蠶食就是聽說哪裡有珍本、孤本，軟磨硬求，重金購之。所謂鯨吞，則是有那藏書大家驟爾謝世，或者絕嗣，或者後人不繼其志，我就整批買來。」錢謙益道。

柳如是接著道：「牧翁所藏，多收自兩浙、三吳藏書大家之手，像是劉子威、錢功甫、楊五川等。」

「還有趙汝師！」錢謙益一面說著，一面獨自往書海深處走去。

「牧翁要現寶了，」柳如是微笑道：「這可不是尋常來客都能得見的。」

鄭森二人一聽，都有些受寵若驚，也備感期待。錢謙益很快捧著一方錦盒出來，小心地放在走道中央的一張小桌上打開，鄭森見封面上寫著「漢書」。錢謙益取出一冊，道：「這部宋版《兩漢書》是我樓中至寶。本係元代趙松雪——趙孟頫的家藏，你看，這兒印有他的小像。此書內紙堅白，並用澄心堂紙做副頁。字大如錢，且作歐陽率更體，刻畫用心，頗得其神。」

鄭森細看內頁文字，果然頗有歐陽詢筆意，且字字不同，確是精刻。錢謙益續道：「當年王世貞為得此書，賣了一座莊子從太宰陸完的後人手中買來，後流入新安富商之家，我以一千二百金得之。不過短缺了兩冊，懸賞二十兩才得配齊。」

馮澄世正覺得光線太暗，想接過書來看，聽了這話連忙縮手，咋舌道：「這部書要一千二百二十兩？咱們那兒尋常四間寬、三進深的宅院，也不過值二百五十兩銀子。牧翁您真是大手筆。」

「呵呵，任誰只要有銀子，隨時隨處都可起他幾座宅院。但這宋雕、趙藏的《漢書》，世上卻只有這麼一部。」錢謙益理直氣壯地道：「且收藏古書，非只為賞鑑清玩之樂，實乃鑽求學問之正道。」

「哦？請牧翁垂教。」鄭森道。

「本朝刻印圖書，單以數量言，可謂超邁古今盛極一時。買書的人多，刻刊也多，這本是件好事。然而商人印書求快，粗製濫造、校讎疏漏，卻也為歷代之最。」錢謙益嘆道：「要知經史微言，一字之差，謬以千里。書商只知牟利，不審種種錯漏訛誤，輾轉翻印，真是流毒無窮。我看時書，常感忿忿，恨不能盡收天下謬書而以一火焚之。有些謬誤積非成是，新書上眾口一辭，莫之能辨，非得從古書上去索求不可。」

柳如是道：「牧翁藏書，校勘以外，也為的著書參酌徵引，尤其是為了籌畫多年的《明史》作準備。」

「虧得有河東君在，」錢謙益比比柳如是，「整座書房都在她腦袋裡呢，若非她幫我檢書，有些書我還真找不著。可惜我這書樓太過狹隘，委屈了許多珍本。我要蓋的大書樓，名字已經想好了，就叫『絳雲樓』。樓上置大櫝以藏書，樓下設帷榻以自居，樓旁另建廂房待客，與海內好學之士日夕交遊，此真人間至樂。」錢謙益高興地口說手畫，彷彿絳雲樓已經佇立在眼前。

馮澄世忽道：「牧翁規劃精當，只忘了一樣。」錢謙益聞言詫異，忙問：「哪一樣？」馮澄世一本正經地道：「這樓梯得造得大些。」眾人聞言先是一楞，繼而紛紛失笑。

柳如是適時提醒道：「牧翁一談到書就忘正事了。」

「瞧我呢。」錢謙益拍拍腦袋，「我們上來一會兒了，太沖怎麼都沒動靜，莫非下樓去了？不，想必是看書忘了神。」

錢謙益領著眾人繞過幾個書架向裡邊走去，愈向牆邊，書櫃間便稍微變得明亮些。鄭森跟著錢謙益轉過一個角落，忽見一道敞開的大窗，光線耀眼。一位文士正捧書倚窗頌讀，鄭森背光而視，只覺那人身周光芒煥發。

錢謙益喚道：「太沖讀書好專心，我們叫了你幾次、在那邊說笑你都沒聽見。」

那人聞言轉身，鄭森看得分明，他穿著一襲牙白繭綢直裰，頭戴素布周巾，約莫三、四十歲光景，臉頰瘦長，英風颯爽。他兩額髮際之處，生有銅錢大的紅、黑痔，更顯異相。

那人說道：「這部宋版高誘注《戰國策》，用正傳補注，勘對甚精，我欲觀久矣，如今一見得釋不少疑惑，確實忘神了……這兩位是？」

錢謙益為那人介紹了鄭森二人，那人聽了微微點頭。錢謙益又對鄭森二人道：「這位是餘姚黃宗羲，字太沖……」

「果然是黃太沖先生，」鄭森驚呼道：「方才在樓下聽牧翁提及大名，就想也許是黃先生，沒想到真是您。」

錢謙益笑道：「那好，不用我多介紹了。」

「黃先生年方弱冠便入京為父雪冤、袖錐刺仇，孝義之名滿天下，晚生仰慕多時。」鄭森沉穩中難掩激動地道：「不想今日見著錢牧翁，又能得見黃先生，真小子之幸。」

天啟六年，黃宗羲的父親御史黃尊素因為彈劾司禮監秉筆太監、東廠提督魏忠賢，被下詔獄嚴刑酷虐而死。不久之後崇禎皇帝即位，十九歲的黃宗羲入京申冤，抵達時魏忠賢已經伏法，便上疏請誅協從迫害父親的閹黨親信。接著在公堂對簿時以預先藏在袖中的長錐擊刺閹黨官員許顯純及太監李實，使之流血遍體，後來還將兩名拷殺黃尊素的獄卒錐死，在詔獄大門設祭痛哭，孝行轟傳天下。

黃宗羲聞言只是微一點頭，淡淡地道：「為父申冤，人子分所當為。這都是多年前的事了。」黃宗羲早些時聽說鄭芝龍之子來拜錢謙益，心想鄭芝龍乃招安的海盜，又是商人，其子大概也是一般。這會兒細細端詳鄭森，見他丰采掩映，奕奕耀人，不由得心生好感，率直地道：

「不想鄭帥公子也是斯文中人，邊將子弟而志於學，難得，難得。」

「明儼是我們南安縣學裡最聰穎的一個，」馮澄世道：「十一歲時，書齋課文，以小學灑掃應對為題，明儼在後幅束股寫道『湯、武之征誅，一灑掃也；堯、舜之揖讓，一進退應對也』。先生看了大感驚奇呢！」

「阿世別亂說，教先生們取笑了。」鄭森忙制止馮澄世。

「此語用意新奇，甚可頌也。」錢謙益鼓勵道。黃宗羲也道：「格局宏大，確是個讀書種子，應在經史大義上多留心，勿墮於辭章小道了。」鄭森唯唯稱是。

錢謙益道：「方才明儼說，鄭帥亟以南京為重，且也認為守留都可保江南元氣。這和月前我們商議的所見略同。」

黃宗羲點頭道：「太祖定鼎南京，城池宮制大備。成祖遷都後，不敢撤銷南京朝廷，二百年來成為冗職，只供官員養望、升轉之用。如今卻正為中興存一命脈。即便北京有變，南京六部俱在，國政無廢弛之虞。何況朝廷財賦多出於江南，若遷都於此，省去萬里輸送之損耗及民力，亦大有利於財政。」

「家父所見亦然，這也才派我前來拜訪錢先生。」鄭森道：「長江以南，各地雄兵不下百萬。北兵縱然驕悍，在此難有作用。更有我福建水師，入江可守，出海可征。朝廷不唯偏安，更可立足江南北上恢復。」

「不錯，此所以南京重於關寧，非固守不可。」黃宗羲接著道：「然而此間諸公多般籌畫，竟都沒個周全之策，鄭帥可有意入衛南京？」

「家父以為，左良玉所部乃朝廷當前少有的能戰之師，即便一舉擊潰，武昌也將就此空虛，更無別支大軍可以調守。何況潰兵四竄，又成一股流賊，說不定還投到李闖那頭去，反以資敵。」

「所慮甚是，然則何以退之？」黃宗羲道。

「左良玉至今打著朝廷旗號，明擺著意在討餉，既然如此，就湊一筆糧餉給他，讓他沒了藉口，然後責以大義，命其整飭軍紀、依舊固守武昌。」

「那少說也得要十幾萬兩銀子，只怕朝廷拿不出許多錢來了。」錢謙益道。

「朝廷再窘迫，想來不至於一毛錢都拿不出來，總是請留都兵部盡量調度一筆糧餉。不足之數，家父在南京和九江有幾筆款子，願意先『借墊』。」鄭森刻意強調「借墊」二字，錢謙益三人何等聰明，都知鄭芝龍願意自掏腰包了結此事，但代朝廷發餉畢竟過於招搖，所以改稱借墊，且不欲外人知。鄭森雖見三人有所會意，仍照著父親交代的言語先做一番解釋：「人多以為家父富誇海內，其實這幾年為了維持潮漳水師，也頗苦捉襟見肘。此番情願借墊餉銀，乃為天下計，不得不勉力為之。但若事機不密，好事者眾口訛傳，不免賈禍。倘若被人套個勾結鎮將的罪名，更是吃不消了。」

「這個我們自理會得。」黃宗羲道。

柳如是卻想，鄭芝龍是個商人，恐怕不會光憑大義二字而願為此，不知他下這重本想買的是甚麼。於是問道：「事成之後，鄭帥對朝廷有何期望？」

「沒有期望。」鄭森道：「家父既畏流言，囑以至密，事後自然也不能請朝廷褒獎封賞。實話說，東南海上生理，多賴長江一線。兵禍阻塞，貨物不得而出，則上自富商大賈，下至負販走卒皆受其害。家父此舉，一部分也是為了自己和東南商界。只要水道打通，便是實惠。」

錢謙益等聞言恍然，對鄭芝龍疑惑盡去。錢謙益道：「南中諸公對鄭帥寄以厚望，正是為的潮漳水師一向自足，不稟於官，且紀律精嚴。此番鄭帥願意慷慨解囊，更見其好義。只不知有何見教於我等。」

鄭森答道：「左兵雖慢，離開武昌也有一段時間了。此事得加緊著些，但又得保持機密，非有親信不能辦妥。家父在南京小朝廷中人脈不廣，一時竟不知從何措手。牧翁乃天下清望所集，門生故舊也不少，因此想請您指點一條門路。」

「這個不難，南京兵部尚書是熊明遇，他前任的李邦華，年前十二月剛升任都察院掌院左都御史，」錢謙益笑道：「此二人正是月前在舍間共謀王事群公之一，原本也都支持鄭帥入衛金陵的。」鄭森聞言大喜：「如此再好不過。且家父崇禎元年征討海盜劉香時，邦華公為兵部侍郎，多有文牘往來，素所相敬。就請牧翁修書二通，為晚生引見。」

「鄭帥願意助餉，南京本兵沒有拒絕之理。即便要請熊公遮掩則箇，他也是個有承擔的，想來沒有問題。」黃宗羲道：「不過糧餉有了，還須曉以大義，也算是給左良玉一個台階下。」

「此事非侯司徒不可。」錢謙益不假思索地道。

「不錯。」

「司徒公剛解保定總督，眼下何在？」

「他原籍商丘，兵亂不得歸，聽說欲避居江南，卻不知在甚麼地方。」

柳如是插話道：「朝宗現在南京，大步不離媚香樓，找到他也是一樣。」

「是極，是極！」錢謙益撫掌道。

鄭森二人知道「司徒」乃是戶部尚書的代稱，但卻不知三人所指為誰，聽得一頭霧水。錢謙益見狀，為他們解釋道：「兩位對朝局似乎不甚了了？這位司徒說的是歸德人侯恂，左良玉乃他一手提拔。請侯司徒出馬，左良玉大概還肯賣他面子。但他避兵不知何往，只好著落在他公子侯方域身上去尋了。」

錢謙益待要續往下說，馮澄世忽然肚子咕嚕一響，鄭森頓感尷尬，馮澄世卻率直地道：「說了半天糧餉，誘得我都餓了。」錢謙益呵呵一笑，也摩摩肚皮道：「經你一說，我也覺得腹中甚飢。這是主人失禮，竟讓大家在這站著說了老半天，原該請樓下寬坐去。」

「為謀國事廢寢忘餐，豈不快哉！」黃宗羲道。

「今日得聞鄭帥義舉，正該浮一大白。」錢謙益看看窗外天色道：「也是時候用中飯了。」說罷便領眾人下樓到花廳坐定，叫傳上酒菜吃將起來。幾杯黃湯下肚，眾人話頭大開，天下形勢、文苑軼事無所不聊，加上馮澄世言語詼諧，連鄭森也稍解拘謹。

一席話談下來，鄭森發現黃宗羲雖然面上冷淡，彷彿不苟言笑，其實骨子裡藏著一副熱腸。他自言師承蕺山先生劉宗周所傳的陽明心學，揚棄空談，特重慎獨功夫。但論到國事，便自慷慨激昂起來。黃宗羲所學包羅萬有，經史百家以外，於天文、曆算、音律、佛學均有涉獵，也跟其族叔黃道周熟習易學象數，其博學讓鄭森十分傾倒，暗暗發願「有為者亦若是」。

鄭森又恰好坐在柳如是對面，每當其侃侃而談，便得注目。他並非輕薄之徒，畢竟從未見過這樣的美人，有時目光猝然相接，不免微感面熱，幸好有酒蓋臉。然而看得久了，最初見面時那種微妙的親切熟悉之感又浮上心頭，揮之不去。

眾人暢談方酣，柳如是發覺鄭森定定地看著自己，眼神中微透憂思，卻別無邪念，於是大方地笑道：「我閱人多矣，像明儼這樣看我的卻還少見。」

鄭森聞言避席謝道：「鄭森無禮，唐突夫人了。」

柳如是道：「明儼並無不恭之意，何須遜謝。」錢謙益在一旁也看得分明，與柳如是同席的客人他見得多了，多半是驚為天人、衷心讚嘆。有些人自恃道學，對她正眼不瞧。有些人假作不視，卻忍不住頻頻窺看。也不乏那意亂失態，乃至情迷心竅眸子眊焉者。但如鄭森這般坦然端視良久而目光清澈的，除了若干有道僧人，確實不多。

「明儼似乎若有所思，不知何故？」錢謙益問道。

鄭森遲疑了一下道：「請恕晚生直言，還望錢先生和夫人勿怪——柳夫人讓我想起母親了。」

柳如是奇道：「令慈和我生得十分相像嗎？」錢謙益笑道：「如此說來，明儼堂上也是位美人囉！」

鄭森搖頭道：「像不像、美不美，我也不知道。我七歲上就與母親分別，不復得見，倏忽一十三年。母親的樣貌，竟再記不得分毫。然而適才見柳夫人眉宇英毅，翩翩有男兒俊態，依稀是明儼兒時印象——家慈也是個稟性堅強，不讓鬚眉的。我對母親思念不已，又常悔不能隨侍承歡。此際見柳夫人風采，一時往事歷歷在目，故而難以自禁。」

「母子分別，卻是為何？」柳如是關心地問。

鄭森本不欲提及身世，但今日片刻相處，已對三人頗具好感，兼以柳如是殷殷相詢，遂昂然道：「家母並非中國人士，而是扶桑女子。二十年前，家父與母親結褵於日本九州平戶島，旋即出外經商，母親獨自在雨中的海濱生下鄭森，從此相依為命。待到七歲時，父親差人將我接到安海，母親卻受日本國法所禁，不得同來，母子遂分離至今。」話未說完，眼淚已涔涔而落。

「來去江口守空船，繞船月明江水寒。」柳如是忍不住擊節長吟，暗暗嘆息。

錢謙益則問道：「以鄭帥之喧赫，安海帆帷之多，就不能將令堂接出來嗎？」

「日本行法甚嚴，從前外婆在，怕有所連累。外婆故世後，家父多方設法，總在近日就要將母親接來安海的。」鄭森道。

「那真是可喜，該敬明儼一杯。」柳如是舉杯相邀，鄭森也不擦去臉上淚痕，看著柳如是抄起杯子一飲而盡。眾人也都跟著喝了一杯。

「明儼出身海外，而肯坦率以告，足見心中光明。」黃宗羲道：「他日令堂見到你胸襟磊落、骨格清奇，必然十分快慰的。」

「森君出身闤闠[1]之家、將門之後，兼以海外出身，而能慕道向學，著實不易。」錢謙益和藹地道：「你我甚是投緣，如不嫌棄，待南中大事一了，便回此間跟著我讀點書如何？」

鄭森心思方定，一時還沒會意，馮澄世已興奮地叫起來：「阿森好福氣，你不是想拜牧翁為師，沒想到初見面就能得償所願！」

鄭森連忙起身拜道：「固所願也，不敢請爾！小子愚劣，得蒙先生垂愛，幸何之如。」他從懷中掏出一份禮單，恭敬地遞上，雙手竟微微顫抖，「傾仰老師山斗久矣，學生早備贄敬，本不敢貿然相求，不意能列於門牆……請老師笑納。」

錢謙益在禮單上虛推一下，歡然道：「鄭帥所賜已經太厚，明儼不必多禮。」

鄭森堅持道：「不，家父之禮，乃是仰慕老師清望，求相結納。學生拜師，自當另備菲禮。」他心念一動，道：「老師要蓋絳雲樓，將來學生自然也要登樓讀書的，這就當作學生略盡一點心力吧！」錢謙益道：「你這理由倒叫人無法推辭。也好，那就謝謝了。」

鄭森退後兩步，拉拉袍角道：「請老師上座，待學生行大禮。」

錢謙益笑道：「禮法豈為我輩所設？我一向最不理會這些虛文，你願跟著我讀書，彼此心照，便為師弟。坐吧。」他擺擺手叫鄭森入座，續道：「往後你仍舊叫我牧翁就行了。倒是我給你另起個字……你名為『森』，那麼，取字『大木』可也。」

「『夫國，亦木之大者也』，」柳如是道：「牧翁對明儼期許甚深哪。」

「恭喜牧翁又得一高足。『為巨室，必使匠師求大木』，大木君當以棟梁自期，莫負乃師厚望。」黃宗羲綻顏微笑，舉杯向錢謙益祝賀。眾人紛紛跟著舉酒相慶，更添熱鬧。鄭森稍稍思索，才想起柳、黃二人所引之語分別出自《呂氏春秋》和《孟子》，對他們兩位的學識十分佩服，也感謝錢謙益對自己之期許。

大家樂了一陣，錢謙益道：「方才正事才談了一半，接著說吧。」

黃宗羲點點頭，問鄭森和馮澄世道：「你們可知左良玉此人的來歷？」鄭森二人搖搖頭，黃宗羲遂續道：「左良玉是山東臨清人，驍勇善射，能左右開弓，雖然目不知書，但十分聰明靈變。他從卒伍出身，以斬級之功升到遼東右營都司。當時遼東糧餉不濟，軍紀隳敗，左良玉也不時幹些劫掠的勾當。一次他和部屬搶了一支駝隊，不料卻是準備送往錦州的軍備。劫奪軍裝乃是重罪，按律當斬。但他有個同僚丘磊把事情一肩扛起，左良玉遂得倖免。後來丘磊押解進京，左良玉每年花費上萬銀子打點，拖了幾年竟也把他救了出來。」

「如此說來，這左良玉也是個有義氣的。」鄭森道。

「不錯，他對恩人都很知圖報。」黃宗羲道：「他雖得脫罪，官位究竟丟掉了，閒居無聊，投到了時任兵部侍郎、昌平總督的侯恂公帳下。侯公起初並未加以重用，甚至命他做些行酒之類的雜役……」

「世家大戶，行酒用的都是面貌清秀的小僮，讓個莽漢行酒有啥味道？」馮澄世不以為然地道。

「馮世侄有所不知，」錢謙益插話道：「這左良玉雖然武勇絕倫，卻生得一副白淨面容、頎長身材，俊得緊的。」馮澄世聽了，「喔」地一聲，露出原來如此的表情。鄭森則道：「或許侯公想故意挫挫左良玉的銳氣，亦未可知。」

黃宗羲續道：「有一次酒宴之中，左良玉喝得大醉，弄丟了四隻金杯。清醒之後向侯公告罪，侯公卻說，『你堂堂七尺之軀，我本不該如此役使，此事非你之罪』，不加追究。後來到了崇禎四年，清兵圍攻大凌河甚急，朝廷命昌平軍赴援，侯公竟將左良玉從平民一拔而為副總兵，

1 闤闠：指市場，引伸為商賈。

令其統率一軍出關。左良玉也不負重任，在松山、杏山下大展身手，立功最多，以此發跡。從他遼東罷官到統兵建功，前後不過才一年多。」

「如此際遇，堪稱傳奇。侯公能識才，又敢破格大用，左良玉必然感激無已了。」鄭森道。

「左良玉後來調回關內禦寇，河南幾個屢敗官軍的賊帥，像是『一斗穀』、『蠍子塊』、『滿天星』等人，都被他一鼓蕩平了。連高迎祥、張獻忠等賊首也敵不過他，對之忌憚有加，乃至有呼之為『左爺爺』的。左良玉也從這時候起漸露自恣之態，屢違節制不應檄調。然而他對司徒公恭謹依舊，率軍三過商丘，都下令說他的恩府家在此，有擾及草木者斬。自己入城謁見司徒公，也依然拜伏如家人，不敢以大將自居。左良玉草莽出身，本無字號，侯公在他拜將後贈字『崑山』，左良玉始終珍而用之。」

鄭森道：「看來此人不知大義，目無君父朝綱。但對身周過從之人，卻知恩講信，甚於常道。」

黃宗羲道：「正是，左良玉能連破賊兵，正因其能與士卒同心，賞罰有信。但小人之義，及身而止，不顧國家大局。他在南陽和瑪瑙山三次大破張獻忠，可謂朝廷第一強兵。但他屢屢不服調遣，也使賊酋每能走脫，終成燎原之勢。」

「左良玉既然對司徒公這麼折服，朝廷為甚麼不就起用侯公為帥加以節制？」馮澄世問道。

黃宗羲道：「正因為左良玉只服侯公一人，而不服朝廷和其他督撫，更為朝廷所忌。」柳如是也道：「況且當時侯公因為黨爭下獄，廷訟數年，這時候放他出來，又讓他倚左良玉為重，內閣大臣們恐怕侯公勢力坐大，威脅自己了。」

鄭森氣憤地道：「輔政元臣們如此以小忿誤國，真是比左良玉還不如。」

錢謙益嘆道：「物必自腐而後生蟲，誠矣哉。清兵和流賊最初都只偏處一隅，本應不難對付，還是所用非人，才致朝政日衰。」錢謙益的牢騷其來有自。崇禎元年錢謙益任禮部侍郎，入閣主政的聲望甚高，但遭政敵排擠，才革為庶民閒廢至今。

黃宗羲道：「最後畢竟是賊勢難竭，朝廷無可奈何，才決定重用侯公以激勵左良玉。去年三月，李自成連著三次包圍開封城，朝廷趕緊從詔獄裡起侯公以兵部侍郎總督保定、山東、河北軍務，節制左良玉援汴。」

馮澄世問道：「那麼這下總算將帥相諧了，怎麼後來還是連戰皆北？」

錢謙益道：「左良玉當時已奪回襄陽，鎮守湖廣。朝廷卻派侯公總督保定，南北遠隔，根本談不上指揮。侯公也曾上疏自請赴左良玉軍中，總歸還是閣臣們怕他兩人會合之後尾大不掉，於是不許。左良玉因此怠戰，在朱仙鎮一役為敵大破，手下精銳盡失。」

黃宗羲道：「侯公繫獄多年，驟然出而督軍，手下沒有精兵猛將，自然無法解開封之圍。城陷之後，侯公的政敵順勢奏上一本，說因為他觀望不前，才有開封之失。皇上正為打了敗仗懊惱，就把氣出在侯公頭上，命他解職。」

鄭森咬牙握拳，激憤地道：「朝中諸公……還有皇上，究竟作何思維，如此明白簡單事，卻也看不清。」

「二十年來內外用兵，可嘆可恨事多了。」柳如是低聲道：「方才說的這些，不到百中之一。」

「流賊來去飄忽，難予雷霆一擊。加上朝廷剿撫之策不定，又讓張獻忠等賊酋幾度詐降，旋降旋叛，終使局面不可收拾。」錢謙益胸有定見地道：「但流賊的長處也正是其短處，他們專事劫掠、不立根基，難以在一個地方久待。賊黨號稱百萬，少則也有五、七十萬。倘能將之困在一處，食糧立盡，不久便會自潰。其實楊嗣昌和侯公早看出這點，楊閣部的『十面張網』之策，還有侯公以六路兵馬四面包圍之議，皆由此而發。奈何朝廷不用。」錢謙益志在入朝輔政，處處想顯出「知兵」的樣子，故而做此一番高論。

鄭森愈聽愈感憂心，放眼中原竟似乎再無可與流賊相抗者。遂問道：「官軍再敗之餘，尚有可戰者否？」

黃宗羲道：「左良玉逃到樊城，昔日威名猶在，附近幾支敗兵都前去投靠，號稱二十萬，其實多是烏合之眾。不過中軍還是能打仗的，倘能夠裁汰疲弱、勒以紀律，未始不能期望。」

鄭森道：「我曾聽家父提及，左良玉向楚王索二十萬人餉，索不到便劫掠城中。就是這時候的事情？」

黃宗羲道：「不錯。然後上年十月李自成攻破襄陽，左良玉往下游逃到武昌，這才有眼下『就食南京』之舉。」鄭森前後想了一番，算是明白了事情的始末。黃宗羲續道：「除他之外，退守關中的七省總督孫傳庭，麾下尚有猛將數員、精兵十餘萬，可謂朝廷最後一副家當矣。不過孫帥固守關中有餘，出而邀擊則不可。」

「其他地方兵微將怯，不值一提。只有令尊閩帥和鳳陽總督馬士英可稱勁旅。」錢謙益刻意把鄭芝龍提出來。

鄭森道：「家父也說，鳳陽皖帥帳下有黃得功、劉良佐等猛將，且江南未遭兵禍，不虞匱餉。他日南京若復為國都，皖帥一部必為江北干城。」鄭森想了想道：「學生此行，亦銜父命聯絡皖帥。聽說馬士英當初是阮大鋮所舉薦，此人現也在南京，不知先生們能否也為引見？」

不料黃宗羲一聽到阮大鋮之名，旋即厲聲說道：「此人乃大奸佞，鄭帥不應與其聯絡，以啟小人攀附倖進之心。」黃宗羲一直矜莊持重，鄭馮兩人不防他有此一喝，不免心下惴惴。

錢謙益忙道：「太沖有話好說。」柳如是則笑道：「大木生也晚，未逢太沖公揭逐奸的義舉，是該有此一喝。」鄭森聞言，肅容道：「大木年輕識淺，又偏處海疆，不曉此中緣由，請太沖先生垂教。」

「這阮大鋮近年稍稍斂跡，大木未曾聽聞也是情理中事。」黃宗羲神色稍和，道：「阮鬍子從前比附魏忠賢，乃閹黨中人。今上登極之後，欽定逆案，將他廢棄永不敘用。」

錢謙益卻道：「阮大鋮雖然阿附魏忠賢，頂多只是恭順謹慎，畢竟並非親信首惡。他剛出仕時也曾列名東林，本心不壞。」

黃宗羲鄙夷道：「正因如此，更見可惡。此人城府極深，早見魏忠賢必敗，每往拜謁，都厚賂門房收回名刺，以免日後牽連，其用心如此！魏忠賢伏法之後，阮大鋮擬了奏章攻擊閹黨，同時把東林諸君子也掃了進去。幾乎掀起大獄。後來閒廢避居南京，卻不肯安分，招納附庸風雅、遊手好閒之徒，終日談兵說劍，意圖復出。活動得甚為積極，復社諸君不得不寫一篇公揭[2]加以驅逐，防止奸蠹之徒壞亂國事。這件事，實由吳次尾兄首倡，我不過忝署前列。」

柳如是道：「吳次尾是指貴池人吳應箕，此公才華洋溢，滿腹奇計。那〈留都防亂公揭〉正是他起草的。」柳如是解釋，公揭中直指阮大鋮名列逆案，卻汲汲交通內廷、厚結外臣，乃至為犯罪官員疏通打點以收人心。在此騷亂之際，乃是國家一大隱患。吳應箕為文慷慨激昂，字字誅心，罵得十分痛切。「這公揭共有復社名流一百四十人聯名。東林後人，以創設東林書院的顧憲成公之從孫顧杲為首。遭閹黨迫害的受難諸家子弟，自然要推太沖領銜了。待公揭一出，南京城中競相傳抄。阮鬍子住在庫司坊，連道旁小兒都用諧音罵他『褲子襠裡阮』。阮鬍子汗浹股慄，從此閉門謝客，不復敢公然活動了。」

鄭森悠然神往，拍案道：「黃先生與復社諸公防亂於機先，真是為國除害之舉！可惜大木生也晚，不能躬逢其盛，且為此義舉浮一大白。」鄭森舉杯仰頭而盡，接著道：「家父不知此人奸惡若此，本命我致書、拜見。我當寫信詳告家父，莫與往來。」

錢謙益道：「其實阮大鋮文藻過人，我看他所寫《春燈謎》、《十錯認》、《燕子箋》等戲，確有不世才具。倘能引為正途，則亦國家可用之才。復社諸子，固雖好義防亂，卻未免逼人太甚，絕其自新之路。」

黃宗羲堅決地道：「國勢蜩螗，皆豎閹奸佞為亂所致，豈能復縱小人陰為翻弄。」

錢謙益憂心忡忡地道：「令尊大人遭難，太沖疾惡如仇，也是情理必然。但數十年來，朝廷黨爭不已，元氣都消耗在這上頭，實非社稷之福。且看東漢黨錮之禍、唐朝牛李黨爭，都致使國家衰弱敗亡。當年尊素公反對東林諸友屢翻『三案』，也是以大局為重。」黃宗羲道：「家父的確主張寬容『三案』，但他最後卻依然遭逆閹所害。牧翁心地寬大，論事一主和平。但奸佞之輩卻不做如是想，起復只為謀私，大有害於國家。」

錢謙益道：「太沖熟習易理，豈不知『坤厚載物，德合无疆。含弘光大，品物咸亨』之理？包容寬裕，則能廣闊遠大，達暢無礙。」黃宗羲見錢謙益引《易・彖上傳》裡的話，也用《易經》之語答道：「文言曰：『臣弒其君，子弒其父，非一朝一夕之故，其所由來者漸矣，由辨之不早辨也。』小人蠹國，其禍至今不止，安可更啟之？」錢謙益爽然若失地道：「太沖固執若此，辯你不過。」

鄭森轉回話頭道：「方才聽先生們說時局，真令晚生憂心。這左良玉既是朝廷所餘兩支大軍之一，倒不能不好生安撫。森雖不敏，此行當竭盡所能，務使成功。」他離開安海時，不免有些不安，此刻深知能否勸退左良玉，關係朝廷氣運，同時又被黃宗羲的幾般義行所鼓舞，遂變得充滿決心。

馮澄世問道：「然則此一時、彼一時，左良玉如今還會賣侯公的帳嗎？」黃宗羲道：「左良玉新敗之餘，乏糧乏餉，總要有些實惠才能安撫。我們當然不能寄望侯公一句話就能叫他退兵，但由侯公出面說話力量總是強些，也算給左良玉個台階下。」

鄭森道：「方才說，司徒公罷官後回不了河南老家，下江南躲避兵禍，一時未便尋找。如此卻又該怎麼辦呢？」柳如是道：「他的長公子侯方域上年到金陵赴考，結識舊院的李香君，這一陣子都待在秦淮河畔媚香樓。總在他身上著落侯公的蹤跡便是。再不然，若能說動他代父一行，也勝於無。」

---

2 公揭：即公開信或大字報。

黃宗羲沉吟道：「朝宗才高心傲，行事又瞻顧寡斷，怕大木不容易說得動他……」

錢謙益道：「太沖乃朝宗諍友，他對你言聽計從，不如就由你陪大木走一遭。」柳如是看鄭森二人不解，便道：「朝宗性喜熱鬧，連吃個飯都要歌妓彈唱相陪。太沖勸他說老大人還在獄中，怎可如此縱樂，朝宗才稍稍收斂。當時有人幫他緩頰，說朝宗賦性不耐寂寞，太沖卻說『人而不耐寂寞，則亦何所不至矣』，勸諫起來可不留情面。」

錢謙益湊近鄭森，故意低聲道：「太沖是固執出了名的，人稱『太沖牛』。我與太沖的父親尊素公平輩論交，可是在太沖面前，還真有點怕他呢。」柳如是聞言哈哈大笑，鄭森兩人心下會意，只是不敢露出笑顏。黃宗羲卻竟有些窘，直道：「牧翁如何把我說得這般不近人情似地。」他想了想，慨然道：「好！我跟大木兄走一趟南京。舍弟宗炎奉母住在杭州，本已說好日內前去相會。但國事當前，耽遲些不妨。」

錢謙益道：「那就有勞太沖了。」

暢談竟日，眾人都感痛快。錢謙益看時候已晚，提醒鄭森三人盡早前往南京。三人於是飲盡杯中殘酒，辭謝而出。錢謙益拉著鄭森之手，依依話別，要他事情完了到常熟來住一段時間。鄭森熱切地說，自當來侍奉老師、鑽研學問。另和黃宗羲約好明日一早會齊，同往南京而去。

第伍回

訪社

鄭森等三人離開常熟，乘船溯江而上。這日抵達南京，已是申牌時分，黃宗羲說，天晚不便拜訪公卿，先去媚香樓找侯方域好了。

船在南京外城西邊的江東門碼頭靠岸，三人換乘小船，續往秦淮河內航去。河道逶迤向東南環繞，內城城牆傍河而築，高大堅固綿延壯闊。小船依次航經定淮門、清涼門、石城門，鄭森見城樓雄偉，不禁嘆道：「此真太祖所定萬年基業也，都說龍盤虎踞固若金湯，若未親見，真難想像高峻若此。」馮澄世道：「這城牆如此堅固，就算左良玉來攻，怕也討不了好去。」黃宗羲道：「石頭城城基是花崗石，城牆是特製的巨磚，外面塗漿，堅固無比。外城周長一萬七百三十四丈二尺，這只是其中一小段。然而國之安危，繫於民心，非恃堅城高樓。秦據三關之險，盡收天下兵器鑄成銅人十二，防不得小民揭竿而起，三世而亡。」

小船從水西門旁的西水關進入內城，續往東南而流，過鎮淮橋後折往東北。將到武定橋時，景色倏然熱鬧起來，兩側河房夾岸，皆是綠窗朱戶雕欄畫檻。家家都有水樓和露台伸展在河面上，或綺窗絲帳，或竹簾紗幔，精巧雅致各擁風情。水樓邊三兩仕女髮髻微傾，自在地憑欄而望，軟媚著人。

此時初春之際，水位尚淺，露台底下木樁蝟列，卻不稍減雅觀。河面上遊船漸多，都是嬌小篷船，雖然天色未暗，卻已在篷邊掛上防風的羊角燈。船中人吹簫擊鼓、彈弦演唱，好不愉快。

鄭森和馮澄世看得癡了，馮澄世歡然道：「早聞秦淮河是天下冶遊勝地，果然名不虛傳，熱鬧得像是過節似地。」黃宗羲卻道：「眼下天氣還涼，燈船出得不多。這地方到了夏天才真正是喧然如沸，河上畫船相接，角燈連綿猶如一條火龍似地。眾船競敲鐃鼓，水波都為之震動呢！」

鄭森疑惑道：「都說左兵逼境，南京戒嚴，士民一日三徙，原來只是流言？我看這裡安樂勝於平時，並無異樣。」黃宗羲道：「消息剛傳來時想必定是如此，但兵勢來得緩，人心也就鬆懈了。前年流賊張獻忠入安徽，直下廬州，南都也曾恐慌過一陣，風聲過去便又歌舞依舊。這樣名勝風流之地，狎客浪子怎肯輕易罷休。」他感嘆道：「承平時候，歌聲舞影猶不失為盛世妝點。國難當前而依然如此，就只能叫人嘆息了。」

過了武定橋，不多時便到了文德橋。黃宗羲指著左首道：「此處便是夫子廟。再過去是江南貢院，有兩萬多間號舍，乃天下第一棘闈。瞧，那就是明遠樓。」黃宗羲又指向右岸，道：「這後面便是舊院，又稱曲中，為樂戶妓家所聚之地。」鄭森看夫子廟、貢院和舊院隔河遙相對望，笑道：「這倒有趣，一邊是聖廟和龍門，一邊是教坊和妓樓。才子名士，不免居舊院而眼望場屋，下場屋而心繫舊院了。」黃宗羲笑道：「正是，此本為才子佳人而設。每逢大比之年，四方應試者麇集。考中者固然春風得意，要好好熱鬧一番。不中者也多有向此銷金窟裡縱一時歡樂，尋求慰藉的。」

黃宗羲命船家在文德橋邊靠岸，下船雇腳夫挑了行李，繞到河房後頭的鈔庫街上，尋了宿頭安頓好，便直往釣魚巷的媚香樓而去。鄭森見街上屋宇清潔，花木錯落有致，不似尋花問柳之處，倒像是風雅人家所居。市肆中，小販叫賣晨採鮮花，店鋪裡，無論香囊、雲箆、名酒、茗茶、簫管、琴瑟，都是上品。鄭森看得眼花撩亂，心道：安海固然也算得上豪奢熱鬧，但怎比得上此間精雅一如仙境，連綿不下十里。到得這裡，才知繁華為何物。

才走不遠，便到了媚香樓。這是一棟臨街樓房，大門敞開，卻無人招呼，只從樓上隱隱傳來人聲。黃宗羲在門口喚道：「貞娘！」稍停又喚：「朝宗！」都無回應，遂逕自入內。鄭森等跟著進門，立覺一片淡香籠上身來，像風過枷楠，自然幽香，卻不見宣爐燻煙，尋之無跡。他在家時，父親和幾位姨娘不時也愛燒些沉香之類，雖都是真臘[1]等地所產上品，但每一燒炙總是煙撲油膩，略帶焦腥，不如此香遠甚。

門邊擺著一座青銅花罇，高有三尺，方身敞口四面戟楞，獸面雲紋粗細得款，散發著一股端重古樸的氣息，顯是三代法物。罇中插著一枝紅梅，蒼勁虬蟠而出，枝頭點點鮮嫩，春信盎然，竟是從黯青古器中點著生機，彼此輝映，叫人品玩不盡。

鄭森看屋內陳設大抵若此，凡目光可及之處，羅綺珠翠、帷幕薰香，無不極盡講究。心下忖道：怪不得人說富貴三世才懂穿衣吃飯，我家雖誇稱富甲海內，所用亦皆名貴之物，但和此處相比卻只顯得俗傖了。

黃宗羲踩梯上樓，鄭森等雖覺唐突，但不知此間規矩如何，也就跟著上去。才到梯口，便聽見裡間女聲輕唱，雖無絲竹襯陪，只一塊牙板仔細慢敲，而風流婉轉意趣無限。那女子正唱到：「……朝飛暮捲，雲霞翠軒，雨絲風片，煙波畫船，錦屏人忒看得這韶光賤。」一個青年男子的聲音歡然讚道：「妙，妙。前日蘇師父說這『絲』字乃是詞眼務頭，要在嗓子內唱，香君這會子功夫就練成了，真是聰慧可人。」

黃宗羲趁著裡邊說話空檔，撥簾而入，朗聲道：「朝宗好逍遙。我聞居士說你一步不離媚香樓，果然如此。」裡邊一個二十多歲的白面公子起身相迎，他穿著天青寧綢長袍，頭戴時興的純陽巾，玉面漆目，龍章鳳姿，喜道：「太沖來了？真是稀客。你不是回杭州奉母去了嗎？」黃宗羲道：「此間有大事，不得不復轉來。」那公子拉著他手，笑嘻嘻道：「哪裡有甚麼大事，先進來喝兩杯再說。咦，這兩位是？」黃宗羲介紹道：「你們認認，這位是泉州鄭森，鄭大木，乃是錢牧翁新收的高徒。這位也是泉州人，馮澄世，字亨臣。」那公子道：「喔？泉州鄭家，可是閩帥子弟？」鄭森道：「在下與鄭帥雖是族親，疏遠不敢攀附。想來這位就是侯公子了？」那公子輕快地點頭道：「歸德侯方域，表字朝宗。」

這時一個儷影娉婷而出，似是方才唱曲的女子。鄭森見她容色甚美，身軀短小，肌膚如玉，一雙慧黠的眼睛靈動不已。黃宗羲介紹道：「這位是李香，字香君。你們別看她生來嬌小，行事可大有俠氣。朝宗與她合巹之日，阮鬍子託人送了妝奩道賀，藉此攀附。香君問清了禮物來歷，不僅不肯收，還直接摜在地上呢！」鄭森二人聞言，不免大生敬意。

黃宗羲對侯方域道：「打攪朝宗聽戲了，請香君接著唱吧，我也趁便一聆新聲。」侯方域卻笑道：「剛才只是練著玩，她輕易不肯在外人面前開口的。」李香君盈盈一笑道：「尚未學全，恐怕有辱清聽。」

侯方域招呼眾人坐了。黃宗羲問道：「貞娘怎麼不見？」侯方域興沖沖地道：「乾娘在廚下，最近新得了一本《吳下食譜》，每天都揣著如法炮製。你們來得巧，今日好不容易請到柳麻子來說書，稍停一塊兒嘗鮮、聽書吧！」他不等黃宗羲開口，又笑道：「太沖難得來，今日可不許你掃興。」

1 真臘：古國名，在今柬埔寨境內。

黃宗羲道：「貞娘手藝極好的，自要叨擾。不過我們今日來，乃有要事相商。」侯方域道：「哪來那麼多大事，大概是兵部熊公委你來打聽家大人的消息吧！」黃宗羲道：「朝宗料事如神，但我們卻非熊公差遣而來。無論如何，司徒公眼下正在何處，還請示下。」

侯方域眼看他處，心不在焉道：「家大人被罷之後，說要南下避兵。然而賊據河南，只能間道迂迴。路上亂，家書不時斷絕，這會兒也不知走到哪裡了。」黃宗羲道：「司徒公致仕大半年，再慢也該到了。」侯方域道：「誰曉得被阻在甚麼地方。」

鄭森道：「熊尚書打聽令尊消息，可是為了左良玉領兵東下，揚言就食南京之事？」侯方域聽了直搖手道：「軍國大計，非我書生所知。」

黃宗羲見他神色有異，似是故意推託，遂道：「左良玉大兵到境，長江上下，乃至南京城中不免一番劫難。左良玉乃司徒公一手提拔，拜將之後，仍對令尊恭敬有加。朝宗也是從小和他相處慣了的，怎可沒事人似地儘自作壁上觀？」

「他服我爹，我可沒放過甚麼交情給他。」侯方域沒好氣道：「自從左良玉一離武昌，大家就三天兩頭往這兒尋我問話，這南京城竟像是住不得了。」

「大兵到日，南京城也就真住不得了。」馮澄世學他的樣子沒好氣道。馮澄世此舉雖然稍嫌無禮，但鄭森卻也不覺過分。他本以為名列四公子之一的侯方域必是悲歌慷慨之輩，沒想到如此冷淡。卻又不知是否另有隱情。

侯方域白了馮澄世一眼，卻也不生氣，只道：「此事休也再提。」

黃宗羲還待要說，外間人聲嘈雜，一女子忽然打簾而入，約莫三十上下，容色豔麗不遜香君，而更見一股豪爽氣概。她後面還跟著一位中年文士和一位醜怪老人。

侯方域如逢大赦，連忙起身相迎道：「楊兄、敬老，你們來得正好，太沖帶了兩位新朋友，想一道吃酒聽書呢！」

侯方域為眾人彼此介紹。那女子乃是李香君的乾娘李貞麗，不過她只長香君九歲，同樣姿色出眾，且和四公子之一的陳貞慧相善。那老人乃是說書名家柳敬亭，生得一副奇相，滿面疙瘩，黝黑醜陋，但衣容整潔神情散淡，有貴冑風度。中年文士則是楊文驄，字龍友，曾任兵部郎中，現為閒廢之身。

黃宗羲知道楊文驄是馬士英的妹婿，與阮大鋮過從甚密，本不欲多有瓜葛，但楊文驄為人尚稱正直，且自己與侯方域還有話說，也就不忙著辭別。

李貞麗笑對鄭森二人道：「方才失迎了，兩位相公且自放懷取樂，不要拘束。」又拉著二人到牆邊，指著粉壁上題著的一詩、一畫道：「我們媚香樓有『三絕』，其一便是楊老爺畫的蘭花奇石圖。」鄭森看壁上左邊畫著崇蘭詭石，風雅與骨力兼具，確是佳作。楊文驄捋鬚笑道：「讓兩位取笑了。」李貞麗道：「楊老爺在新朋友面前變得如此謙抑了。楊老爺和董其昌老爺、李流芳老爺並稱『畫中九友』呢！」

李貞麗又指著壁畫右邊題著的一首詩道：「另外兩絕則是這首詩，和題詩的書法。」鄭森細看，上頭題著：「生小傾城是李香，懷中婀娜袖中藏。何緣十二巫峰女，夢裡偏來見楚王。」下邊落款道「莆田余澹心詩贈香君。武塘魏子一謹題」。鄭森讚道：「好畫、好詩、好字，果然三絕。」

馮澄世天真爛漫地道：「何止三絕，該是五絕。」楊文驄奇道：「哪裡多出二絕來？」馮澄世道：「若無貞娘和香君之美，又哪有這些詩、畫哩！」李貞麗花枝亂顫地笑道：「馮相公真是善頌，奴家哪配呢。」楊文驄笑道：「有理，有理，此二絕還該排在前面。」

「甚麼三絕、五絕，今天的『正角兒』在那裡呢！」侯方域一臉等不及的樣子，指著柳敬亭說道：「敬老一日只說一回書，得十日前致書下定，還常請不到。今兒是我軟磨硬求，好容易請來了，大夥兒還不快肅坐恭聽。」他又特對鄭森二人說道：「敬老說書規矩森嚴，兩位新來，可仔細了。倘若恍神打了呵欠，還是一時情急離席解手，敬老可就不樂意再講，請待下回分解囉。」柳敬亭謙沖地道：「小老兒不敢傲慢，若說的書讓看官們打呵欠，那是我技藝不到，故而萬不敢再說下去的。」

侯方域興高采烈地道：「今兒大家有耳福，敬老要說〈景陽岡武松打虎〉。」馮澄世卻道：「這是老段子，尋常茶坊先生都說爛了。晚生初到金陵，不想有幸聽敬老說一回書，實在難得，能不能請敬老說個別致點的段子。」侯方域道：「正是老段子才顯出敬老功夫呢，他說書和本傳大有不同，更非茶坊說書人可比。」

說話間，李貞麗已經指揮小廝擺好長桌，用心擦拭乾淨，剪好燈芯點上，又擺過一碗素瓷蓋杯，請柳敬亭就座。眾人也都肅然而坐，屏息靜聽。柳敬亭才剛就位，頓時神色一變，眼中精光粲然。還沒開口，眾人已留上了神。鄭森被他目光掃得心中一凜，暗暗想道：「此非常人也。」

「話說，」柳敬亭聲音低沉，款款說道：「武松因為思念哥哥，自柴大官人莊上辭別而出，宋江執手相送到十里之外，看看紅日平西，這才分別。」說著說著，聲音逐漸悠揚起來，「只說武松提著包裹、梢棒，行了幾日，來到陽谷縣地面。當日晌午時分，武松兼程趕道，肚中正自飢渴不堪，望見前面有一個酒店，挑著一面招旗在門前，迎風扯動，飄著五個字道：『三碗不過岡』。

「武松踏步入店，剛從日頭裡進屋子來，不免眼前幽暗，定神一看，才見堂上無人。武松自把梢棒倚了，暴地一吼：『有人嗎？快把酒來吃！』店內空缸子、空心磚壁應聲瓮瓮亂響。」柳敬亭驀地大喝，聲如巨鐘，鄭森幾乎嚇了一跳。柳敬亭接著口中又嗡嗡然學著空缸殘響，餘韻不止，看客閉上眼彷彿就身在那野店空堂之中。

柳敬亭往下說道，店主人出來招呼，武松命他篩酒並切了二斤熟牛肉吃將起來，待吃了三碗酒，店家卻不再來篩，說是醇厚無比後勁醉人，吃的時候不覺，一出門便自倒了，因此過往客人到此，只吃三碗，便不再問。「武松聽了，如何肯依，彈彈碗道：『酒是端的好酒，卻哪裡三碗便倒？主人家休要胡說，遮莫是怕我還不起酒錢？』那武松困頓已久，看盡旁人眼色，最恨人計較他還不出。此刻身上既有宋江贈他的銀子，不免就包裹裡取出來往桌上一拍。酒家看他喝了酒全然不動，果是個有量的，遂又篩了三碗來。

「武松連吃三碗，推了桌上銀子道：『主人家，你且來看我銀子，還你酒肉錢夠嗎？』」柳敬亭學著山東地方土腔，「酒家道：『有餘，還有些貼錢還你。客官卻休顧著飲，這酒端的要醉倒人，沒藥醫！』」柳敬亭又拿大拇指一撇鼻子，學著大漢的聲音說：「武松道：『盡是鳥話，酒裡便是摻了蒙汗藥，老爹鼻子在這兒，還怕聞你不出！』酒家無法，只好提了酒來往碗裡篩，滴溜溜、淅瀝瀝地滿滿篩了三碗，酒水激盪，香氣橫溢，叫武松心緒大開。

「武松就著熟牛肉，將三碗酒一飲而盡，重重擱在桌上。武松想起在那柴進莊上受盡冷落，要肉少肉，要酒沒酒。為的都是一年多前在故鄉清河縣，醉後與一個衙門裡的公人相爭，一拳將那廝打得昏沉，以為他死了，遂一逕地逃去投奔柴進、躲避災難。卻因性氣剛，把莊客們盡數得罪，都說他不是，柴進待他也就慢了。幾番負氣要走，爭奈背著人命案子，身上又無錢財，竟是寸步難行。一個堂堂好漢，只能蝸居龜藏，飽看人間冷眼。」柳敬亭深吸一口氣，面容糾結，目光睥睨，彷彿變成一個潦倒的魁偉大漢。

「武松又叫酒家，『主人家，我吃一碗，還你一碗錢，只顧篩酒切肉來！』酒家道：『只怕你吃不得了，你這條長漢，醉倒時怎扶你得住？』武松答道：『要你扶的不是好漢！』酒家遂又篩了三碗酒，再添二斤肉。

「武松吃了酒，想起後來打聽得那公人不曾死，救得活了，心下大喜。倒不為別的，只為思念哥哥，一心回鄉團聚，聽得此事，云何不喜？」柳敬亭滿心底開朗起來，忽然渾身一顫，密密發抖，說話不時牙關交戰，「正欲上路，不想卻染患瘧疾，時發寒冷，竟不能動身，只索續在柴進莊上養病，枉自心雄膽大，力氣千斤，如太歲神明下凡，都無用處，卻只鎮日抱著個火盆取暖。」柳敬亭身子瑟縮，臉上是說不盡的無奈，眼神卻是掩不住的憤懣。眾人難免各自有些世道不行的傷感、懷才不遇的苦悶，聽到這裡，都暗自唏嘘嗟嘆。

柳敬亭忽然話音再變，豪快非常：「武松把碗一仰喝了，想起日前身上寒冷，正在廊下向火，卻被一人酒後踉蹌踩著了火盆柄，一團炭火都掀在自己臉上，吃了一驚，驚出一身汗來，瘧疾卻自好了。那人正是及時雨宋公明，不僅與武松認為兄弟，還送他盤纏，助他回家。

「想這一年多來殺人亡命、久遭冷落，又受疾病纏身，忽然一日讓宋江嚇唬得病也好了，又得結拜、贈金。武松便是個直肚腸的漢子，心下不能沒有感慨。今日總算是一舒鬱悶之氣，又將與哥哥見面，武松不由喝得興發，敲桌道：『再篩酒來！』

「那酒家哪裡肯將酒來篩，武松焦躁，把梢棒在地上一頓，敲得磚縫裡灰塵迸散。武松大聲說道：『我又不白吃你的！休要引老爹氣上心頭，管教你屋裡粉碎，把你這鳥店倒翻轉來！』酒家道：『這廝醉了，休惹他！』遂一遍遍把酒篩上來。武松前後吃了十八碗，把三隻碗鏗噹疊做一處，也不管襟前桌上淋漓一片，綽了梢棒，立起身來哈哈大笑，道：『這酒好生有氣力，我卻不曾醉，還說三碗不過岡！』手提梢棒大踏步便走。」

柳敬亭續往下說，無非是武松如何看見「岡上有虎」的印信榜文，又因怕店家恥笑，兀自恃勇上山，遇到那大蟲，盡平生之力揪住廝打，結果了老虎性命。柳敬亭說話頓挫有節，入筋入骨，說到武松與虎搏鬥，自肺腑裡叱咤喊叫，氣勢洶洶，屋瓦都為之震動。待說到武松打死老虎，眾人轟然稱好，柳敬亭趁勢收尾，起身謝過。

眾人稱讚了一回，鄭森道：「敬老說武松在岡上一段，風起虎嘯，真是萬分精采。不過客店飲酒，說武松心緒更是絲絲入扣，可是自況？」柳敬亭恢復了平時的恬靜，再無半分說書時的風發意氣，緩緩道：「說書原講究的設身處地、如歷其境，小老兒不過用心揣摩罷了。」馮澄世沒遮攔地問道：「敬老所言甚是，難不成說書的都得曾殺人亡命、改換姓名不成？」沒想到他話一出口，眾人都不吱聲，侯方域和楊文驄更是表情古怪地瞪著他。柳敬亭從容說道：「少年時的糊塗往事，就不去說他了。」馮澄世聽了並不尷尬，反而拍手笑道：「不想敬老真有番出奇的遭遇，怪不得說起書來如此傳神。」柳敬亭見他單純率直，不但毫不介意，反覺親近。

楊文驄掉轉話頭道：「敬老說書，名動縉紳公卿之間，不只在金陵，在揚州和杭州也是風評極佳，競相延請的。聽說最近連左良玉都仰慕敬老名聲，頗欲邀至帳下一睹絕藝。」鄭森和黃宗羲對看一眼，留上了神。柳敬亭一貫語氣平和地道：「那是大家抬愛，幫著小老兒吹噓。咱吃這行飯的，哪裡不是主顧？左帥乃是人傑，小老兒一向仰慕，只怕到武昌水路上亂，一時未便得去了。」鄭森聽他話中頗有願意一行的意思，心想這麼一個滑稽人物，說不定能夠講幾句左良玉聽得進的話。

侯方域道：「敬老雖擁絕藝，卻非甘以雜技行世者。我知道敬老也是個有鴻鵠之志的。」柳敬亭聽了，淡淡一笑不置可否。

眾人聽罷了書，侯方域旋即擺開宴席。各色珍饈鮮果擠得大餐桌上沒處放，在座多是歡樂場上打滾慣了的，話匣子一開，勸杯、說笑，立時熱鬧非凡。侯方域飛箋傳了幾名歌姬、樂戶陪席。清客錢仲文打起十番鼓，邦邦然有如裂竹之聲。張魁吹簫，鼓聲竟不能掩。歌姬們輪番演唱，文士們不免引杯豪飲，起鬨著拚起酒力來。

鄭森往時在南安家中，雖說甚麼樣的豪奢宴飲都吃得慣了，卻多是大塊吃肉大碗喝酒，划拳轟鬧言語粗鄙，幾曾見過今天這樣的場面。舉座都是才華之士、碩學高人，紛紛作鴻儒之談笑。身邊又是依紅偎翠、鶯聲燕語，款款引霓裳之雅唱。鄭森二人少年心性，難免有些迷糊不能自已。黃宗羲本不喜愛這種場面，幾番要辭，都讓侯方域仗著酒意硬給留住。

酒過三巡，侯方域更顯意氣，引吭自唱起來：

則為妳如花美眷，似水流年，是答兒閒尋遍。在幽閨自憐。轉過這芍藥欄前，緊靠著湖山石邊。和妳把領扣鬆，衣帶寬，袖梢兒搵著牙兒苫也，則待妳忍耐溫存一晌眠。是哪處曾相見，相看儼然。早難道這好處相逢無一言。

鄭森知道這曲子出自《牡丹亭・驚夢》一折，曲詞說的是男女歡會兩情相悅。然而侯方域唱起來卻似乎隱然帶著一點傷心，尤其是「如花美眷，似水流年」一句，感慨良深。不由問道：「公子此曲為何帶著悲聲？」

侯方域看向楊文驄，笑道：「楊兄評評理，這明明是春情之曲，哪來悲聲。莫非是我唱走調兒了？」楊文驄也聽出侯方域歌聲裡不盡然是歡快之意，卻不說破，只道：「朝宗唱得極好，鄭兄該罰一杯。」鄭森心想也是，歡宴之中何苦有此一問，遂喝了一杯。不想楊文驄又道：「不過朝宗也許是酒喝得太急，有一兩處確實是逼著嗓子了，也該罰一杯。」竟是把雙方各打五十大板。

侯方域道：「豈有此理。」李貞麗卻道：「楊老爺你錯了，侯相公不是喝得太急，而是喝得不夠嗓子未開哪。」眾人哄笑間，都拱侯方域自罰一杯。侯方域攫過酒杯仰頭喝完，把杯子往桌上一擲，大聲道：「再唱一曲，讓你們曉得甚麼才是真悲聲。」他對著樂戶們叫道：「滿庭芳！」管弦應聲而奏，侯方域起身邊舞邊唱：

池柳含英，山花綻錦，些兒春到琴心。裙腰芳草，一線色青青；十載茂陵燈火，時未遂，空賦凌雲。芸窗下，寒香晴雪，箋釋送窮文。

侯方域唱作俱佳，揮灑自若，把功名未成、有志難伸而觸景傷情的士子心境，幽微深切地娓娓訴出，曲罷眾人轟然稱好。鄭森雖覺國家多難之際，侯方域未免過於縱樂，但見他如此無拘無束地放懷歌唱，倒也十分羨慕，不由得嘆道：「侯兄真濁世翩翩佳公子也。」

黃宗羲卻是臉色一沉道：「朝宗甚麼曲子不好唱，卻要唱阮鬍子的《燕子箋》。」侯方域漫不在乎道：「那有甚麼，」他指著一眾歌姬和樂戶，「你問問他們，舊院裡無日不唱阮鬍子的曲兒呢！」黃宗羲道：「阮鬍子表面上收斂，卻不住地寫這些傳奇戲曲，想以才華博取世人同情。旁人也就罷了，你我復社盟友卻不該為他宣揚。」侯方域道：「上回丁家水閣搬演《春燈謎》，次尾兄他們也都去看。子曰不以人廢言嘛。阮大鋮曲子好，唱唱何妨？我唱歸唱，與他一面不見，該罵他時還罵他，這不就結了？」

楊文驄道：「其實阮大鋮這幾年閉門在家，頗思己過。平心而論，他才具是極好的，寫些風月詞兒也無傷大雅，太沖不須過於介意。」黃宗羲道：「楊兄與阮鬍子交厚，自然替他說話。他寫的那些傳奇，語多譏諷，劇中主角都是遭人陷害蒙受不白之冤，倒像他才是天下第一等好人，而我輩公揭逐之者盡是些小人了。」

侯方域不容他們爭執下去，插話道：「好了好了，就說不許你掃興。你我各罰三杯，接著樂吧。」黃宗羲卻不肯退讓，說道：「我才不為罵阮鬍子喝罰酒。」侯方域聞言，起身提了酒盅踅到黃宗羲身旁，一手搭著他肩膀道：「好好好，我的好諍友，好兄長，咱倆別為了阮鬍子不開心嘛，下回你在，我絕口不唱他的曲子行了。」黃宗羲聽他又賴皮又撒嬌，自己雖然滿腹道理，畢竟發作不出來了。

侯方域取過三隻杯子斟滿，自己嘓嘓嘓連著喝乾。黃宗羲也舉杯飲了，慨然道：「我知道自己講話不中聽，但都是肺腑之言，望朝宗多少聽聽。你萬般都好，才氣也高，倘能在大事上多關心些，便更不負『四公子』之名。」

「大事非我輩所能關心。」侯方域毫不聽勸，「譬如家大人，在戶部任上宵衣旰食，把朝廷拮据不堪的財政一手經畫起來，不加派增餉而轉輸不缺，大有功於國家。然而上面一個不稱心，摘了烏紗帽就成階下囚，詔獄裡一關整整五年。前些時想到父親好處，放出來總督保定，卻不撥給精兵良將，又不准入左良玉軍中指揮，等開封城陷了，又責備他觀望不救，一紙詔書下來就給罷了。眼下幸而並不問罪，但誰知將來對景兒的時候又是甚麼處分？」

「司徒公是遭首輔溫體仁所忌，構陷下獄，海內有識之士同感不平。」黃宗羲擺出兄長的姿態道：「我輩讀聖賢書，自應以天下為抱負，不該過分計較一人一家得失成敗。」

「豈不聞聖賢說天下有道則見，無道則隱？」侯方域拿孔子的話頂了回去，「朝廷想用家大人節制左良玉，又不願他掌實權。總督保定，表面上委以重任，實際上竟只是當成一尊泥塑木雕的神偶似地，虛供著好看。如今眼看左良玉將成一患，才又想到他老人家。家大人豈能遭人如此翻弄。」

黃宗羲道：「朝宗就不為長江一線上百萬生靈想想？」

侯方域道：「我只擔心歸德侯家百口人性命。你替我想想，此際家大人真要發一封信退了左兵，豈不落人口實，說司徒公和左良玉果然暗中多有聯絡。乃至於編個故事，說左兵東下為家大人一手策劃，藉以自重。倘若朝廷不察輕信謠言，我侯家禍不可測。」

黃宗羲問道：「朝宗怕是過慮了。國事當前，司徒公應不至於如此瞻顧畏縮。」侯方域眼看好端端一頓酒宴，卻變成一場說教，心下煩膩，酒意也上來了，遂衝口說道：「為人子，不能不為尊親打算。我可不想等家父冤死之後再來袖錐刺仇。」黃宗羲聞言怒起：「先尊抗擊豎閹報國捐軀，載在史冊流芳萬世，天下人說起來那個不敬，朝宗卻何故以此譏諷……」黃宗羲這些年在修身功夫上用力甚深，毅然自制，遂起身向眾人拱手道：「打擾各位清興，容某告辭。」說罷就走，鄭森二人也趕緊離座。侯方域並未起身相送，更無一語道歉，但眼眶泛紅、身軀顫動。李貞麗趕緊追上來道：「太沖莫惱，朝宗並非有意的。」黃宗羲一揮手道：「罷了。」逕自下樓去了，鄭森二人自也跟著離開。

三人出了媚香樓，行不數步，卻聽樓上管弦簫鼓又奏了起來。馮澄世冷笑道：「好個侯公子，倒還有心思接著玩。」鄭森道：「我看他正是因為心下有愧，才必得借笙歌遮蓋的。」黃宗羲只管邁步，頭也不回地道：「馮兄不曉得他。朝宗其實比誰都心熱，正因如此，有時一個念頭轉不過來，才顯得憤世嫉俗了。」

次日鄭森三人前去拜謁李邦華。李邦華上年十二月剛從南京都察院陞轉京師都察院掌院左都御史，為朝廷最高監察官員。但詔令到時，清兵正入關劫掠，北京道路中斷，李邦華遂以「請督東南援兵入衛」的理由留在南京，實際上更多心思都在想著怎樣退了左良玉的兵，先穩住南京再說。

三人到了李邦華府，黃宗羲領銜投刺，鄭森二人附上名字，不提來歷，免得門房下人等漏出風聲。不久三人獲邀入內，李邦華出來接待，鄭森這才表明身分並呈上鄭芝龍的書信和禮單。李邦華大喜，拉著鄭森的手談起當年鄭芝龍攻剿劉香時，他以兵部侍郎和鄭芝龍文書往來商議戰機的往事。

這李邦華也是不久之前和錢謙益、黃道周、熊明遇、黃宗羲等人共謀王事的成員之一，他們認為南京之事，上策莫如安撫左良玉，但恐怕朝廷現在的力量敷衍不來。退而求其次，便是慫恿鄭芝龍自請率兵入衛。其時南京左近有鳳陽總督馬士英、江淮巡撫史可法等部，但眾人看上鄭芝龍的水軍戰力，認為由他防守長江最為得力。更重要的是鄭芝龍一向自給自足，不廩於官，朝廷無須另外籌措大筆經費。

李邦華看完了鄭森轉交的錢謙益來信，把信紙摺好收起，問道：「錢牧翁說鄭帥不欲調守金陵，另有良策退兵，信裡並未明說，倒要請教了。」

鄭森道：「牧翁和黃道周先生都來信力邀家父入衛留都，但家父以為，不管朝廷是調潮漳鎮還是其他的督撫總兵入衛，都非上策。畢竟南京是太祖所奠之都，也是孝陵所在，倘若兵火驚動陵寢，為人臣者所不忍見。且兩邊都是官軍，打起來實是自相殘殺，白白讓流賊和清兵得利，更使百萬生民遭殃了。」

李邦華道：「鄭帥謀國，很見大體啊！我和熊大人討論此事多時，也覺能安撫得下來自是上策，卻只怕力有未逮。左良玉要的無非是糧餉，朝廷最缺的卻也正是糧餉，即便硬擠出一筆來給他，勢必得另外封以爵祿，啟其忠義之心。我和熊公議論，準備聯名上疏請朝廷封爵，命他世守武昌。」

馮澄世道：「世守武昌？這豈不是跟封藩差不多了？」黃宗羲道：「這是循雲南沐家的例吧？國初太祖命沐英永鎮雲南，生前僅與侯爵，死後才贈黔寧王。沐家世代守滇，與裂土分茅無異，但畢竟是鎮守版圖邊鄙之地。武昌是長江心腹，更是南京上游的命脈，命左良玉世守之，會不會反讓他有非分之想，將來變得尾大不掉。」

「沒法想那麼遠了，」李邦華說道：「朝廷可用之兵不多，眼下能安撫下來最要緊。」

鄭森道：「左良玉在樊城向楚王索餉，楚王不肯給，他縱兵大掠城中，只苦了百姓。家父以為，此番他往南京來也是一樣，與其等他來劫掠，不如由朝廷賜下，賣他一個大面子。」

「朝廷能夠調度的糧餉有限，怕不能讓左良玉饜足。」李邦華看看鄭森，反問道：「鄭帥果有良策，能否見教？」

「倘若朝命家父入衛留都，雖然義不容辭，講句難聽話，朝廷大概也難把糧餉撥足，家父不免得自掏腰包貼補一些。與其如此……」鄭森放慢語氣慎重地道：「家父寧願拿這筆款子報效朝廷，讓朝廷調度上方便些。」

李邦華聞言大喜，一拍手道：「不想鄭帥好義如此，我等真是託付得人。但不知鄭帥有別的話沒有？」鄭森知他是問鄭芝龍是否有交換條件，遂道：「並無別話。這筆款子不僅純為報效，毫無所求，更望密勿從事，不要讓外頭知道了，反而生出許多流言與不便來。家父說，餉銀運到時，裝作一般貨物，隨總憲大人吩咐交割，更不須片紙隻字回執。」

李邦華會意，似乎有點難以置信，嘆服地道：「鄭帥行事大有俠氣，更兼對本憲如此信任，真叫人銘感於心。」他是個耿介剛直的人，看鄭芝龍如此爽快，便道：「南京城裡外幾處糧倉，可挪撥四萬人六個月的糧食。至於餉銀，南京這裡可挪用的勉強有兩萬，九江藩庫那裡存著四萬多，我可以作主權宜撥給左良玉，事後再向朝廷告罪。」

鄭森想，兩筆銀子湊起來還不到七萬，但也差不多了。於是道：「家父這些年獨自撐持潮漳鎮，手上其實不如外人所想的寬裕。何況此次報效，只是幫襯，不敢稍逾分際。是不是就以十五萬為準，朝廷籌措一半，不夠之數再由家父補足？」

李邦華連連點頭，說道：「合該如此，鄭帥願意拿出半數，已是一大義舉。好，朝廷這邊的七萬五千兩餉銀由我來想辦法。倒是鄭帥的資助，甚麼時候可到？」

鄭森道：「十日之內，可到南京。」

李邦華高興得幾乎坐不住了，連聲道：「鄭帥此舉真是及時雨，免去南京一場大難，又為國家保存元氣，真是大有功於社稷。更難得的是功成弗居，不欲人知。老實說，從前我還有些錯看了他處。爾後國家要倚仗令尊的地方怕還不少呢！」

鄭森沒想到事情這麼順利便談成了，肩上的重擔已卸下一半，不由得暗暗鬆了口氣。

「如此總算能夠緩過一口氣來，」李邦華道：「那麼我們就各自努力，待糧餉齊備，便派人和左良玉接頭，了結此事。」

眾人聞言，起身辭別，李邦華直送到府門口。三人離開李府後，黃宗羲說要去三山街的蔡益所書店找兩位朋友，鄭森則要去找曾定老商量籌款之事，彼此約好稍晚在三山街碰面。

●

兩人到曾定老的店裡走了一遭，果然寬敞氣派，不愧是幫鄭芝龍統籌江西瓷器、茶葉和蘇杭二州絲綢生意的大商號。

談到餉銀之事，在南安時鄭芝龍已交代好了，先前他撥交給曾定老五萬兩定銀，前往江西購買瓷器，每兩每月計利一分三釐，現在先收回來支給朝廷。鄭芝龍一面急運個三、四萬兩過來，之後再慢慢補運一筆定銀來給曾定老。

曾定老說五萬銀子有些他已經支出去定貨，但要調度不成問題，不過三天工夫可以辦好。他拍著胸脯保證，叫鄭森儘管放心。

鄭森和曾定老沒甚麼話說，見面確認了事情便即告辭。曾定老說一定要到舊院找個地方設宴接風，一面盛讚舊院風光。鄭森二人相視一笑，連忙說鄭芝龍交代要密勿從事，不必大費周章，隨意找個地方就行了。遂在曾定老店後家裡硬著頭皮吃了一頓飯。完了，曾定老又叫出兒子曾汝雲，要他這幾天領著兩人在南京四處遊玩，鄭森二人又推有事婉拒了。曾定老只好十分可惜地說，過兩天總要讓他盡盡地主之誼。

兩人離開曾定老的店，在路上緩緩走著，步履不覺輕鬆許多。馮澄世看鄭森若有所思，問道：「阿森在想甚麼？李總憲大人那裡說成了，我們倆的責任已了，剩下的就該曾老板去忙呼。正該放寬心遊覽留都勝景，怎麼一副心事重重的樣子。」

鄭森道，「我也是已然鬆了口氣，卻覺得事情似乎順利得過分了。尤其曾老板話說得包山包海，反而讓人感覺不太可靠。」

「你從小就這毛病，彷彿容易的事情都是假的。」馮澄世一路追踢著一塊小石頭，歪七扭八走著，一邊道：「你寫封信，那怕只有五行，都要反覆看個三、四次才肯罷休，已經裝進信封裡又要抽出來再看一次。謹小慎微也不是這麼反覆瑣碎嘛！」

鄭森聞言失笑道：「這確也算是一樁毛病，我總是生恐哪裡寫壞了沒看出來，寄出去失禮。不過人說小心駛得萬年船，仔細些至少沒壞處。何況這回咱們頭一次出公差，就是來南京做這麼件大事，三兩下就解決了，瞧著太也輕鬆。」

「我沒你那怪癖，事情大小跟容不容易沒啥關係。總歸是錢到公事辦，火到豬頭爛。」馮澄世踢失了那塊小石頭，還不安分，背過身來倒退走，「接下來都沒你我的事啦，就等你爹銀子到，再大的事都給辦了。」

鄭森道：「你忘了還沒尋著侯司徒呢！」

馮澄世道：「太沖兄和侯公子交情忒深都說不動他，我們又能幹麼？且讓他們去傷腦筋吧，別把這也往自己身上攬。」

「別玩了，正經走路，小心撞了人。」鄭森看前面有人挑著零食擔子過來，忙把馮澄世一把拉住，順勢停下腳步正色道：「咱們不單是來論價錢、送銀子，而是要退左良玉的兵！」鄭森說著豪氣陡升，「我看侯公子實是個熱肚腸的，一時心思擰了才不肯幫忙。我一定要說服他，無論是聯絡上侯司徒，還是請侯公子自己往左良玉軍中走一遭都行。」

「好好好，」馮澄世從小看慣了鄭森的，知道他性子直拗有言必行，「反正左右無事，就等錢來。咱們跟侯公子多蘑菇蘑菇，在他那裡看美人、聽曲兒也很痛快。對，就這麼著！」

兩人笑談間，慢慢來到三山街，想找書店，才發現滿街全是書店，甚麼「兩衡堂」、「綉谷對溪書坊」、「秣陵陳大來繼志齋」，店家商號竟不下數十間。拉個路人尋問蔡益所書店「二酉堂」的所在，那人笑指著當中最大的一家道：「可不就在這兒嗎！」兩人到了書店前一看，是座五間寬的樓房，光從街上就可看見店裡陳放書籍汗牛充棟，新紙氣味逼人。鄭森見門柱上一張紅紙，分兩行寫著「復社文開，壬午房墨精粹」、「陳定生、吳次尾兩先生新選」。所謂「房墨」，指的是科考中選的卷子，壬午也就是去年崇禎十五年，剛舉行過鄉試。

馮澄世道：「秋闈才過不久，這會兒房墨已經選印出來了，書商手腳真快。怎麼復社前輩也摻和在裡面？」鄭森道：「太沖兄說，復社本是研究制藝八股的文會，後來才慢慢關注時局，變成小東林的。」

書店夥計出來招呼道：「二位公子爺想買點甚麼書，無論新選房墨，還是食譜、笑林，小店都是應有盡有的。」鄭森道：「我們與黃宗羲先生約定在此間，一時未見他人……」夥計道：「原來是黃先生的朋友，他在樓上與吳先生、陳先生吃茶，我領二位上去。」

二人上樓，樓上半是書庫，靠街邊的一側竟布置成茶館模樣。黃宗羲看鄭森來了，和兩位文士起身相迎，卻有一人仍自顧踞坐飲茶。黃宗羲為他們介紹那三位文士，一位是四公子之一的陳貞慧，字定生，年紀在四十歲上下，氣宇調暢神情悠然。雖然初春寒意未消，他手上卻拿著一柄摺扇不住展玩，扇面上所繪花草十分精妙，顯是名家手筆。

另一位是禮部郎中周鑣，四十來歲，留著三綹長鬚。他到南京公幹，事情辦完，回北京道路卻斷了，也就暫時留下。

黃宗羲又比著自顧飲茶那人道：「這位便是起草〈留都防亂公揭〉的吳應箕吳次尾兄。你們別見怪，他一向如此，倒非故作無禮。」周鑣在一旁笑道：「他沒脫了襪子捫虱搔癢，已經是很給面子的了。」黃宗羲道：「次尾兄讀書通九經廿一史，滿肚子奇謀妙計。南京諸友中，正是他最先提出北京或將不守、須保南京之論。」鄭森見吳應箕年屆半百而神采奕奕，健朗猶勝眾人，留著好一副蒼銀色的虯髯，每開口時便震顫怒張，似乎每一根都有自己的生命。心下暗讚：好一個人物！

鄭森對三人長揖到地，無限欽仰地道：「先生們公揭逐奸，晚輩未及躬逢其盛，不勝神往。不想今日得睹先生們風采，幸何之如。」

吳應箕一手扣著茶杯，豪快地笑道：「牧翁是我輩宗盟，他既收你為徒，你必是好的。坐嘛，甭客套。我最不愛人家叫我先生，彼此以字相稱就行了。」

黃宗羲道：「次尾兄也剛到南京，他和定生就住在這老蔡書店裡……」馮澄世奇道：「咦，書店還管住？」陳貞慧道：「後進樓上有客房，還算乾淨雅致，看書、編書尤其方便，也就住下了。」黃宗羲道：「我往時來也常住這兒的，花費簡省些，只是不一定有空房。不像他兩位，老蔡總是虛位以待，還不太收房錢。」

「敢情太沖是吃味了，」吳應箕笑道：「要不你也幫老蔡編幾本文選，以你的學識和文名，編出來怕不比我們兩個弄的受歡迎，老蔡自然把你待為上賓了。」

黃宗羲道：「次尾兄休得取笑，八股文實非弟之所長。」

「也對，」周鑣故意一拍額頭道：「讓你來編，不免都編出些個古文新選，乏人問津，到時讓老蔡一腳踢出去。」

「幾位別淨顧著說笑。」黃宗羲道：「次尾兄剛從家鄉貴池來，那兒離安慶甚近，我們正聽他說路上見聞呢。」

吳應箕神情一肅，「喀」地放下茶杯，捋鬚道：「一個字，亂！去年襄陽有變，貴池官軍以接濟援軍為名，大掠民船，見著人就亂打。我親上前去質問帶隊的軍官，他們卻漫不在乎地說兵卒驕縱已久，誰也沒辦法。眼下左良玉從九江東下，中軍已到安慶，前面散兵游勇到了貴池地面，到處騷擾。然而本地官軍不去截擊亂軍，反而變本加厲地搶掠民商，連我也不免。」

陳貞慧道：「次尾寫了首古風專道此事，我記得後半段是『白晝舟橫截，焜焜耀戈旗。傷予未及死，窮髮搜無遺。圖書亡數篋，衣裳去在笥。同日劫舟七，六商一官司。殺人至四五，計失千萬貲……』」黃宗羲接著吟道：「『長年熟視歎，皆曰兵無疑。盜來恃兵捕，兵則安避之？』次尾兄真乃詩史，這又是一篇〈兵車行〉呢！」

吳應箕道：「詩史談不上，不過是實錄親身見聞罷了。眼下貴池還只是官軍騷動，安慶到蕪湖一帶已難倖免於兵鋒。方才聽太沖說，李總憲已願意籌集糧餉、奏請朝廷封爵好退左兵，如此甚好。只是請朝宗聯絡司徒公之事，卻不知為何多所曲折？」

黃宗羲道：「我們昨天才到，也不太明白底細。昨晚才和朝宗提了兩句，他就百般迴避，末了還不歡而散。」陳貞慧道：「這可怪了，朝宗一向心熱，往昔我們幾人登金山，臨江悲歌，比之為周瑜、王猛，朝宗也頗以此自詡。怎會如此？」

吳應箕道：「待我劈面好好罵他一頓，興許他就清醒了。」周鑣道：「朝宗這人脾氣拗，要是罵他有用，太沖早罵醒他了。我看硬勸不成，得略施小計。」陳貞慧道：「然則計將安出？」吳應箕忽然一拍大腿，直瞪著陳貞慧道：「你還問他？這事得著落在你身上，誰叫你是朝宗的老丈人嘛。」

鄭森和馮澄世聞言大奇，馮澄世問道：「沒聽說侯公子還是陳公子的快婿，真想不到。『四公子』親上加親，只是……這輩分上卻無礙嗎？」

黃宗羲聞言大笑，一口茶噴在地上，邊咳嗽邊忙著掩袖擦嘴。鄭森二人莫名其妙，又想黃宗羲難得如此開朗。吳應箕指著陳貞慧笑道：「兩位老弟有所不知，他不僅和朝宗交情深，和李香君的假母李貞麗更是老相好呢！」

「虧你一個大名士，講話這麼粗魯。」陳貞慧斯斯文文地道：「曲中不序倫次，真要計較起來可麻煩。何況貞娘雖是香君假母，也才稍長九歲。不過次尾兄說得沒錯，朝宗自視甚高，只有香君說的話一向頗聽得進……」他遲疑了一下沒往下說，眼中閃過一絲不易察覺的惆悵。

吳應箕接著他的話道：「朝宗聽香君的，香君聽貞娘的，貞娘卻是聽你的，這事不找你找誰？」陳貞慧一哂，爽朗地道：「好吧，誰叫我們都聽你的呢！眼前這樁大事，的確也是義不容辭，我們自當請貞娘和香君從旁勸勸朝宗。」

黃宗羲道：「那得找個機會支開朝宗，好好跟貞娘和香君談談。」「這還不容易，」周鑣道：「聽說他昨天得罪你，今天要大宴賓客向你賠罪，一早就把帖子送來了。長夜漫漫，還怕找不到機會說話。」

黃宗羲道：「昨天的事也沒甚麼，賠罪的大帽子我可戴不起。何況我素不愛這樣宴飲應酬。」吳應箕道：「賠罪甚麼是老周亂說的，朝宗不至於沒半點心眼地聲張這種事。他是要為我接風、壓驚，但又說一定要找你同去，骨子裡是有點賠罪的意思。」他看黃宗羲依然興趣缺缺的樣子，粗率地道：「怕甚麼，今天沒外客，不是應酬。大不了我們左右夾著你，你對旁人少開口就是了。你不去，兩位新朋友怎麼好意思去，豈不掃興？」黃宗羲苦笑道：「我去也掃興，不去也掃興，這是怎麼說呢！」吳應箕笑道：「你橫豎聽老哥的就是了。可別像上次，三個人聊得正開心，我寫張箋子要傳顧眉來一塊兒說笑取樂，你就把箋子放燭火上給燒了！」黃宗羲抗議道：「橫波小娘人是好的，但那次是在太學裡，叫個妓家來成甚麼話！」

鄭森二人聽得肚裡好笑，這一路上見黃宗羲剛正嚴肅，連錢謙益都開玩笑說有點怕他，但這吳應箕卻似乎頗讓他折服，想來必有過人之處。

吳應箕道：「你今天就是得去，看我怎麼點醒他！朝宗為我接風，問我想看甚麼戲，我說不止折子讓我點，索性連戲班都交給我來叫。」周鑣故意開玩笑道：「演個戲有甚麼好弄玄虛，莫非你還跟阮鬍子借他家戲班來演《燕子箋》不成？」吳應箕笑道：「我怎敢去捋太沖的虎鬚！我說呢，大夥兒不是要勸服朝宗嗎，我正好借著戲文，啟其忠義之心。」周鑣道：「潛移默化，確是高招。不知次尾兄準備點的甚麼戲？」吳應箕道：「教坊找了『興化部』，你說呢？」眾人一聽，紛紛撫掌稱善。陳貞慧道：「興化部最擅長演《鳴鳳記》，這齣戲節義之氣貫透肝腸，真是點得好。朝宗若有意向太沖賠罪，演這戲也最適合。」

鄭森好奇地道：「這《鳴鳳記》卻是演些甚麼？和太沖兄又有甚麼相干？」吳應箕笑笑不答，只道：「晚上你們看了戲就知道了。」

馮澄世見吳應箕豪邁開闊，遂提起讓柳敬亭去遊說左良玉的事情。吳應箕聽著有趣，說道：「好嘛，王八對綠豆，說不定真對了眼了。這柳敬亭是個不甘平庸的，也許可以試試。」黃宗羲道：「就怕柳麻子志大才疏，又或者也是個胸無大義之輩，替左良玉亂出主意，反成禍害。」吳應箕道：「這幾天找柳麻子出來，先摸摸他底再說。真能用，倒不失為一支奇兵。孫子說『凡戰者，以正合，以奇勝』，用奇乃兵法的基本。」周鑣點頭道：「李總憲的糧餉和侯司徒的書信算是正著，於此之外能有個奇招也不壞。」

「雖如此，仍不知左良玉買不買帳。南京依然不可無備！」吳應箕目空一切地道：「我幾次三番上策給南京兵部等諸位大人，他們把守兵都放在城裡，城外敵台只求瞭望，竟不修葺以為臨敵固守之用。水營戰船數百，竟不敢放一艘下水。如此布置，真是兒童之見！」

陳貞慧道：「這應該是兵餉不足所致。派兵出城，且不說兵卒動身的安家費和賞銀，光是一晚上燈燭錢就要數百金。南京戶部大概供不起了。」周鑣卻道：「兵養在城裡還不是得點燈。供不起也還是得守城。等左良玉或者流賊攻進來，庫房裡一個銅子兒都留不住！」

吳應箕道：「周兄說得不錯。都說南京龍盤虎踞，如今卻和六朝時不一樣了。左近不設大將、無犄角之勢，但憑一座孤城難以堅守，一定要出城控扼險要之地。」他沾著茶水在桌上畫了一個圈，算是南京城，在城南覆了一隻茶杯，道：「這是雨花台，雖不很高，但從山頂俯瞰，城中一覽無遺。當初太祖建城，沒把此山納入城中，實為一大失策！」

「次尾兄好論古人，這回連太祖爺也罵進去了。」陳貞慧笑道：「南京城的規模已然甚巨，再圈一座山進來，不知要耗費多少民力物力？國初民生疲敝，恐難為此。」

「你別老打岔，軍政上的事，該花的錢就不該省。」吳應箕把陳貞慧的杯子搶過來，一口飲盡殘茶，倒扣在「南京城」西北，說道：「又從外城觀音門到西北獅子山，也是一處天險。此處和雨花台應該各置萬人，憑高立營。」他伸指如風，在「城牆」四周不住指點，「恩德門、高橋門外各須布兵五千彼此策應。水營須在上河和下關各置萬人。另外更在大勝關之東、白鷺洲之北別分五千人馬以為伏兵，如此布置，就算賊寇臨城，亦不敢進犯！」

陳貞慧道：「次尾兄的布置確實固若金湯。不過這樣算下來，光城外就得擺六萬兵，還不算城裡的呢！南京有沒有那麼多兵可以調遣尚且不論，就有，兵餉怕也接濟不上。」鄭森想起父親評論南京兵事，開口道：「我聽家……」他忽然醒悟不宜提到父親，趕緊改口，「……人家說留都神機營、巡捕營和神武營額兵二萬一千名，實際上大多疲弱不堪，真能打仗的只有水陸標兵四千，可有這事？」

吳應箕白了鄭森一眼道：「這種事光聽人家說怎麼行呢？譬如南京四周形勢，我都是親歷其地察知的。」他對陳貞慧道：「若是平時，你說的都很在理。但等敵兵薄城，你再來說嘴！南京可是我大明氣數所關，怎可輕忽。真到那時候，你看朝廷不星夜調馬士英跟鄭芝龍兩部來守。」

「朝廷屢次調遣鄭芝龍，總檄不動他。」周鑣問道：「你看鄭芝龍可願意入衛南京？」吳應箕想也不想道：「眼下難說，但倘若北京不守，他必定會來。」馮澄世好奇問道：「願聞其詳。」吳應箕道：「還不簡單，他是做海上買賣的，貨物多出在江南，他不能不保這塊地。」

鄭森心道，吳應箕論南京戰守之策看似夸夸其言，見事也有其獨到之處。

眾人接著論起天下大勢，吳應箕指陳方策，胸中如有十萬甲兵。他說流賊之勢就如流水一般，善治水者必用疏浚之法，使水就道。朝廷不斷嚴命官軍追剿，徒然疲於奔命，應該以守為主，使賊無所掠奪，待其飢餒之後再以大兵一舉擊之。

鄭森聽慣父執輩談論兵事，多是從實務上講起。吳應箕卻是遍讀兵書，自《孫子兵法》到本朝戚繼光的《紀效新書》、《練兵紀實》，無所不觀，更通曉歷代兵法流變與利弊，讓鄭森二人聽得興味盎然，嘆服不已。

第陸回

遊院

一席快談直到薄暮時分，眾人相偕離了茶館，安步當車地經夫子廟，過秦淮河來到媚香樓。

侯方域歡然相迎，依舊倜儻不群，臉上一如平時。他對黃宗羲十分親切，又不過分討好，似無芥蒂。看到陳貞慧則狡獪地一笑。陳貞慧和李貞麗見面時只微微頷首，似乎交情一般，但不經意透露的幾個眼神卻顯得一切盡在不言中。

這日又比前晚人多熱鬧，不僅有吳應箕、陳貞慧、周鑣、黃宗羲等名士，還邀了好幾位與李貞麗、李香君交好的曲中佳麗，像是顧眉、寇白門、張宛仙，還有年長一輩的汴玉京等。此外除了張魁、錢仲文，曲中幾大清客像是丁繼之、張燕筑、沈公憲等也都來得齊全。

眾人扮戲的扮戲，演奏的演奏，唱曲的唱曲，都是行當裡頂兒尖兒的，鬧騰得像是玉皇大帝做壽，戲仙樂仙歌仙一道兒獻藝，不只熱鬧非凡，更是精妙絕倫，叫人看得不知身在天上人間。

鄭森看席間佳麗們，李貞麗豪爽，李香君慧黠，顧眉風度優雅，寇白門跌宕不羈，張宛仙天真水靈，而卞玉京姿態柔美，風韻還勝過年輕的名妓們一籌，真是各有各的風情。且她們不僅花容月貌，談吐也都不俗。侯方域等人分題拈韻，諸姬跟著隨口賦詩，不稍遜色。即便是黃宗羲偶然丟出些心學義理、生僻典故，她們也都立即輕輕巧巧地接過話去，讓文士們既可暢所欲言，場面也熱鬧不輟。

鄭森不免暗暗自慚。在安海時，大家敬他是鄭芝龍長子，總是十分恭敬客氣，甚或滿臉諛笑奉承。加上他自己讀書用功、練武勤快，在同儕朋輩中無論講身分、學問或是弓術、銃術，都是出類拔萃的。雖有鄭聯、鄭肇基等族中兄弟輕賤於他，不過他們多粗鄙不文、浮華糜爛，鄭森並不放在心上。但此刻與復社諸人同席，忽然自愧不如。舉目望去，這些人說才氣有才氣，說家世有家世，無論學識、名望、氣度、眼界，無不遠勝於己。就是身上穿戴，不唯名貴而已，更著意於「雅」之一字。相較之下，自己雖也滿身綾羅珠玉，卻只顯得俗氣。乃至於覺得，自己不止遠遜諸文士，竟也似不及眾佳麗們。但他是個不服輸的性子，愈是如此，反而生出一股豪情志氣，暗下決心將來要做番事業，不叫人小覷了。

他見馮澄世說話聲音漸漸大起來，連拾杯飲酒都像是扮戲發科般故作姿態，不禁莞爾。心想：「阿世是個真誠率性的，平日甚少如此做作。必是見了這許多美人，不覺間變得如此。」鄭森自己何嘗不動心，但素來自制慣了，又存著一點因自慚形穢而生的矜持自傲，遂自顧斂眉默然獨飲。

然而這般場合，怎容他獨個不歡？旁邊張宛仙看見，衝著鄭森笑道：「喂，鄭公子該你了。」鄭森一抬頭，見眾人都瞧著自己，醒悟到大家正和韻作詩。方才想得出神，竟未聽見其他人都作了些甚麼詩句。鄭森在賦詩作文上頭本無捷才，又沒趁空先想好，心下一片空白，索性引杯道：「我就算了吧，且自罰一杯！復社諸位前輩在座，不敢班門弄斧……」

他話沒完，吳應箕已嚷嚷道：「甚麼前輩不前輩，曲中不論倫次，席上無分大小！大木這是壞亂酒令，罰一杯怎夠？至少得罰三杯！」眾人哄然稱是。

鄭森老老實實喝了三杯，侯方域跟著叫道：「方才這三杯是罰亂令的，詩還是得吟！」鄭森蹙眉苦笑道：「侯公子饒我一回。即席限韻，實在非我所長……」陳貞慧輕輕笑道：「錢牧翁是當代詩宗，大木既是他高徒，豈能說不會作詩？」連黃宗羲也道：「酒宴間作著好玩，不必當真，隨口吟兩句成了。」鄭森只好勉強湊了句子作數，自然不甚佳妙。

張宛仙見他訕訕自失，替他排解道：「我聽說有些人作詩，像蓋房子似地要磚瓦木石都準備齊了才動手。鄭公子不慣即席限韻，必是字斟句酌，十分慎重的，想來平日必有好詩。」眾人一陣哄笑，說張宛仙「美救英雄」來著，也有人說定是如此，叫鄭森揀幾首吟來。鄭森知張宛仙是好意，卻不免心下叫苦，即席作詩差了也罷，席散不會有人記得。平日的詩拿出來，要不像樣就真出醜了。但事態至此，若堅拒不出，自己也成了掃興之輩，更負了張宛仙「救」他的一番好意。

正猶豫間，黃宗羲道：「來時在船上聽你唸過一首〈夏遊桃源澗〉，意趣甚佳，何妨讓社兄們品評品評？」鄭森遂道：「那就獻醜了。」昂首朗聲長吟：

孟夏草木長，林泉多淑氣。芳草欣道側，百卉旨鬱蔚。乘興快登臨，好風襲我襟。濯足清流下，晴山綠轉深。不見樵父過，但聞牧童吟。寺遠忽聞鐘，杳然入林際。聲蕩白雲飛，誰能窺真諦？真諦不能窺，好景聊相娛。相娛能幾何？景逝曾斯須。胡不自結束，入洛索名姝。

吟罷，吳應箕首先讚好：「大木此詩聲調清越，不染俗氛。不刻意求工、用典，而自有意境。好，好！」陳貞慧也道：「曲折寫來，如入圖畫，且見大木胸襟，果是佳作。」眾人也都點頭附和。鄭森忙謙遜道：「多承謬獎。」

顧眉是眾姬中詩才最高的，略想一想道：「鄭相公此詩前段頗有陶靖節悠然之風，渾然天成毫不造作，顯是直抒胸臆的真性情。後半聞鐘有感，『聲蕩白雲飛』一句恁也生動，還帶著白雲蒼狗之嘆，詞義深遠。末尾心境一變，竟是瞻矚極高，可見公子器宇不凡。」

「怎麼我聽來卻是十分迷惘啊？」張宛仙道：「聽見鐘聲，想不通人世真諦。聊看好景，好景又不能長存。求道也難，求樂也難，唉，鄭公子你可真是左右為難。」

眾人聽了都笑，吳應箕拿出老大哥架子道：「小娘，此乃大哉問，莫說大木君想不透，老哥我也想不透，千古以來參詳得透的怕是不多呢！」李香君卻道：「哪裡參詳不透，諸位相公這會兒不就『入洛索名姝』來了嗎？」一眾文人相視大笑。侯方域道：「不對，妳沒見大木詩中意思，正是左右參詳不透，才索性入洛上京來尋花覓柳的。」李貞麗道：「正是這意思，幸虧世人多參不透，我們舊院裡才有生意上門哪！」眾人又是一陣大笑。

鄭森不意詩作得到佳評，尤其是獲得復社名士首肯，有種不辱同席的望外之喜。而顧眉一語點出自己得意之句，張宛仙幾句爛漫之言也道出自己心思，讓他頗有知音之感，於是慢慢融入了宴席的歡樂氣氛之中。眾姬聽說他從泉州來，幾句婉言詢問、巧語答應，便也引得他滔滔不絕地說起閩中人情、海上風光，讓眾人聽得津津有味，連鄭森都訝異自己今日健談若此。

一會兒樂工們奏起管弦，眾人陶然聆賞，有的閉目搖頭晃腦，有的在桌上跟著打鼓點，又或者目不轉睛看著樂工和清客們急竹繁絲的絕藝。

鄭森坐在離樂戶們較遠的一邊，正可背地裡察看席間眾人。一邊吳應箕和周鑣歡然對飲，掀髯大笑。又偶和左右的卞玉京、顧眉交頭接耳，不知說了甚麼，讓二人不住莞爾掩口。侯方域與李香君如膠似漆，旁若無人，寇白門則故意不住打擾他們，一會兒擺棋，一會兒勸酒鬧著玩。陳貞慧閉目聆聽樂曲，李貞麗和他隔著幾個位子，看著遠方楞楞出神，兩人彷彿沒有交集，仔細一看手上卻同時打著點子，分毫不差。

鄭森又看到鄰座張宛仙如細瓷般白皙的側臉，遮掩在烏柔的髮絲和綠松石珥墜之下。雖然看不到她的雙目，卻依然感覺得到她靈動的眼神。此景無邪，鄭森只覺萬般美好，不禁想，日子能夠都這麼過著多好。

張宛仙似乎感覺到鄭森的目光，忽然回頭，與他四目交接，笑著做個鬼臉又轉回去自顧聽曲兒。鄭森心裡一突，無意識地想抓杯子飲酒遮蓋，卻不小心把酒杯碰倒了，酒水潑了一片。

馮澄世取條布巾過來按住桌上酒水，一面低聲促狹地問：「阿森可是看上宛仙小娘了？」鄭森忙道：「你別胡說，沒有的事。」馮澄世輕聲一嘆，道：「咱們在家裡湊過的熱鬧也不少，幾時如這般盡興？老頭子們吃酒時找的那些鶯鶯燕燕，有些不張口還看得過去，一講話那真是叫人退避三舍。人說秦淮河怎麼好，今天算是見識了。」馮澄世滿臉通紅，目光已經有些乜斜：「我家裡那一個，甚麼都好，要論詩文也能談上幾句，畢竟不能這樣清雅暢談、豪邁痛飲，處處自在不拘……」

「你喝多了，怎麼拿自己老婆出來比。」鄭森心中卻也暗想，無怪乎才子名公，不只驚豔於名妓們的美貌，更傾倒於她們的才情風範和拓落不羈，視為平生知己，愛之如癡。

馮澄世嘲笑他道：「阿森最是假仙，明明心中喜歡，卻又不敢說，可瞞不過我。你要真沒興趣，我可要請貞娘幫我說項了。」

周鑣一旁聽見，湊上前來道：「老弟們想遊戲舊院，得先懂規矩。在座諸姬，尋常人平日光想見上一面，就得先花上數十兩銀子、個把月水磨工夫，今天你們一口氣見著了這許多，已是撿了大便宜了。如果想獨個約了喝茶吃酒，乃至於想一親芳澤，那麼不只是銀錢、時間，還得看投不投緣呢！」吳應箕接口道：「曲中名妓非一般倚門賣笑者可比，在這兒不是客人挑姑娘，而是姑娘挑客人！格調差些的客人，只好多填金銀，軟磨硬求。至於腦滿腸肥的市儈庸俗之輩，那怕捧著再多銀子來，千方百計也是無法買得一笑的。」

馮澄世道：「吳大哥所言非虛，我瞧這幾位姑娘簡直是仙女下凡，只有真正的風雅之士才配得上。合該是她們挑客人，否則真是沒的糟蹋了。」

侯方域聽他們談論這個，插話道：「說個我聞居士的笑話給大木兄和馮兄聽聽——當然是她歸牧翁之前很久的事。有個徐某人，聽聞柳如是的大名，拿了三十金給假母求見一面。這姓徐的俗蠢無比，一見到她就說『久慕芳姿，幸得一見』，大概樣子拙，如是不覺失笑。徐某見她笑，竟說『一笑傾城』，如是聽了更是大笑。徐某又說『再笑傾國』。這下如是發怒了，轉身就進去問假母收了多少錢，讓這奇俗之人見她。聽說錢已經用掉，就剪下一縷頭髮給徐某，當作抵償。」

鄭森聽是師母的故事，雖覺有趣，面上卻不敢造次。馮澄世百無禁忌，直道：「人說千金難買美人一笑，這徐某用三十金買得我聞居士兩笑，算起來一笑不過十五兩，真可謂物美價廉。」眾人聞言無不莞爾，吳應箕道：「老弟原來也是個癡人，就憑這句話，你在舊院可以通行無阻了。」

馮澄世又問：「後來那徐某如何？」陳貞慧道：「這故事後來可不好笑，那徐公子在如是家裡揮金如土，只求與她往來。如是把錢一概收下，卻不理會他，如此數月，最後跟他說，我這裡來往的都是名士，你不讀書，廁身其間甚是不雅，不如從軍去，若立了功也算得一號人物，到時我才好接待你。」馮澄世道：「那姓徐的照作了?立功了沒有。」陳貞慧道：「徐公子果然勤習弓馬，後來作了個武弁，出征討賊，卻中礟而死。」他長嘆一聲，「說起來這徐公子是個情癡，也很堪憐憫的。不負佳人，吾不如也。」李貞麗還沒等他說完，早已悄悄別過頭去。

黃宗羲搖頭道：「徐某從軍報國，原也是正途。但他揮霍家財、拋家忘親，只為買美人一笑，最後更以身殉，殊不可取。」

鄭森道：「美人自美，就如金銀本身並無罪過，都是人有貪、欲之念，才把天理蒙蔽了。徐某聽了美人一句話從軍而死，為世所笑。但試問天下當兵的那麼多，出於報國之心的又有幾人？恐怕多數只為的吃口兵糧，或者打了仗有好處可拿、可以升官封爵。但世人並不嘲笑他們，單笑這癡心漢子。」

卞玉京道：「公子此言，可真是為姊妹們辯誣了。」

「太沖兄此言雖是，大木說的乍聽也有理，」馮澄世嘆道：「若在以前，我大概會覺得你們說的都不錯，但親見過柳夫人，不免覺得大木說的太過高蹈，而徐某的作為反而親切了。不只柳夫人，在座名姝，那也是個個都叫人看得心旌搖惑的。」

周鑣笑道：「她們的好處你還沒見識全哩。光有美貌，肚裡草包也不成。能稱名妓者，天姿國色之外，更必是通詩能文、才藝過人。譬如卞玉京畫蘭，卓然成家。寇白門能度曲、操琴。就說貞娘，你們別看她粗聲粗氣的模樣，她可是食譜、茶經無不通曉。」李貞麗聞言往周鑣肩頭搥了一拳，笑道：「我哪裡粗聲粗氣了，曲中誰不說人家是俠女！」周鑣指著她拳頭道：「動手動腳的還不粗？又哪有人說自己是俠女的。」那邊李香君聽見，笑道：「媽媽拳打薄情郎，怎稱不得俠女？」「我哪裡是甚麼薄情郎，要論薄情，我哪比得過……」周鑣不假思索地比向陳貞慧，忽然醒悟似地把指頭轉開，腦中思緒電閃，這手指不好比向鄭森二人，轉了一圈比著黃宗羲道：「他！此公堪稱曲中第一薄情郎！任是洛神下凡、西子再世，都不能稍動其心。曲中遊戲十餘年，從沒聽說他幫那個小娘梳櫳、上頭，竟是在這溫柔鄉裡養氣修道來著。」黃宗羲無端遭這一比，不免一愣，但他知周鑣是不想陳貞慧和李貞麗尷尬，反正眾人都知道自己的，遂笑道：「周兄還是自己認了乾脆點，在座諸君裡面，我恐怕與這三個字最是無緣的。」侯方域也笑道：「是極，太沖頂多算是小氣客人，不叫局、不打賞、不借鋪，來了總是趁食，開口就會掃興。他就想當薄情郎，怕還沒那個小娘願意給他機會哩。」眾人哄笑一片，忙不迭地反唇相稽、互相罰杯。

笑鬧間，李貞麗忽然起身說要到樓下看看吃食料理得如何。不一會兒，陳貞慧告聲方便，也溜了出去。鄭森心想，陳貞慧大概是藉機去跟她商量說服侯方域的事情。侯方域忽然竊笑道：「這兩人真會找機會偷情。」馮澄世問道：「他們不是頗為交好，何須偷情？」侯方域開玩笑道：「你沒看邸報？他二人之事滿天下皆知呢！當年定生兄欲娶貞娘為妾，他家老大人不許，只好作罷。後來就少往這走動了。貞娘那會兒可真是，唉，一夕間在賭桌上博盡千金，眉頭也不皺一皺，外人不曉得，只道她大有俠氣。」

侯方域此言一出，顧眉和寇白門不禁略有黯然之意，卞玉京卻道：「曲中本是騷人遊客買醉之地，這也算不得甚麼。陳公子實是有情之人，非負心者可比。世事大有人力所不可及者，都是緣分罷了。」

不久，陳貞慧等二人回來，看眾人盡皆默然，問道：「在聊甚麼呢？」侯方域道：「正在說笑話呢！」李貞麗道：「甚麼笑話說得大家如此喪氣？」侯方域笑笑不答，卻道：「說到笑話，前兩日我聽柳敬亭說了一個，講給大家聽聽。一日蘇東坡和黃山谷去訪佛印，三人同坐品茶。佛印說：『黃秀才茶癖天下聞名，但不知蘇鬍子茶量如何。今日何不鬥一鬥，分個高低？』東坡說：『怎麼鬥法？』佛印說：『你們彼此出題相問，他若答不來，吃你一棒，我便記一筆：鬍子打了秀才了。反過來你答不出，吃他一棒，我便記：秀才打了鬍子了。末後總算，打一下吃一碗。兩人皆說好。

「東坡先問：『前殿兩尊守門金剛，哪一個重要？』山谷說：『拳頭大的重要。』佛印說：『答得好！』山谷問：『沒把葫蘆怎麼拿？』東坡答：『丟在水裡。』佛印說：『答得也不錯。』東坡又問：『蝨子鑽褲筒，看不看得見？』山谷還來不及回答，東坡持棒就打，山谷正拿壺子斟茶，失手掉在地上打個粉碎。東坡大叫：『和尚記著，鬍子打了秀才了。』佛印笑道：『你沒聽乒乓一聲，鬍子沒打著秀才，秀才倒打了壺子了。』」

眾人聽了都笑，侯方域道：「別忙笑，秀才本事可多著呢，」他彈彈桌上一隻茶壺道：「這樣硬壺子都能打壞，何況『軟壺子』？」眾人轟然大笑。在座文士除了周鑣中過進士為官，其餘都是未曾中舉的秀才，是故聽聞此語盡皆發噱。吳應箕笑道：「此間秀才沒別的本事，稍有一日之長者，確實不過打壞『阮鬍子』而已。」

眾人順著笑話罵起阮大鋮來。有的說他認魏忠賢當乾爹，是個「閹兒璫子」。有的說他早年依附東林，後來迫害忠良，是小人之尤。也有人說他才深如海，本該領袖文苑，卻自甘墮落，可惡可恨。你一言我一語，把阮鬍子罵了狗血淋頭、猥瑣不堪。

張宛仙悄悄對鄭森附耳說道：「這幾位相公聚首，總要罵阮鬍子的。一會兒包準說起〈留都防亂公揭〉呢。」果然眾人罵了一陣，便熱烈地提起公揭始末。

吳應箕道：「當初我和顧杲去找老陳說這事，他說我們光舉出阮鬍子交通士大夫還不夠，得把『逆案』二字點破，指出這無恥小人乃是閹黨一派，皇上親裁列入逆案之中永不敘用，如此才能警醒世人。」陳貞慧道：「這一節，我便不說，你們後來也會想到的。那天次尾兄即刻在燈下振筆疾書，公揭一揮而就，當真是大手筆。接著我們飛書廣邀社友，風從響應，無論周兄、太沖兄、陳子龍、沈士柱等名士，一百四十人爭相列名，真是痛快。」

黃宗羲閉目背誦起來：

> 夫孔子大聖人也，聞人必誅，恐其亂治，況阮逆之行事，具作亂之志，負堅詭之才，惑世誣民，有甚焉者！而陪京之名公鉅卿，豈無懷忠報國，志在防亂以折衷於春秋之義者乎！

「留都金粉之地，一向醉生夢死。待公揭一出，此間才知有『逆案』二字。」吳應箕仰頭自飲一杯，接著道：「凡公揭中提到的人物，士大夫都與絕交。阮鬍子住在庫司坊，小兒們改叫成『褲子襠』，又叫阮鬍子是『褲子襠裡軟』，見了他就丟石頭，逼得他大門也不敢走出一步，這才真是痛快！哈哈，哈哈！」眾人也都跟著暢笑不已。

「次尾筆鋒，勝於劍鋒！這公揭逐奸，迫得閹兒斂跡的義舉，不管回頭講多少次，都還是淋漓爽快！」黃宗羲高舉酒杯，慨然道：「為公揭浮一大白！」眾人紛紛舉杯喊道：「為公揭浮一大白！」

鄭森仰頭一傾，盡飲杯中酒漿，胸中豪邁之氣陡生，說道：「我若早生幾年，必當追隨兄等共襄盛舉。」

侯方域道：「莫說兩位向隅，當年我不過晚來南京一年，也沒能趕上在公揭上列名。所以阮鬍子託了楊文驄來我這兒活動，暗地裡用楊兄的名義給我送了不少禮物，想要我幫阮鬍子在諸位社兄們面前排解。」他瀟灑地一笑，「說來慚愧，我初時未細想箇中情由，還差點答應了楊兄。幸虧香君見事入微、深明大義，先是瞧出禮物來路不對，然後慨然卻之。否則我也成了奸邪一黨了。」

李香君道：「那也不難瞧得出來。一來楊老爺並非宦囊極富的，怎能送這許多貴重事物。二來朋友餽贈也該有個限度，他卻三日一小贈、五日一大贈，迥非常理。兩下一想，自然瞧出不對了。」

黃宗羲讚道：「香君確是難得，釵釧衣裙已然穿戴在身上，問清了是阮鬍子所贈，立時脫下來丟了一地呢！」周鑣開玩笑問李香君道：「妳倒不可惜？」李香君道：「閹兒璫子送的衣裙，穿了只覺噁心，還怕脫得慢了，哪裡可惜。」眾人哄然稱好，省不得又為此舉杯。

吳應箕飲罷停杯，忽然一臉失落地搖著頭，銀髯飄飄地道：「唉，算一算公揭之事已然五年了，逝者何其之速。空有滿腹計謀，滿腔熱忱，奈何廿餘年來七場文戰，竟無一次得售。只憑馬齒徒長，卻是報國無門……」他長嘆一聲，高聲狂歌：

丈夫要當立天地，區區不用早瓊琚。君不見昔人寂寂愧鄧禹，至今身名等邶墟。吁嗟彈指二十餘！

眾文士皆是才名遠播而屢試不第的，聽吳應箕這麼一唱，不免都有些感慨。鄭森和馮澄世雖只在去年初試落榜過一次，也勾起了那時的挫折之感。周鑣安慰眾人道：「莫說當官才能報國，像我做個禮部郎中，每日裡不過『等因奉此』、行禮如儀。遠不如次尾兄登高一呼，留都震動。也不如諸位社兄文章一出，洛陽紙貴。」

諸姬是安慰慣了不第秀才的，這時紛紛婉言相勸、執手鼓勵。卞玉京道：「文章憎命達，魑魅喜人過。公等清譽滿京華，議論動天下，又何必妄自菲薄？」鄭森肅然道：「我未進南京之前，聽太沖兄說復社諸位前輩的義舉，甚是嚮往。國家多事，我輩可用力之處還怕少了，次尾兄何至於如此懊喪呢？」黃宗羲道：「大木所言甚是。次尾是大丈夫，不該如楚囚相對。」

吳應箕瞪了兩人一眼，並不答應，忽然發一聲喊：「呀！丈夫生世能幾時，安能蹀躞垂羽翼！」他舉酒飲了一杯，「你們還年輕，不曉得其中苦楚。但你們要以為我只是委靡氣短之輩，那就搞錯了。將來南京重為朝廷中樞，我輩正待大展身手，到時怕不止是貼貼公揭罵人而已。」

「不錯，大亂之際，國家用人不拘一格，真正的才能之士必將脫穎而出。」陳貞慧道：「場屋裡頭考的八股制藝，在太平年月裡也就罷了。危亡關頭，我等胸懷韜略、挺身而出，無論入朝參贊，或是在那個督師的幕府效力，一計獲用，說不定就能扭轉乾坤。」

侯方域也興奮地道：「淮撫史可法公是家大人的門生，現為江北一大重鎮，也一直有傳聞說他將入掌南京兵部，我們可以前去投效！」

陳貞慧道：「到時令尊司徒老大人也定然重獲大用的，若史公能讓他入左良玉軍中指揮，則朝廷真有一支忠心耿耿的虎賁之師矣！」

黃宗羲暗暗看了一眼鄭森，意有所指地道：「倘能調閩帥水軍入衛長江，則此天險真如金湯！無論流賊、清虜，都不能飛渡。」

「諸位的志向恁也小了。」吳應箕摘下帽子，任由頭髮披散，一叢銀髯亂顫。「就我親見，官軍大多糜爛不堪，除了向朝廷伸手要糧催餉，還到處劫掠百姓，比流賊還可惡。真的賊來了，跑得比誰都快。靠這些鳥兵打不了仗。我將舉一支義師，廣招天下忠義之士，刻苦自持，糧餉不稟於官，而奮勇冠於諸軍！解百姓倒懸之苦，解朝廷內外之患！」

「次尾好大志向，」周鑣大聲道：「到時我這禮部郎中也不幹了，到你帳下做一名執戈殺敵的小兵去！」

李貞麗一臉堅毅地道：「莫道我們女子柔弱、妓家卑賤。就如祖師奶奶梁紅玉一樣能披甲上陣擊鼓揚威！」

「好！」鄭森慨然道：「天下志士都能有這般豪傑氣概，賊虜氣焰再猖狂也都不足憂慮！」

眾人哄然稱是，紛紛激昂地訴說自己的報國之志，豪氣痛飲。

喝了幾輪，家人進來報說興化部戲班已經到了，隨時可以上戲。侯方域笑道：「好呀，我道次尾兄點了甚麼戲，原來是《鳴鳳記》。哼，你和定生兄平日裡不知看了多少回《燕子箋》和

《春燈謎》，太沖兄都不罵你們，偏生我唱不得！今天太沖來，你就故意點這一齣。」

吳應箕笑道：「太沖罵起人來兇得狠，我也不想討他的罵哩！」轉頭便命樂工和優伶們演將起來。

那《鳴鳳記》演的是嘉靖年間嚴嵩當國、忠臣義士不惜身命與其相抗的故事。興化部的伶工馬錦為了扮演嚴嵩，曾投入嚴嵩之友、時為閣部的顧秉謙門下，用心揣摩其言行舉止凡三年，因此串演得維妙維肖，海內無出其右者。

漸次演到〈椒山寫本〉一折，描述那忠臣楊繼盛決定冒死彈劾嚴嵩，深夜在燈下撰寫奏本，先是遭冤受刑的手指流血劇痛，又有祖先鬼魂吹滅燈火意圖勸阻，最後妻子聞聲前來掌燈，也泣淚相勸，但楊繼盛始終堅心不移，完成彈章。

楊繼盛甫一出場，纔唱了開場詩：「天步有乘除，仕路如反掌。豺狼盈帝里，筆劍須誅攘。」黃宗羲想起抗奸身死的父親，以及自己所繼承的志業，已是淚流滿面。

接著兩折〈楊公劾奸〉、〈夫婦死節〉，楊繼盛奏章一上，觸怒龍顏，將他下錦衣衛嚴刑拷打。最後楊繼盛慨然赴西市就義，妻子也自刎相殉。

演到楊繼盛問斬時，飾演楊妻的旦角唱道：

看愁雲怨滿天，痛生離死別間，須曳七魄無從見。牽襟結髮今朝斷，牽襟結髮今朝斷。腸裂空山哀月猿，刳不出傷心劍。我那相公本是個飛黃千里，今做了帶血啼鵑。

黃宗羲看到這裡，再也忍耐不住，失聲大慟。在座諸人也都嗚嗚而哭，終至嚎啕對泣。眾人就這麼忽而大笑，忽而大哭，或者長嘯悲歌，或者埋首痛飲，直鬧到四更天才慢慢散去。侯方域還沒散席就給扶進內室，陳貞慧也讓李貞麗安頓在客房。吳應箕和周鑣掃開桌上盃盤趴下就睡，清客們有的乾脆和衣倒在地上。諸姬自有假母遣轎來接，但不免髮簪歪斜、耳墜失落，蓮步危危而去。

鄭森二人和父輩們喝慣了，酒量甚宏，還算可以抵擋。黃宗羲較為自制，也沒醉到家，三人遂自回旅次去。出得媚香樓，街上寒風一逼，酒氣急收，叫人頭暈足軟。兩個小廝從媚香樓裡奔出來，說「貞娘叫拿大氅給三位相公披著，仔細受寒」。三人接過大氅披了，腳步踉蹌地互相扶持而去。

●

復社諸友接連在媚香樓大肆宴飲了三天，加上頭一天到南京時鬧的那一回席，鄭森已是連喝了四晚。饒是他年少健旺，如此通宵縱樂、大喜大悲地心緒激盪，也覺有些生受不住。

這天黃宗羲早早逃席而去，但是鄭森二人在媚香樓玩了幾日，又與吳應箕等人投緣，彷彿已是熟客，也就留下來喝到底。馮澄世毫無遮攔，喝得爛醉，李貞麗便安排他們在一樓客房歇下。鄭森酒量好，又喝得較少，酒意早退，卻睡不著，見馮澄世四仰八叉地躺在榻上呼嚕亂響，心裡一陣無名煩亂，索性披衣起身到外頭走走。

出了媚香樓，到處仍是一片黑暗，抬頭卻見天色已有些幽藍微亮的動靜。破曉時分的曲中街道杳無聲息，鄭森漫無目的遊走著，想到不過一兩個時辰之前，這條街上還處處笙歌歡宴，頓感分外清寂。他看著街兩旁的樓房，多數緊閉門窗，想著窗後人們正倚紅偎翠酣夢高眠，卻不由得想起左良玉的中軍已在安慶，距離南京不遠了，而江北河南烽煙處處，更是不知多少人猶陷苦海。

鄭森轉過彎，信步走到秦淮河上一座拱橋頂上，眺見晨風清冷，大地黑沉一片，心中無比茫然。

不知過了多久方才回神，忽然看到南邊一段水岸並無河房，而有一條種滿垂柳的小徑。鄭森緩步下橋，回頭循著鈔庫街往南，好容易找到通往河邊的巷子。狹小的巷道在兩邊屋牆間斜斜往下，到盡頭時豁然一開，正對著秦淮河一處轉折，恰可展望兩岸風景。而垂柳森森，在將明未明的天色中如重簾帶風，幽影搖曳。

鄭森在黑闃的柳蔭下愈走愈遠，身軀疲累，兩眼沉重，腦中有無數念頭飛轉，卻又捉摸不住。

風中忽然傳來一股隱微的清香，幾乎不可得聞，卻又芬然輕掠鼻前，讓正自混沌一團的鄭森倏然而醒。仔細一看，才見河岸旁靠著一隻遊船，篷邊掛了盞微弱的羊角燈，幽幽照著船尾一角。一名中年文士正在煮水烹茶，紅通通的炭火明滅不定。少時爐上水沸，嘶嘶作響，那文士提壺沖水，速如風雨。他先在敞口瓷甌中略略一沖，等水稍冷，再用剛剛煮滾的沸水大力沖瀉，頓時幽香四漫花氣襲人，馥郁而不濃豔，沁人心意而不稍有逼迫。

鄭森不自禁道：「好茶！」

那文士不想岸上有人，卻只看了一眼，又俯首將瓷甌中的茶湯倒在杯中，這才頭也不抬地問：「好在哪裡？」

鄭森在南安家中喝的自都是上等茶葉，這幾日與侯方域等人相過從，也喝了些好茶，但他對茶之一道並無涉獵，遂老實地道：「晚生並不懂茶，只是遠遠聞香，便覺通體舒泰，塵塞之心竅亦為之一開。」

那文士道：「喔？再仔細說說看？」鄭森道：「晚生實實不懂，不敢妄言。」文士道：「何妨直抒胸臆。」鄭森遂道：「如此請容晚生胡說一通了。」他沉吟了一會兒道：「聞此茶，正如心中濁氣壅滯，苦不能出，恰行至一道清冽的甘泉之旁，而有水沫飛著面上，令人心神一朗，且有所悟……」說到這裡自己覺得胡言亂語，再說不下去了。不想那文士卻笑道：「如此你乃是能品茶之人。世間死背一本《茶經》而實不知茶者、口飲佳茗而心中實不辨其滋味者，我見過太多。在此相遇也是有緣，何不上我這『不繫園』來共飲一杯？」

「不繫園？」鄭森問道。

文士道：「就是我這艘破船了。隨風所至，隨波逐流，故曰不繫。耳得為聲，目遇成色，處處皆我遊園也——你要上來不？」

鄭森忙踏步上船，湊近燈下一看，這船雖小，船上布置卻無一處敷衍，同時又毫不張揚，似乎比媚香樓的格調又要高出一層。他往艙裡看去，見艙裡另有一人，仔細一看，竟是位麗人。雖然背對艙口向裡而坐，光見其身形風姿，已知必是絕色無疑。兩人相距不遠，鄭森猝然見著，胸

舒讀網「碼」上看

廣告回信
板橋郵局登記證
板橋廣字第83號
免貼郵票

235-53
新北市中和區建一路249號8樓

印刻文學生活雜誌出版有限公司　收

讀者服務部

姓名：＿＿＿＿＿＿＿＿ 性別：□男　□女

郵遞區號：＿＿＿＿＿＿＿＿

地址：＿＿＿＿＿＿＿＿

電話：（日）＿＿＿＿＿＿＿＿（夜）＿＿＿＿＿＿＿＿

傳真：＿＿＿＿＿＿＿＿

e-mail：＿＿＿＿＿＿＿＿

INK

INK PUBLISHING

讀者服務卡

您買的書是：______________________________

生日：　　年　　月　　日

學歷：□國中　□高中　□大專　□研究所（含以上）

職業：□學生　□軍警公教　□服務業

□工　□商　□大眾傳播

□SOHO族　□學生　□其他 ______________

購書方式：□門市 _____ 書店　□網路書店　□親友贈送　□其他 _____

購書原因：□題材吸引　□價格實在　□力挺作者　□設計新穎

□就愛印刻　□其他 ______________（可複選）

購買日期：________年________月________日

你從哪裡得知本書：□書店　□報紙　□雜誌　□網路　□親友介紹

□DM傳單　□廣播　□電視　□其他

你對本書的評價：（請填代號　1.非常滿意　2.滿意　3.普通　4.不滿意）

書名_____　內容_____封面設計_____版面設計_____

讀完本書後您覺得：

1.□非常喜歡　2.□喜歡　3.□普通　4.□不喜歡　5.□非常不喜歡

您對於本書建議：

感謝您的惠顧，為了提供更好的服務，請填妥各欄資料，將讀者服務卡直接寄回或傳真本社，我們將隨時提供最新的出版、活動等相關訊息。

讀者服務專線：（02）2228-1626　讀者傳真專線：（02）2228-1598

口一陣熱流湧起，氣息為之一屏。那麗人正如這文士所沖之茶，淡而遠，清而深。他看著麗人背影，雖然披著厚氅阻擋寒氣，仍不掩頸根肩頭珠圓玉潤的線條，彷彿不會沾染塵埃，彷彿可以就這樣定定看著，直到地老天荒，令人心湖安寧如鏡，不起波瀾。

那文士並不理會鄭森的癡態，只遞過一杯茶來。鄭森見那茶杯素雅胎薄，顯是宣德窯的精品。鄭森再看杯中茶色，如曙光乍然照在山窗之上，透紙柔亮。而其香氣輕柔含蓄，若即若離，遠遠聞之撲鼻如嗅，湊近品味又悠然隱遁在似有若無之間，叫鄭森不忍驟然入口。稍停，啜飲三數口而盡，杯底餘韻似清芬夜開、沉鬱低迴，鄭森閉眼湊著杯子品味，那杯身竟像是忽然深了數倍，香氣彷彿從遠處遙遙飄來。

文士問道：「如何？」

鄭森嘆道：「如此好茶，平生所未見。此非晚生可置一詞。」

文士笑道：「哪裡這麼頂真，不過喝茶嘛，何妨一言。」

鄭森遂道：「嗯……乍飲有如山間午後雲霧大起，循坡飛湧撲面而來，呼吸間心脾為之清涼。」他再次閉目輕嗅杯底，鼻間猶感森森清寒之氣，「品其餘韻，則彷彿夜半時，獨立小院籬門，聞得園中清香沁人，張望只見花木幽碧，小徑曲折而入，引人一探究竟，而不能辨香氣之所從來。」

文士聞言甚喜，說道：「還說你不懂茶，這茶的好處都讓你說盡了。雖然你品茶不由理入，純然以心受之，不免偏失，但確能得此茶精魂。」

「公子說得很是，小院籬門之喻尤其貼切，閉目思之，彷彿眼前。」艙中麗人轉過身來，妙目半閉，低眉聞杯，安閒寧定已極。鄭森見了她容貌姿態，神思一凝，呼吸都小心起來，彷彿稍微用力喘口氣都會褻瀆了人家似地。心下忖道：觀音菩薩喝茶，大概也就是這般光景。

文士樂道：「呵呵，她願在初見之人面前開口，倒是難得。」

麗人自顧品茶，須臾睜開眼睛，輕聲道：「苦苦求之，不能遂得。念頭寬了，卻赫然已在心胸。陶庵公製的茶真是已入化境了。」

鄭森仔細品咂她這番話，把自己想不透的一番感覺輕輕巧巧地點了出來，大感佩服，讚道：「姑娘此語，正是在下心中所感，而不能言之者，且還更顯出境界來。」一轉念，忽然想起還沒互通姓名，趕緊道：「先生的茶太好，晚生光顧著喝，還沒請教先生台甫、姑娘芳名。」

文士道：「偶然萍聚，貴在心契，姓名不必提起。她方才已叫出我的名號，你知道我是陶庵，也就行了。至於她，」陶庵公指著麗人，「你認得不？」鄭森搖搖頭，陶庵公頷首道：「南中不識此姬者，若非不解風情，或者窮酸已極，就是新來乍到。我看你不似前者，應該剛到此間不久吧？」鄭森道：「是，方來五天。」陶庵公道：「如此頗好，你不識得我們，我們也不識得你，彼此相濡以茶，相忘於江湖，不亦快哉！」

鄭森細看陶庵公，悠然散淡，寬袍大袖，細節處又整理得一絲不苟。連著鬢邊的美髯烏黑光亮，不雜色絲。他額頭眼角風霜難掩，看來望五十了，似乎與吳應箕相彷彿，卻又好像年輕許多。雖遠不如吳應箕氣魄剛健，而另有一股沛然柔和的精神。

陶庵公道：「你可知這是甚麼茶？」鄭森道：「不知。這幾日在友朋處多飲羅岕、松蘿等茶，松蘿似乎略與此相似，但清雅不若遠甚。」

陶庵公笑道：「不錯，此茶無論杓法、掐法、挪法、撒法、扇法、炒法、焙法、藏法，都與松蘿製法相同，但茶葉來源不同。往昔我喝紹興會稽山日鑄嶺所產日鑄雪芽，覺得佳則佳矣，畢竟日鑄嶺乃越王鑄劍之地，所產之茶未免金石之氣太盛。以是我募了幾個歙縣的松蘿茶工，到日鑄以焙松蘿之法製茶，就是這茶了。」他取過一個新的敞口瓷甌，放入若干茶葉，先注少許熱水，待其稍冷，再用滾湯沖瀉。「你看，」陶庵公招手叫鄭森湊近瓷甌，興沖沖地道：「素白瓷甌中，茶葉雪芽翻轉，像極了素蘭與雪濤並瀉。是故吾名之為『蘭雪』。」

麗人道：「陶庵公此茶新製不久，坊間依然少見。」陶庵公道：「我並不吝於將此茶製法外傳，但作工繁複，坊間所製既少，亦多不得其神。且我反覆斟酌較量，每一批新茶都略有不同。今日之茶她也還是頭一次喝呢。」麗人道：「此茶非惠泉之水不能出其香氣。猶如鳳凰非醴泉不飲，品格極高的。」

鄭森道：「惠泉說的莫非是那『天下第二泉』？」

陶庵公道：「正是。但所謂『第二泉』云云，乃唐代陸羽所評，距今已有八百年。泉水乃是一個活物，也有生滅變化。莫說八百年，八年之間水性都可能改頭換面。以我之品鑑，如今惠泉若稱第二，天下卻無第一泉矣。」

鄭森點點頭，忽然想到：「惠泉遠在無錫，莫非千里迢迢地運來？」陶庵公理所當然地道：「是。」鄭森道：「晚生雖不懂茶，卻也聽人說過，再好的泉水，一經汲出便失活氣，尤其間關萬里舟車勞頓，必使其老，反不如尋常地頭活水。但飲適才之茶，卻如用剛舀出來的活泉所瀹。這是何故？」

陶庵公道：「這是桃葉渡一位瀹茶奇人閔老子教我之法。他取惠水，必先淘井，靜夜候新泉至，馬上汲出。裝水的大瓮底下，得墊攏上一層山石。水搬上船後，只能憑風而行，不藉櫓槳以免驚動。如此則水之圭角如生，即便尋常惠水，都顯遜色，何況是其他的泉水。」

鄭森問道：「甚麼是圭角？」

陶庵公道：「圭角者，水中磷磷之氣也。含於口中甘韻不絕，流轉變幻似有生命。水之有圭角，如人之有靈氣。善保靈氣者，舉手投足間自有一股風範，發為詩文書畫也必超逸有神。善保水之圭角，則茶葉中眠藏的日月精氣，皆能憑此而活。」

鄭森大為嘆服，道：「陶庵公用水、瀹茶如此講究，方能成此佳茗。晚生今日才知甚麼是喝茶。」

陶庵公又沖了一瓷甌，分倒三杯，示意鄭森遞一杯給那麗人。麗人從艙內稍稍往外輕挪，幾乎與鄭森促膝而坐，鄭森霎時胸口似填滿了一半土砂，吸不進氣。他手腕微微發軟，遞過杯子時與麗人指尖輕輕相觸，只覺柔冷滑膩。她素手纖指輕捧著茶杯定定凝視，在矇亮的天光下，顯得風儀端麗，眉目如畫。鄭森胸中空著的另一半頓時也被填滿了。

鄭森又從陶庵公手上接過一杯，覺得香氣稍沉，飲之，喉韻渾厚，苦甘迴盪。遂問：「這是另一批茶？」麗人道：「這該是秋茶，方才所飲是春採。」陶庵公樂道：「小娘喝茶也漸窺門道了。」

鄭森道：「方才所飲的春茶，可謂至矣盡矣，想來茶中無過其右者。但這秋茶，雖然清芬稍遜，也另有一種令人低迴的風味。」

陶庵公道：「天生萬物，皆與四時相應運。秋日蕭瑟，茶之精魂已老，香氣黯然。但經歷過芳春壯夏，反璞歸真，更有一種沉著的韻味。」

鄭森道：「先生此言，像是一番身命之論。」陶庵公道：「順時而生，本為天地間的至理。」鄭森道：「方才先生說，水之圭角可善保之。人之靈性，卻又如何？」陶庵公道：「圭角難保，靈性更非易事。不使激盪，不使濁穢，也許可以多少保存一些。」鄭森沉吟道：「然則天下騷動，不使激盪可以得乎？」陶庵公道：「治亂循環，也是天道。茶人似我者，本來便是曳尾泥塗，求個快活而已。逢治世，不圖金馬玉堂之夢，遭亂世，也自向壺中去尋樂土。外頭再怎麼激盪，拿這茶壺擋著，多少稍減濁穢罷了。」鄭森道：「倘若騷動已極，卻將茶壺打破呢？」陶庵公哂道：「只要捨得這姹紫嫣紅的花花世界，總尋得著避秦的世外桃源。唉，花花世界是叫人很難割捨啊，但真有那麼一日，也只得如此。」

麗人卻道：「陶庵公莫妄言高論，你於琴棋書畫、園林花木、詩歌酒茶無所不癡，怕到時那一樣都放不開手哩。」陶庵公聞言大笑，直道：「被妳一眼看破了。」

鄭森默然，覺得如此未免過於遁世。但再三思量，想起自己始終懷抱著偌大志向與許多煩惱，苦苦追求不得，相較之下，陶庵公的悠然也十分令人羨慕。

三人默默喝著茶，只聽見炭火嗶剝作響。河面上晨霧瀰漫，薄如輕紗，隱約透見隔岸景致。霧氣卻又十分膠稠，一動也不動地停滯在河道上。天光幽紫透藍，照得水面如鏡，上下皆是霧色。仔細一看，霧團微微有些動靜，極緩極緩地浮升飄動。角落裡一片霧氣忽然輕輕往上旋轉，像是洛神凌波，紗裙舞動，輕靈曼妙不似人間所有。鄭森暗暗讚嘆，身旁麗人同時輕噫一聲，幾乎杳不可聞，鄭森卻聽得真切，看向麗人，她也正向自己看來，雙眸秋水盈盈，靈犀心照，知道彼此同感河上美景，心頭無比熨貼。

陶庵公又煮起水來，吩咐船尾梢公解纜，卻不命搖櫓，只憑緩緩的河水將小船慢慢推送。麗人返身取出一個琵琶，望著遠方隨手撥弄起來，叮叮咚咚不成曲調，卻十分切合這散淡悠然，曉風殘月的清晨風景。鄭森覺得和陶庵公二人相處，說不出的放心自在。如此悠然的心情，似乎從七歲自平戶來到中國以後，還是第一次。心頭寬了，身體也跟著鬆泛起來。忽然一陣倦意襲來，鄭森眼皮一闔，幾乎重重點了個瞌睡。他驚覺失禮，忙端坐提神。陶庵公卻和藹地道，倦了就進艙去睡會兒吧。鄭森搖搖頭想說甚麼，卻敵不過腦中濃密幽黑的睏倦，迷糊間終於沉沉睡去。

●

鄭森作了夢，他身在一艘大海船上，漂流在汪洋之中。他望見遠處海天交界的水平線上有一個黑點，雖看不見，但他知道是一艘日本的朱印船，母親就在上面。鄭森孤身在船上，而桅杆空蕩蕩地不張一帆，無從前進。他焦急地在船艙爬上爬下，找不到帆布和索具。一會兒發現船隻隨著洋流飄動，往前方緩緩而去，但那個黑點卻駛得更快，越來越小，終至消失不見。

情景一轉，鄭森在夢中來到一間孔廟，廟中正在舉行仲春時節的「丁祭」。供桌上祭禮豐富，牛羊豬兔鹿、魚芹菁筍韭，一應俱全。士子們儒服列隊，燃燭焚帛捧爵供醴，整齊地俯伏行禮。主祭的司業忽然回頭，鄭森看得分明，竟是母親。他正想上前相認，母親卻對著鄭森劈頭嚴厲地斥責道：你是甚麼人，如何也來與祭，唐突先師，玷辱斯文！眾人聞言，蜂擁圍了上來，群情洶洶，都罵著要趕他出去。鄭森張口結舌，惶恐不已，一看自己身上，竟穿著日本服色。他連忙伸手想把衣服脫掉，衣帶卻像打著死結解不開，而眾人再怎麼推擠，他的冠服都牢牢地穿在身上……

鄭森悚然驚醒，剎那間腦中空白，不著邊際，不知自己身在何處，乃至不知自己為誰。微風吹過，一身冷汗發為寒顫。神思略定，看見小船艙頂，才想起是在陶庵公的「不繫園」船上。他矍然坐起，環視船艙內外，天已大明，卻不見陶庵公和麗人的身影，連炭爐和茶具等物也收拾得乾乾淨淨。

後艙忽然有些動靜，鄭森驚喜地回頭，見卻是梢公。梢公問道：「相公醒了。」鄭森含糊答應，梢公又道：「我家老爺先上岸去了，他吩咐讓相公好睡，醒來以後想去哪讓俺搖去。相公要回文德橋去嗎？」鄭森搖搖頭，也不問這是何處，從懷裡掏了一粒碎銀賞了梢公，便逕自登岸。

走出幾步，想起要不要向梢公打聽陶庵公和麗人身分，但旋即想，陶庵公自己既然不說，也就不必向下人探問。鄭森信步揀著熱鬧方向走去。一面暗忖，以麗人之絕色，陶庵公又說她在南京無人不曉，大概是舊院裡頂兒尖兒的名妓，自不難查知。又想，方才母親入夢而來，眉目分明，這時回想卻一點影子都沒有了。他在路上亂走，不明方向，卻也不忙問人。抬頭看看天色，還在午前，這一覺睡得甚沉，不過似乎並未睡太久。

心裡正轉著許多念頭，沒仔細張望街上光景，身旁忽然有人叫道：「咦，這不是大木兄嗎？」轉頭一看，卻是楊文驄。鄭森這幾天聽吳應箕等人談論，知道楊文驄雖與馬士英、阮大鋮交厚，本身卻還算正直，也曾加入過吳應箕的「國門廣業文社」。於是他向楊文驄打了招呼，道聲巧。

楊文驄道：「大木怎麼一人在此悠哉？」鄭森道：「在朝宗那兒連著幾天喝得沉了，出來晃晃。」楊文驄道：「這可巧，我正想找你呢！」鄭森道：「哦，楊兄有何貴事？」楊文驄笑道：「文友過從，何必有甚麼『貴事』。此間有位社兄，風雅稱南中第一，想邀大木一道去拜望。」鄭森問道：「是哪一位？」楊文驄道：「你見了就知道。」

鄭森兀自有些昏沉，心情卻好，聽說「風雅之士」，直想到陶庵公，連著想起麗人身影，心裡一突，也沒多細想，便迷迷糊糊跟著楊文驄走。兩人邊走邊有一搭沒一搭地說話，鄭森見周圍景色，似乎回到了舊院曲中，卻是自己未曾到過的角落。

楊文驄引他走到一條幽巷。樹蔭下一道朱紅小門，銅環半啟，楊文驄逕自而入，裡頭小池小院而花木茂盛，自成天地，屋子正門藏在綠意之中，珠簾搖動。才一進門，冷不防一個嘶啞的怪聲喊道：「楊老爺來，楊老爺來！上茶，上茶！」鄭森一看，原來是隻鸚哥。假母從內室一閃而出，向兩人微笑點頭，卻不打話。楊文驄更往屋後內院走去，鄭森不及細看屋內陳設，連忙跟上。

後院更顯幽雅，中間築了一座長軒，左首一株老梅蒼然而立，花開得半殘了，留下許多萎黃的花蒂與花蕊，在和煦的陽光下卻依然有種奇特的美感。枝上稀疏，地上自然滿是雪一般的花瓣，更偶有幾瓣輕飄飄翻轉著散入長軒敞開的窗戶裡去。軒右則有兩株梧桐，以及十數竿巨竹，嫩翠一片，彷如仙境。鄭森心道：好一個雅致地方，莫非真是陶庵公的居處？

兩人入得軒中，帷帳尊彝楚楚有致，裡邊榻上一位初老的文士和一名美姬相對而坐。文士連忙起身下榻，熱切地迎上前來，只見一部美髯飄逸而出，渾身上下雍容閒雅。鄭森看得分明，並非陶庵公，但也讓人有幾分好感。

那老文士熱切地拉著鄭森的手，斯文細氣地道：「唉呀呀，這定然就是楊兄這兩日一直叨念著的鄭公子了。」

然而楊文驄卻道：「大木，這位便是江南第一才子阮圓海先生，你不妨稱他『圓老』。」鄭森楞了一下，看著老文士一臉奔放的大鬍子，忽然醒悟此人就是阮大鋮，頓時如遭雷擊，忙抽了手，急問道：「尊駕莫非就是阮大鋮？」那人還未及回話，臉上神情顯然是肯定的，鄭森更不打話轉身就走。

楊文驄連忙拉住他的臂膀，道：「大木何必如此，這是怎麼說呢……」

鄭森義正辭嚴地道：「此人名聲如何，楊兄比我清楚。此間非我宜留之地，少陪了。」

阮大鋮長吁了一口氣道：「唉——鄭公子與我一面不識，見了我就忙著要走，真不知外面把我說成個甚麼妖魔鬼怪樣子呢！」

楊文驄忙著打圓場道：「尊師錢牧翁也是阮公之友，不時也有書信往來。大木就看在尊師面上，不該對阮公這樣失禮。」

鄭森聽得此言，一股怒氣消了大半，但依然堅持要走，只道：「晚生為甚麼要走，也不必多談，免得更傷老先生……執事顏面。得罪之處多望海涵，且讓晚生離去，彼此兩便吧！」

阮大鋮道：「鄭公子話既說到這份上，我也沒有老臉多留他。楊兄讓他去吧。只是我本以為堂堂閩帥鄭總兵的公子，是個見事分明，能講道理的後起之秀，沒想到虛有其名，只知道聽塗說，不能親為分辨黑白。」

鄭森暗暗吃了一驚，臉上不動聲色道：「你胡說甚麼呢？」

阮大鋮岔開話題，稱讚起鄭森的相貌：「鄭公子跟令尊都是一表堂堂，長得十分相像，尤其是這鼻子，簡直是一個模子印出來的似地。你與令尊說話的神情語氣更是無甚分別。這幾日聽楊兄描述鄭公子風采，料想必是鄭帥子弟，本來還想說不定只是族親，如今一見，必無差錯了。」阮大鋮抬頭遠望，像是回味不已似地道：「唉呀，算算也有五年了。我與鄭帥雖只短暫過從，但彼此十分投緣，可謂一見如故……」他自失地一笑，「說來慚愧，那年是這南京城裡幾位復社的朋友開了在下一個小玩笑，街上無知小童，看了我都要捉弄。正巧我的年兄馬士英總督鳳陽，想向鄭帥致意，便給我這麼個送信的差使，也才讓我有這個機會，當面瞻仰閩帥風範。」

鄭森聞言默然，五年前他十五歲，剛進縣學，一心只想著讀書應試，也從不關心父親的官、商事業。無論誰到家裡來拜訪，他一概不出來見面應酬。這次父親交代他送一封信給阮大鋮，只叫他著意結交，並無別話，是以鄭森並不知道阮大鋮和父親的淵源。

阮大鋮猶自喋喋不休地講著他和鄭芝龍的交情：「府上可真氣派，我見過的園林宅邸也不少，要論精巧雅致或者意趣高遠那是各有所長，但說到氣派，還是首推府上第一。也是那一趟到了泉州，才知海味的鮮美豐富。甚麼燕魚、烤蟹、土筍凍，至今都還叫人回味不已啊！」

鄭森道：「執事與家父有舊也罷，晚生並不知曉。此番晚生來南京，只是素仰太祖都城之壯，並與復社文友交遊，不敢驚動與家父交遊的一眾世伯們。」

「皇天菩薩，鄭公子總算是認了自己身分。公子好雅興，在這時節來南京交遊、問學、訪翠。」阮大鋮小小酸他一酸，隨即笑道：「公子難得來，鄭帥沒有給老朋友捎封信通通消息？」

鄭森心下猶豫，鄭芝龍豈止有信，還有一些禮物，但他不知該不該承認此事。要是說有，那麼回頭還得把信和禮物再送來，自己也就與阮大鋮牽扯上了，說不定復社諸友因此絕交。但若此刻堅決否認有信，便是違逆了父親囑咐之事。雖說自己在常熟聽黃宗羲痛罵阮大鋮之後，就寫了信回南安，表示不欲與阮鬍子聯絡，但當時並不知道父親和馬、阮等人乃是舊識。如今想來，父親絕不會憑著自己一封信就斷了與對方的聯繫。

片刻之間未能深思，但心中稍一衡量，立時有了決定，復社諸友都是忠忱正直之士，而阮大鋮是魏閹一黨、逆案中人，從大義來看，不能和阮大鋮多有瓜葛。此時先不提書信之事，待左良玉退兵大事已了，離開南京之際再差人轉遞，如此兩不相誤。於是道：「家父確曾命晚生到執事府上登門致意，但並無事情交代。」他加重語氣道：「且離南安之前，晚生尚未風聞執事名聲。若早知道，晚生必向家父力辭面見執事之命！」

楊文驄道：「大木慢來。世人說阮公如何如何，其實多有厚誣。阮公系出東林，初與史可法公的恩師左光斗論交，更是趙南星先生門人。尊師錢先生是東林領袖，士林清望所歸，他對阮公遭誣始末知之甚詳，也頗為同情，可見當中誤會不小。」鄭森道：「家師論事主於和平，君子可欺之以方，讓人蒙蔽了也是有的。」阮大鋮道：「鄭公子彷彿把阮某當作壞事做盡的小人，你倒說說我做過甚麼壞事了？」鄭森道：「你久在魏閹門下，難道想賴？」阮大鋮道：「不錯，我是對魏忠賢十分恭順，但我並不曾為虎作倀，做過一件壞事。」

鄭森聞言一楞，這幾日聽黃宗羲、吳應箕等人把阮大鋮罵得狗血淋頭，說他人格多麼卑汙，但至於阮大鋮究竟做過哪些壞事，卻只零零碎碎說過一些，自己也沒用心記住。因道：「你投在魏閹門下，就是不義之人。當時攀附逆閹者眾，想替他做壞事的人多了，興許執事沒得機會。」

阮大鋮道：「恕我賣個老，當年之事，恐怕鄭公子年紀還小，未能親見。此中實有大不得已處。魏黨暴橫之時，我正丁憂在家，如何能夠害人？且看正德朝的老前輩康對山，當年為了救李夢陽也曾從權入過司禮監劉瑾之門。我忍辱屈節，為的其實是營救東林諸君子、保存正派元氣。」他說到傷心處，眼淚涔涔而落，「世人不察，卻編出許多謊話來罵我。一篇〈防亂公揭〉，說我如何賄賂某官某將，如何插手府縣官司，唉呦呦，我哪來這麼大本事。這些都是子虛烏有之事。」

楊文驄道：「說句公道話，阮公對魏忠賢恭順，自是不妥，但頂多是責他不能潔身自好，於小節有虧。他畢竟不曾替魏黨設一謀、做一事。復社諸友疾惡如仇，怕逆案中人起復乃至翻案，這都可以理解，平心而論這一點我也是很欽佩的。但他們為此黨同伐異，不免流於意氣。更有甚者，為了攻擊阮公，不惜無中生有……」楊文驄素性溫和，不忍說重話批評復社諸人，拿捏了一下措辭，「……似乎稍失聖人忠恕之道。」

鄭森道：「肉必自腐而後生蟲，此人聲名狼藉，總非無因，楊兄不必為他開脫。」

楊文驄道：「大木這麼說就不對了，周公尚有恐懼流言之日，古來好人蒙冤遭誣的，史不絕書呢！天啟一朝政局紊亂，黨爭攻訐竟無寧日，其中是非曲直一言難盡。我輩識人論事，當有憑有據，詳為剖析，不應道聽塗說錯屈他人。」

楊文驄拿出前輩姿態委婉地訓勸，鄭森多少也覺得有理，畢竟自己對朝局和阮大鋮的舉止所知太少，只聽復社諸友們罵他就照單全收，確實不太站得住腳。於是稍稍緩下語氣道：「此事的來龍去脈，晚生自會好好打聽明白。但不知執事今日尋我來，有甚麼指教？」

阮大鋮道：「我與令尊論交，公子遠來，自要盡地主之誼，好好招待一番。」

鄭森道：「好意心領了，不敢打擾老先生清興，我自有一干朋輩相與玩樂。」

阮大鋮道：「那也罷了，年輕人在一道是比較快活有趣些。不過除此之外，鄭帥囑咐我們的事情已有眉目，正要與公子好好商議一番。」

阮大鋮故意話說一半，吊著鄭森胃口。鄭森不由得心裡暗罵，這阮鬍子果然好生奸巧。待要不與理會，卻怕真耽誤了父親的要事。但又疑心阮大鋮只是編個藉口拉住自己，如果輕率地留下來，便中了他的計。遂道：「家父治軍極嚴，向來不許家人置喙插手。晚生只是一介青衿，但知埋首書本，從未與聞軍政大計。執事既然與家父時有聯絡，便也不需我從中多事了。」

楊文驄道：「大木莫要過謙，似你這般人才，鄭帥不栽培你要栽培誰？阮公雖與鄭帥多有書信往返，畢竟不如當面說的清楚明白。」他不像阮大鋮有那麼多彎彎曲曲的肚腸，開門見山地道：「鄭帥囑咐阮公在朝廷裡運動令叔父鄭鴻逵從山東調守江淮。此事與大局甚為相關，阮公與皖帥馬士英公不敢怠慢，火速趕辦，不久便可成功。」

鄭森雖未聽父親說過調動鴻逵叔的事情，但此刻一聽就知道這必是父親的盤算無疑。鄭鴻逵時任登州副總兵，攻剿流賊甚為得力，最近清兵繞道入關，在河北、山東大肆劫掠，鄭鴻逵也受命把守要隘。鄭芝龍自己雖然不願調守南京，但對於北京一旦陷落後的局勢定然會有一番布置，讓鄭鴻逵代自己入守京畿，可在新朝廷裡占有一席之地，即便局勢不利，鄭芝龍自身也可保無過。

至於託阮大鋮居間活動，有兩重好處。一是阮鬍子曾大力幫助周延儒出掌內閣首輔，在朝廷裡說得上話。二來鳳陽總督馬士英是南京左近最具實力的一鎮，要在人家地盤上安插勢力，若不能事先取得對方的諒解，恐怕會生出許多不必要的麻煩。而馬士英當初也是阮大鋮所薦，得買他的帳。念及於此，不由得對父親計算之周密感到欽佩，卻又有些說不出的膩味。

阮大鋮接著道：「南京公論，閩帥水軍入衛長江最好不過。鄭帥顧慮大局，堅守東南海疆，而思以令叔鄭副帥代之，也是一大良策。倘若他兄弟有其中一位鎮守采石磯，此刻南京又何愁左良玉之患呢？鄭帥公忠謀國，我等自然不敢怠慢。已經說好了，由兵科給事中曾應遴上疏薦鄭副總兵『緩急可恃』，正好以增益江防為名，調往九江、南贛。」他意味深長地看著鄭森，「不過上次鄭帥信中提到，此事最好稍等一、兩個月再發動，似乎他另有能退左良玉的計策？就非我等可知了。」

楊文驄道：「等時機成熟，馬帥更打算疏薦錢牧翁巡撫江浙一帶。其實以牧翁清望，不入閣實在是委屈了。但眼下這時局，地方上很需要知兵的幹才，只好請牧翁勉為其難。」阮大鋮道：「到時說不定鄭副帥也可調往江淮，就近歸其節制，那就真是將帥和諧、相輔相成啦，呵呵呵。」

鄭森聽得心頭一陣混亂，原來不僅父親，連素所景仰的老師錢謙益也與阮大鋮等人相交如此之深。如此想來，這阮大鋮說不定也沒有復社諸友說的那麼壞？

阮大鋮見鄭森默然不語，知道他心意鬆動，也就不再多言，看看軒窗外，只道：「今兒個天氣真好啊，在此長軒中，風帶春信，好不快哉。」他輕輕拍拍鄭森肩背道：「站著說話多累人，坐下來慢慢談吧！」楊文驄也道：「是啊，大木年紀輕還無所謂，我們有點年紀的可不經久站。」阮大鋮笑道：「楊兄將來必有大用呢，怎麼道起老來。」楊文驄道：「大用不敢奢望，以後是他們年輕人的天下了，我們不可不服老啊！」

他們兩人一邊說笑，一邊往屋內榻邊走去，鄭森腦中渾沒主意，不知不覺拖著腳步跟上前去。阮大鋮到了榻邊，伸手一比道：「請。」一面對著在榻上枯坐良久的美姬道：「十娘，看茶。」那美姬笑道：「早已準備多時了。」

鄭森看著榻上留給自己的空位，心想這麼一坐下去，便算是選了邊了。腦中浮起那天傍晚父親訴說一統海上之志的風發意氣，以及錢謙益溫煦和藹的笑容，一腳幾乎就要跨上去了。但同時又想到黃宗羲大義凜然的面孔、吳應箕慷慨激昂的姿態，這腳便只稍動了一動，又縮了回來。他忽然想到方才在小船上的夢境，母親對穿著日本服色的自己劈頭喝叱：「你是甚麼人！」不由得倏然驚醒，倒退三步，大聲道：「晚生尚有許多事情沒弄明白，且先失禮，若他日確知阮公遭誣，自必登門請罪……少陪了！」說罷轉身頭也不回地急步而出，任憑楊文驄在身後如何呼喚，都不理會。

楊文驄正待下榻去追，阮大鋮卻道：「讓他去吧！」聲音陰沉已極，令人不寒而慄。楊文驄回看時，阮大鋮又已展開笑顏，渾若無事地沖起茶來。

第柒回

勸友

鄭森在街上快步走著，思緒煩亂。一時想，此番糊裡糊塗給領去見了阮大鋮，對方說甚麼都無法反應，只能給人牽著鼻子走。若非一早剛從陶庵公船上下來，心頭坦然熨貼，也不至於如此毫無防備。也是因為在媚香樓連著喝了四天，腦袋都喝茫了，才會這樣……鄭森停下腳步，用力搖搖頭，告誡自己：這些都是雜念。總歸是自己慎獨修身的功夫不到家，才會讓人有隙可趁。

他深吸兩口氣，重新邁步而前。心想，父親和阮、馬關係甚深，竟像是結為盟友了，此番叫自己來拜訪阮鬍子，事前卻怎地甚麼都沒跟自己說？仔細想想，這乃是父親做事的一貫手法，不先商量，只暗地裡安排好了，叫人不知不覺間照著他的意思去做。何況自己一向不欲涉入父親的軍、政要事，先說明了，自己八成是會推辭的。

鄭森定定心，認出方位，很快回到投宿的旅次。他回到客房，並無一人，桌上卻放著兩張紙箋。一張是馮澄世所留，說吳應箕等人約了柳敬亭到雞鳴埭上飲酒，要看他是否能夠勝任勸阻左良玉軍的要務。另一張箋子卻是侯方域的請帖，說鍾山靈谷寺梅花開得正好，敬邀諸社兄一同雅賞。看來兩邊沒有約好，各自安排了事情。

他把兩張紙箋拋在桌上，從行李中翻出父親要他交給阮大鋮的信。信封上寫著「阮光錄卿圓海老先生鈞啟」，似乎是馮聲海的筆跡。信並不甚厚，看來再平凡也不過。但這時鄭森把信捏在手上，卻覺得十分奇特。

鄭森躺倒在床上，襟懷中隨即感到一個小小的異物壓在胸口，他立時想起必是父親給自己的翡翠扳指。他把扳指取出，對著光線端詳，只見碧綠的翡翠彷彿深潭波光，惑人心神。這扳指是用海內罕見的上好翡翠所製，寬厚絢麗，卻不免有些粗大俗氣。戴在鄭芝龍手上耀眼奪目，自己幾次試著戴上，總覺不倫不類。和父親相較，兩人一文一武、一士一商，父親指揮千軍萬帆威風八面，自己卻是連一場鄉試都考不過……父親卻把這貴重的扳指交給了自己。鄭森把扳指套上，只覺分外沉重，一會兒便又收回懷中。

鄭森把父親給阮大鋮的信對著窗口的光線舉起，但封紙一點也不透光。信封翻過來，封口黏得死緊，毫無縫隙。他左右翻轉把玩著信封，猶豫著要不要把信拆開看看？這不是公文書，封口也沒澆上火漆用印，過後只要另寫一個信封裝上，沒人知道他曾拆看過。但是窺看他人信件，卻非君子所為。鄭森瞇著眼睛凝視信封良久，始終下不了決心，只能狠狠罵自己軟弱。

「阿爹事前也沒告訴我去找阮大鋮幹麼，他根本就是故意這樣，讓我不知不覺照著他的意思去做。這件事情是阿爹耍弄小伎倆在先……」鄭森忽然感到氣憤焦躁，右手拇指和食指捏住了封口就想撕開。

君子慎獨。

一念轉過，鄭森嘆了口氣，把信塞回行李之中。他拾起桌上兩張紙箋，左看右看，放下侯方域的那張，起身要走，心底隱隱有些抗拒，才知剛才見了阮大鋮，又要去找黃宗羲等人，竟似有愧。於是又拾起賞梅之邀，而把馮澄世那張擱回桌上去。

●

鄭森到媚香樓時，見樓外早停著幾乘駿馬，都是金鐙銀鞍裝飾得華麗非凡。侯方域自樓中走出來，一身俐落打扮，頭戴束髮纍絲金冠，笑道：「大木兄來得這麼慢，我們正要出發呢！你一個人？怎沒跟太沖他們去雞鳴埭上喫酒？」

「我一早就和太沖他們走散了。你們倒沒約好？」鄭森道。

「他們約了柳敬亭談兵論劍……」侯方域遲疑了一下，大概不想提到左良玉，卻道，「柳敬亭固然難約，梅花一年卻只開一回。今年梅花開得晚，靈谷寺那兒正在盛放，不看可惜。」一邊就解了繫馬繩翻身上鞍。

這時李貞麗、李香君也已出來，還有張宛仙、顧眉和寇白門等都早到齊了。眾姬穿著大紅錦狐嵌箭衣，頭戴各色昭君套，有紫貂的，有大紅猩猩氈的，盡皆俊俏精神。倒是鄭森沒料到看個梅花也須做此打扮，穿著長袍而來，顯得頗不合群。

侯方域道：「不知大木要來，沒有多備馬匹，你就和宛兒共乘一騎，持轡載她吧。」張宛仙聞言抗議道：「侯公子道我騎術不行嗎？為何是他載我而不是我載他！」侯方域笑道：「都成，你們自個兒商量吧。」一說罷不等大家盡數就鞍，逕自當先衝出。眾姬看也是騎慣了馬的，紛紛俐落地上馬前驅，竟不落後。鄭森正沒做理會處，張宛仙回頭嗔道：「你到底去不去？」鄭森連忙撩開袍角，踩鐙飛身而上。張宛仙讚道：「鄭相公好俊身手！」隨即嬌呼一聲，抖動韁繩催馬飛馳。

一行數騎招搖過市，馬蹄踩得石板街道硜硜作響，侯方域昂然高視，意氣風發。眾姬咭咭呱呱，說笑不絕，毫不理會往來行人注目。

眾人出了城東，往鍾山上而去，過了孝陵續往東行，直向內山。鄭森從未與女子共騎，懷中薌澤微聞，卻不免有些拘謹。張宛仙則興奮專注於勒馬前行，爛漫無邪。待得上了山路，馬步難控，遂又賭氣把韁繩交給鄭森。

沿途偶見幾株梅花，有些已開得殘了，也有幾株滿樹皓然開得正好。鄭森想慢下馬步仰頭觀賞，張宛仙卻催促道：「這沒甚麼看頭，靈谷寺梅花塢在山谷之中，地氣寒，花開得晚，卻更顯靈氣，漫山遍野都是呢！」

過了靈谷寺，續馳出二里許，見路旁繫著若干馬匹。眾人停馬下鞍，改以步行。才數十步，鄭森便聞到一片暖香。接著山路一轉，眼前驟然白茫茫花海一片，耀然谷中，不知幾百千株。像是翠壑裡瑞雪未化，又像是老天爺盡收天下梅瓣，盡數捧了堆在此處。

眾人走進林中，梅樹上多掛著「御用」字樣的木牌。張宛仙提醒鄭森：「這樹是內府所植，之後結的梅子都是要供太廟祭祀用的，鄭相公不要採折花枝。」侯方域道：「你看這許多木牌字跡漫滅，乃至於掉落地上，顯是久未整理。從前不是這樣的。兵荒馬亂年月，南京雖然並未遭難，畢竟在這樣小地方也看出端倪。」

眾人入了花海。鄭森幾乎為花所迷，又覺心事重重。風吹得身上微涼，陽光拂得臉上稍暖。整個山谷的梅花從殘冬中怒放盛開，每有風過，漫山遍野的花瓣便如大雪般飛舞，樹上白花卻似不曾少了分毫。天氣晴好，藍天、白花、蒼幹，各自鮮豔分明。仔細看時，更有數不清的蜜蜂忙不迭地飛飛停停問花吮蜜。

眾姬歡然言笑，雀躍著觀賞佳景。鄭森走著走著，不覺間和眾人越分越開，獨自向花海深處行去。耳聽得笑語漸遠，更見花海中生意盎然，閉上眼睛，枝上朵朵白花精神煥發的姿態卻加倍鮮明地印在腦中。

鄭森看枝椏隨風顫動，白瓣紛飛，雲朵變幻，蜂群嗡嗡來去。心想，人多讚詠梅花凌堅冰傲霜雪，這梅花塢給自己最大的感受卻是生機無窮。他想起「天地不仁，以萬物為芻狗」之語，心下忖道：「無論外間世道治亂、烽火連天，此地梅花還是會永遠這麼自顧怒放、自顧芬芳，百世不絕吧！」念及於此，彷彿充滿希望，卻也揮不去一股悵然之意。

不知走了多遠，鄭森忽見不遠處一個鮮豔的身影定定地佇立在花樹群下，卻是侯方域隻身在這裡看花。他一反平時的風發意氣，年輕的臉龐上滿是滄桑，深思著甚麼似地楞楞望著遠方。

鄭森故意重重踩著地上的殘枝落葉緩步而前，又輕咳一聲，見侯方域沒有反應，遂喚道：「公子何憂思之深？」侯方域聞聲，忙掉頭用衣袖擦了擦眼角，道：「這景色，竟叫人看得癡了。」鄭森道：「公子是性情中人，對此佳景自有感觸。」

侯方域聽他左一聲公子，右一聲公子，臉上有些不耐，亂揮著手說道：「甚麼公子、才子，面上聽著風光，有時卻叫人刺心。大木當我是朋友，就叫我的字吧！」鄭森聽他話中牢騷甚深，卻淡淡地道：「朝宗自然當得公子之名。旁人語帶不遜，或者是出於嫉妒，朝宗不須掛懷。」

侯方域看了鄭森一眼，說道：「你大概從小也是眾人簇擁著長大的，一言一行都被人盯著看，箇中滋味自是了然於心。」鄭森略感詫異，一時不知該作何回答。侯方域續道：「你必是南安大族子弟，並且與鄭帥關係匪淺，須瞞不過我去。且不說你舉止氣度迥異於只會鑽故紙堆的尋常文士，看你帽子額上那塊珊瑚，恐怕南京城裡尋不出第二塊來。」他又拉過鄭森的手，翻開掌面道：「你這指節上長著厚繭，不會是握筆握出來的，該是拉硬弓的吧！我看慣了我爹帶兵，適才你騎馬的姿態，不比老騎兵差多少呢！」

鄭森一日之中兩次被人認出身分，阮大鋮畢竟是因為見過父親，識得自己容貌神態，而侯方域卻純是憑著入微的觀察。鄭森心想，莫道此人只是個縱情聲色的紈褲，其實才大心細，很可以結交的。於是道：「實不相瞞，家父便是潮漳總兵，本不想仰仗父親名號在外行走，不料身上露出許多破綻，瞞不過朝宗法眼。」

侯方域道：「我就說你懂嘛！父輩聲名顯赫，固然有許多好處，卻也是一累。人都說我是甚麼『四公子』，鄉試一榜發下來，從頭到尾和從尾到頭看了幾回，就是沒有自己名字。旁人說起來，公子甚麼的也不過就是個紈褲子弟罷了。」

鄭森道：「太沖和次尾不也屢試不售，場中莫論文，誠不虛也。」

侯方域道：「太沖孝名廣播，又以古文著稱。次尾、定生望重士林，選編的書士子們爭相搶閱。他們沒取中，天下人都說是考官沒眼。似我這般，考不中，卻只好叫人說是浪得虛名了。」侯方域眼望樹梢，自顧自地道：「每科鄉試一榜取中上千舉子，會試取中數百進士，他們寫的卷子我也看過不少，老實說，並不覺得高明。我為家父寫過幾份議屯田、練兵的策論，哪一篇不是朝野爭相傳誦，又有哪一張科場裡頭的卷子能及？」他看著鄭森道：「不怕你笑我吹噓，前番鄉試，其實房官已取中我了。只因我在卷中議論朝政，語多激切，副主考雖願保我，主考卻說，此論呈進宮去恐怕皇上龍顏震怒，反而對我不好，絀落之正可以保全，最後才抽掉了我的卷子。」

鄭森道：「豈有此理，主考也許是一番好意，但朝宗卷子既佳，就該讓你得中，才是公正之舉。儘管語氣激切，在此亂世，恐怕正需要多點這樣直言之論。」

「唉，我也可以明白主考大人的愛護之心，這一點上是感謝他的……可嘆世人不曉內中曲折，盡以為我名過其實。」侯方域悠悠地道：「我有個朋友余澹心，落第了就躲進棲霞山寺去，不與外界通半點音信，獨個兒清靜大半年。我倒真想學學他。」

鄭森聞言默然，心裡隱隱然有所感，一時不言，只深深呼吸著甜鬱的空氣。一會兒忽然道：「所以你才日日奢豪飲宴，故做玩世不羈之態吧！人說你賦性不耐寂寞，我看倒不是一意縱情玩樂，而是有所感慨。」

侯方域睜大了眼睛看著鄭森，顯是被說中了，一時還反應不過來。他長長地吁一口氣，嘆道：「有時候我也覺得自欺欺人，說穿了還真是愚不可及。」

「委屈嘛，總要想著法子排解，或者遮掩。」鄭森看著侯方域，一時似乎也更明白了自己的某些思緒行徑，因而低聲道：「我勤練弓箭、火銃，乃至勤奮讀書，一向以來自己都以為是為了爭氣，待得年紀稍長幾歲，漸漸明白一半也是為的遮掩委屈……想想真是心意不純。看到太沖兄那樣坦蕩精純，不免愧疚於心。」

侯方域伸伸舌頭促狹道：「像太沖那樣，卻又忒無趣了些。」鄭森聽了跟著一笑。

一時風起，無數白色花瓣在陽光中乘著香氣飄舞，落得兩人頭上、身上都是。侯方域彈彈袍角，笑道：「真是拂了一身還滿。」他閉上眼睛，任由風把花瓣摻和著香氣敷在臉上，像是整個人融在了這春風裡。良久才睜開眼睛道：「我豈不知一時榮辱俱是虛幻，就像你詩裡說的，『相娛能幾何？景逝曾斯須』嘛。又如這花林再美，一陣風雨過後也不免殘敗狼藉。我只恨除卻科名一途，竟是報國無門。眼見山河日異，空有滿腔抱負謀略，都不得伸展，只能枯等三年。誰知三年之後……又是番怎樣的局面。」侯方域表情認真起來，緩緩道：「但若以為我只是文戰不售，便在這裡哀時傷春，那也把我看得太淺了。我嘆的是，考不中，固然無所施展，但就算考上了又如何？你看家大人，終究沒個下場。我真不知，人生在世所為何來。」

「朝宗小心莫變得憤世嫉俗了。」鄭森委婉地提醒他，「用舍由時，行藏在我。朝宗如此大才，總會遇時而起的。」

侯方域道：「家大人兩度獲用，我跟在他身旁也算是曾經『遇時』的。家大人剛放出來總督保定，我勸他說，大人受討賊重任，卻只有一旅之師，兵糧甲械都在千里外，又有朝廷言議牽制，真是處處掣肘。大人應該出天子劍，斬一名戎政文官，那麼此後徵辦甚麼都快了。再把不聽節制的許定國斬了，軍紀馬上就能整頓起來。然後廣收中原各地土寨游勇，總督帥帳前往襄陽與左良玉會合，再與陝西的孫總督聯絡為犄角之勢，共謀進取，大局可圖！」

鄭森笑道：「這真是雷厲風行，又是大謀略，但恐怕司徒公會覺得激烈了些吧！」

「不錯，家大人把我斥責了一頓，說如此一來他自己就先跌扈了。還說我年輕好言高論，待在軍中不妥，硬是差人把我送到江南來。」侯方域滿臉不服氣，「時局糜爛至此，大將在外，該有君命不受的膽略，才能有所作為。人家流賊來去如風，詭計多端，督撫們每日裡卻只擔心朝廷議論，事事都要請旨，這仗還怎麼打？果不其然，家大人手上那點兵救不了開封，還不是馬上給革職。」

「朝宗的心情，我多少可以體會一些。」鄭森道：「這次我來南京之前，也和父親有番爭論。朝廷要調三千潮漳水軍到關外覺華島，截奪朝鮮戰船，防護海口，家父卻不肯發兵。我自請領兵前往，也不許。」

「哦？鄭帥為何不肯前往？」

「其實家父所慮也是有理，無非說是閩南士卒不慣北方苦寒、三千水兵對上十萬鐵騎毫無用處云云。而且家父和次尾兄所見相同，他以為北京終將不守，江南文武要盡量保存元氣。」

「鄭帥慮得頗是啊，大木又有何嘆？」

鄭森默然良久，終於道：「只是如此一來，視朝命為無物，家父豈非跋扈了？朝廷若都調不動邊將，也不是好事。」

「哈哈哈……」侯方域忽然大笑，「我看大木也是豪傑，怎麼卻這般膠柱鼓瑟。我恨不得家父像令尊敢抗朝命呢！」他露出罕見的認真神情，「實在說起來，我大明真需要多幾個鄭帥這樣的邊鎮。眼下朝廷兵事有兩難，一是多年搜刮，卻又屢戰屢敗，糧餉兵源都再擠不出了。二是經略督撫在外，朝廷總不放心，處處干預，鬧得外邊帶兵的只求無過，自然也難有功。」

「我明白你的意思，咱潮漳鎮其他的我不敢說，單就自給自足、紀律嚴明這點上，是足以誇耀海內的。」

「不錯，正因為糧餉充足，所以嚴整強健。因為不稟於官，所以不必理會朝廷的種種亂命。鄭帥有善戰之名，有赫赫之功，戰火要真燒到江南來，他必成朝廷的擎天之柱。」

鄭森暗想，父親真正的志向是經營海上，未必多麼忠於朝廷，但畢竟為了東南諸省的生理根基，表示過全力維持朝廷的決心，也算是與侯方域所說相符。於是道：「若不幸而有那一天，家父必會以天下為重的。」

「太好了！」侯方域興奮地道：「倘若家大人起復，督左良玉軍於武昌，而鄭帥出守江淮，則朝廷必可保長江一線。中原多年戰亂災荒，已成殘破之區，棄之與流賊，就有些許餘糧一下子也都吃光了，久了必然自潰。而江南膏腴之地、百萬雄兵，仍為朝廷所有。如此不唯偏安，三數年工夫，必可中興北還！」他拉著鄭森的手道：「屆時你在鄭帥帳前，我在家大人麾下，必有大用之處。以兩軍之鋒銳、你我之才智，加上彼此聯絡同氣進退，何愁不能退敵！」

「倘能如此，那真是太好不過了。」兩人談到這個地步，鄭森心想可以一提左良玉之事，遂問：「然則此番左良玉率兵東下，朝宗為何不肯與司徒公大人聯絡，又或者代筆一通書信先退左兵呢？」

「我前幾日說過，朝中奸佞之徒伺機而動，欲對家大人不利。此時我父子要有甚麼舉動，都能讓人安上個暗通內應的罪名。」侯方域沉吟道：「此外也是為將來家大人起復後入左良玉軍中節制留個地步，不要讓朝廷對家大人和左良玉的關係顧忌太深。」

「左良玉領兵東下，留都震動，司徒公若能一言以退之，豈不正顯得忠悃為國。」鄭森道：「且左良玉未樹反旗，只說『就食南京』，留下轉圜的地步。不要弄不好，朝廷沒能安撫下來，乃至調了大兵入衛留都，事情弄擰了那就難以收拾。」

侯方域面露難色，鄭森也不再催迫他。侯方域眼望遠方，陷入深思，良久忽然雙手一拍，叫道：「也罷！你說的是，為保留都，也為了替朝廷保住左良玉一支大軍，眼下還是得先退了他的兵再說。」他對鄭森道：「家大人現在揚州休養，消息往來總要幾天工夫，我也不想拿這事去擾他。反正我在家大人帳下多為他代筆，這給左良玉的書信，就由我來寫吧！」

侯方域說罷拔腳便走，鄭森連忙跟上。他心裡雖然對侯方域父子的處境擔憂，但此際也就不必再多說甚麼。侯方域回頭看了鄭森一眼，笑道：「大木不必多慮，我自有可保家大人之道。」侯方域往谷口駐馬處快步走去，步子快得連鄭森都幾乎有些趕不上。半途遇到眾姬，大家笑問兩人到哪密談去了，侯方域卻瀟灑地笑道：「別忙，我正文思泉湧呢，別擾得我給忘了。」眾姬一聽說他要為文，都以為是甚麼詠梅賦一類的，興沖沖地跟著一同往外走去。

一行人很快回到谷外繫馬之處，侯方域從馬鞍旁的袋子裡取出文房四寶，當即磨墨濡筆，倚著馬文不加點地寫了起來。眾姬待他落筆才知寫的是假借侯恂名義致左良玉的信，紛紛驚呼。李貞麗拉著鄭森暗暗笑道：「好嘛，虧我們計較了老半天該怎麼勸他呢，倒不知鄭相公一開口就說動了。」

鄭森笑笑不答，轉頭看那信時，只見首段先讚左良玉「士銳馬騰、忠義威略」，次段則略述兩人交情「緣與將軍知契素深，相須如左右手」、「惟願將軍賈其餘勇，滅此朝食，是則十五年舊部所以不忘老夫」。第三段則寫道，河南故鄉喪亂，自己一家百口將到南京寄住，此時卻傳來左良玉揚帆東下的傳言，幾乎三人成虎。他勸左良玉固守自己的汛地：

> 過此一步，便非分壞，冒險涉疑，義何居焉？若云部曲就糧，非出本願，則尤不可。朝廷所以重將軍者，以能節制經緯，危不異於安也。荊土千里，自可具食，豈謂小飢動至同諸軍士倉皇耶？甚則無識之人，料麾下自率前驅，伴送室帑。「匈奴未滅，何以家為？」生平審處，豈後嫖姚？……況陪京高皇帝弓箭所藏，禁地肅清。將軍疆場師武，未取進止，詎宜展

覲？

末段則更以交心之語勸慰左良玉，說彼此義則故人、情實一家。自己每次聽說將軍有功便喜動顏色，聽到有人因其功高而謗之就掩耳走避。最後更以唐代名將郭子儀比擬之，說郭子儀功蓋天下，朝廷呼遣未嘗不受命，這是大將尊重國體，也是他自處功名之道，勸左良玉三思。

眾人見這信重情說理，拿左良玉比霍去病和郭子儀，給他戴了老高的帽子，同時勸他不可妄動，詞語委婉，話裡卻是責備甚深。侯方域借用父親既是恩人也是老長官的語氣，揣摩得維妙維肖，最難得的當然是倚馬一揮而就，幾乎不必再做改動。

侯方域揚起信稿作勢吹吹墨跡，其實自有春風早把墨水吹乾了。眾姬省不得一番恭維，侯方域哈哈大笑，毫不客氣地向諸人炫耀，直說這等文字寫來毫不費工夫。這般做作，顯得十足紈褲公子哥兒行徑，鄭森卻知道，侯方域乃是有意為此，而且他回到城中之後也必大肆宣揚自己代筆之事，好讓世人知曉此事與司徒公並無關係，將來若有甚麼麻煩，也由自己一肩扛了去。

侯方域將信摺好，交給鄭森，鄭森正色一揖，道：「朝宗一肩擔此義舉，江南數十萬生靈得救，天下都會感念的。」侯方域只是一笑道：「瞧你說的，哪這麼頂真。」他解了繫馬繩，翻身上鞍，只道：「回家吃酒去！」接著「駕」地一喝絕塵而去，待鄭森將信揣進懷中收好，解繩上馬，侯方域早已跑出老遠了。

鄭森將侯方域假託侯恂名義寫的信交給左都御史李邦華之後，心情大感輕鬆，這樣一來此行的目的算是圓滿達成了。李邦華說朝廷將會封左良玉為寧南伯，世守武昌，並且任命其子左夢庚為平賊將軍。另外加上六個月兵糧、十五萬餉銀，以及侯方域寫的書信，面子裡子都給他做到家了，想來應可饜足。

沒想到事情卻另有波折。曾定老的兒子曾汝雲忽然來找鄭森和馮澄世，說他父親感染時疫病倒了。當時京師一帶正有大疫，江南雖未流行，也多少有所感染。兩人趕忙前去探望，曾定老發著高熱，幾乎神智不清，看見鄭森來了，忽然焦急起來，似乎想說甚麼，卻又說不清楚。鄭森擔心他病勢加劇，好言安慰了幾句，趕緊退到大廳。

馮澄世嘆道：「曾老板病得實在不是時候。」

鄭森瞪了他一眼，道：「哪有『是時候』的疫病。」

「總是在這節骨眼上，眼看事情妥妥當當辦好了，卻又橫生枝節。」

「病就病了，那也無法，且看該怎麼收拾吧！」

兩人說話間，曾汝雲從裡間出來。一問之下，事情有點麻煩，原來鄭芝龍放了一筆五萬兩的款子給曾定老，說好先挪支給朝廷，但曾定老已經又放給各地的商人當作進貨的定銀。他本說三天內可以調度回來，沒想到一場疫病又急又猛，他一倒下連話都說不清，銀子顯然也還不曾調。

曾汝雲才十七歲，雖然腦筋清楚，對曾定老的生意畢竟所知不多，父親感染急病，心也跟著慌了。鄭森問明白，曾家已請了南京城裡最好的大夫看診，說性命無礙，遂先安慰曾汝雲一陣，然後打聽調銀子的事情：「曾兄，令尊的生理，你多少有耳聞吧，或者他是否有幫手詳知內情的？」

曾汝雲道：「這幾年爹把我送去綢布莊學做生理，我剛滿師出來，他老人家的事情，我實在知道得有限。另外就是有個族叔，一向幫著他的，到盛澤去辦生絲的事，我們已差人去通知了。」

「哦，令族叔可是帶著銀子去下定的？能不能追得到？」馮澄世見到一絲希望。

「他已去了大半月，是否帶著定銀我不知道。」

鄭森看曾汝雲心煩意亂的樣子，思忖道，曾家除了曾汝雲，沒別人出來應對，顯然能拿主意的都不在城裡，或者平日就是曾定老一人料理事情，這事大概難寄望對方解決了。於是說道：「曾兄，你先定一定心。你應該聽說，我們必須調度一筆銀子，幫朝廷做件大事。此事於長江一線無數生靈，以及南京城的安危相關，令尊既然病倒了，我們還是需要你幫忙，知道多少都盡量告訴我們些。」曾汝雲聞言點點頭，鄭森遂問：「令尊的生理不外乎絲、綢和瓷器吧，平日來往的幾個公司仔，商號名字總不難查得出來，可否見告？」

「生絲都是我叔叔經手，對象也多，得回頭查查。瓷器的話……」曾汝雲偏著頭想了想，「我爹都是和金興記的販客『宋哥』來往，他不時會來我家裡的，我很小的時候也曾隨我爹去他們蕪湖的宅子玩。他是九江的瓷器商人，這陣子九江亂，聽說他們現躲回蕪湖老家了。」

「所以你也識得這位『宋哥』。」

「我叫他宋叔。小時候比較常見，我去綢布店作學徒後見面就少了。」

「嗯。」鄭森點點頭，又問：「現在是二月，要購貨下定銀的話，買的會是瓷器多些，還是生絲多些？」馮澄世插話道：「在安海時都聽說和蘭人急著要瓷器，或許是向瓷商下定多些？」

「三、四月裡正是養蠶時節，放款子給絲戶也是在這時候。」曾汝雲道：「說不定兩邊都有。」

馮澄世聞言皺眉道：「那麼就不知銀子往那邊去了。」他看了曾汝雲一眼，表情顯然是說，和這樣一個小伙子談甚麼？

鄭森卻頗沉得住氣，慎重地對曾汝雲道：「曾兄，那就勞煩你盡速與令叔聯絡，請他把能夠調度的現銀都先留著，能追回來的也盡量追些。另外，能否借府上一間小廳一用？」

曾汝雲趕緊連聲說好，領著兩人到偏廳，說了「請自便」即退出。

鄭森扯扯袍角坐了下來，馮澄世卻圍著桌子走來走去。鄭森道：「你急也沒用，坐下來好生商議吧！」

「商議啥？」馮澄世道：「曾老板話也說不出一句，他兒子一問三不知，就一個叔叔單槍匹馬到盛澤去了。說是南京最大的商號呢，江西瓷器、南京蘇杭絲綢生理一把抓，原來就兩個人在打理？」

「兩個人就兩個人，過去他們幫阿爹做生理，也沒誤過事。」鄭森道。

「我看咱倆也別瞎操心，咱們該辦的事都辦完了，現有變故，趕緊通知安海讓一官叔把銀子補齊也就是了。」

「不行，回安海一趟太花時間，會誤事的。」他下意識地搓了搓手，想起懷中父親那枚翡翠扳指，隔著衣服按了按，確定扳指安好。接著道：「你知道我的，生理上的事，我最不願去碰。但阿爹既然派了我來，就是把事情交代給我，如果事情有了差池只會回去報信，那他派誰來不都一樣？」

「話是不錯，但莫非咱們自己找人借？我看侯方域那幫公子哥兒們都挺闊的嘛。」馮澄世說著，自己抓抓頭道：「不行，這事不能張揚。況且三、五萬兩也不是隨手借得到的。」

鄭森心裡閃過阮大鋮的名字，但隨即將之抹去，他絕不願與阮大鋮有所瓜葛。心頭頓感一陣煩亂，不知該上哪兒憑空去變五萬兩銀子出來。但想到父親從平戶白手起家，經歷過多少艱難，打過無數惡戰，自己眼前遭遇的根本不算甚麼，於是定了定心，和馮澄世仔細計議。

兩人能做的事情有限，但該走的路子都要走到。一是派人火速前往安海通報，一是請曾汝雲加緊和他族叔聯絡，此外，鄭森決心到蕪湖一趟，和那位宋哥商量商量。他們請來曾汝雲，告知這番計較，前兩項派人聯絡自無問題。說到鄭森要去蕪湖之事，曾汝雲低頭想了想，說要問問曾定老，返身而去。不多時曾汝雲又轉來，說道：「我爹確實有筆定銀在宋哥那裡，鄭少爺若要去蕪湖，他交代我一定要跟鄭少爺一起走一遭，讓我引介宋哥給鄭少爺。」

「那怎麼行，曾老板需人照顧，你去蕪湖心裡也不免掛記著。」

「不，」曾汝雲道：「爹說不可因他生病誤了大事。老實說我去不一定管用，但這是我們該做的。」

鄭森見他如此堅決，也覺確實需要他一道走，遂而同意。一旦商議好了，鄭森便即行動。馮澄世留下寫信，鄭森則和曾汝雲到江東門碼頭去租船。

兩人來到碼頭上，找人僱船。沒想到船家們一聽說要到蕪湖，紛紛搖手拒絕，都說水路上亂極了，這會兒到蕪湖就算不死也得丟半條命。一名船家指著邊上一艘傷痕累累的小船道：「爺們，不是我不肯接買賣，殺頭的生意沒人作。您瞧那船，就是早上剛從上游來的，路上遇到官兵盤查，想逃逃不過，載的貨給劫去不說，人還給砍上一刀，硬撐著把船開下來，靠了碼頭就沒氣了，還留下個毛頭孩子。大夥兒湊了幾文幫他買了張蓆子捲了，要運到江心拋了流走，那孩子怎麼也不肯。幸虧現在天氣還不熱，看明天他再要不肯，大夥兒也只好硬著來了。唉，可憐，可憐。」說罷搖頭自去了。

曾汝雲道：「公子，我看要僱船是難了，要不買一艘空船，重金僱個水手，先不說要到哪，盡量往上游走再說？」

鄭森搖搖頭道：「這當作最後一步。碼頭上風聲傳得快，咱們的事卻又得隱密從事。」他心念一動，走到那條遭劫的小船旁，探頭一看，船艙口影子裡一道銳利的目光瞪了出來。仔細一看是個十來歲的孩子，身上衣服破舊凌亂，似乎還沾著黑褐色的血汙。那孩子臉上淚痕未乾，神情卻甚為倔強，扶著門邊毫不畏懼地看著鄭森。鄭森心中頓生敬意，客氣地問道：「船家，我可以上船來嗎？」

「我不是船家。」孩子道。

「那麼船家在哪兒？」鄭森故意問。

孩子瞪著鄭森道：「我爹死了。」

「既然如此，你就是船家了。」鄭森道：「你這船，接不接買賣？」

「甚麼買賣，」孩子恨恨地道：「就是這行船的買賣害死了我爹。」

「不，害死你爹的是這世道，而不是行船的買賣。四處都在打仗，混亂一片，做甚麼遇上了都是劫難。」鄭森走上船，續道：「前邊那位大叔說你爹還沒發送？」

「甚麼發送？」

「嗯，還沒有好好安葬。」

孩子咬著下唇道：「他們要把爹丟進江裡。」

鄭森在艙門口蹲下來，認真地看著那孩子，說道：「你爹的事不用擔心，我幫他好好安葬。你這船，連你一起典給我，我到蕪湖辦點事，完了船仍舊歸你，如何？」那孩子不發一語，似乎事情來得突然，不知該不該接受。鄭森掏出一錠二兩重的銀子，遞給孩子，道：「這給你爹買口棺材，請人抬到山上葬了，應該還能請個和尚道士給唸唸，你先拿著。典船的銀子我另外給你。」

曾汝雲在後面覺得有些不安，忍不住道：「鄭少爺，這船……會不會太髒舊了點，也有些不祥。」鄭森回頭淡淡地道：「就是這樣的船不惹眼。」他又對那孩子道：「聽好，你爹會死，就是因為這長江遭逢混亂。我這次到蕪湖去，正是為了要讓這混亂的局面恢復平靜。你幫我，也就是幫這江上行船的人，知道嗎？」

那孩子不發一語，定定地望著鄭森。鄭森問：「你叫甚麼名字？」

「小四。」

「小四，你趁今日把你爹的事辦妥了，明天一早我們就得動身。」鄭森頓了一頓，「等咱們回來再去給你爹上香。」

小四始終沒有答應，鄭森把銀子塞在他手裡，感覺到他半大不小的掌心十分粗糙。鄭森離船登岸，自和曾汝雲回去準備。曾汝雲總覺小四並不十分可靠，但鄭森卻只是笑笑。

次日一早，天才剛亮，鄭森和曾汝雲便簡裝來到江東門碼頭，馮澄世也來相送。才到碼頭，就見小四正扠腰立著等候，頭上纏著一條不相稱的大頭巾。曾汝雲看了直笑，鄭森笑了一下，卻斂容道：「小四，這頭巾是你父親遺下的吧？」小四微一點頭，把鄭森兩人手上輕便的行李搶也似地接過去，直往船上就走。

曾汝雲道：「小四，你年紀這麼小，遇上了事卻還挺得住，尋常孩子要沒了爹，怕不哭上好幾天。」小四頭也不回，冷冷地道：「世上哪有不死的人，過激流翻了船我們就得淹死，沒買賣上門就得餓死。趁著有力氣就得幹活。人死了，坐下來哭，有甚麼好處？——這是我爹說的。」眾人聽得驚奇，曾汝雲又問：「你娘呢？」小四漫不經心地道：「早就死了。這話就是爹在娘死的時候說的。」

說話間，眾人來到小船旁，見那船雖然陳舊，但才半天工夫已經過一番仔細的清洗整理。鄭森於是滿意地上了船。

行前馮澄世和鄭森商議，說鄭森孤身犯險，不太妥當，是否應該多雇幾個功夫高明的武師隨行，鄭森說時間緊迫，又不能張揚，還是一切簡單就好。何況真遇上亂軍或劫匪，幾名武師也沒甚麼用，還不如裝作返家探親的窮旅人，不啟盜賊覬覦之心也就罷了。

鄭森跳上船，見馮澄世在碼頭上瞇著眼睛，一反常態地壓低著聲音道：「實在沒有讓你去的理，咱倆還是應該掉換過來，你留在南京居中聯絡……」鄭森笑道：「你怎麼做起兒女態來，這事咱們早商議好了的，非我去不可。何況沿途到蕪湖之前都還不算太亂，不會有事的。」

鄭森吩咐小四開船，故意不往岸上看去，其實心中也十分忐忑。他為了掩飾這情緒，幫著小四拉纜升帆。這些行船的勾當他從小看也看熟了的，小四則對他俐落的身手大感驚訝。兩人合力，小船很快駛入水道，直往上游而去。

小四年紀雖小，卻顯然是在這條江上走慣了的，何處可以歇宿，何處水道危險，全都了然於胸。小船夜宿曉行，傍晚時或者在碼頭上靠岸，或者找個蘆葦叢鑽進去躲一晚上。船上並無貨物，吃水甚淺，頗不惹眼，航行得又快，一路倒也平安無事。

晚間無聊，不免閒談起來。鄭森認為曾汝雲既然同行，應該向他說明此行目的，也激發他幫忙的心念。正談論間，一直沉默的小四卻忽然開口問道：「少爺你剛才說，咱們這次到蕪湖，是為了籌錢送去給那個姓左的官兵？」

為隱匿蹤跡，船艙裡只點著一盞小小的油燈，小四昏暗的身影上，雙目炯炯發亮，凌厲地看著鄭森。鄭森點頭道：「是的。」

小四抽了抽鼻子，道：「我爹……就是讓官兵給殺死的。」曾汝雲道：「殺害你爹的是蕪湖的守軍，不是左良玉的手下。」小四冷冷地回道：「官兵就是官兵，哪裡的官兵都一樣。」

「這麼說吧，」鄭森道：「譬如你們行船的，也有好人壞人。官兵裡頭也是有好有壞的。官兵也是人，當兵為的也是吃一口糧。左良玉的部隊有一陣子沒領足糧餉，說起來是朝廷欠他們的。人家說皇帝不差餓兵嘛。我們這次去，就是幫著朝廷籌些糧餉，好讓官兵們安生打仗，保衛地方。」

「吃不到糧，官兵就能殺人？」小四咄咄逼人地問：「再說那個姓左的官兵是好人嗎？」

鄭森一時無語，還真不知左良玉算不算是「好人」。他忠於朝廷，攻剿流賊屢立奇功，若非有他，中原局勢說不定早已不可收拾。此番若能籠絡得穩妥了，朝廷要靠他守住江山，長江上游有他擋著，江南百萬生靈也就能繼續安生度日。這是大有功於社稷之事，如此說來他是好人。但左良玉長久以來跋扈不受節制，此番要脅朝廷，更放任手下騷擾地方，實是民賊。然而放眼天下統兵將領，有誰不曾為民賊，不曾做過壞事？以聖人之道責備將領們，未免過於迂腐。

念及於此，鄭森不由得想，父親鄭芝龍算不算是好人？

鄭森當然知道世事往往難說分明，但面對父親被官兵殺死的小四，卻無法解釋得太多，於是道：「實話說，左良玉不能算是好人，但也不是壞人。他做過不少對國家好的事情。此番咱們把本該歸他的糧餉給他，也是要他固守武昌，保護長江上下的老百姓們。」

「既然他不是好人，少爺為甚麼要幫著他？」小四忽然拔高聲調，「這姓左的是官兵，不是好人，少爺要幫他的忙，我不願去了。」

曾汝雲道：「你這是怎麼了，就說了左良玉和蕪湖的官兵不是一夥的，世上好人壞人原也不能一條線劃開來……」

小四叫道：「官兵都是壞人，官兵殺了我爹。」曾汝雲拉下臉來，說道：「你別不講道理，不要忘記你連人帶船典給我們了呢！」小四聞言，從懷中掏出銀兩往艙中的小桌上丟去，喊道：「錢還給你們，老子不典了！」

一枚銀角子從桌上彈起來，打中了鄭森眉邊，鄭森性子裡本就有急躁的一面，向來用修身功夫壓抑著，這時不免勃然變色。一旁曾汝雲也動了氣，罵道：「你別忘了你爹也是鄭少爺幫忙才得安葬的！」

鄭森聽曾汝雲這麼一罵，又見小四原本毫不退縮的眼神中，流露出與他年紀不相稱的無奈與悲憤，想起自己與母親分離的身世，遂揮揮手制止曾汝雲再說下去。他把桌上的銀子兜攏來，推到小四面前，說道：「小四，你可知道這世上不是只有這條江水而已。且不說一條長江就有萬千支流，北邊還有黃河，南邊有珠江，這些江河全都流入大海，海外又有許多不同的國度。」鄭森語氣懇切而深沉，小四依然一臉氣憤，卻不知不覺聽上了。鄭森續道：「世界是很廣大的，單是我大明朝的土地，就不知比你見過的大上幾百倍。可是眼下遼東的清兵入關劫掠，流賊也到處作亂，天下一半的地方在打仗。很多人的爹娘都被殺死了，很多孩兒也沒能活下來，死去的人不知有幾百萬……」

「那關我甚麼事。」小四倔強地道，語氣卻已不似方才那樣強硬。

「你沒了爹，心裡難過，可普天之下，還有很多人和你一樣難過。」鄭森定定看著小四，緩緩說道：「左良玉這個人有時好，有時壞。我們把他穩住了，他就能在武昌頂著，這水道也就能恢復平靜，這也就是件好事。倘若此番我們不能把餉銀籌足，那麼左良玉就會揮兵東下直到南京，流賊也會跟在他後頭過來，到時候不知多少人將會死於非命，你和你爹走慣了的這條江水，也必然變得面目全非。」

「我爹已經死了，他再也看不到了，江水面目全非與他也沒有關係了。」

「你還活著，你還能看能想。」鄭森忽然變得有些嚴厲起來，「你爹說，還活著的人就要好好趁著力氣幹活，這話有幾分道理，但是看得還不夠遠。譬如長江大亂，你還怎麼幹活？就算你只顧自己，這趟路你接下了，也應該把它走完。」

小四忽然恢復了平常的冷淡，說道：「如果我就是不肯再走呢？」

鄭森道：「你要是遇上別人，說不準就給一腳踢進水裡去了。但我們不這麼做。我知道你是好孩子，和你講道理你會懂的。」

小四又問道：「少爺說給那姓左的官軍籌了餉銀，他就能待在武昌，不僅不來擾亂，還能把另外一個姓劉的甚麼賊給擋住？」

鄭森笑道：「不是姓劉的賊，是流賊，也就是李闖他們。」

「李闖王不是姓李，怎麼又變成『劉賊』了？」小四疑惑地道。

曾汝雲取笑道：「流賊是說他們來無影去無蹤，像水一樣流來流去，從不在一個地方盤據，跟他們姓甚麼沒關係。」

「那我懂了，」小四並不發窘，「哪天你曾少爺做了賊，也不一定叫做曾賊就是了。」

「嘿！你個小子。」曾汝雲叫道。

「噤聲！別吵鬧。」鄭森制止二人，然後對小四道：「天下大亂，咱們要做的，不止是給左良玉籌足了餉，讓他守住武昌而已，往後不知還有多少困難的事情得應付呢！這次我們只求你送到蕪湖，之後再送回南京，船也就歸還你。我看這條水路應該還能平靜一段時間，你也能好好跑幾趟船吧！」

小四聞言不再言語，低頭只看桌上微弱搖曳的燈火。一會兒，忽然一把將桌上的銀子掃進懷裡，接著倒頭就睡。鄭森看了曾汝雲一眼，道：「睡吧！」吹滅了油燈，各自躺下。黑暗中，鄭森卻是思緒如潮，奇怪著自己何時變得如此世故了？

●

小船順利抵達蕪湖，鄭森和曾汝雲來到宋哥在城內的宅邸，鄭森心念一動，把懷中的翡翠扳指取出來套在指上。

到了宅門前，只見大門敞開，門外停著幾輛大車，長工忙亂出入搬運行李，一副即將出門逃難的態勢。兩人踏上門階，門房裡無人接待，又不敢擅自闖入，正想拉個長工詢問，忽見一位青年商人從裡邊疾走而出。曾汝雲歡然道：「看見熟人了。」還未及叫喚，那青年商人卻自怒氣沖沖地對著長工們罵道：「這是在做甚麼，誰讓你們搬的，都給我住手！」長工們正滿頭大汗地扛著大箱小箱，聽他一罵，一時都楞在原地。青年急躁地出手要把身旁長工肩上的箱籠搶下，那長工急喊：「別，別，大少爺，箱子重，您這會砸著腳的。」

「大少爺。」一位中年人從屋裡緩步而出，語氣平淡而篤定地道：「暫時搬離此地，是大夥兒在老爺子面前商議定的事。水路上越來越亂，再不走，怕是走不得了呢！」

青年道：「咱們龔家在此發跡，四代經營的基業，怎可說放手就放手。你們走你們的，我可不走。你——」他指著一名長工，「你瞎了眼嗎？這個箱籠是我的，上頭有我的記號，給我搬回去。」

中年人道：「大少爺何苦和下人們過不去。沒人說要放棄這片基業，只是亂兵騷擾迫在眉睫，省不得避他一避，留得青山在嘛。您要不放心這宅子，自然有人留守的。」青年道：「爺爺年紀大了，找個穩妥地方安生度日沒有話說。可咱們若是整間商號都走，底下往來慣的販客、窯場不免都跟著一哄而散。派個家丁守著這宅院頂甚麼用？無論如何我都要留下來！」中年人不慍不火地道：「你獨個兒留下來，老爺子怎能放心？到時他也不走了，亂兵來出了甚麼閃失怎麼辦？」青年聞言語塞。

曾汝雲低聲對鄭森解釋，這名中年人就是金興記的販客宋哥，青年則是大掌櫃龔老爺子的單傳嫡孫龔孫觀。老爺子的兒子早逝，外地運販生理多交給宋哥經營，大事還是由老爺子抓總。

龔孫觀正自氣憤著，但又尋不出話來繼續爭論。一抬頭，見鄭森二人站在大門口，頓時一楞。曾汝雲舉起手正想叫喚，龔孫觀卻尷尬地一轉身去了。

宋哥也看見二人，隨即快步上前，請二人進屋裡坐。鄭森心中忐忑，他從未接觸父親的生理事業，更沒想過有一天自己會和商人談起生理。此番硬著頭皮來了，又撞見對方自家齟齬，更不知該如何開口。待與宋哥正面相對，這種不安的心情一時更盛。鄭森對宋哥第一眼的印象並不好，他中等身材，方長的臉上皺紋不多，卻都又深又長。一對眼睛瞇縫著，但目光炯炯迫人。說起話來看似懇切，然而仔細聽來字字句句都十分小心，一看就知道不是個好相與的。

宋哥與兩人熱情寒暄，聽說曾定老的病勢，立即「唉呦」一聲，展現十分關切的態度，還講了若干「吉人天相」之類的安慰之語，但鄭森總覺得這只是一番做作。門面話說完，曾汝雲略道來意，宋哥蹺起了腿，身子往後一仰，想了想後問鄭森道：「是曾老板讓你們來蕪湖的？」

曾汝雲道：「是，我爹派我們來。」

鄭森道：「我奉父親之命到南京籌謀退左兵之事，原本調度現銀是由曾老板打理，但是他忽然感染時疫，因此我和曾兄代替他過來一趟，請宋老板幫忙。」

宋哥道：「老曾讓你們來，有甚麼憑證沒有？」

曾汝雲拿出一個金戒指，戒台方正，卻是個印章。曾汝雲道：「這是我爹長年不離身的印戒，文書用印都是用的這枚，他要我帶來讓您一看就知道了。」宋哥接過戒指看了半天，不動聲色地遞還回來。

宋哥看看兩人，眼睛瞇得更細，說道：「那麼兩位有甚麼章程？」

鄭森哪裡有甚麼章程，他連曾定老放給宋哥多少定銀都不曉得，只好道：「宋老板與曾老板是多年的交情，說起來和家父也有往來，曾老板病了，我們來請宋老板幫忙，請您念在生理場上休戚與共，給小輩們出點主意。我看是不是曾老板放給您的定銀，能夠暫且周轉給我們，回頭我再請家父如數補上？」

「定銀我們是收了，不過說好之後拿瓷器來抵償。」宋哥不軟不硬地答道：「錢要動才會活，大筆現銀放在庫房裡當爛頭寸，只是白白賠付利錢。何況我們跟江西的窯場也要下定銀，有甚麼款子進來，也是過個手馬上就轉出去了。這件事我們恐怕愛莫能助。」

「宋叔，」曾汝雲不免急了，「您得幫我們這個忙，事關長江上下多少百姓的性命和生計，也關係我爹在老一官面前的信用……咱們這次犯著水路上的危險專程來找您，您不能袖手啊！」

「此事難就難在世道亂啊，若在太平年月，憑你爹一句話，八千、一萬的現款，我當場就能替他調度，大些的款子也能商量。」宋哥比比門外道：「你們也看見了，我們把家當都堆在門外，隨時要逃命了。蕪湖水面上，近來已不時有小股雜兵，打著左良玉的旗號截奪民船商船，不知甚麼時候大軍壓境，我們隨時準備得走。」

鄭森問道：「宋老板準備到哪兒去避難？」

宋哥刻意一副老神在在的樣子道：「我們在南京有分號，可以暫且避一陣子。」

「如果是這樣，我很替貴寶號擔心。左良玉的大軍便是要到南京就食。無論最後左兵入了城，還是被擊退，南京總不免一場劫難，何況後頭流賊也在虎視眈眈。不知到時候，宋老板又能躲到甚麼地方去？」鄭森一改初見面時請長輩幫忙的姿態，針鋒相對地道：「再者，宋老板的事業都在這條水路上，離開此地，將來您打哪兒拿瓷器抵還定銀？」

宋哥瞪著鄭森道：「這你不用操心，到時候我們自有辦法交代得過去，約定交貨的時候還早，談不上這些。」

鄭森又道：「我想您也捨不得就這樣拋棄經營多年的生理吧？」

「時勢所逼，只能走一步算一步。」

「以宋老板的本事，到了外地大概也不愁沒有別的生理可做。不過總是要重起爐灶，多費好一番功夫。這條水路上多年經營的關係和貨源，就此全都放棄實在太可惜了。您倒想想，若是幫著我們籌到了餉銀，就當作拆借一筆款子買得水路安靜，如此不必離開蕪湖和九江，瓷器生理照樣可做，一來一往那邊划算呢？」

宋哥心思像是有些活動，半信半疑地問道：「照你說，款子調度給你們，左良玉就會退兵？」

「是的，南京的左都御史李邦華大人已向朝廷請旨，左良玉封侯、世守武昌，另外左良玉的恩人侯恂大人也寫了信要他退兵。李大人盤算要撥六個月糧食和十五萬餉銀給他。如此三管齊下，左良玉也該知足了。」

宋哥不以為然地搖搖手道：「人心不足蛇吞象，左良玉既然敢率兵東下，這些個好處他也不知放不放在眼裡。」

鄭森道：「不然。左良玉始終沒有明目張膽地造反，只是作勢要脅。他拿了這麼多好處又不退兵，難道真的當反賊打進南京城裡？」

宋哥道：「那也說不定啊，李闖勢頭這麼盛，搞不好他還打算投了流賊呢！」

鄭森道：「左良玉殺賊無數，還曾把張獻忠幾萬人馬打得片甲不留，生擒他的妻子家人，迫得張賊只剩幾騎突圍而去，彼此仇深似海。官兵裡誰都能投賊，只有這『左爺爺』一去，怕不立馬被剝皮洩恨了。」

宋哥陷入深思，一手摩著頷下，良久才道：「茲事體大，我得和老爺子商量商量。」他倏然起身，「兩位稍坐一會兒。」

兩人等了許久，宋哥才出來請兩人移步到內室。到了後進一個客廳，又等了一會兒，才聽得院中有些動靜。一名穿著黑色綢長衫的男人獨自穿過院落走來，雙手籠在袖裡，步履不疾不徐，散發著一股端凝穩重的氣息。曾汝雲悄聲說，這便是龔老爺子。鄭森遠遠看去，他的身姿和步態似乎才四十多歲，不由得心裡暗想這位總掌櫃真是神采過人。然而待龔老爺子踅進門，照面一看，他神情黯淡，全然是個老翁的樣子，遠近差別之大，令鄭森大感訝異。

龔老爺子入得廳來，曾汝雲急忙上前問安、套近乎。龔老爺子卻不多客氣，擺手示意兩人坐下。宋哥為他介紹鄭森二人。曾汝雲只在兒時見過他一、兩次，因此也得宋哥介紹之後，龔老爺子才淡淡地點個頭。他不忙發話，默默往身後一招，從人當即遞上一根點好了的旱煙管。老爺子接過煙便抽將起來，也問鄭森二人抽不？見二人客氣地婉拒，自顧從桌上果盤中抓了塊松子糖丟進嘴裡，又抓了兩塊遞給鄭森二人。曾汝雲坐得稍遠，正慌忙地想起身相接，龔老爺子卻索性揚手就丟了過去。

鄭森覺得頗為奇妙，龔老爺子這個舉動一點也不讓人感覺失禮，反而有種自己人的親切。仔細想想，是因為他就是把你當成自己人看待，才能這麼不著痕跡地一句客套話不說，就把交情給套上了。念及此，心想莫道這一臉倦容的長者乍看並不像是幾個大商號的總掌櫃，和精明外露的宋哥比起來著實高明許多。

龔老爺子一邊抽著煙，道：「兩位的來意，我大概聽宋掌櫃說了。老一官的面子，有用得著我們的地方，那是一定幫忙到底的。不過眼下這局面，我們自身難保，勉強騰出力氣來做，不免有不周到的地方，得請老一官體諒。」他這話不鬆不緊，面子先給足，卻又為自己留下地步。接著又道：「我又老又病，早想撂下擔子，無奈還是得摻和這些個事情。」

曾汝雲道：「別這麼說，老爺子還健朗呢。就算您真要不管事，也正該享享清福。」

「清福？」龔老爺子老著嗓子緩緩說話，鄭森忽然覺得他兩個眼泡好重。老爺子說道：「這陣子真是焦頭爛額，逃難都來不及，還享甚麼清福！」

鄭森道：「家父此番差遣晚生來，正是為了挽回這局面，退了左兵，救活無數百姓，水路上原本的生業也就能維持下去。龔老爺子您的寶號，自然可以一切照舊。」他頓一頓，又道：「方才在門外碰巧聽見龔少爺和宋叔議論，龔少爺也說寶號一旦遷走，底下根柢相連的一大片基業也得散了，豈不可惜？」

龔老爺子咳了一個呼嚕作響的深嗽，不慍不火地道：「利人利己之事，我們自然是肯做的。不過出了這筆款子，能不能真買得平靜？頂過這一回去，又頂得過下一回嗎？大江南北的局勢我多少也知道些，說來令人痛心。這左良玉號稱善戰，朱仙鎮上畢竟大敗給李闖，穩住了他，又能抵擋流賊多少時候呢？」

「天下大勢，晚生當然無法打包票。但依家父之見，朝廷還是有可為的。」

龔老爺子對這話稍感興趣：「喔，老一官是朝廷大將，他的見地應該要聽聽。」

「流賊四處奔竄，不立根基、不事生產，殺的人又多，除非改弦易轍，否則局面打不開的。」

宋哥插話道：「那也未必，這流賊打崇禎初就有了，朝廷越剿他倒越是興旺，到如今都十幾年了還剿不平。」

鄭森道：「反過來說，流賊打了十幾年，終究也沒能在甚麼地方真正站穩了。尤其是江南未經戰火，生業繁盛，各地軍隊仍有數十萬，憑著長江天險可與一搏。晚生這次在南京與幾位文士交遊，發覺心向朝廷的人還很多，大明氣運不該就此而止。」

龔老爺子溫吞吞地道：「大明氣運，我們不敢胡亂揣測。生理人看的是利頭和險頭。眼光遠一點的，還看點勢頭。勢頭不妙，總是避之唯恐不及。」

這番話提醒了鄭森「在商言商」的宗旨，於是他換過語氣道：「老爺子說的是。家父遠在千里之外，關心江南時局，也是著眼在這勢頭上。因為家父雖然經營的是海外事業，整個命脈卻是長江一線，此間之事他絕不會袖手。」鄭森忽然想到鄭鴻逵即將調守江淮之事，登時醒悟父親這番布置，除了著眼政局，更是為了保護商道暢通，確實高明。於是又道：「這次家父籌餉退兵，就是一著。除此之外，他也打算調派水兵守江，維護長江水路平靜。」

「喔？鄭帥打算率兵守江？」

「不是家父親自率兵，但也是調派親信大將駐守九江，和他自己來是一樣的。」鄭森慎重地道：「事涉密勿，請恕晚生不能多言。不過家父確然有此決心，過一陣子朝命下來，您就知道了。」

「嗯，嗯，老一官生理命脈所關，這才是要點。」龔老爺子稍一欠身，說道：「確實幾十年經營的事業，若非萬不得已，那個捨得擱下？我本來是瞧著這時局，像是不能再做下去了，索性收篷不幹，至少保得一條性命。但你說的也對，亂兵要真打過來，逃來逃去也沒個了局。宋掌櫃他們還年輕，要他們跟著我退隱山林是可惜了。」龔老爺子稍頓一頓，抽了兩口煙，問道：「那麼老一官有甚麼章程交代下來？」

鄭森心中盤算著該怎麼回答，不知不覺學著父親的習慣轉起手上的扳指，慎重地道：「家父和朝廷商議各出七萬五千兩銀子，這裡頭，福州和晉江的商人也願分攤一部分。」

「意思是也要叫我們出一筆囉，要多少？」

龔老爺子說話自有一股威勢，鄭森雖也見過不少大官、名士，卻從未涉足商場，更何況頭一回就是和這樣一位總掌櫃談生理，不由得有些畏縮，遂道：「實話說，這樣重大的事情，本不該派咱們兩個後生來，原本是請曾老板出面。無奈他忽染時疫，咱們這才趕鴨子上架。家父與曾老板在細節上如何商議，晚生實未與聞，今日來，只希望先把銀兩湊齊了，能夠不耽誤大事最為要緊。其他就請老爺子幫忙晚輩拿主意吧！」

龔老爺子像是有些困擾，半開玩笑地說道：「這倒新鮮，你不開個數兒，我怎麼還價呢？」

曾汝雲道：「我平常聽家父提起龔老爺子，那是推崇備至，總說沿江上下的生理人，都是跟著您老走的。國家有難，家父一時又生了急病，這裡不聽您的聽誰的？您說了算吧！」

龔老爺子輕輕點頭，道：「我們的實力和面子不能跟老一官比，兵荒馬亂年月，也只能略盡棉薄之力。這樣吧，我們出一成，七千五百兩，你們應該也交代得過去了。」

鄭森不知父親原意希望江西瓷商出多少，但能談成已是萬幸，於是先鄭重謝過。但除了要江西商人幫忙出錢，更重要的是要調度一筆現銀。鄭芝龍這次會從南安急運三、四萬兩銀子過來，也就是說，同樣得在南京調度三、四萬。鄭森暗暗轉著扳指，艱難地開口道：「老爺子願意幫忙，承情不盡。但此番因為事出緊急，得先在本地暫調一筆頭寸，不多久，家父便會將款子奉還。曾老板說有筆定銀放給貴寶號，能否先借給我們周轉周轉。」

龔老爺子身子向後虛靠一靠，不即答話，宋哥察言觀色，搶著說道：「這就未免強人所難了，方才在前邊也說了，我們也有我們的困難。」

「萬請老爺子和宋掌櫃勉為其難，」鄭森見宋哥推託，心中一股急躁的火苗點燃起來。他知道商人言事分斤掰兩、錙銖必較乃是正辦，但他一介儒生，「重義輕利」的念頭太深，狠不下心來討價還價。他飛快地轉著扳指，又倏然停止，心念一橫，深吸一口氣道：「這筆款子，並非索回定銀，而是跟貴寶號做個短期拆借。」

宋哥道：「那還不是換湯不換藥，你下定銀來，我拆借回去，利息兩抵，其實等於索還定銀嘛！」

鄭森道：「不，銀子或許是同一筆，但名分不同。我們向貴寶號拆借的這筆款子，利息從優計算。」

「這把算盤打得怪，不像老一官平日的作風，」龔老爺子道：「小老弟，你今日說的能算數嗎？」

「這的確不是家父所授之策，」鄭森猶豫了一下，把手舉起，亮出翠綠閃閃的扳指，「但行前家父把他長年配戴的這枚扳指交給我，臨事從權，我們今日商議之事，自然算數。」鄭森有些激動地道：「若是亂兵東下，乃至於流賊趁虛而入，長江一片混亂，不唯瓷器出不來，往後連下游的絲綢、藥材和茶葉都會有問題。匠師一旦亡去，瓷窯毀壞、織房廢棄，再要重建就遙遙無期了。而且此事不只牽涉家父和貴寶號的生理，沿江上下多少人性命所關，家父不能在這上頭再去計較利頭。」

龔老爺子矍然道：「我們地面上的事情，卻是外人在掛心，實在慚愧！我們可以逃難，畢竟多少親友逃不得，屋宅、店面、窯場也逃不得。老一官既然願賭這一把，我也跟著他走便是了。」他對宋哥道：「能調度多少，你給森官調去。」又對鄭森二人道：「此事若成，首先蒙受其惠的就是小號和沿江百姓，我們再要算利息，實在說不過去了。」鄭森二人聞言大喜。宋哥雖仍有些不情願的樣子，但龔老爺子發話了，他不能多說甚麼。

鄭森二人千恩萬謝，龔老爺子只淡淡地道：「老一官顧念此間，兩位涉險而來，該是我謝謝你們。」

大事談定，二人辭了龔老爺子出來，和宋哥到前落大廳商議細節。宋哥盤算了半天，在捐獻的七千五百兩之外，另外調度一萬七千五百兩無息借款，湊成兩萬五千兩。他一板一眼把細節都商議好，交代書辦寫成文書雙方簽字，並議定由南京兵部憑關防來取款，以防鄭森二人是行騙來著。

第捌回

遇險

鄭森二人辭別出來，宋哥直送到門外。正禮貌性地話別，鄭森隱隱然感覺到身後略有古怪，轉身看時，街角人影閃動，卻又似毫無異狀。鄭森警覺地將手縮進袖中，不動聲色地除下翡翠扳指握在掌心。

此刻天色尚早，曾汝雲道：「大事已了，真是鬆了好大口氣。本可在這蕪湖城中逛逛，只是亂兵逼近，市面也蕭條了許多。」鄭森正自暗暗觀察四周情境，不即答話，一會兒才悄聲道：「咱們直接回船上去。」

二人出城到了碼頭，才一上船，鄭森就吩咐小四即刻解纜啟航。曾汝雲奇怪鄭森何以如此匆忙，鄭森悄聲道：「像是讓人盯上了——我也瞧不準，希望只是我多心。無論如何此間乃是非之地，早一刻離開也好。」

船離碼頭，在江心順流而下，周遭看似十分平靜。鄭森正覺得放心時，江面上卻不知從哪裡冒出三、四艘船，自後方圍了上來，看似來意不善。眾船逐漸逼近，曾汝雲緊張地道：「這些船好古怪，竟像追著我們似地。」話才說完，便聽得「颼」地一聲射過來一支箭，釘在船艙牆上。鄭森大喊：「曾兄進艙去，小四儘管把穩舵，別讓他們追上了！」隨即進艙去取出一根竹篙，站到船尾，左一撥右一撥，把來箭盡數撥進水裡去。

鄭森所乘之船既小，吃水又淺，在小四掌舵下走得甚快。但對方看也是走慣了這水道的，始終牢牢跟著，尚且有一艘較小的船漸漸追了上來。幸而對方弓術並不甚高明，發來的箭多射得不準，勁頭又弱，都讓鄭森輕易地撥掉了。他心裡不由得想，若這時有張弓就好了。

對方的小船越靠越近，幾個人手持鋼刀站上船頭，大聲呼喝：「停船！」「乖乖讓軍爺們盤查盤查，興許就饒你們一條性命！」並且作勢準備跳過來。小四雖然極力操持，畢竟年幼，又只有一人，終於讓對方追了上來。

靠得近了一看，來船上打著一面褪色的大旗，上面字跡模糊，依稀是個「左」字。這幫人身上穿著七拼八湊的軍服，樣式不一，乃至駁雜破爛，官軍不像官軍、流賊不似流賊，要說是強盜水匪也不大對。鄭森觀察，除了帶頭的一、二人，其他多半顯然並非老行伍，雖然身子精壯，進退卻無號令，弓術又差，也像是拿不慣手上的鋼刀。

兩船相接，對方一人毛毛躁躁地就往這邊跳，鄭森趁還他在半空中，拿竹篙往他腰間一戳，那人哀嚎一聲失去平衡落進江裡。隨即又有一人跳過來，鄭森瞅得仔細，在他剛踏上船板重心未穩的瞬間當胸一腳，也把他踢下水。但對方又有三人趁著這當口跳過小船上來，一人當即揮刀向小四招呼過去，小四一矮身躲過了，翻身一跳鑽進水中頓時不見蹤影。而攻向鄭森的兩人中，竟有一人手上拿的是弓箭，上了船才恍然大悟似地發現此物不利近身肉搏，一時顯得有些手足無措。鄭森瞧出破綻，哪容得機會溜走，欺上前去劈面一拳將那人打倒在地，奪過弓來，持著一邊弓梢，權且當作藤鞭揮舞。

鄭森匆匆一瞥敵我形勢，方才追上來的敵船忙著撈救同伴，稍微拉開了一點距離，但不遠處仍有三艘船企圖趕上。小四入水不見蹤影，自船無人掌舵，幸而這段江面甚為平直，一時還無大礙，遂專心對付眼前的敵人。

此二人鋼刀封緊門戶，姿態凝重，看來身手較先前幾人強些。右首那人揚刀叫道：「好賊道，竟敢抗官，果然與匪人有勾結！」鄭森道：「官長誤會了，我們是在外地讀書的廩生，回家探親，並不是奸究之徒。」那人「哼」地一聲，說道：「你別以為說話文謅謅地就能假裝成甚麼書生，書生怎能有這等身手架式。」另一人道：「我親眼瞧見，你戴著好大一枚翠玉戒指。一到蕪湖就直奔姓宋的那裡，沒半天工夫又匆匆出來上船離岸，有這樣探親的嗎？」鄭森這才知道小船一靠岸就給盯上了，今日之事恐難善了。鄭森雖然擅長弓術、銃術和騎術，卻只學過一點粗淺的拳腳當作強身健體之用，更未曾學過鞭法或棍法，手上握著弓還真不知該怎麼使。一瞬間，他意識到此番生死難料，「可能命喪於此」的念頭倏然真切起來，登時一股熱麻之感從脖子直灌上頭頂。

右首那人又道：「喂！識相的乖乖束手就擒，跟軍爺回衙門去過堂，老實招認你究竟和姓宋的商議些甚麼事。」左首那人跟著喝道：「還能商議甚麼事？必是準備和李闖王聯絡，當作內應獻城求榮！」鄭森聞言悚然，這個罪名安上來，宋哥的商號必給抄滅了。但轉瞬一想，官軍不會口稱「李闖王」，左良玉的部屬也不會，這些人可能只是打敗了的散兵游勇，乃至趁機作亂的地方小匪。鄭森不及細想，左首那人又道：「我看你八成就是李闖王派來聯絡的，看你一副賊相。」右首那人笑道：「瞧他眼睛這麼細，鬍子稀稀疏疏，倒也像是傳說中倭寇的樣子……」鄭森聞言，一股氣激上來，全身寒毛倒豎，手臂腿腳微微發顫，顧不得心裡一個聲音提醒自己冷靜，手上弓桿就向右首那人「呼」地一聲揮去。他臂力甚好，這一揮氣勢不俗，對方二人稍感意外，退了兩步，後腿幾乎碰到船舷邊上，畢竟毫無威脅。

左首那人笑道：「好啊，小子要拚命，看來倒有幾分力氣……」話音未落，不知怎麼卻忽然整個人往後仰，撲通一聲倒栽蔥掉進水裡。右首那人一楞，不由得轉頭看，鄭森趁勢舉弓往下一擊，把他單刀拍落在艙板上，接著又一弓打中他的臉頰，那人「唉呦」聲中轉了半圈跟著落水。這時舷邊嘩啦一響，小四渾身濕淋淋地爬上船來，原來他鑽進水中以後，一直攀在船邊，待得見對方一人靠在船舷上，便伸手抓住他腰帶往後扯，那人不料有此一拉，遂給拉下船去。

落水的兩人水性不差，游到船邊還想爬上來，小四撿起鋼刀作勢一揮，兩人才不敢靠近。最早被鄭森擊倒在地那人，這時哼哼哈哈地醒轉來，鄭森劈面又給他一弓。接著喊道：「小四，掌舵！」一邊閃身到艙門口，朝裡面說道：「曾兄，你幫忙把地上這人綁起來……」卻見曾汝雲早已嚇得臉色發白無法動彈，於是鄭森自己取過一根繩索，把那人翻過身來雙手反剪，匆匆胡亂纏綁一氣。罷了起身往後一看，對方幾艘船還要欺近前來。鄭森見艙板上釘著幾支箭，一一拔握在手，走到船尾拽弓就射，發如流星，一箭射中敵船上一人的盔纓，又一箭射中一人手中的鋼刀，那人大駭，一時失手將刀掉落在地。

鄭森手上羽箭不多，惜箭不發，但這兩箭神射也讓對方略感忌憚，不敢貿然急追，而是重整態勢，看樣子準備四艘船同時合圍。鄭森知道若對方一擁而上，必無倖理。雖然心中焦急，卻苦無善策，只虎著一張臉假做鎮靜。

小四忽然喊道：「不好，前面又有兩艘大官船！」

鄭森轉頭看時，下游江上果有兩面帆影，船身漆得朱紅。小四急道：「少爺你欠了那姓左的多少餉銀，讓他布了這天羅地網來抓我們。」鄭森道：「別忙，這兩艘官船和追兵興許不是一路的，待靠近看清楚了再說。」

官船逐漸靠近，鄭森走到船頭張望，見對方舷邊立著若干衣甲鮮明的士兵，手持弓矛，軍容嚴整。其中卻有一人身穿白衣，個子矮小，面容黝黑奇特，格外顯眼。鄭森覺得面善，不覺大喊：「敬老！柳敬老！柳敬亭先生！是你嗎？」

江上空曠，風又大，官船上聽得這邊大喊，也許一時未能聽得分明，卻不免一陣騷動。一名將校似的人物出現在舷邊，舉手發令，士兵們紛紛搭箭拉弓戒備。鄭森越看越有把握，遂將弓箭丟在船板上，雙手揮舞。他畢竟是在海船上喊叫慣了的，從丹田裡一聲大叫：「柳敬亭先生！我是鄭森，先生救我！」官船上的白衣人旋即有所反應，以掌遮眼張望一番後，轉身和那將校說話，將校聽罷一揮手，士兵們也跟著將箭頭改而朝下。

雙方靠得近了，鄭森看得分明，那人果是柳敬亭。小船在江心乘流直下，官船則在稍靠岸邊水流緩處行進，眼看就要錯身而過。鄭森回頭對小四喊道：「小四，掉轉船頭靠上前去。」自己也忙著拉索轉帆，讓小船迴旋半圈靠向官船。

柳敬亭在官船上居高臨下喊道：「鄭公子，真是奇遇哪，你怎麼會在這兒？」鄭森也正奇怪柳敬亭怎麼會乘著官艦來到此間，一時卻無暇攀談，只急道：「敬老先別忙寒暄，我遇上翦徑的水匪，拜託敬老和官長們救命。」柳敬亭聞言吃了一驚，官船上眾人都往上游看去。那將校指著鄭森問柳敬亭道：「柳先生，這確是你的朋友？」柳敬亭道：「是好朋友。」將校又看看敵船，說道：「果是趁亂打劫的，這等雜匪我見得多了。」他有些躍躍欲試的樣子，發令道：「來呀，把砲推出來，給我轟！」

鄭森大感好奇，不由得探頭張望，只見士兵們推出兩尊小號的佛郎機砲——這等小砲，在潮漳鎮軍中只算做稍大的火銃，還難稱得上是「砲」。這時四艘敵船下了半帆放慢速度觀望，但仍順流緩緩接近。官船上士兵們忙碌了半天，終於「砰、砰」發了兩砲，落在敵船附近的水中，濺起一片水花。這兩砲雖然準頭不佳，但仍具威嚇之效，敵船見狀立即掉頭升帆遁去。那將校卻頗不滿意，急命士兵填彈再發，還有意上前追擊。

柳敬亭呵呵笑道：「韓將軍真是威風懾人，才放了兩聲號砲，還未及上前廝殺，小賊便已抱頭鼠竄而去，不敢稍犯虎威。」柳敬亭故意把未曾擊中的兩砲說成「號砲」，姓韓的軍官登時哈哈大笑道：「好說，好說。追討這等小賊，沒的汙了本將軍的寶劍，由他們去吧。」

那邊早有士兵拋下繩梯，讓鄭森攀上官船。他一踏上官艦，忽然手腳一陣虛軟，幾乎站立不住，腹中緊緊抽痛，想起適才性命只在一線之間，卻直到此刻方覺驚險。

柳敬亭上前虛扶一下，問道：「鄭公子無恙？」鄭森深深一揖，鄭重地道：「多虧敬老和將軍相救，此番才得倖免。」柳敬亭比著韓軍官和一名文官道：「莫謝我，這都是郭僉事大人和韓將軍的功勞，小老兒連搖旗吶喊都不曾做呢！」鄭森再次向兩名文武官員郭子徵和韓元祿道謝，然後對柳敬亭道：「畢竟是敬老認出我來，否則敝舟冒冒失失衝撞過來，韓將軍怕不對著我們開砲呢！」那武官韓元祿哼哼笑道：「那是，我方才確有此意。如果發砲向你這小船上招呼，一砲就能轟進水裡餵魚去。」

柳敬亭歡喜地道：「今日江上奇遇，鄭公子逢凶化吉，倒像是把我說書人平日裡說的那些個傳奇、平話拿出來搬演了一回似地。」鄭森也覺這番遭遇頗為奇妙，說道：「今日著實驚險，合著晚生命不該絕，遇上幾位貴人。」柳敬亭道：「然而公子為何來到此間，又怎會被匪人所困？」鄭森心想，接洽宋哥之事不能透露半分，一時想起曾定老之病，遂道：「有位朋友的尊翁忽染急病，我陪著他回家去探望一番。想是時局亂，水匪四出劫掠，咱們不巧遇上了。」柳敬亭道：「鄭公子偕友犯險探親，真是古風熱腸，甚可佩也。」

鄭森想起自己船頭上還綁著一名賊夥，萬一郭、韓二人盤問時說起宋哥之事就不好解釋了。他飛快地在心裡計較一番：人就倒在那裡，早有許多士兵看見，故意隱瞞反顯心虛。何況這韓元祿看來是個愛逞能顯威風的，這種人真遇上正事八成都會推託。於是主動道：「將軍，敝舟上擒有匪夥一名，是否交給將軍訊問、發落？」

韓元祿瞇了瞇眼，顯然毫無興趣，似乎正在想著該怎麼拒絕的場面話。柳敬亭見狀，呵呵笑道：「郭大人和韓將軍乃是朝廷欽差，身負重責大任，這等小小毛賊，請鄭公子押解到本縣衙門裡去才是正辦。」韓元祿聞言，臉上立即舒展了。

柳敬亭又道：「若嫌麻煩，不妨照小老兒的辦法處置。」鄭森道：「甚麼辦法？」柳敬亭道：「請此間神明審問。」郭子徵奇道：「如何請得神明審問？」柳敬亭道：「我們小民上衙門申冤，得先擊鼓，知縣大老爺就知道有人來報案了不是？」眾人都說是。柳敬亭又道：「要找神明審案，也得弄點聲響，告訴神明有人報案。」韓元祿道：「也到廟裡去擊鼓？」柳敬亭故意賣關子道：「非也，到衙門擊鼓，那聲響是『咚咚咚』。找神明報案，那聲響是『噗隆通』。」眾人先是一楞，繼而明白柳敬亭的意思是就把賊人拋進江裡「請神明審問」，於是都哈哈大笑。

韓元祿開懷地道：「妙！妙！你柳先生不愧說一回書要一兩銀子，噗隆通，噗隆通，哈哈哈。」

眾人笑聲中，鄭森心下卻暗暗吃驚，原來柳敬亭卻是個如此冷酷的人物。一時轉過話頭問道：「敬老如何乘著官船來此？」

柳敬亭指著兩位官員道：「郭僉事和韓將軍奉左都御史李大人和南京兵部熊大人之命，前去左良玉軍中投遞檄文，傳諭速離安慶、返鎮武昌，不可擅往南京。」鄭森知道這必是李邦華準備妥當，和熊明遇商議好派出的差官。柳敬亭接著道：「那左帥不知怎麼，也聽得小老兒的賤名，蒙他抬愛，大概想聽小老兒說回書解解悶，竟傳下話來，說不妨讓我跟著去的。」

鄭森問道：「敬老此行可是吳應箕先生促成？」

「你說吳次尾？」柳敬亭詫異道：「咱們那幾日談兵論劍頗為痛快，但他不曾提過此事。小老兒此行，乃是鳳陽總督馬士英馬帥所薦，馬帥與這兩位大人有舊，一說就通的。」

鄭森心想事情這麼巧，看看郭子徵與韓元祿，二人表情似乎對此不置可否，鄭森隨即醒悟，馬士英興許是使了銀子活動的。不由得暗忖，吳應箕等人還在觀察、商議著柳敬亭是否堪當此任，馬士英卻早已經都安排好了。

說到前往安慶退兵之事，韓元祿意氣昂揚地高談闊論起來，一會兒說他奉南京兵部鈞命護送郭子徵前往，那怕左兵阻攔他也必不辱使命，又說他二人奉朝命前往宣諭，必對左良玉曉以大義，令其遵命云云。

柳敬亭湊趣道：「幸虧有韓將軍的神威，否則一路上散兵游勇、強盜水匪忒多，走來可不安靖。」他對鄭森道：「左良玉大軍東下，江面上多有打著他旗號的亂兵趁機劫掠。聽說蘄州守將王允成順流為亂，不止劫殺商民，連漕運鹽船都讓他劫了五百艘去。鄭公子一路過來平安無事，可謂萬幸。此際東下，更得千萬小心哪！」

鄭森正也擔心著方才的賊夥不肯罷休，待官船走後又來攔截。忽然心念一動，衝口道：「敬老要去安慶見左帥，好不好也讓晚生跟著去開開眼界？」

柳敬亭尚未答話，一旁韓元祿連連搖手道：「我們奉著朝命，可不是公子哥兒遊山玩水，甚麼人想跟著去就去的。」

柳敬亭呵呵一笑，緩頰道：「韓將軍說的是，這朝廷的差使，可非兒戲。小老兒布衣相從，本來已經有些不倫不類……」柳敬亭反話反說，意思很明白，已經有一個布衣身分的柳敬亭了，多一個鄭森似也無妨。

鄭森懇切地道：「晚生不敢壞亂體制、打擾公事。其實是在這江上被匪人追得緊了，想借將軍虎威，保全一條性命。」

柳敬亭道：「是囉，鄭公子孤舟犯險，確實讓小老兒放心不下。」他對郭子徵道：「這位鄭公子是小老兒的忘年莫逆，常在一起吃酒的。今日驅之而去，倘若在這江上有些閃失，那麼不免將有『我不殺伯仁，伯仁因我而死』之嘆了。」

郭子徵大概受了馬士英不少好處，或者一路上讓柳敬亭奉承得服貼了，聞言道：「既是敬老的至交，我們自不可袖手。然而到了安慶，卻不一定能如鄭公子之意隨同去見左帥。」

鄭森道：「自然遵照僉事大人吩咐。」

柳敬亭笑笑點頭，又問那姓韓的武官：「韓將軍意下如何？」韓元祿見郭子徵已然首肯，自己不擔責任，便哼哼哈哈地道：「這水路本是隨人走的，他要遠遠跟在官艦後面，誰也管不著。」

鄭森聞言鬆了一口氣，方才江上遇險，脫逃得十分僥倖。若非碰巧遇到柳敬亭，此刻吉凶難料。再者，此行幾番周折，就是為了退左兵而來，實也想去看看這左良玉是怎樣一號人物。

鄭森與眾人寒暄一番，自回小船上。曾汝雲驚魂甫定，聽說要去安慶，更添惶恐，又說擔心父親病勢，想早日返回南京。鄭森心中略感抱歉，只說孤舟東下危險，隨官艦到安慶走一遭反而安全。他提過綁縛在地的那名水匪訊問一番，想知道他是哪船哪寨、誰的手下。然而那人神色恍惚，只一個勁兒反覆道：「官人饒命，官人饒命！」再三詢問，才結結巴巴地說自己本是江上行船的船夫，這陣子時勢亂，生意都沒了，船東也被亂兵洗劫，船夫們各自星散，不知如何營生，恰有舊識相邀，才糊裡糊塗加入了水匪一夥。再問，就說不出個所以然來了。

小四在一旁聽著，忽然道：「這是個走船的不錯，看他的手掌腿腳就知道了。」鄭森嘆道：「也是可憐人。」靠岸將他放了。

晚間柳敬亭邀請鄭森上官艦一道用飯、閒聊。鄭森雖不善酬酢，郭子徵畢竟旅途無聊，多個文人夥伴正可稍解寂寞。更有甚者，此次奉命前往安慶，心中也有些忐忑，彼此竟有些患難之交的味道，幾杯黃湯下肚後很快都混熟了。

鄭森裝作對李邦華的安排一無所知，郭子徵卻主動告知了朝廷給糧給餉、封爵籠絡等諸般條件。鄭森不經意提及侯恂與左良玉的關係，郭子徵也取出侯方域代父所書的退兵信函讓鄭森觀看。信封用火漆封著，郭子徵卻見過內容，還能背誦其中一小段。

柳敬亭笑道：「這封書信乃侯朝宗代父所為，此事南中人盡皆知。大木與朝宗相善，必知底細的。」

確實這封信是侯方域讓鄭森說動了之後，在靈谷寺就著馬鞍所寫，鄭森親眼看著上面每一個字句寫落。這時再見著，雖沒幾天工夫，卻恍如隔世。他點點頭道：「晚生確實略有所聞，但所知有限。」他見郭子徵憂心忡忡的模樣，遂問：「朝廷既然待左帥如此之厚，又有侯司徒公的書信，想來必可令其安守武昌，不復有東下之意了。」

「眼前令其安守武昌，也許不難，但裡頭也還有些計較。」郭子徵解釋道，給了這筆糧餉之後，如何激其忠義之心，不再動輒要脅蠢動，才是南京兵部更為關心之事。此外，李邦華將親自押解糧餉到左良玉軍中，以安其心。左良玉願以甚麼樣的儀節接待，也必須商議妥當。「左都御史李大人親往宣慰，倘若左良玉跋扈驕恣，有甚麼失禮之處，不僅李大人受辱，更是讓朝廷威信掃地。此乃我最感憂心者。」

「呵呵，郭大人原來是為此煩心。」柳敬亭笑道：「人說錢到公事辦，火到豬頭爛。糧餉、爵祿、臉面，朝廷都給左帥備齊了，他必可饜足。小老兒此番承郭大人照應，一同前往左帥帳前，自當有所補報。」

「喔？」郭子徵不解。

「小老兒別無所長，只有這舌頭上的本事還有一點的。」柳敬亭道：「左帥既然邀我前去，想來也好聽詼諧言語，興許小老兒說兩個笑話，便能說動他亦未可知。」

郭子徵大喜，他帶柳敬亭同往安慶，本是因為收了馬士英的請託，只盼他別干擾公務已是萬幸，這時聽他自告奮勇，不由得歡然道：「敬老如此熱心，實國家之福。」

有這番計較，郭子徵卸下心中一塊大石，不僅對柳敬亭另眼相看，連帶地對鄭森也愛屋及烏。這頓飯自然吃得十分歡快。

次日，船續往上游前行，江面上絕少民船或商船，幾個大碼頭上也只靠著幾艘破船，不見有往來客商或者船夫、苦力，碼頭邊的客棧商家多上著排門，顯得十分蕭條。

更往上行，忽然出現幾艘小船遠遠觀望。這些個船隻旗號不整，分不清是兵是匪。船上的人大多面黃肌瘦、衣衫襤褸，臉上卻帶著陰沉詭譎的神色冷冷看著官艦，令人心裡微微發毛。韓元祿命將兩尊小砲推在船頭，裝上彈藥，士兵們也都持弓在手。幸而這些小船也都不來侵犯。

不知航行了多久，雜船忽然全都消失，江面上悄聲無息，冷清得有些詭異。一會兒，船頭哨望的兵卒喊道：「有人落水！」鄭森看到遠處有一人浮在水面上順流漂下，正想著不知那人是死是活、該如何撈救，士卒們卻低聲驚呼起來。鄭森仔細看時，卻原來是具無頭屍，連著一邊肩膀被平整地削去，傷口還泌泌散出血水融入黃濁的江水之中，顯是剛被殺害不久，令人觀之悚然。

鄭森盯著這已不成人形的身軀，心想這剛才還是個活人，眼下卻成了不知該怎麼形容的殘塊，對此感到有些不可思議，乃至有些不真切。

安靜的水面上又漂來幾具浮屍，都是剛剛橫遭刀光之禍，面容扭曲肉綻肢殘。官艦上的士卒們一時也沉默了，不知前方究竟發生著甚麼不祥之事。

江面轉過一個大彎，前方岸邊碼頭上一團黑煙沖天而起，細看時是幾艘船隻正在燃燒。碼頭四周停著幾艘大船，旗幟鮮明，寫著大大的「左」字和「王」字，在江風中獵獵飄動。船上士卒衣甲不整，有人歪戴著帽盔，有人光著上身，從他們的進退和舉止卻一看就知道必是官兵無疑。

鄭森乍見此景，不由一陣發楞，一時不能分辨眼前的光景是真是幻，又想著是否官兵遭遇流賊正在與之交鋒？仔細看時，這些打著左良玉旗號的官兵，分明是在劫掠。士卒們忙碌地在幾艘民船上來回搬運物品，又將幾個船客和行商逼在舷邊，要他們交出身上財物，稍有不從，輕則毆打踢踹，乃至手起刀落就把人砍翻在水裡。

士卒們又把幾個富商模樣的人推倒在地上，用一大片厚木板壓住，然後在木板上用力跳躍，一邊大喊：「錢在哪裡？錢在哪裡？再不說，老子把你榨出油來！」商人們挨不了幾下，就有人吐了滿身鮮血，乃至肚破腸流的。

鄭森不由得血液上衝，頂心發麻，咬牙切齒地罵道：「這是甚麼賊官兵，竟公然劫掠手無寸鐵的商民！」

這時對方已經發現官艦，幾艘小船迅速地順流靠近。韓元祿忙令砲手將引線裝上，又命弓手彎弓搭箭。才下完令，對方已經駛到照面，對官艦上的戒備漫不在乎的樣子，喝問道：「你們是哪一路的？」

官艦船頭上的小校喊道：「我們船上是南京兵部的郭大人和韓將軍，要往左元帥軍中傳遞公事。你們可是左帥麾下的？」對方輕佻地笑道：「該是給咱們家元帥送糧餉來的吧，弟兄們早已等候多時了。」韓元祿聞言有氣，大聲道：「你們真是左帥麾下？該不是流賊冒充的吧！」那人沒好氣地道：「我們是王允成王副總兵麾下，是大帥嫡親的親兵！」

郭子徵道：「王允成是蘄州守將，該在湖廣，怎地擅離職守跑到這裡來？」

「您大人說笑了，眼下湖廣怎麼待得下去呢！」

「放肆！」韓元祿道：「既是左帥帳下的，怎地一點規矩和法紀也沒有？且不說見了長官說話如此無禮，光天化日的，前頭那邊又都在幹些甚麼勾當？」

對方那人道：「將軍莫惱，這時日，有糧便是規矩，有餉才有法紀。俗話還說皇帝不差餓兵呢，弟兄們餓殺了，自然要出來尋點草料。」

郭子徵聞言也火了，說道：「餓兵就可以打家劫舍、擅殺良民嗎？虧你們還是官兵，領著官餉皇糧，這都是民脂民膏，養著你們乃是要你們殺賊殺敵……」他氣得話音顫抖，「如此行徑，與賊寇何異！」

對方那人也不客氣，直道：「你大人們也曉得殺賊殺敵？在南京城裡吃香喝辣，抱著婊子唱曲兒。要想銀子使，開個口自然有人奉上，還不用動手搶！那裡知道我們當兵的苦！又要拚命，又得餓肚！」

韓元祿聞言怒道：「你個小小將弁，也敢如此說話，去叫王允成出來！」

「你找我家將軍？」對方一人猥瑣地說道：「方才弟兄們捉了幾個妞兒，把上好的給他送去了，沒準這會兒正在快活呢，您將軍要不上岸找他去，說不定他還分您一個！」對方船上一眾兵士哈哈大笑。船頭那人則是臉色一變，道：「看在你給咱家元帥送糧餉來著，弟兄們還敬你三分。有事尋元帥說話去，少管這裡的閒事吧！」

官艦上眾人聞言譁然，郭子徵指著那船，對韓元祿叫道：「如此民賊，不僅與盜匪無異，還敗壞我朝廷名聲，失我黎民之心……將軍快與我上前制止，拿幾個首犯就地正法！」

柳敬亭悄悄伸手按了按，低聲道：「郭大人慢來，小不忍則亂大謀！大人此行是要去安慶商退左良玉的，若先在此地與他手下小卒有所衝撞，且不說失了您的身分，要是誤了朝廷大事，可非國家之福。」

郭子徵緊皺眉頭，明白柳敬亭說的確是要務，但對於眼前劫殺平民的官兵又難以坐視不管。

「更何況，」柳敬亭續道：「這是在人家的地面上，敵眾我寡。這些個亂兵又都是戰場上死人堆裡爬出來的，真打起來，怕討不了好去。」

郭子徵咬牙道：「只恨眼睜睜看著他們為亂，卻不能有所作為。」

柳敬亭道：「時事這麼亂，哪個地方不死人？大人要看全局，把朝廷交代的事穩穩當當辦妥了才是，這方能解天下蒼生之苦。至於這夥亂兵，嗣後請左帥自行肅清軍紀可也。」

「見小義而不為，焉能成大義？」鄭森在一旁越聽越不是滋味，忍不住插口道：「朝廷給左良玉送糧餉，是要他保障地方，他手下卻自己先騷擾起地方來了。那邊岸上許多人正在送命！郭大人與韓將軍皆是朝廷命官，焉可袖手！」

「大木此言差矣，硬插上手，莫非要一船人都賠在這江裡去？」柳敬亭搖搖頭道：「小老兒死不足惜，郭大人此行卻關係著東南半壁江山安危。倘若我們這艘官艦真讓左良玉手下給打沉，那麼朝廷該怎麼處置？是該裝聾作啞還是責問到底？屆時左良玉不反也得反了。」

鄭森情知他說得有理，心裡卻無論如何不能服氣。恨不得自己指揮著一隊鄭家水軍，衝上前去把亂兵一個個都捉拿起來。

郭子徵仰頭看天，對韓元祿一擺手道：「罷了！」又低頭恨道：「這個王允成，我回去必請熊公奏本參他！」

碼頭上忽然傳來一陣浪笑，眾人看時，卻是亂兵們正要將幾個女子拖上船去，她們衣衫不整，有的極力抵抗，有的哀求哭叫，但亂兵們卻像是遊戲般歡快地驅趕著她們上船。

碼頭上一個年約五、六歲的孩子緊緊抓著一名女子，不斷哭喊著：「媽媽，媽媽！」一旁亂兵見了，似乎嫌他麻煩，一把就將孩子抓扯在地上。那女子撲過身去抱住跌倒在地的孩子，亂兵隨即拉開女子，又一腳把孩子踹開。孩子哇哇大哭，踉蹌掙扎著起身去尋媽媽，那亂兵爆喝一聲，舉起手中鋼刀，眼看就要一刀砍下。

鄭森離開母親時也與那孩童一般年紀，因而見此情景熱血上衝，腦中嗡然，一時未及多想，夾手便搶過身旁一名士兵的弓箭，左手只一掂，已知弓的分量，右手箭桿一搭一抽，颼地將箭射出，去如激湍奔瀉，一箭射在那鋼刀的護手上，鋼刀跟著從亂兵手上飛脫而出。

亂兵大駭，一時不知發生了甚麼事情。碼頭和江面上瞬時一片安靜，只有孩子持續哭叫不絕，那名女子也趁此機會衝上前抱著孩子狂奔而去。碼頭上忽然「嘩」一下炸鍋似地沸騰起來，亂兵們叫罵一片。船上的亂兵也跟著鼓譟道：「好啊，你們真要插手！」

韓元祿同時對鄭森罵道：「未有我將令，怎可亂發弓矢，左右！與我拿下！」士兵還不及動手捕拿鄭森，幾支羽箭便已颼颼向官艦上射來，眾人連忙俯身躲避，幸而官艦較為高大，亂兵仰射威力稍遜。

鄭森心亂如麻，一邊擔心著把局面給搞渾了，莫要因此誤了大事，一邊卻也不覺得自己做錯了。

這時亂兵哨船圍籠了上來，蜂擁爬上官艦，官兵們喝叱道：「幹甚麼！這是兵部的官艦！」郭子徵也喊道：「反了！反了！」官兵們抽刀驅趕亂兵，兩邊隨即動上了手。韓元祿發令道：

「不許敵人上船！保護郭大人！」但他像是怕把事情鬧大，忽然大喊：「統統都不許輕舉妄動！」官兵們被這前後矛盾的指令弄糊塗了，亂兵卻不理會韓元祿的「指令」，節節逼近。官兵們動手也不是，不動手也不是，幾人身上立時掛了彩，只好不斷往後退縮，把郭子徵等人護在核心。

不遠處忽然傳來一陣鑼響，亂兵聞聲稍稍退後，紛紛說道：「王將軍來了，王將軍來了！」一艘樓船自碼頭駛到官艦旁，上層露台站著一名武夫，滿頭花白頭髮蓬張，眉毛又濃又密，上身只一件皮裘半敞著，露出糾結的肌肉和許多傷疤。那人洪聲道：「是甚麼人敢朝我軍中放箭？」

鄭森昂然道：「晚生鄭森，南安縣生員。箭是我射的，與旁人無關。將軍手下擄掠民女、任意殺人，有損左帥和將軍名號，是以晚生不能坐視。」

郭子徵卻上前一步道：「是我命他放的這一箭，好教這夥『官兵』們收斂收斂——你是王允成王副總兵？怎地如此縱容手下為亂！」

「老夫正是王允成。」王允成道：「朝廷積欠我軍糧餉，弟兄們餓得慌，是我命他們出來尋點草料，有甚麼不對？尊駕卻又是何人，既知老夫名號，還敢插手。」韓元祿道：「這位是南京兵部的郭僉事大人，奉朝命要往安慶去與左帥商議軍情的。」王允成道：「南京兵部？也不知是真是假？這時勢一片混亂，招搖撞騙的可不少。」郭子徵指著官艦上的燈籠和官銜牌子道：「朝廷的儀節豈有冒濫？何況我也有南京兵部的勘合[1]。」說著從懷中掏出一分公文來，伸手一揚。

「隔得這麼遠，我又不識字……」王允成對左右笑道：「何況也就是一張紙，萬一經火一燒，又落進這江水裡，也就只是一團爛糊罷了。」

郭子儀聞言變色，王允成此言，不僅不承認官差的身分，更竟像是要將官艦連人帶船燒沉滅跡似地。

這時柳敬亭卻哈哈大笑道：「王將軍說笑了，我料將軍斷不肯將一場功名富貴，又是火燒又是水浸變成一團爛糊的。」王允成冷冷地道：「你是何人？」

柳敬亭道：「小老兒姓柳，賤名敬亭，是個說書的。」「說書的在這兒瞎攪和甚麼，」王允成道：「又說甚麼功名富貴，以為胡言亂語一陣就可以脫身嗎？」

「呵呵，小老兒可不是胡言亂語。」柳敬亭笑咪咪地說道：「將軍且想想，那兵部撥餉發糧的勘合也只是一張紙，皇上給左帥賜爵封賞的聖旨，那也同樣只是張紙。落在水裡都是一團糊爛，捏在手上，可就是功名富貴一場了。」

「如此說來，你們是給大帥送糧餉來的？」王允成「哼」地一吭氣，皮笑肉不笑地道：「總算來了，這回給我們送多少糧餉，給大帥封了甚麼爵啊？」郭子儀道：「此非汝所宜知也，等我們見過左帥，你自然就會知道了。」柳敬亭卻道：「加官進爵總是不會少的，左帥得意，您王將軍既是他的心腹，自然也會跟著風光囉。」王允成道：「你個老兒，說話倒有意思，難怪大帥老說想找個說書的來消遣消遣。」

柳敬亭見王允成態度和緩了許多，遂道：「想來左帥也在等我們的消息，是否請王將軍派人

1 勘合：核驗用的符契。

往安慶通報一聲，也告知沿江上下的弟兄們，免得路上相遇生出誤會。」

王允成心知左良玉緩緩東下，等的就是朝廷的糧餉和封賞，可不能耽擱了，於是爽快地道：「成，我派艘船跟著你們去就是了。」

鄭森忍不住道：「也請將軍善為約束部屬，不要再劫殺百姓，方才貴軍擄去的一眾百姓和婦女，也請放還回家。」

王允成濃眉一抖，眼看又要發作，柳敬亭趕緊打圓場道：「這次左都御史大人和南京兵部的尚書大人為了給左帥籌餉，可真是費盡心思，也花了不少口舌。此刻若有甚麼不好的消息傳到留都，讓人加油添醋亂說一通，怕於左帥面上不好看，也讓京裡兩位大人難為了。請王將軍和弟兄們體諒，這幾天就不必自個兒出來費力張羅，待在營裡舒舒服服等糧餉撥到就是啦！」

王允成笑道：「還是你說話聽著舒心，今日弟兄們拿得也夠了……」他對一旁將佐道：「讓他們回營，派艘哨船去稟告大帥。」說罷大聲道：「回營！」接著樓船啟航，竟頭也不回地去了。

王允成船隊中一艘哨船向著上游飛槳而去，另有一船上岸召集亂兵，碼頭上的亂兵們意興闌珊、散散漫漫地收隊，看來也沒有釋放擄獲的百姓的意思。

鄭森對郭子徵道：「大人，他們還是沒放人！」韓元祿低聲斥道：「住口，你惹的事還不夠多嗎？」郭子徵眉頭緊鎖，默然良久，憤然道：「我必請朝廷治這王允成死罪！走吧！」

官艦續往上游前進，鄭森回頭看時，小四的那艘小舟還跟在官艦後方。鄭森心中感觸複雜，甚且略有愧意。當初為了說服小四前來，自己講了許多「要令左良玉實心為國效力」、「要為天下計，保得長江一線平靜」的大道理，可親身走上這麼一遭，才曉得左良玉手下竟如此無法無天。鄭森也不免猶豫，自己大老遠從福建到南京，幫著朝廷替左良玉籌餉，究竟是對是錯？

不久陸續迎面駛來幾艘掛著左軍旗幟的大船，伴著官艦航行，前後左右將官艦嚴嚴實實地包圍著，生怕官艦會變卦轉頭跑了的似地。

柳敬亭在船頭張望，讚道：「左帥無敵於陸上，不想在江面上也有這許多大號戰船，足可抵擋賊人了。」鄭森不經意地露出不以為然的神色，柳敬亭眼尖，直聲詢問道：「大木似乎對此另有見地？」鄭森正自心事重重，且經剛才之事，更加提醒自己必須凡事謹慎，於是搖頭道：「晚生並無見地。」

「大木何必如此見外，」柳敬亭道：「你是閩人，又是鄭帥族親，即便不是行伍中人，這戰船甚麼的該也是看慣了的，必有想法，何妨一言？」

鄭森想起方才畢竟是柳敬亭巧為言語，化解了一番衝突，聽他這麼說，微一沉吟，低聲道：「這些船隻在江面上也算是大的了，然而用於戰陣，卻未必妥當。」柳敬亭奇道：「喔？願聞其詳。」鄭森淡淡地道：「左帥一軍原是陸兵，大概來到武昌之後才蒐羅了這些個船隻。不過看來多半本是運貨的商船或者載客的民船，轉圜迴旋似乎不甚靈便。」柳敬亭聞言恍然，鄭森接著說道：「再者這些船隻船身低，便於卸載上下。但戰船多取其高，臨陣之時才有居高之勢。」鄭森說到這裡，便不肯再多說了。

柳敬亭頻頻點頭道：「大木所言甚是，此中果然有些門道。」

鄭森心中有惑，不免問道：「這左良玉軍紀如此敗壞，聽說他們沿江上下劫掠，惡行較方才所見不止百倍。朝廷給他送那麼多糧餉去，真能令他整飭紀律、實心為國效力嗎？」

「左良玉從軍以來立功甚多，尤其是那流賊張獻忠的剋星。」柳敬亭看著鄭森問道：「你可知道左良玉與張賊的過節？」鄭森道：「幾次聽黃宗羲先生提及，說他在南陽和瑪瑙山等地曾經三次大破張賊，但未得其詳。」柳敬亭點頭道：「左良玉最初是在關外與清兵一戰成名，崇禎六年奉命駐平陽剿賊，當時便已所向披靡。崇禎十一年，張獻忠假立官軍旗號進襲南陽，左良玉恰好率軍到此，頗感疑心而召他前來相會，張獻忠心虛逃逸，左良玉親率部伍追擊，發了兩箭射中張賊肩頭，又揮刀擊之，使他流血被面，最後是手下死救才得逃脫。」

鄭森道：「那張獻忠與李自成齊名，左良玉能如此迫之，確實難得。」

柳敬亭道：「這還不算甚麼，崇禎十三年太平瑪瑙山之役，那才是殺得賊兵喪膽。當時張獻忠盤據在山上險阨之處，左良玉夜半發兵，緣著山背鼓譟而登，從賊意料之外處攻入，彷彿天兵下界。賊兵大為驚慌，越崖奔澗自相踐踏，左兵追擊四十里，斬將無數，其中包括張獻忠的養子、手下號稱最驍悍的『三鷂子』在內。張獻忠的妻妾也都被他擒去。」柳敬亭不脫說書本色，連說帶比、聲勢迫人，彷彿親見似地。

「無怪乎賊兵都稱他為『左爺爺』。」鄭森道。

「不錯。隔年張獻忠自四川捲土重來，攻破襄陽城，殺害襄王，督師的大學士楊嗣昌為此憂憤而死。左良玉趁著張獻忠屢勝而驕，火速從南陽進軍，在信陽大破賊兵，斬級數千，收降數萬，奪得馬匹上萬口。張獻忠負傷入山而走，左良玉率大軍追擊，最後張獻忠身邊只剩下從人數十騎，僅以身免。」

鄭森聽得悠然神往，敲著船舷讚道：「張獻忠以凶殘著稱，左良玉幾度蹶之，必是一名猛將。」他復長嘆一聲道：「不知如今卻因何墮落至此，竟反過來與朝廷為難。」

柳敬亭卻漫不在乎地道：「驕兵悍將，理所當然。世道亂，關外有建州韃虜，中原又有流賊為禍數十年，朝廷每隔幾年就打一場大敗仗，不僅天下糧餉搜刮精空，足堪倚仗的大將越來越少，能制壓邊將的法寶也都用盡了，這些個將領自然恃寵而驕。」他忽然低聲道：「傳聞瑪瑙山之役後，張獻忠派人送了厚幣重寶，傳語左良玉道：『將軍手下多殺掠，又屢違節制，只怕獻忠一滅，將軍的好日子也就不久了！』左良玉這才網開一面，縱賊逸去。」

鄭森道：「這是養寇自重！左良玉此舉好生可惡，若當時將賊寇一舉殄滅，不知可使天下多少百姓全活，又可省多少錢糧。更有甚者，關內平定了，大軍可出關抵禦韃子，國勢又何以衰廢至此。」

柳敬亭道：「大木用心良善，以天下計，自有此嘆。奈何帶兵的將領，先盤算的卻是自己的利祿和實力。不，他們也不盡是為了名利，在朝為官為將，稍一不慎，連命都會送掉。且看本朝熊廷弼、袁崇煥等名將，都沒下場，像侯恂這樣公忠體國的也落得下獄待罪，無怪乎將領們要多為自己打算了。」他話鋒一轉道：「不過左良玉雖非一心為國的忠臣、純臣，畢竟總是滅賊無數的功臣，為人也很講義氣的。」

鄭森道：「我聽說他對侯恂公至今依然執家人之禮，對部屬也很講恩德，可謂一飯千金之輩，但其義及身而止，大節上還是有虧的。」

「那已經很難得啦，」柳敬亭笑道：「世上忘恩負義之輩所在多有，左良玉能對昔日恩人執禮，能對身周之人講義，已屬少有。何況自古以來，不貪不奸的能臣本就不多。忠臣而能辦事、能打仗的更如鳳毛麟角。似左良玉這般能打仗，又講義氣的，還算是有真性情。若有能言之士善加導引，自也能實心為國效力。」

鄭森道：「要說能言之士，普天之下莫過敬老，但不知您老有心導引左良玉，激其忠義之心？」

「呵呵呵，這事八字還沒一撇呢！」柳敬亭笑道：「我要願說，還得他願聽才行啊！說不定一見面，小老兒幾個笑話不合他意，就讓他給拋進江裡餵魚去也說不定。」

「敬老莫謙，您若願說，左良玉必然願聽的。原來敬老有這樣的志向，叫人好生佩服，莫說您只是……」鄭森本想說「只是倡優之輩」，話到口邊猛然醒悟不妥，硬生生止住了，一時卻無急智轉過話頭。

「莫說我只是個糟老頭兒、市井說書的是吧？」柳敬亭樂呵呵地道：「要知引車賣漿者流中，也有豪傑之士呢！」

鄭森抱歉地道：「不敢冒犯前輩。」

「不不不，不要緊的，小老兒本是俗子，一點沒錯。」

鄭森慎重地道：「敬老若真有機會向左良玉建言，可否請他先整飭紀律，尤其像王允成之輩，該殺他幾個。」柳敬亭卻道：「此事恐怕不甚容易。」鄭森不解：「這是為何？」柳敬亭道：「依我看，王允成沿江劫掠，八成就是左良玉所授意。他若不叫幾個手下胡鬧一氣，朝廷哪裡會這麼緊張兮兮地趕緊給他籌了糧餉送去？而左帥自個兒頓兵安慶，不明目張膽地為亂，朝廷也就沒有苛責他的話柄。」

鄭森忽然想到父親鄭芝龍，他原是海上巨寇，劫民戕官的勾當怕做得不比左良玉少，後來受朝廷招安鎮守閩粵，一變而為國家干城。鄭家水軍以紀律嚴明著稱，在地方上不事騷擾，然而朝廷歷年積欠糧餉數十萬，若非鄭芝龍貿易海外獲致巨富也無法支持。鄭森搜索腹笥，回想歷朝歷代史事，一時還真想不出憑藉貿易自成一支大軍的將帥還有誰？

江面上波光粼粼，鄭森心中千頭萬緒。一旁柳敬亭眼望遠方，躊躇滿志，似乎正盤算著如何在左良玉軍中大展身手。鄭森本想請他務必好好規勸左良玉，但想到柳敬亭要把水匪丟進水裡「請神明審問」的冷酷，以及他討好王允成的言語，一股反感油然而生，乃至生出了一點戒心，於是不肯開口再說甚麼。默觀江上景色，頓時感到深深的寂寞。

第玖回 諫兵

不一日，官艦抵達安慶。碼頭上陣仗不小，士兵列隊嚴整，武將戎裝候迎。郭子徵領頭下船，一名大將踏步上前，昂聲道：「平賊將軍左帥麾下，援剿副總兵金聲桓恭迎大人！」

郭子徵拱手道：「有勞金將軍久候。」

鄭森看那金聲桓，生得豹頭虎頸，十分威武。金聲桓道：「大帥恭候大人多時，請大人就去相見吧。」

郭子徵比比柳敬亭和鄭森道：「是否安排這幾位朋友先到館舍歇息？」

金聲桓見柳敬亭相貌甚奇，問道：「前邊哨船來報，說柳敬亭先生也一同前來，遮莫這位就是……」

「不敢當先生之稱，小老兒正是柳敬亭。」柳敬亭道。

金聲桓道：「那好，俺家大帥交代，請柳先生一併去見他的。」

郭子徵道：「體制所關，請容本官與大帥議罷公事，再邀柳敬老相見吧。」

金聲桓咧嘴笑道：「不妨的，大帥說一道兒見了挺好。」

郭子徵心中嘀咕，看了柳敬亭一眼，見他散淡地微笑著，似乎在說「分寸我自會拿捏」，遂也不再堅持，對金聲桓向前一比道：「請！」於是連同鄭森也得以跟著一道前往。

眾人上馬，逕被領至左良玉中軍帥府。沿路上夾道勁卒羅列，個個站得筆直，不稍一動。每隔五十步就有一名將佐跨刀挺立，都是一臉精悍之色。柳敬亭不由嘖嘖讚道：「左帥治軍嚴整，真是名不虛傳。」

來到帥府，轅門裡外警備森嚴、儀仗繁多。入得門來，道旁立著兩行軍士，仔細一看沒一個小卒，全都是將領，最小的職位也是守備，游擊和參將更是不少。

鄭森正自心想，左良玉好大的排場，竟叫這許多將領給他站哨。一旁柳敬亭已率直地道：「左帥好威風啊！」

金聲桓道：「俺大帥不是為了愛耍威風，才叫這些個將軍、游擊給他站門。他們原都是左帥帳前的老行伍，在戰場上一刀一槍血戰，積功升到如今這位置，但感念元帥恩德，仍願在此伺候。莫說尋常將弁在這裡排不上位置，似我這般不是打起始在昌平就跟著左帥出來的，想站上一站也是門都沒有哪！」

郭子徵連連點頭，道：「可見左帥馭下極厚，能得將卒死力，令人佩服。」

鄭森看這些將領們，無不氣概驍勇，有些人臉上還帶著劃過眉目的長長傷疤，十分駭人。而他們個個紋絲不動，如同巖石雕成一般。鄭森心裡震動，對左良玉的觀感又自不同。他想父親鄭芝龍和部屬交陪如同兄弟，大秤分金大口吃肉，父親並不會要諸將這樣給他站門，諸將們也不會有這般心思。雖說此中難有高下之別，但左良玉能讓部屬死心塌地效忠，確實大有過人之處。一時又想，這左良玉帳下將士都已如此威猛，但不知他本人卻又如何？

金聲桓領著眾人走入大堂，安排郭子徵等在堂側入座，自己則坐在另一側。須臾，大堂後方照壁裡腳步聲響，衛士高喊：「大帥升帳！」眾人連忙起身，照壁後穩穩走出一個耀眼的身影，只見一人穿著絳紅色的長袍，金鉤玉帶，腳步生風。鄭森定睛看時，只見他白面長身，眉目清秀，雖不免有些風霜之色，但難掩一股英毅與傲然之氣，活脫是戲台上周瑜的模樣。鄭森猛然想起曾聽黃宗羲說，左良玉最初投奔在侯恂手下時，因為生得俊而被令以行酒，此時一見不免有恍然之感，但還是不由得詫異這樣一個能令猛士效死、令流賊喪膽的元帥，容貌竟如此俊朗。只是再細看時，左良玉臉色有些蒼白，似帶病容。他身後跟著走出一個後生，身形容貌衣著都頗為類似，但神采風華遜於左良玉遠甚。經金聲桓引介，原來是左良玉的兒子左夢庚。

金聲桓又為左良玉引介郭子徵等人，說到柳敬亭時，左良玉忽然眼神一亮，大喜道：「果然是柳敬亭來了，好極，好極！俺等你多時了。」

又介紹到鄭森時，左良玉溫然笑道：「聽說你箭法不錯啊，從江中船上發箭，能射中岸上小兵的鋼刀護手。你是讀書人？這倒稀奇，一會兒露一手讓俺瞧瞧？」

鄭森見他並無責難之意，心中略寬，朗聲道：「弓術小技，不足掛齒，當時不過救人心切，情急間僥倖射中而已。冒犯元帥虎威，還請恕罪。」

左良玉哈哈一笑，並不計較，回頭又對柳敬亭說了幾句聞名已久之類的話語。郭子徵略感不悅，這左良玉對待一個說書人，似還比待朝廷使臣來得厚些。於是肅容道：「左都御史李大人、南京本兵熊大人有話請問元帥。朝命元帥固守武昌，拱衛留都，而後伺機進復荊襄，不使賊流竄江南，元帥卻因何將大營移往安慶，乃至於四處傳聞，大軍有入南京之語？」

左良玉不疾不徐地答道：「只因武昌乏糧，大軍難以堅守，是以東來就食。」

郭子徵續問道：「元帥在武昌時，得楚王『助餉』，所得已多，怎可說乏糧難以堅守？」

左夢庚與金聲桓聽得此話，臉色都是一變。因為左良玉在武昌時，向楚王索取二十萬人一年之餉，楚王給不出，左良玉便縱容士卒大掠城中。此番郭子徵奉命來傳諭左良玉，旨在安撫，遂故意說成「楚王助餉」，不提劫掠之事，但話中責備之意甚為顯明。

左良玉傲然答道：「外間傳聞多有失實，李大人和熊大人是明白人，斷不會輕信謠言的。我軍在武昌，雖得楚王助餉，一杯水救滿車柴火，不頂用哪！」

「楚王曾上奏皇上，具陳當日情景。」郭子徵盡量平淡地道：「朝廷對此知之甚詳，左帥豈可推託。」

左良玉正欲發話，忽然從肺裡深深地咳了幾聲，才道：「朝廷的大人們恐怕有些誤會。俺到樊城時，流賊的氣焰甚是張揚。各路官軍多有被打退、打散了的，都來投奔本帥。俺想，都是朝廷的兵，待要不收，莫非叫他們投了流賊去？所以盡數收在帳下。加上原有的部眾，共有二十萬人。楚王所賜糧餉，沒有幾天也就吃盡了。」左良玉清清喉嚨，冷然道：「二十萬人吶，每天張一張嘴，那要怎麼填法？俺在武昌，缺草乏糧，將士們連日鼓譟，說哪裡有糧，便要往哪裡去，竟連俺也做不得主了。」

郭子徵道：「自古皆是兵隨將轉，元帥治軍極有法度的，適才一路過來，沿途軍士紀律嚴整，元帥大營怎能隨兵鼓譟而行？」

「俺的中軍，那自然是紀律極好的。」左良玉又是一咳，徐徐說道：「然而新來歸附的各軍，法令不相統屬，難以約束。俺來到安慶，不肯再往東行，且傳令各軍緩進，待朝廷撥餉，已是盡力為大局著想了。」

郭子徵越聽越惱，左良玉分明是在推託，自己卻又不能把話說得太僵，一時漲紅了臉，卻不知該說甚麼。柳敬亭在一旁見了，生怕郭子徵一句氣話說出來壞了大事，故意搶過几上一隻茶鍾，手臂顫抖一陣，把茶鍾摔在地上。

眾人都是一楞，左夢庚怒道：「你這老頭，怎敢如此無禮？」柳敬亭笑道：「小老兒怎敢無禮，只是一時見了元帥高興，順手摔去了。」左良玉也覺有氣，問道：「順手摔去，難道你的心做不得主嗎？」

「心若做得主啊，」柳敬亭揚揚手道：「也不教手下亂動了！」

左良玉聞言一楞，隨即笑道：「敬亭說得有理。實在是兵丁們餓急了，隨他們就糧內裡，也是無可奈何。」

「說到餓，」柳敬亭摩摩肚皮道：「小老兒遠來，也餓得很了，元帥卻也不問一聲。」郭子徵聞言，眉頭一皺，心想這是甚麼時候，卻跟人討起食來？鄭森卻想，不知柳敬亭要耍甚麼把戲。

左良玉道：「這是本帥怠慢了。來呀，快叫左右擺飯來！」

「好餓好餓，」柳敬亭站起身來，往堂後邁步，一邊嚷嚷道：「等不得了，不勞在外間擺飯，就往內裡去吃吧！」左良玉臉色一沉道：「餓得極了，就能進我內裡去嗎？」柳敬亭停步微笑道：「餓得極了，也不許進內裡，元帥竟也曉得哩。」

「啊？哈哈，哈哈，哈哈哈哈！」左良玉聞言大笑，「好個舌辯之士，柳敬亭名不虛傳，俺這帳下，實在該有你這樣一號人物，只恨相見得遲啊！」

柳敬亭道：「不敢，不敢，只不過遊戲江湖，圖個溫飽而已。」

郭子徵眼看柳敬亭插科打諢，把一場公事鬧得甚不莊重，心中不喜，遂從懷中拿出一封書信，朗聲道：「元帥，這裡有封書信，乃是歸德侯恂公寫與元帥的，請元帥過目。」

「喔？恩師來信？」左良玉向旁邊一擺手，邊上一名師爺出來接過信，回頭呈上，左良玉拆開信封，把信紙抽出，又交給師爺道：「你給唸唸。」

那師爺知道左良玉目不識丁，信件向來都是旁人代念的。他速速瀏覽全信，確認並無讓左良玉難堪的語句，一邊暗暗讚嘆信上遣辭之雅、文情之茂，因而搖頭晃腦地唸了起來：

……頃待罪師中，每接音徽嘉壯志，又未嘗不嘆。以將軍之材武，所向無前，而犄角無人，卒致一簣遺恨。今凶焰復張，隳壞名城不下十數，飛揚跋扈，益非昔比。雖然，天厚其毒於斯極矣，非常之功必待非常之人。一時閫外士銳馬騰有如將軍者乎？忠義威略有如將軍者乎？久於行陣，熟悉情狀者有如將軍者乎？然則今日所稱為熊羆不二心者，捨將軍其誰……

師爺越念越是投入，抑揚頓挫輕重分明，左良玉卻是越聽越不耐煩，忽然打斷師爺道：「停，停！唸的甚麼東西，一句也聽不懂。」他左顧右盼一番，對著柳敬亭道：「柳敬亭，你來唸！」

師爺無奈，將書信交給柳敬亭，柳敬亭接過，略略欠身，接著眼神一變，還未開口，四周氛圍已自不同。鄭森心道，敬老當日說書也是如此。

「老夫正在待罪之中，每次接到將軍的好消息，說在哪裡又立了大功，總是大暢老懷，但又不能不感嘆哪！」柳敬亭雖然不識侯恂，但與侯方域交好，王公貴冑之輩也見得多了，因此揣摩著德高碩學儒士的語氣，倒也維妙維肖。「將軍英明武勇，所向無敵，流賊聞名喪膽。只可恨朝廷卻不給將軍奧援，只命孤軍深入，常言道雙拳難敵四手，好漢不敵人多，這才有功虧一簣的遺憾。如今流賊氣焰張揚，更勝於以往，真是老天無眼。不過非常之功，就是等著將軍這樣非常之人……」柳敬亭把信中的內容加油添醋，多用俚俗之語，又故意把能讓左良玉舒心的話加重語氣。左良玉半瞇著眼，聽得連連點頭，臉露微笑。郭子徵卻在心裡暗暗嘆息。

侯方域寫下這封信時，一字一句都是鄭森親見的，現在聽柳敬亭這般念來，倒也新鮮。信裡對左良玉套私交、賣恩情，又以古名將的忠義與風範相比，責以大義而不流於說教，確實寫得極好。柳敬亭雖然自行發揮，畢竟隨著文義而走，不脫原信旨意。

鄭森記得侯方域在信末寫的是：「郭汾陽功蓋天下，勢極一時，而國體所關，呼之未嘗不來，遣之未嘗不去。當其去來，若不自知其大將也……此無他，功名愈盛，責備益深，善處形跡，昭白宜早，帷三思留意焉。」

只聽柳敬亭提到郭子儀的故事，不免拿出說書本色，將郭子儀的形容風采細細描繪一番。他一邊偷眼瞅著左良玉，把他的樣貌也給套進去：「那汾陽王身形高瘦，眉宇俊秀，如玉樹臨風一般。雖然功名蓋世，總綰天下兵符，但敬重朝廷體制威信，有所召喚不曾不來，有所差遣不曾不往。來去之間，彷彿不知自己身為大將，而實在更顯出其大將風範哪。這沒別的，所謂樹大招風，人怕出名豬怕肥，功名越高，責難也就跟著多了。將軍您要善於自處，早些個表白心跡，莫讓朝廷和世人生出誤會，請您三思囉。」

左良玉聽罷笑道：「敬亭唸得極好，清楚明白！」他話鋒一轉又道：「這信敢情是大公子朝宗世兄寫的吧，世兄的文筆真是爐火純青了。」鄭森聞言略感意外，但再一想，左良玉與侯恂一家淵源甚深，能夠分辨也不奇怪。果然左良玉接著便道：「恩師時常給俺來信，知道我大字不識，典故甚麼的也知道的不多，所以信總是寫得淺顯些。大公子學問好，信也寫得漂亮，他幫恩師代筆的信俺也收過幾封的。」

郭子徵道：「司徒公親筆也好、侯公子代筆也好，總是司徒公的意思。」

「唉，」左良玉忽然嘆道：「開封一役之後，恩師又遭罷黜，河南正亂著，此際竟不得消息，叫俺好生懸念。卻不知公子此信，是否恩師所授意。」

郭子徵不防他有此一問，一時語塞，勉強答道：「司徒公本在商丘府上待罪，河南一片混亂，避禍南來，也是自然。侯公子必與司徒公聲息相通的。」左良玉卻搖頭道：「只怕未必，世兄的性情俺也知道些，他年輕心熱，想到甚麼就做甚麼。」

鄭森暗暗佩服，心下忖道，莫說這左良玉是個目不識丁的武夫，其實見事入微分明。鄭森想起侯方域說過他父親帶著一家人在揚州避難、休養，因而開口道：「晚生在南京時，與朝宗兄時相過從，此信確是朝宗兄的手筆。不過司徒公此刻正在……南京左近，往來不過一、二日路程之地，他們之間不時有書信往來，或者遣家人傳訊，聯絡十分密切。」

郭子徵忙接口道：「是極，司徒公公忠體國，聽見元帥領兵東下的傳聞，必也為國家、為元帥感到憂心的。」

左良玉緩緩說道：「賊圍開封時，朝廷想激勵我軍，遂把恩師從牢裡放出來總督保定。恩師自請入我軍中指揮，朝廷不許。奏調我到河北，也不許，就生怕我們合在一處會造反似地，疑心到這份上，叫人心寒。我與恩師兩軍相隔既遠，消息不通，這下可好，仗也打敗了，開封城也給水灌破了。朝廷裡鬧得不可開交，馬上派呂大器來替恩師……」左良玉話音冷酷，帶著深深的不滿和些許自責，「我知道其實朝廷是衝著我，但又不敢拿我開刀，就找恩師出氣。恩師是如此赤心為國的忠臣，前一回已被那『遭瘟閣老』溫體仁陷害，在天牢裡折騰了好幾年，此番雖只罷黜在家，卻不知甚麼時候又要翻出來成一大案呢！」

鄭森聽他牢騷滿腹，卻又真誠地為侯恂掛懷，心想此人是有真性情的，遂道：「司徒公的忠義和委屈天下皆知，以他的威望才具，將來也還必有大用。何況司徒公即便身在囹圄之中，對朝廷也不曾稍有怨望，一朝出而受命，依然盡心為國。」鄭森回想方才的對話，猛然醒悟到此人是個吃軟不吃硬的性情，於是道：「元帥望重天下，朝廷倚為干城。若為司徒公計，不唯當固守武昌，更應提兵進取一掃賊氛，以彰顯司徒公知人善薦之明。更何況——元帥功愈高，愈能為司徒公說話。」

這話提醒了左良玉，只要朝廷還須重用自己，必不至於對侯恂有過重的處置。於是緩和地道：「俺受恩師教誨，也曉得忠孝節義，必不會做出使恩師氣惱的事。今日之事，說來說去，還不都是為了糧餉二字。」

柳敬亭見郭子儆又要開口，生怕他一句話不對頭又把氣氛弄僵了，趕緊道：「是囉，皇帝不差餓兵嘛。前幾日我和大木在船上閒聊，他也說閩南人常講『吃飯皇帝大』，可見這吃之一字，是不可輕忽的。朝廷也深知元帥的難為之處，這次郭大人來，就是給元帥解餉來著哪。」

左良玉臉上露出不易察覺的喜色，隨即掩去。他身旁的左夢庚率直地道：「這才是要事嘛，卻不早說，費了忒多口舌。」

郭子徵道：「是，熊大人差下官前來，一是要與元帥商議軍務，二者，也是給元帥解餉。此外朝廷已有成命，要給元帥封爵。」

左良玉征戰多年，自認勞苦功高，企盼朝廷封爵已久，聽得此言不免喜心翻倒，只是他城府甚深，不願輕易表露。左夢庚卻無這份涵養，性急地問道：「封的甚麼爵？給多少糧餉？」

郭子徵瞧了左夢庚一眼，向左良玉拱手笑道：「賀喜元帥，朝廷嘉念元帥功高，乃國之柱石，已許封元帥為『寧南伯』。賜封的聖旨已在路上，想來不日就可到南京了。」他對著左夢庚道：「左都督也有升賞，授平賊將軍、晉升總兵官。」

柳敬亭喜道：「伯爺一門，父子兩元帥，古來少有，真的是可喜可賀！」

一旁金聲桓等將領、師爺們也都大聲賀道：「恭喜伯爺！恭喜少帥！」

郭子徵又道：「朝廷還有旨意，待元帥蕩平賊氛，將請元帥鎮守鄂州，世守武昌！」

左夢庚、金聲桓等人還沒會意過來，左良玉卻聽出此話的分量，隱然是援黔寧王沐英的例。蓋明朝體制異姓不王，但沐英鎮守雲南，死後追封為王，洵為異數。何況沐英鎮守的是邊鄙之區，武昌卻是腹心之地，更不可同日而語。左良玉大喜過望，心中震動，不由得起身道：「良玉雖然微有苦勞，但立功不多，怎敢當此厚恩？」

郭子徵道：「元帥倘能掃盡餘孽，還我大明太平安樂之世，便為不世之功，可與開國元勳比肩、凌煙閣上畫像，自然當得。」

左良玉畢竟老於城府，未被如此喜訊沖昏了頭，歡欣之餘旋即思忖：朝廷不恤如此高爵，該不會是撥不出糧餉，才給個虛銜搪塞一番，別無實惠？於是順口道：「朝廷如此器重，俺真是不敢受的。」他長嘆一聲又道：「莫說世守武昌，就是這寧南伯，俺也怕當不起。眼下二十萬士卒餓著肚子鼓譟，若是有個差池，唉，良玉可是愧對朝廷、萬死莫贖啊！」

鄭森心想，這左良玉確是個厲害角色，一時又想，怎麼他說的話跟父親對張肯堂說的如此相似。

郭子徵隨即答道：「元帥放心，左都御史李大人在萬難之中，給元帥籌了一筆糧餉，只要這江面上秩序一恢復，剋日就能解到的。」

「那可真叫李大人費心了。」左良玉不溫不涼地道。

左夢庚卻不耐煩了，急急問道：「郭大人，糧餉究竟有多少？」

郭子徵道：「共給四萬人六個月米糧！」

「四萬人六個月糧，那怎麼夠？」左夢庚叫道：「郭大人方才也聽分明了，俺爹帳下可有二十多萬人哪，當兵的扒飯，那可跟餓狗似地，這些個糧米一個月也就吃盡了。」

左良玉聞言，故意默不作聲，觀察郭子徵反應。郭子徵額上微微發汗，小心地道：「元帥麾下只有四萬人在額受糧，朝廷給糧便是照此發下，要是給多了，其他督撫總兵都要援例辦理，那可不成。」郭子徵慎重地道：「總是請元帥裁汰老弱疲冗、善加操練約束，以維持一支精銳之師。」

「豈有此理！」左夢庚氣呼呼地道：「俺爹帳下雖只四萬員額，但這會兒前來投靠的，像是吳學禮、惠登相、杜應金和馬進忠本也都是朝廷的官兵，該有他們一份口糧。還有徐勇雖然本為流賊，但知錯來降，總不能對人家說『對不住，你繼續當流賊去吧』？」

鄭森聞言，想起過去父親曾經擅自將五十幾名海盜收納在旗下，報到省裡，張肯堂來文嚴詞批評，還奏請朝廷處分，當時鄭芝龍隨便斬了幾個山寨寨民搪塞，私下裡嘲笑張肯堂冥頑不化、小題大作。但這會兒左良玉明目張膽地收降數萬流賊，左夢庚也理直氣壯地辯解，更見跋扈。

果然郭子徵道：「吳學禮等幾路官兵各有建制，不勞左帥代為籌餉。至於流賊慕義來降固是好事，也當請朝命後再受降，方為正辦。」

左夢庚滿臉不以為然，待要再說，左良玉揚手制止他，說道：「大軍乏糧不是鬧著玩的，這不是爭論多寡的時候。不拘多少，總是請李大人和熊大人盡速解了來。但不知餉銀卻是個甚麼數兒？」

「十五萬。」郭子徵道。

「十五萬？總要三、五十萬！」左夢庚喊道。

鄭森心道，怎麼朝廷解餉，卻像市場上討價還價。

「少帥明鑑，」郭子徵道：「朝廷的處境您是知道的，糧餉到處都很吃緊，這十五萬已是無可如何中挪湊出來專給元帥的。況且去年侯恂公總督保定時給元帥犒軍也是十五萬。」

眾人都望向左良玉，他不置可否，從臉上也望不出甚麼表情。郭子徵頓了頓，當他已經接受了，遂提出朝廷的要求，說道：「近來沿江上下，多有散兵游勇乃或新附於元帥的各路客軍，假冒元帥旗號大肆寇掠，朝廷的鹽艚船也給劫去五百多艘。熊大人特命下官傳諭，請元帥即刻勒兵勿動，立地整飭各軍紀律，維護沿江秩序。」

左夢庚道：「郭大人必是弄錯了吧，我軍雖然東下就糧，沿途並未騷擾地方。」

郭子徵唯唯不敢多言，鄭森忍不住道：「沿江秩序如何，晚生此行乘船西上，均為親見。莫說是亂兵或者客將假借元帥旗號，就是元帥麾下的副總兵王允成，光天化日之下劫殺商旅、擄掠婦人，行徑直與賊寇無異！」

「竟有此事？」左良玉忽爾勃然大怒，拍桌而起，「俺一向治軍極嚴，此番大軍乏糧，萬不得已而許諸軍東下就糧，行前早有明令，禁止手下擅取民間財物，何況劫掠。這王允成竟敢違俺將令。左右！」

「在！」

「與俺即刻傳他到我中軍，不得耽遲！」

「是！」一名將弁得令，旋即飛快奔出。

左良玉打一出場，都是一副神定氣閒模樣，這時飆風驟雨般一陣發作，讓眾人都嚇了一跳。

鄭森接著道：「似王允成這般的，元帥該殺他幾個以正典刑，沿江秩序自然立時好了。」

左良玉哼地一聲道：「王允成壞俺紀律，待俺查明，自有處置，眾位不必操心。」

鄭森急道：「只怕攀附各軍龍蛇混雜，元帥若不能雷厲風行，恐難收實效。」

「你怎麼這樣說話，」左夢庚道：「這是質疑俺爹不會帶兵嗎？」

一片緊繃之中，左良玉忽然劇烈地咳喘兩聲，滿臉漲紅，左夢庚忙叫道：「爹！」眾人也關心地道：「元帥！」左良玉舉手示意無礙，對鄭森道：「你好膽量，這樣同俺說話。」語氣間卻無責怪之意。他又對郭子徵道：「郭大人不必操心，沿江秩序，也不用怎麼整頓，俺傳個將令就能收拾的。至於新附各軍如何部勒，方才俺也講過了，近日俺頓兵於安慶不再東下，就是在極力約束，而且連日操練，已漸能統屬。」左良玉又輕輕咳了兩下，「俺已傳令各軍在教場操演，郭大人要是不信，這會兒就去校閱校閱如何？」

「喔？那便有請！」郭子徵答應道。

眾人隨著左良玉離開帥府，來到一處江邊。岸上平坦寬闊，乃是一處校場，場上卻只有寥寥幾名軍士站哨。

臨岸水面上停著許多戰船，船上不見人影也不樹旗幟，顯得有些空蕩冷清。當中最顯眼的是一艘巨大的龍舟，船首刻著碩大精美的龍頭，船上更竟立著三座望樓，中間那座底層懸空，並無梯級直通內部，而是由前後兩座望樓的上層搭建虹橋飛渡，極盡工巧富麗。鄭森見了，不免在心中暗暗叫好。

左良玉領著眾人來到船邊，向龍舟一比，道：「請郭大人登船。」

郭子徵遲疑了一下，說道：「這龍舟乃是御用之物，非天子御賜，即便親王也不可擅用，我等不宜登之。」

左良玉笑道：「這是皇上賜給楚王的龍舟，在武昌時楚王不時請我上船遊玩，後來索性借了給我，郭大人不必有這麼多顧忌。」

「不，」郭子徵為難地道：「我朝自太祖高皇帝以來，最重體制，無論宮制服色，都有定規，不可僭越。」

「哈！」左夢庚忍不住笑出來，「太祖已是二百多年前的事了，他定的那些吃飯穿衣服的規矩，現在還有誰照做？」

郭子徵道：「世風日下，器用服制紊亂也還罷了。但無論如何，這龍舟飾以龍形，非我等可用之物，下官不敢登船。」

「郭大人說得忒也重了，」柳敬亭插口道：「照這樣說，那麼每年端午節扒龍舟的舟子，都該抓來殺頭了。」

眾人聞言哄然大笑，郭子徵臉上一陣青一陣白，恨恨地看了柳敬亭一眼。左良玉大手一擺，對郭子徵道：「請！」郭子徵稍一猶豫，終於艱難地移步上船。鄭森雖然自己並不覺得登這龍船有甚麼了不起，但看到郭子徵受此折辱頗覺不忍。又怪柳敬亭未免有些過河拆橋，搭著人家的官艦前來，一受了左良玉賞識，竟便如此不顧郭子徵的顏面。

眾人上了船，從船首望樓入，登梯上樓，再渡飛橋到中央望樓頂上。上層四面大開，居高臨下展望甚好。只是校場上空空蕩蕩，一點也不似正要操演校閱的樣子。

柳敬亭道：「這上頭果然是個絕好地方，遠近景物一覽無遺，若能乘風遊江一定更加有趣。」

左良玉笑道：「敬亭要是有興趣，改日就乘這船四處遊玩一番又有何妨。」

郭子徵搶道：「不知今日要閱之兵卻在哪裡？」

左良玉道：「郭大人不必急，這就請您看操吧！」他向金聲桓示意，金聲桓鼓足中氣大喝道：「請郭大人和大帥看操！」手中令旗一揚，望樓外同時響起三通戰鼓。金聲桓緊接著揚起一面紅旗，船上一聲砲響，左右兩座望樓裡伸出大面紅旗搖晃，近處忽然上千人齊聲呼喝，聲勢懾人，郭子徵和柳敬亭等都嚇了一跳。眾人轉頭看時江面各船上已是一片紅色旗海迎風張揚，舷邊將士衣甲鮮明持戈挺立，竟不知是何時從船艙裡冒出來的。

金聲桓又揚起一面黃旗和青旗，砲響過，校場外千人齊呼，從場邊飛快奔入，黃旗獵獵，青旗颯颯，如兩道激流入海，又極迅捷地排成兩個方隊，齊整非常。金聲桓不待黃營、青營立定，揚起白旗，左近一座小丘上瞬時一片白旗招展，戈矛耀眼。接著黑旗令出，長江對岸又是一個千人隊倏然集結。

黑隊才就定位，也沒見金聲桓下甚麼指令，五營數千名兵士忽然齊聲一呼，戈矛頓地，氣勢甚為雄壯。

鄭森忍不住讚道：「好！」這五營雖然並未演練任何陣形，或者施放甚麼火器，看似平平無奇，但集結之迅速、動作之畫一，非千錘百鍊的精兵而不可得。左良玉微微詫異地看了鄭森一眼，又報以嘉許的笑容，似是在說：「你倒識貨！」

左良玉對著郭子徵道：「郭大人，本帥手下共分十營，前五營是親軍，後五營則是降軍，今日從其中五營選了幾隊來操演。龍舟左右的赤營乃是打自昌平、松山起就跟著我的，不論戰力或紀律都不在話下。校場上黃、青二營多是崇禎六年以後隨我剿賊的舊部，也沒得說。山上白營是近年歸附的官兵，對岸黑營則本是來降的流賊，這兩營，練起來是稍費了點苦心，但也不是不能部勒。」

郭子徵趕緊讚道：「元帥軍容嚴整，名不虛傳。」

「赤、黃、青、白、黑，元帥今日莫非要演五行陣，讓咱們大開眼界？」柳敬亭充滿期待地道。

「五行陣演著好看，真打起仗來不頂用。」左良玉道：「今日請大人看點真功夫。」他一揮手，金聲桓隨即舉起一支錦旗，號砲一響，校場上黃、青二營應聲向左右分開，讓出中間一道空地。

校場盡頭忽然奔入兩騎，無論騎兵服色或馬匹毛色皆無二致，緊緊靠著並馳而來，八隻蹄子兩兩成對地翻踏著，背後只一道塵煙飛揚，仿如是一匹生了八條腿的神駒。兩騎在岸邊急停，騎兵向龍舟一拱手，齊聲道：「請元帥和大人看操！」語罷倏然向左右分馳而去。

校場盡頭又是兩騎馳入，與方才那對一般並轡疾驅，並在岸邊分開馳去。接著一對又一對騎兵連續不斷地夾馳而入，不僅兩兩之間契合無間，前後對間更是首尾相啣，絕無空隙，馬足動地殷如雷聲，仿如一條巨龍怒奔而來。騎兵源源不絕奔入，沒有任何一對稍違法度。良久，才盡數馳過龍舟之前。

「大帥練的這馬陣，有個名堂叫『過對』。兩兩成對，進退如一。」金聲桓道，「賊寇的尋常騎兵，縱然整列成隊，也都禁不住這『過對』的衝擊。」

「小老兒今日真是大開眼界。」柳敬亭大為讚嘆，用開玩笑的語氣奉承道：「莫說是賊寇的騎兵，我看就是天下最堅厚的南京城牆，怕也擋不住這『過對』的奔流之勢！」

左良玉笑道：「敬亭這牛皮吹大了，騎兵再猛，又怎能衝得垮城牆呢，何況是龍盤虎踞的南京城，郭大人您說是吧？」郭子徵聞言，不禁臉上變色，汗珠涔涔而下，也不知該不該稱是。

鄭森見黃營和青營各有幾個軍士舉著木製的箭靶奔至近處，心想接著就是弓術的操演了。這時遠處馬足聲響，又是一對騎兵馳入，鄭森定睛看時，騎兵手上卻多了弓箭，馳到岸邊時分向左右張弓而射，穩中靶心，而飛馳之勢絲毫不稍滯阻。

更難得的是後邊又是一條黃龍也似的「過對」騎兵，連綿不絕疾奔入場，鞍上弓矢無一虛發。即便扶靶士兵無預警地前後跑動、高低縱躍，騎兵們依然百發百中。

柳敬亭看了不住鼓掌叫好，郭子儆口中喃喃讚道：「元帥軍容壯盛，真國家之福……」這時柳敬亭和鄭森同聲驚呼——衝入場中的騎兵竟立在馬背上，如踏平地，通過靶木時抽弓而射，百無一失。鄭森打心底深深地震動了，他自忖弓術和騎術也算是頗過得去的，偶爾出於好玩，也嘗試過立在馬背上的把戲，但絕不能似這般於全速疾馳中立定張弓中靶。忍不住又想，左良玉的騎兵精強若此，卻仍不敵李自成，那麼闖軍又究竟悍勇到甚麼境地？

左良玉忽然轉頭對鄭森道：「如何？要不要下場試試，讓俺們開開眼界？」

鄭森趕忙謙遜道：「晚生一點微末伎倆，萬不能和元帥手下相比，不敢出醜！」他這話毫無造作，真是打心底佩服左良玉手下的本事。

柳敬亭呵呵笑道：「元帥操兵出神入化，真是叫小老兒嘆為觀止。都說關外韃子騎兵所向披靡，恐怕也不及元帥所部。」

左良玉卻道：「郭大人和敬亭倒不妨猜猜，今日所見，那個部分最難演練？」郭子儆道：「必是那馬上立定的神射了。」左良玉微微笑道：「馬上立定開弓，外人看似艱難，其實老騎兵勤加熟練，倒不是那麼難以辦到之事。何況在戰場上，在馬背上站起身子來過於招惹敵人的弓箭戈矛，這等伎倆也無多大實用之處。」

柳敬亭道：「那麼，必是連綿不絕的『過對』陣勢了。兩匹馬兒要能練到四雙蹄子整齊畫一，前後對兒毫無縫隙，那可真不容易。要是當中有一匹快、慢了點，或者一個失足，那可不堪設想。」

左良玉道：「嗯，這『過對』確實是較難練些，不過也還不是最難的。」他看看鄭森道：「鄭秀才應該曉得囉？」鄭森道：「晚生不知。」左良玉道：「秀才何必裝作不知，你早瞧出來了嘛。」

鄭森遂道：「晚生於兵事一道，確實少有涉獵。若要晚生猜猜，那麼，最難練的應該是元帥將令一出，萬軍立時響應，如心使臂、如臂使指的這一層吧！」

左良玉哈哈大笑道：「果然是你最有眼色，說得一點不錯。『過對』也好，馬背上立射也好，都是熟能生巧之事。然而一萬名兵卒就有一萬個心思，十萬名兵卒那就是十萬個心思。要能練到齊一心志，在一團混亂的戰陣上依然恪遵號令，那真是千難萬難。」

柳敬亭興味盎然地道：「喔？那麼，該是個怎麼練法？」

左良玉道：「各軍有各軍的法令，互有巧妙，也難以盡數。別說是官軍和賊軍、虜兵的法令大有不同，就是官軍裡面也沒有一定之法。即便是侯恩師和俺的部隊，法令也是不通的。簡而言之，不過賞罰分明，勤加演練罷了。」他意有所指地道：「這『賞』，不僅是有功給賞。平日該給的糧餉一分不少，大將才有威信哪！」

鄭森聞言，不由得心中深思。他雖有個署理總兵官的父親，但一方面他自幼投身翰墨，刻意遠離兵事，偶見操演士卒也都只是匆匆一瞥，對此頗為生疏。再者，越是自幼見慣了的事物，有時反而顯得過於理所當然，而不曾細思其中關竅。今日以作客之姿觀看操兵，又聽左良玉這番言語，忽然明白許多事情。確實如左良玉所說，十萬名兵卒就是十萬個心思，主帥胸中再有計謀、個人武藝再怎麼高超，臨陣時若不能將指令下達，也是無用。鄭森眼望著龍舟前後左右這數千名活生生的兵卒，光是想像著發一個號令命其集結、進退，都深覺是不易做到之事，何況布陣、變陣、佯攻、撤退……仔細想想，統率一支大軍，真是好大一門實學，絕非單憑紙書口談，或者靠著忠義武勇就能成就之事。

正出神間，場上操演已畢。只見左良玉大手一揮，兩側望樓上旗號已出，全軍登時山呼：「元帥！元帥！元帥！元帥！」一聲聞四野，彷彿連船板都微微震動了起來。鄭森環顧眾人，左良玉一臉深沉，左夢庚意興風發，一旁柳敬亭滿臉衷心敬佩的模樣，郭子徵則是喜憂不定。鄭森自己內心更是複雜萬端，左良玉這番演練，與其說是展現統御部伍的能力，似乎更像是向朝廷威嚇。

●

當晚左良玉在帥府設宴，除了郭子徵、柳敬亭和鄭森，也把韓元祿和曾汝雲等盡行邀來。好酒好菜流水價地送上桌，不僅左良玉談笑風生，左夢庚更是一反日間驕態，熱情無比地衝著郭子徵勸飲。郭子徵先是還顧念著身分和差使，後來看左良玉父子態度，像是受了朝廷的條件，心緒一寬，又擋不住左夢庚和眾將連番相敬，終於喫得大醉。鄭森自幼與一眾海盜出身的長輩們飲慣了，酒量還過得去，畢竟也醉了六、七分。酒罷，鄭森等人不免搖搖擺擺，彼此扶持著離席，左良玉早命人備好轎子，將眾人送回驛館。

鄭森在轎中猶自醺然，朦朧欲睡。不知過了多久，轎子停下，轎夫喚道：「公子爺，驛館到了。」轎簾旋即打開。鄭森整個身子還沒出轎，已有兩名軍士一左一右抓著他的手臂往前走。鄭森笑道：「慢來，慢來，我可沒醉死呢，怎生如此使勁硬拽？」士兵聞言稍稍放慢腳步，手上勁力卻不稍放鬆。一行人都讓軍士們如此「攙扶」著進了廂房，鄭森微感奇怪，酒酣之際卻也沒有多想甚麼。

進房關了門，鄭森正要脫衣，房間角落裡卻有些動靜，鄭森留神張望，見一人從箱籠堆間鑽出來，低聲道：「少爺是我。」原來卻是小四。

鄭森道：「小四你鬧甚麼玄虛，差點嚇我一跳。」

小四一臉凝重，湊近低聲道：「少爺小聲些。這驛站有些不對勁，少爺別在這裡住了。」鄭森笑道：「是哪裡漏水還是鬧鬼？我曉得了，你必是在船上待久了，這地板不搖晃你反而不習慣。」小四虎著一張稚氣的臉，認真地道：「少爺，官兵沒安好心，像是要謀財害命，然後燒了這驛站滅跡！」

鄭森心中倏然警覺，故意說道：「你這個小孩子，滿口胡說甚麼呢？」接著彎身附耳道：「你仔細說說，哪裡不對勁？」

小四道：「日間曾少爺和我被帶來這裡之後，我覺得在房裡悶不住，想回船上去，大門口的官兵卻說甚麼也不讓我出去。我心想，哼，你不讓我出去，難道我就不會翻牆嗎？可是我從後邊翻上牆頭，就聽到牆外有人的聲音，像是在搬動東西，所以我就伏在牆上。」

鄭森點點頭，示意他說下去。小四續道：「牆外面窸窸窣窣的，我開始還以為是有官兵在撒尿，可聽著又不像。忽然有人講話，聲音就在我趴著的地方底下。一人說：『淋這一點子油燒得旺嗎？』另一人說：『讓你澆你就澆吧，哪那麼多廢話，又不是要燒你仇家，還怕燒不死人。』原先那人說：『可是管帶的說了，夜裡放火時一個都不能放跑了，油澆得這般少，怕燒得太慢。』另一人說：『眼下甚麼都缺，哪來這許多油去燒那幫南京的龜兒子。要不是管帶非要澆油，老子還懶得弄呢！你看這會兒天乾物燥，這些柴草就是不澆油，都還怕自個兒燒起來。何況到了夜裡，這驛站四周都讓俺們圍得鐵桶似地，耗子都走不出一隻，還怕走了龜兒子？』」小四童音未變，盡力模仿軍士的口吻，倒也有幾分神似。

「過了一會兒，原先那人說：『俺們大白日裡鼓搗這玩意兒，就不怕裡頭的人知道了？』另一人就笑他說：『龜兒子們都在元帥府裡，非到晚間給灌得醉醺醺地才回來，哪個會曉得。等晚上那幫人睡死了，這些個柴草就提進大院裡圍著廂房垛起來，到時候也不知是誰敲菸桿子不小心，火星子飛到柴草堆上，嘿嘿，那就一把火燒他娘的了。』原先那人又問：『我真不明白，大帥若要殺這幾個人祭旗，抓起來砍了也就是了，何必拐彎抹角地弄這些個玩意兒？』另一人說：『哼，上頭人的主意，哪個曉得。說不定他覺得一刀砍了沒意思，甕中這個……甕中燒龜兒子才好玩。』」

鄭森聽得心頭疑雲大起，想起方才下轎時軍士把他一路架進來，竟像是生怕他跑了似地，頓覺其中果有些蹊蹺。

小四道：「少爺，我知道那姓左的官兵在打甚麼主意。」

「喔？」

小四老氣橫秋地道：「這等買賣，我們在江上跑船的看得多了。殺人搶錢、放火滅跡。那姓左的要搶官艦上的錢！」鄭森道：「不是這樣，你別瞎猜，接著說下去。」小四激切地道：「是真的，我趴在牆上等那兩人走開，探頭看看牆外，堆了好多柴草。然後我跳出去跑到碼頭上，我爹的船和官艦都不見了，碼頭上都是官兵，看到我就惡狠狠地趕我走。我一路問人找到大帥府，想給少爺報個信，可是大帥府旁兵更多，連靠近一點也不行。所以我就回來這裡等你。」

鄭森思忖一番，道：「你做得很好。」他知道這不是和小四解釋的時候，何況自己心裡也是疑雲重重，因道：「我出去探一探。」

鄭森推門而出，假做酒醉中腳步虛浮步伐歪斜，往驛站大門方向走去，一面暗中觀察四周。角落裡果然有人盯梢，發覺鄭森出來，便學著夜鴞的聲音向外打暗語。前門那邊立時來了一對軍士，問道：「夜深了，相公要去哪裡？」鄭森被屋外寒風一吹，腹中翻動，順勢打個酒嗝，說道：「喝多了，夜壺也不知塞哪去，沒辦法，只好頂這冷風出來解個手。」

一名軍士道：「相公走錯了，茅房在後頭呢。」

鄭森回頭看看，笑道：「你瞧我這是，竟喝得不分東西南北了。」說罷轉身往茅房走去。那軍士冷冷地道：「相公走好。」上前攙扶著鄭森到茅房，又在茅房外等候，似乎是擔心鄭森失足滑跤，實則是牢牢盯著鄭森的一舉一動。鄭森一邊解手，一邊默默盤算著。待解完了，那軍士又寸步不離地伴著鄭森回房。經過柳敬亭房外時，鄭森忽然大聲道：「喝得不夠痛快，還得再喝！」說著掄起拳頭拍門道：「敬老！敬老開門，我知道你這兒必有好酒，咱們再喝！」

柳敬亭聞聲開了門，還不及打話，鄭森已逕自闖了進去，說道：「我料得不錯，敬老果然背著大夥在此獨享，這可不是你那鐔寶貝兮兮的『秋露白』嗎，何不趁著今日，讓兄弟我也嘗嘗。」一面從行李堆中抱起一個酒甕，向柳敬亭使個眼色。柳敬亭是何等乖覺之人，見鄭森行事大反常態，知道必有緣故，於是呵呵笑道：「難得公子今日喝得興發，『我有好爵，吾與爾靡之』，合該一道嘗嘗。」鄭森道：「上我房裡，咱們添酒迴燈重開宴去！」一手抱著酒甕，一手拉著柳敬亭，逕自回房去了。

鄭森關門上了杓，開了酒甕，大聲讚酒味香醇，尋兩個碗倒了，假意和柳敬亭喝將起來，一面低聲訴說情由。柳敬亭聽罷，冷靜地道：「如此聽來，確實不無可能。」

鄭森道：「左良玉若殺了郭大人，也就是鐵了心要起兵造反了。可是他為甚麼要如此大費周章，又邀郭大人看操，又設宴款待？」

柳敬亭道：「不錯，我等在他軍中，要捏要揉都只能隨他。他大可直接將郭大人捉起來，在軍前斬了祭旗，更可激勵手下將士。」柳敬亭稍頓一頓，深沉地道：「我料這必非左帥之意，而是他底下人瞞著他所為。左軍有二十萬人，各路來歸的部伍太多，龍蛇混雜，甚麼樣的心思都有。想來有人生恐左帥不肯發兵南京，想殺郭大人逼他出兵，但又不敢明目張膽地動手，才有這一著。」

鄭森聞言大驚，道：「倘若郭大人死在左帥軍中，左帥無法向朝廷交代，不反也得反了，如此國家休矣。你我性命還在其次，郭大人絕不可被歹人所害！」鄭森一時又疑惑道：「但不知左帥究竟意欲如何，昨日郭大人下達朝命，允諾賜爵、給糧、給餉，連侯司徒公的書信也遞了，可他看來卻是一副不置可否的樣子。」

「應該是意在觀望，還沒有能夠下定決心。」柳敬亭道：「眼前若能過得了今晚這一劫，應該就可平安無事了。」

「可該怎麼辦呢？」

「三十六計，走為上計！」

鄭森沉吟道：「且不說方圓百里之內，都是左良玉的勢力，對方既有布置，驛館四周必然圍得嚴嚴實實。我們的船也不見了，何況郭大人正醉著，哪裡走得了……」鄭森靈機一動，道：「我直接去找左帥問個清楚，此事若非他所授意，自會保護我們。若左良玉真要殺我們，不如求個痛快，勝過不明不白地活活燒死在這裡！」他又對小四道：「小四，一會兒你帶我從後頭翻牆出去，領我到元帥府，然後尋個安全的地方躲著。倘若我等遭遇不測，你就想法子回南京找馮少爺，請他轉告朝廷左良玉謀反之事。」鄭森抓著小四雙肩，懇切地道：「你是小孩子，歹人不會注意你。此事至關重大，影響天下氣運……天下不知幾十、幾百萬人的生死與此相關，請你務必辦到。」小四聽罷，重重點頭答應了。

柳敬亭聞言讚道：「鄭公子好膽識，危疑之際，似乎也只能如此。來，且滿飲此杯！」兩人舉碗一飲，鄭森道：「以敬老之辯舌，若能親見左良玉，必能說服他。」柳敬亭道：「夜闖敵營，以語折之，這等傳奇行事令人神往。但我這把老骨頭，只怕翻過牆去就散架了，若給賊人捉住反而誤事。事不宜遲，鄭公子趕緊去吧，小老兒在此靜候好音。」

鄭森想到柳敬亭是把性命託在自己手上了，慎重地點頭。一時想起身上衣著太過鮮明，到裡間迅速換了一套尋常布衫——這本是他前往蕪湖時為了不引人注目所穿的。小四隨即從裡間的後窗跳到屋外，左右觀看確認無人，示意鄭森出去。

鄭森對柳敬亭道：「請敬老不要睡下，裝作正在痛飲之貌，可拖延歹人發動之機。」柳敬亭笑道：「這個我自理會得，舉杯邀月，對影成三，正是小老兒的本等行當。」柳敬亭忽然學著鄭森講話的聲音口吻，大聲道：「敬老這酒果然芳醇，今夜咱們喝個通宵！」竟有八、九分神似。鄭森不禁一笑，又鄭重地向柳敬亭一點頭，轉身翻窗出了屋子，還聽得身後柳敬亭在那裡與自己「對飲」談笑：「大木別客氣，儘管敞開來喝去……」

鄭森隨著小四悄聲無息地摸到後牆，翻上牆頭，果見牆外底下一大塊黑影，該就是澆了油的柴草堆了。小四對鄭森附耳道：「少爺在這兒等等。」往前尋著一處柴草堆的空隙跳下去，鄭森等了一會兒沒見動靜，正準備往外跳，忽聽得有人喝問：「甚麼人！」鄭森趕緊伏低，偷眼一瞧，小四裝作夢遊的樣子，大搖大擺地在街上繞了一小圈，走到柴草堆旁，拉下褲子撒起尿來。那喝問之人急道：「喂，喂，不能尿在這上頭……哪來的渾小子，半夜跑到這兒來撒尿！」另一人壓著聲音道：「噤聲！」原先那人似乎推了推小四，低聲道：「閃遠點去。」小四口中喃喃不清，忽然順著被推之勢一轉身，尿水直往那人身上潑去。那人向後一跳，正要開罵，另一人趕緊拉住他，低聲道：「別嚷嚷！你跟個夢遊拉臭尿的小鬼較甚麼真，趕他走就是了，要是驚擾了屋裡人，或者驚動管帶的來察看，到時有你受的。」原先那人只好壓抑著怒氣，等小四撒完長長一泡尿，拉上褲子，才扳著他肩頭推著走，另一人還不斷低呼：「慢點些，慢點些，別弄醒他了，小孩子哭鬧起來可不得了。」

鄭森趁這當口，輕輕躍下牆頭，奔入對街民宅的影子裡。沒過多久，就見小四瘦小的身影從另一頭閃入，向他招呼，遂拔步跟上。兩人默默在幽闃的街巷中穿行，偶爾停步觀望，就會聽見一種安靜中夾雜著無數人們安寢酣眠的微弱聲息。然而一想起這黑暗中隱伏的殺機，鄭森心下頓時又是一陣悚然。

不多時，小四在一個巷口停步蹲下，鄭森湊近低身，果見帥府已然到了。府門緊閉、衛戍森嚴，府邸四周也有士兵不斷巡邏。鄭森向小四一點頭，向身後的暗巷一指，示意他離開。小四一點頭，眼神在黑暗中炯炯發光，隨即轉身去了。就這一眼，鄭森知道小四必能照著自己的指示行事。

然而到了帥府門口，才發覺該怎麼入府竟是個難題。倘若翻牆入府，不僅對府內方位不明，能不能找到左良玉都是問題，若被當成刺客捉住，更是有理說不清。思來想去，只好昂然由暗巷中走出，堂堂往府門而去。

才走出幾步，哨兵便喝問是誰，鄭森大聲道：「南安生員鄭森，有緊急軍情要向大帥稟報！」哨兵見他穿著粗陋，沒好氣道：「甚麼閒雜人在這裡拿老子尋開心，趁早滾遠點！」鄭森道：「這位總爺，晚生方才和左元帥、郭大人一道在府中吃酒的，府上管家認得在下，煩請通報一聲。」

哨兵見他器宇不凡，遲疑了一下，另一名哨兵卻道：「王老六，這會兒管帶的和大總管都已經睡下了，這人也不知是甚麼來路，你要擾了他們，怕沒有一頓排頭吃？」王老六遂道：「你聽見了，不管元帥還是總管，這會兒都已歇下了，真有甚麼事明天再來吧……」

鄭森想起驛站那邊隨時可能遭難，心中焦急，又想索性鬧將起來引府內人出來探望究竟，遂怒道：「此乃十萬火急的軍情，待到明天出了天大的差錯，你擔待不起！」一個箭步衝到府門前猛力拍打，高叫：「開門！」要知帥府如兵營，怎容人如此硬闖，幾名哨兵齊聲罵道：「作死嗎！」持矛就往鄭森身上招呼。鄭森早料得有此一擊，向旁邊一閃，數柄長矛重重撞在府門上，在靜夜中發出巨大的聲響。

遠處街上忽然馬蹄聲響，趕到府前，哨兵們都喊道：「金將軍巡營回來了！」馬上之人喝問道：「這是在鬧甚麼？」鄭森一看，卻是金聲桓領著幾騎到來。他心下疑惑，不知金聲桓是不是意欲襲燒郭子徵的將領之一，但這時已顧不得這許多，故意大聲說道：「金將軍，有歹人要放火燒了驛站，謀害郭大人性命！」

金聲桓大驚，說道：「哪裡會有此事！」這時哨兵一陣驚呼：「那邊是怎麼回事，莫不是走水了！」鄭森一看，驛站的方向隱然有微微的紅光泛起，大喊一聲：「不好！歹人動手了！」

金聲桓立時發令道：「江尚德，你去點一隊人馬速往驛站！」一人應聲領命，隨即風也一般去了。金聲桓又對鄭森道：「公子上馬，隨我來！」鄭森回頭對著哨兵們高喊：「驛站走水，請速通報元帥！」一面向外飛奔，往最近一匹馬的臀上一按，飛身而上，幾名騎兵喝地一讚，登時隨著金聲桓馳出。

眾騎顧不得馬前提燈的步卒無法跟上，摸黑在石板道上疾馳，好在大街平直，眾騎又都是萬中選一的精銳，瞬時便已奔到驛站。只見驛站裡火勢沖天，劈啪聲響，而守衛驛站的士兵們卻都只遠遠圍著張看，一見金聲桓到來，無不大感意外。鄭森未及多想，滾鞍下馬，衝入驛站中，聽得身後金聲桓大罵：「你們都杵著做甚麼，還不快救人、救火！」

鄭森進到內院，見廂房四周堆著柴草，正自熊熊燃燒。幾間廂房門口都被柴草堵著，裡頭的人無從逃生。鄭森奪過一旁士兵手中的長矛，衝到郭子徵房門口，冒著火舌把柴草堆挑開。金聲桓也跟著衝上前幫忙，一時士兵們紛紛動手救火。柴草撥開，露出門板，鄭森一腳踹開，衝入房中，見郭子徵昏厥於地，將他負在背上逃出房間。一時韓元祿、曾汝雲也都被士兵們救了出來。

幾名士兵迎上前來接著郭子徵，他一被安頓在地上，忽然大聲咳嗽，哀嘆不止。鄭森見他性命無礙，總算鬆了老大一口氣。一時又見柳敬亭在士兵攙扶下走來，鬚髮衣衫盡皆焦黑，燻煙直冒，難得他卻依然風度翩翩，淡淡地道：「大木何來之遲也！」鄭森抱歉地道：「讓敬老受驚了。」柳敬亭笑道：「受驚倒無妨，他日這可是說書場上的絕好段子。但得罰你賠還我那一罈『秋露白』！」鄭森認真地道：「我賠你十罈！」

驛站外兵卒們忽然騷動道：「元帥來了！元帥來了！」馬蹄響處，只見左良玉怒馬如龍似地馳入，身上單披著一件長袍，也不及扣好。左良玉才一下馬，便直驅郭子徵面前，關心地問道：「郭大人受驚了。大人沒有受傷吧？」郭子徵趕忙掙扎著起身，口中喃喃道：「好，好……」後邊又幾騎奔入，一人拿了件皮裘要讓左良玉穿上，他接過一抖，便披在郭子徵身上，道：「請大人先到俺府裡去好生歇著，明日再給大人壓驚、請罪。」說罷轉身下令：「備轎送郭大人和幾位貴客到府裡去，請楊大夫來給郭大人瞧瞧。」又對韓元祿、柳敬亭、鄭森等道：「各位貴客無事吧，都請到俺府裡歇息去。」眾人紛紛遜謝了。

這時一旁傳來一陣嚴厲的責罵聲，眾人一看，左夢庚正對著一名將校大發雷霆：「你這差使是怎麼幹的，我千交代萬交代，這驛站的事情最是要緊，你……你竟讓郭大人犯上這樣的險，連場小火事也顧不好。回頭再跟你算這筆帳！」

左夢庚罵了幾句，湊上前來對著郭子徵和眾人猛賠不是，又帶著歉意向左良玉喊道：「爹……元帥……」左良玉「哼」地一聲，並不理會，只道：「送大人上轎，我親自護送回府！」

眾人乘轎到了帥府，各自進了客房休息。鄭森十分疲累，也沒換下被燒得焦破的衣服，倒頭就躺在床上，但卻睡不著，只覺此際的安詳和方才的驚危恍如隔世。不知過了多久，朦朧間見天色微亮，神思紛亂，再也躺不住，索性起身。屋外下人一聽得他有動靜，隨即進來伺候他盥洗、更衣。

待鄭森整理停當，又有下人來報，說柳先生也已裝束妥當，元帥有請二位。鄭森出了房間，柳敬亭已在門口相候。兩人對望一眼，都像在說「你也一夜難眠？」不由得彼此一笑。兩人相偕邁步，鄭森想起昨夜之事，猶感憤憤，於是說道：「左帥軍中竟有歹人欲害郭大人，陷左帥於不義，以遂其不忠之願。如此奸徒，左帥必定漏夜查清了？」

「恕我直言，」柳敬亭看看領路的下人背影，故意放慢腳步，平淡地道：「昨夜之事，怕是不會窮究到底。」

「豈有此理？」鄭森詫道：「即便不說國家大義，左帥自軍中出了這樣違令妄動的手下，他怎麼能不究明了以肅軍紀？」

柳敬亭未即回答，看與下人隔得遠了些，才悄聲道：「大木不妨想想，昨夜負責驛站防務的卻是何人？」

「那是左帥的公子左夢庚……」鄭森恍然驚悟，「這果然是左帥的主意？不，也許左夢庚與左帥對此心思不一……」

「不錯，你瞧昨夜左夢庚對左帥應答的樣子，不像是串通好的。」柳敬亭深沉地道：「左軍裡意圖東下南京的勢力，看來攀上左少帥了，如此他們已在左軍中成一大派系。左帥新敗之餘，又缺糧餉，在這軍心浮動的當口，恐怕投鼠忌器。」

鄭森聞言，不由背脊微滲冷汗。左軍內部的情況，是事前沒有預料到的。他定一定神道：「左帥畢竟沒有貿然東下，如此則仍有轉圜之機。昨夜之事，說不定還讓左帥對底下人有所警覺。」柳敬亭道：「不錯，咱們見機行事。」

兩人不再言語，默默穿過園子來到一處花廳。左良玉已在裡間等候，看似一夜沒睡，眼神中卻帶著警醒的鋒銳。他對二人十分客氣，叫人擺上早飯，又請二人喝了杯壓驚酒，卻果然絕口不提昨晚之事。

柳敬亭道：「元帥這麼早把我們找來，不知有何吩咐。」左良玉心不在焉地道：「也沒甚麼，想找個人說話，這一大清早竟不知該找誰，忽然便想起二位罷了。」

這時外面響起極精神的馬靴踏地之聲，接著金聲桓便出現在門口，身邊小兵捧著一方盤子，上面放著一顆血淋淋的人頭，令人觀之悚然。金聲桓道：「稟元帥，徐元仁問斬，請元帥檢閱。」左良玉不稍一看，只問：「各營換防，都調動好了？」金聲桓答道：「是！」

左良玉揮手叫小兵下去，金聲桓問道：「是否照往例傳首各營？」左良玉想都不想道：「不，隨便埋了就行，不要張揚。」他沉吟了一會兒道：「給全軍加派十日糧餉。」金聲桓得令退下去了。

鄭森忖道，左良玉這連番處置，可見夜襲驛站之事確為左夢庚背著他所為。默默料理幕後指使的徐元仁，一方面殺雞儆猴，但又顧忌著擾動軍心，趕緊加派糧餉，果然應了柳敬亭的猜測。

左良玉忽然鬆了一口氣，臉上大顯疲憊。須臾，淡淡地道：「俺治軍不嚴，手下妄動，讓二位看笑話了。」他忽然劇烈地咳嗽起來，鄭森二人起身關切，他卻擺擺手，待咳勢稍止，才吩咐下人道：「把楊大夫開的藥拿來。」下人立時端了一碗滾燙的黑色膏湯奉上，左良玉也不怕燙，唏哩呼嚕喝了，末了深深呼一口氣，像是舒暢了許多。接著漫不在乎地開口道：「俺這身子骨，怕是不能再為國效力多少時候呢！」

柳敬亭道：「元帥說笑的本領，真是不比小老兒差。尋常風寒，將養幾日也就罷了，怎奈何得了元帥幾何？」左良玉嘆道：「戰場上那怕烈日寒風、冰霜凍雨，都得硬著頭皮上陣，年輕時不當一回事，老來才知病根種得不輕。」鄭森道：「元帥也是心裡有事，調養得也就慢了。請元帥寬心定志，自然能夠速速恢復的。」左良玉聞言，「嘿嘿」一笑，道：「你說得倒容易。」

柳敬亭見左良玉心事重重的樣子，遂開口道：「元帥找咱們說話解悶，我倒剛好有個笑話。」左良玉應道：「喔，倒是說來聽聽。」

柳敬亭道：「有個紈褲，專愛上青樓尋樂子，把自家老父給餓著。老父就對他說：『你上妓院，都要找人幫襯取樂，或者奏樂陪酒，或者奔走服侍，卻要讓他們趁食，花費實在不少。與其找些閒人幫襯，何不把我帶了去，我既有得吃，你也省錢，豈不兩便？』」

左良玉道：「這老父算盤打得倒好，兒子果然帶他去了？」

柳敬亭道：「如此兩便之事，兒子自然樂從，只是怕傳出去不甚光彩，因此父子倆商議了，並不說破。這老父到了妓家，諸事都幫襯得極為體貼，小娘覺得奇怪，問兒子說：『哪裡找來這樣的幫客，大異常人？』兒子說：『這話不太好說，他家媳婦與我有些私情，是我養活的，所以這般體貼。』隔天，小娘拿兒子這話去問老父，老父說：『雖則如此，他家母親也與我有些勾搭，只當兒子一般，不得不體貼他。』」

左良玉楞了一下，旋即大笑，鄭森也不覺捧腹。左良玉笑得流淚，邊笑邊咳起來，下人們一邊掩嘴一邊忙著上前幫他敲背。左良玉上氣不接下氣地道：「好一對父子，說得倒是一點不錯。」柳敬亭道：「可不是，兩人沒一句虛言。」左良玉道：「這兒子好生可惡，只顧自己取樂，卻讓老父給餓著。」鄭森道：「幸虧老父聰明，想出這麼個兩便之法。」左良玉忽然嘆道：「唉，老父再怎麼聰明，畢竟是委屈了。」

鄭森二人聽他意在言外，對看了一眼。柳敬亭笑道：「父子一場，說穿了不過如此，彼此幫襯體貼罷了。」左良玉也是一笑，道：「是極，莫說這只是個笑話，卻也道盡實情。」他忽然感嘆道：「俺這個兒子，也是只顧自己高興，任性而為，遲早要把俺這老父給餓煞了。」

柳敬亭道：「少帥姿質偉岸，是個人傑，元帥不必過於操心。」左良玉疲憊地道：「這些應酬言語趁早收起來。你莫瞧俺統領大軍好不威風，平日裡想找人說兩句體己話也不成……」他忽然盯著鄭森看了半晌，緩緩地道：「俺那兒子，若有你一半膽識就好了。」鄭森不料他有此一說，詫然不能應。左良玉卻自顧氣憤地說了起來：「這小子在俺眼皮底下陰謀妄動，膽大妄為。但他要殺官逼俺起兵，卻不敢明著動手，半夜裡偷偷摸摸放火燒驛站，盡使些小賊的手段！事不成，又全推在旁人身上，一點擔當也沒有！俺左某人一世英雄，沒想到卻有這麼個窩囊兒子！」

左良玉忽然這般直言無隱，令二人大感意外。柳敬亭立時警覺，左良玉正當變故之後，心緒波動一時多言，日後難免不會失悔。且自己有心攀附在左良玉身邊，將來與左夢庚盤桓的機會也多，他們父子間的矛盾，自己若攪和得深了，他日禍不可測。有著這番顧忌，柳敬亭便不願輕率開口，只在腹中想著該怎麼回話才能兩面光淨。

鄭森卻沒想這麼多，他自己是大將之子，稍一揣摩不難理解左夢庚的心思，當即懇切地道：「或許正是元帥威名太甚，少帥自忖處處不及父親，又想做點大事讓元帥刮目相看，才有此舉。」

左良玉聞言，「哼」地一聲道：「這畜生，一個勁兒就想出風頭，想讓俺看重，卻總不肯實心任事，專會變些花花樣兒，一戳就穿。俺帳下的老將他不去親近、討教，老愛跟一干降將鬼混，成天不幹正經事，聽他們出的一堆餿主意，才會鬧出這次的事來。」

鄭森道：「晚生有一言，也許僭越了，不知該說不該？」左良玉道：「有話就說，幹麼溫溫吞吞地像娘兒們似地。」鄭森道：「是。老將們都是跟著元帥血戰過來的，少帥即便資質再好，在他們跟前也都顯得生澀。但降將們不免著意巴結，少帥和他們在一起更覺自己有用武之地吧。」

柳敬亭跟著道：「少帥姿質自然是好的，也許性子急了些。元帥『幫襯體貼』些個，好生栽培，必成棟梁之材。」左良玉聽得「幫襯體貼」，乾笑兩聲道：「好嘛，誰叫俺與那畜生的母親也有些勾搭呢！」說罷不再言語。

鄭森看著左良玉，晨光照在他斑白的鬢角，也讓這張俊朗面容上的細紋變得格外顯眼。鄭森心道，眼前這人此刻並非威風八面的大元帥，而是個憂心兒子不成器的父親。而他那細紋下的眼神，竟與自己的父親鄭芝龍如此神似。鄭森心中忽然一陣激動，想到自己與父親志趣大異，雖然十多年來父親從未強要自己學生理、習兵事，而是由著自己讀書應舉，可從父親和旁人的言語態度中，可以知道父親對此不無失望。反過來說，自己讀聖賢書，對父親的作為也有許多不能苟同之處。自己既不能順從父親，父親恐怕也難採納自己的諫言。一時覺得父子之間竟是如此艱難，心中暗道：無論自己與父親志趣差別再大，總是要克盡孝心。

左良玉畢竟是飽經陣戰的大將，偶然感傷，講了幾句心裡話，情緒一過也就立時收束，恢復平日的冷峻威嚴模樣。他不輕不重地咳了兩聲，道：「畜生之事，不再提他。眼下這局面，卻可怎麼才好？」

柳敬亭見機道：「小老兒此行，自告奮勇隨著郭大人到安慶來見元帥，一是仰慕元帥威名，當來瞻仰瞻仰。二是肚子裡也有幾個主意，想來賣弄賣弄。」

左良玉眼睛一亮，喜道：「俺這帳下，自不缺精兵猛將，可就少些諸葛亮、劉伯溫給俺出主意，你有甚麼妙策，趕緊說來。」柳敬亭呵呵笑道：「小老兒自非諸葛亮、劉伯溫，但一點臭皮匠的計略還是有的。」左良玉催道：「你倒是快說。」

柳敬亭好整以暇地道：「小老兒為元帥謀畫了三策：上策、中策、下策。」左良玉樂道：「這等獻策之法，說書場上聽得多了，不想今日你卻來與我獻三策，倒也新鮮！想來不外乎上策太促，下策太緩，獨取中策吧？」柳敬亭道：「元帥真是聽慣了書的，是咱說書人的好主顧。」

他頓了頓，認真地道：「上策莫如即刻提兵東下，晝夜不息，以迅雷之勢直下南京，請朝廷賜爵封王，以號令江南！」

鄭森聞言心頭一驚，卻不知柳敬亭是真心如此，還是出於諷喻，一時不語。左良玉聽了不置可否，冷靜地道：「那麼再說說中策和下策。」

柳敬亭道：「中策者，回師武昌，整軍經武，扼留都之上游、江漢之匯口。待時機成熟，或向商淮以通京畿，或向荊襄以圖宛洛，進可以滅賊建功，退可以固守自雄。」他頓一頓道：「至於下策，便是繼續頓兵安慶，左右觀望，再做計較。」

左良玉道：「下策太緩。久頓於此，師老兵疲，並非長久之計。然則上策果真能行？」

柳敬亭道：「元帥鋒銳，國中諸軍無可匹敵者。南京承平日久，武備廢弛。左近督撫聞元帥東下，避之唯恐不及，南京城吹彈可下也。一旦而有留都，則向朝廷請封為王，為國家雄鎮江南，使無後顧，可以專心經略中原。」

左良玉搖搖頭道：「本朝制度，異姓不王。沐英開疆拓土長鎮雲南，死後才得追封為王。向朝廷請封，哪裡能夠？」

柳敬亭道：「此一時也，彼一時也。國初天下大定，甚麼都得聽朝廷的。眼下元帥若得了南京，朝廷要聽你的，豈有不封之理？楚漢相爭時，韓信遣使漢王，請封為假齊王，漢王聞訊大怒，張良和陳平趕忙拉袖子踢靴角，漢王不得不改口道『封甚麼假齊王，要封就封真齊王！』不就是個絕好例子。」

左良玉似乎十分心動，卻道：「南京城龍盤虎踞、固若金湯，俺固然有把握攻得下來，卻不免大有損傷，這點不可不慮。」柳敬亭道：「正因為南京堅固如此，左帥才更應入主。以南京今日防務之虛，倘若落於賊寇之手，那可不得了了呢！」

左良玉默不作聲，一雙眼睛定定瞧著遠方，顯是在仔細盤算。鄭森驚駭不已，他本以為柳敬亭是說反話諷諫，沒想到愈聽愈不對勁，竟似認真替左良玉謀畫來著。他忍不住道：「敬老何出此策，陷元帥於不忠不義？南京乃太祖陵寢所在，外臣邊將怎可擅入？且元帥發兵名不正、言不順，逆天道民心而為，豈能成功……」他腦中說辭源源不絕湧出，但都不脫侯方域信中所言，一時瞧見左良玉臉露冷笑，猛然想起張肯堂對鄭芝龍曉以大義卻受辱而去之事。鄭森頓時醒悟，對左良玉不可純然說之以理。雖然鄭森以儒者自視，胸中重義輕利的念頭橫亙不去，要他做個分斤掰兩講利頭的縱橫之士，實在大違本願。但左良玉的動向對天下局勢牽動太大，不容他猶疑，只好把心一橫，轉了話頭劈頭直問：「元帥記得那韓信下場如何？」

柳敬亭心想，自己才拿韓信與左良玉相比，鄭森提起此事，顯得自己大觸左良玉的霉頭，於是搶著道：「韓信後來與陳豨謀反，自引禍咎，說起來一大半也是呂后與蕭何負之，才有長樂宮被害之事。」

鄭森道：「謀反云云，焉知不是欲加之罪？實在還是韓信過於張揚了。太史公不就說：『假令韓信學道謙讓，不伐己功，不矜其能，則庶幾哉？』如今天下未定，元帥大功未成，莫說封了王遭朝廷忌諱，就是其他的督撫總兵，看了也要眼紅，豈不是給自己處處樹敵？」

左良玉聞言不語，但看表情已聽了進去。柳敬亭見風轉舵，呵呵笑道：「大木說的也不無道理，其實以元帥的功勞與軍威，封王指日可待，倒不必急於一時。本朝太祖爺起兵之初，也是採納諫言『高築牆、廣積糧、緩稱王』嘛。」

鄭森聽柳敬亭竟拿出太祖相比，更加不倫不類，也隱隱覺得柳敬亭原來只是個迎合上意、獻策求榮之輩，叫人大失所望。但這時不是與他爭辯的時候，遂問左良玉道：「元帥眼前最急之務，莫非糧餉，朝廷已允撥六個月糧、十五萬餉，元帥卻因何猶疑不受？」

左良玉聞言，竟發起牢騷來：「這糧餉之事，說來就有氣。朝廷養兵，叫弟兄們上陣賣命打仗，按額撥糧給餉乃是正辦，可自俺轉戰中原以來，沒有一年不拖欠。總是打了勝仗，或者催著出兵才趕緊補撥一些。帳棚、衣甲、器械甚麼的更是不用說，弟兄們都是戰甲補了再補，不然就得自個兒張羅。每次好容易撥點連塞牙縫也不夠的糧餉下來，解糧官們又都是滿口忠義道德，不然就是聖諭說教，好似他們不是來撥朝廷欠俺的餉，而是拖著祖產來放債一般，只差沒叫俺拿老婆抵押給他！」他愈說愈氣，一拍桌子道：「俺也是懂得敬重讀書人的，譬如恩師侯司徒公，俺就佩服得五體投地。可俺也不客氣地講，很多朝裡的大人，雞也沒殺過一隻，關在門裡翻過兩本兵書就自以為懂得打仗了，到軍中來，整日裡只是叫出兵，說甚麼王師到處，自然會有父老簞食壺漿相迎……進他娘全是鬼話！改日俺大軍打到他家大門口，看他叫不叫親妹子出來伺候老子！」左良玉說到激動處，又是一陣咳喘，但話匣已開，竟自滔滔不絕：「俺規規矩矩請餉，活像個要飯的，得處處看人臉色。那敢情好，俺就到南京去自己吃那朝廷欠俺的一份口糧，也叫朝廷的大人們看一回俺的臉色……咳咳……你瞧，這不巴巴地給俺送糧來了。俺說那些在朝裡享福的閣老、大人們，都是不點不亮。俺這回要那麼容易受糧收兵，到明年他還要欠我！」

鄭森這才明白，左良玉原來是對文臣的迂腐和糧餉不濟有所不滿。鄭森頓時一番辯解之語湧到嘴邊，但又自己吞了回去，畢竟這是三言兩語無法說清的事，硬要和左良玉打擂台也只會把事情弄擰了。於是道：「朝廷有朝廷的難處，元帥也是知道的，這且不提。我只請問元帥，大軍一旦入了南京，糧餉就此可得不？」「那還用問？自然是要甚麼有甚麼。」「的確如此。然而明年呢？」「沒糧吃，今年都活不了了，還管明年？」

「元帥此言差矣。」鄭森搖頭道：「朝廷眼下已然允諾給糧給餉，今年已不成問題。但倘若元帥今年就提兵入了南京城，固然能得更多玉帛珍寶，明年卻又能徵到糧餉嗎？」

左良玉傲然道：「我要徵糧，誰能不給？」

「有糧可徵，自然不敢不給，但若無糧可徵呢？」鄭森嚴正地道：「恕晚生直言，元帥麾下紀律並不都如中軍嚴整，所到之處寇掠商民甚酷。聽說江西許多窯工逃亡四散，窯場也都毀棄了。大兵再往東行，則耕農棄地、桑農棄林……」

「你說的我都知道，」左良玉揮手打斷他，「流賊就是這麼搞的，所以從來在一個地方都頓不長。可俺並非流賊，要是俺為國家守著南京城，左近幾省該給俺解糧來。」

「晚生愚見，元帥入南京一事，有三不可。」鄭森不卑不亢地道：「一者，朝廷有朝廷的顏面，元帥不請自來，朝廷的顏面往哪擱去？一紙詔書下來元帥就成了朝廷之敵；其次，元帥雖然討厭文臣迂腐，可徵餉轉輸，還是得靠文臣去辦。如今中原塗炭，江南是國家元氣所在，與其殺雞取卵，元帥何不留此糧餉重地，讓朝廷替您徵輸？」

左良玉目若寒霜，盯著鄭森道：「說下去！」

鄭森道：「三者，各地督撫見元帥得了南京這樣上好地方，能甘心俯首把糧餉解來給您不？

晚生在南京時聽說，兵部正議調鳳陽總督馬士英，乃至於署潮漳鎮總兵鄭芝龍入衛留都。到時候元帥您成了賊軍，人家倒是名正言順入了南京城，豈不為人作嫁？」

這一語乃是左良玉始料未及，他「啊」地一聲，接著道：「豈有此理！豈有此理！」

柳敬亭趕緊說道：「其實元帥早有成算，頓兵安慶，讓朝廷瞧瞧顏色，待得了朝廷的欠餉，還是要回武昌去的。小老兒的『上策』著實太促，不過博元帥一笑罷了。」

左良玉嘆道：「奈何西邊賊軍勢大——要是早個兩年，賊勢再盛俺也不懼，可恨俺這病，打疊不來精神；朱仙鎮一役，俺的精兵良將死傷不少，新附各軍又多烏合，也需要找個地方好生訓練一番，頓兵於此，也是萬不得已。」

柳敬亭笑道：「元帥何須氣短，憑著『左爺爺』的威望，何愁賊軍不望風而逃。賊要真敢來犯，定也討不了好去，元帥該記得赤壁之戰吧？」

「赤壁之戰？莫非敬亭你會築壇作法，借來東風？」

「呵呵，小老兒又非神仙，哪有這般本事。」柳敬亭胸有成竹地道：「說書的都講孔明借東風，火燒連環船，那畢竟是傳奇故事，孫劉不及五萬之眾，能敗曹操數十萬百戰雄師，靠的乃是精良的水軍。賊軍陸師再猛，也不會強過曹操，到這長江之上，一樣的風土不服、不習水戰。」

「俺與流賊，都有水軍，三國的事情不能為例。」左良玉不以為然。

「元帥的水軍船隻，乃是借用朝廷五百艘鹽艚船以運兵，又以商民之船改做戰艦。」柳敬亭指指鄭森道：「小老兒現學現賣，借用大木一句話，這些實在稱不上戰船。」

「喔？」左良玉傲然又疑惑地看著鄭森。鄭森不防柳敬亭有此一說，在左良玉的目光下不能不答。他心中飛快地計較，這水軍之事，不能盡數教與左良玉知道，免得他萬一東下南京，官軍反無制他之法，但透露一點門道給他，以堅其西上之志也是好的，遂道：「水戰之道無他，大船勝小船、多船勝寡船，大銃勝小銃、多銃勝寡銃，如此而已。元帥眼下的船隻，舷淺腹寬迴轉不便，用以運兵則可，交戰時卻是十分不利。應該造些舷高艙窄的戰船才是。」他把鄭芝龍對張肯堂解說海戰的話依樣畫葫蘆地說明了一番，雖只觸及皮毛，畢竟讓只知陸戰的左良玉有大開眼界之感。

「不想秀才竟是水軍的行家，不愧是泉州鄭氏族人。照你的辦法造一支真正的水軍，就不必再擔心賊兵順江而來了。」左良玉頓一頓道：「看來萬事俱備，只可惜朝裡無人。如果恩師能夠起復就好了。」

「朝裡支持元帥的大人也是有的。」鄭森想到左良玉十分敬重人情私恩，遂道：「這次南京兵部議撥糧餉，本來困難重重，反對的人也很多。是左都御史李邦華大人一肩承擔，還未及向朝廷請旨，便慨然權開留都糧倉和九江藩庫，給元帥湊足糧餉。」

「竟有此事？李大人如此承擔，左某人何以克當。」左良玉感激之情發乎肺腑，毫無造作，看來東下之意已全然打消了。他一掃陰霾，眼中精光大盛，豪快地道：「有糧有餉，有李大人關照，又有建造水師之法，我還有甚麼話說？我今日便傳下將令，即刻大造戰船、操演水師，剋日恢復武昌，以餘生自效於朝廷！」

第拾回

離合

三日後，鄭森與郭子徵一行離開安慶，左良玉親率左右大將送到南門碼頭。左良玉為了表現誠意，歸還五百艘劫來的朝廷鹽糟船，令其隨著郭子徵的官艦東下，並另派戰船護航，一時江面上布滿船隻，幾乎望不見盡頭，陣仗之壯，與官艦來時不可同日而語。

左良玉與郭子徵寒暄畢，對鄭森道：「秀才當真不肯留在本帥幕中，非要東行嗎？」鄭森慎重地答道：「承蒙元帥錯愛，幾番相邀。然而晚生實不知兵，只是道聽塗說，在此並無用處……且老父在堂，不敢久遊於外，晚生剋日就要回泉州去的。」這兩日間，左良玉款待郭子徵一行，尤其是對柳敬亭和鄭森格外優遇，甚至親自指點鄭森騎射之法，時間雖短，已使他獲益不淺。左良玉力邀二人為其幕僚，柳敬亭自是得遂所願，鄭森則始終力辭。

柳敬亭這時站在左良玉身側，大袖飄飄手神超逸，儼然軍師姿態。鄭森想起他巧言討好王允成、向左良玉獻策進兵南京稱王等事，對他留在左良玉身邊不免有些擔憂。但一路上共歷艱險，乃至幾度彼此相救，也有患難之情。一時心緒變得複雜起來，遂道：「有柳先生在元帥帳中參贊，必能輔佐元帥殄滅流賊，克成國家興復大業。」柳敬亭聽出他的言外之意，淡淡笑道：「大木寬心，小老兒自當盡心。」二人執手話別，互道離情不提。

船隊東下，鄭森在將抵南京前離開官艦回到小四的船上，早一步悄悄地駛往江東門碼頭。將到南京時，鄭森拿出十兩銀子要給小四，小四不發一語，卻不接過。曾汝雲道：「鄭少爺好大方，十兩銀子夠中人之家吃上一年了，小四莫非還嫌少嗎？」小四搖搖頭道：「太多了，我跟爹跑一整年船也拿不了這許多。」鄭森把銀子塞在他手裡，溫言道：「我們辦成了大事，救活許多人，你功勞不小，拿得的。只是要小心財不露白，好生收著。過兩日我再到你父親墳前上炷香。」

小四看著鄭森，忽道：「鄭少爺是好人，做大事，小四跟著鄭少爺。」曾汝雲道：「你捨得你爹的船嗎？」小四楞了一下，道：「鄭少爺往後要去哪裡都可以坐我的船。」曾汝雲笑道：「左良玉退兵了，鄭少爺哪裡每天坐你的船，往後要坐也是找寬大舒服的坐去。」小四聞言咬著下唇，看看小船，表情一半委屈，一半猶豫。

鄭森與小四相處這段時日，頗喜歡他，但一來從未想過要收個跟班在身邊，也知道這艘船對小四的意義，遂道：「小四，你的船很好，我一點也不嫌棄。只是我在此間事情已了，很快就要回泉州去，你的船出不得海，你也放不下，不如你仍在這江上行船，往後我到南京來都坐你的船！」

小船靠近江東門碼頭，沒想到江面上船隻雲集，幾乎沒法靠近，碼頭上堆滿東西，腳夫們挑扛著貨物往來，竟是熱鬧非凡。鄭森交代小四靠近其中一艘船，問那邊船上人這是怎麼回事，那人道：「官人剛從外地來，消息不靈？左良玉受了朝廷安撫，已經往武昌退兵啦！」鄭森詫道：「此間如何得知？」那人理所當然地道：「長江上下每日往來的人、貨那麼多，前一陣子都給亂兵阻著不能動，這會兒水路開了，上游的船瘋了似地一撥一撥駛來，都說是左兵退了——你不見大夥兒都正搶著搬運哪！」說罷不再理會鄭森，逕自搬貨去了。

鄭森不由得對曾汝雲道：「這等大事，卻是生理人消息最為靈通。」曾汝雲道：「利頭擺在那裡，消息自然靈了。」鄭森暗想，怪不得父親打仗常得機先，正是因為他貿易極廣，無論和蘭人、海盜、閩南寨民的動靜或者大江南北局面，都在他掌握之中。

小四的船過閘直入城裡的內秦淮河，曾汝雲掛念父親病勢，歸心似箭，曾家在桃葉渡不遠，鄭森遂陪著他直往桃葉渡。

小船循著河上溯，沿途逐漸熱鬧起來，只見處處張燈結彩、笙歌舞影，如同節慶一般。曾汝雲道：「京裡人一貫好熱鬧，為了左良玉之事擔驚受怕了好些時日，現在左兵退了，自要好好慶賀一番！」鄭森心中五味雜陳，自己剛剛為了退兵之事歷險歸來，親見沿江上下劫掠之慘，即便左兵退去，京畿和中原各地依舊是處處烽煙，而此地士民醉生夢死，渾若不知外間形勢，不免感到有些生氣。

一時，船近桃葉渡，前面一艘四面敞開的畫舫上傳來轟然歡聲，幾名富商滿臉通紅地酣飲喧譁，一整船綺羅粉黛趁酒笑鬧，絲竹管弦演奏不停。鄭森心中正感膩味，畫舫上卻忽然安靜下來，江上只餘鳥鳴風聲，埋頭演奏的胡琴兀自拉了兩個音才發覺有異而停下，如失手脫弓的箭矢般無力地墜落銷聲。左近人們覺得奇怪，紛紛轉頭隨著畫舫上人們的視線張望，岸上一間河房二樓露台上，一女子倚著欄杆，如孤梅冷月般淡然俯視著河上風景，又像是兀自出神，對眼前景物毫不關心。畫舫上十多名女妓氣為之奪，富商們也都看得癡了。

鄭森心中倏然一緊，看得分明，這女子正是日前在陶庵公船上邂逅的麗人，不想卻在這裡得見，胸中抑不住一股熱流湧了上來。

有人壓低嗓子道：「是王月生！」沒人答腔，遊人皆噤口不言，一時流水潺潺之聲清晰入耳。河上一陣料峭風過，麗人髮絲輕揚、衣衫飄動，不知哪裡有人忘情喊道：「小娘當心受涼了！」麗人若有似無地一噫，身影一轉，如輕煙般消失在門後。

良久，河面上又漸次嘈雜起來，人們或者交頭接耳，或者低聲喃喃。一女妓輕蔑地道：「王月生又如何，不過就是個珠市的出身！在咱們曲中當個丫頭也不配！」鄭森想起吳應箕告訴他，南京歡場，以曲中舊院——也就是洪武時富樂院舊址一帶的妓家為首，美姬名伶盡集於斯，屋宇街道也最為清爽雅致。珠市則次一等，雖也間有殊色，但風雅之士較少涉足。至於南市則是「卑屑妓」雜處之地，近乎土娼流鶯，稍有身分的人都不會靠近。鄭森看了一眼口出蔑言的女妓，姿色氣質遠不及王月生之十一，只能拿這個來說嘴。思及此節，鄭森心中竟有些不平，居然連歡場風塵之地也講出身。一時勾起自己在鄭氏家族中的處境，許多族中兄弟處處不如自己，只因自己出身海外，他們彷彿就覺得比自己高上一等，態度倨傲言語輕賤，真是可恨亦復可嘆。

思忖間，所乘小船已緩緩駛遠，王月生所立的露台變得渺小模糊了。曾汝雲興奮地道：「王月生果真名不虛傳，今日時運亨通，竟讓我們見著了。」他一副見多識廣的樣子道：「方才那間河房乃是瀹茶奇人閔汶水家，人們都稱他閔老子，王月生甚愛他的茶，每日無論是大宴會或大風雨，總要去喝幾壺茶才肯回家的。鄭少爺愛喝茶，下回去拜訪閔老子，說不定就能遇到她呢！」鄭森想起陶庵公說他從千里外取惠泉水而圭角不失，方法就是桃葉渡一位奇人所授，依稀記得就是閔老子，心想閒來確該一往，說不定還可探知陶庵公和王月生的消息。

鄭森看曾汝雲似乎頗為熟悉王月生之事，好奇問道：「令尊設宴，也曾邀王月生陪席嗎？」曾汝雲道：「哪裡輪得到我們邀她。她可是出了名的難請，不論王公貴胄、勳臣大老再三力請，很少有能請她全程坐滿一席的。尋常的大官、富商想請她到席上稍坐半晌，先一日送書帕下定，沒有五金十金還不敢拿出手。至於想要一親芳澤，那更是難上加難，若是她看不上眼的人物，拿金山銀山堆在面前也是無用，看得上眼的也得一、兩個月前下聘，瞧她心情好壞才成。」

鄭森面上不動聲色，心裡怦然，想起那日竟能在微曦中與王月生促膝共品香茗，直如夢境一場。

須臾小船靠岸，鄭森陪著曾汝雲回家探望曾定老，幸而定老已然大好。蕪湖那邊，宋哥謹慎地派人來探病並查明借款之事屬實，同意照約定拆借。曾定老也緊急調動手頭上的資金，鄭芝龍在南京要調度的款子都齊了，只等安海那邊押來最後一批現銀，大事便可落定。

曾定老病後虛弱，鄭森不敢打攪太久，稍坐一會兒便辭別出來。

他信步往投宿的客棧回去，只覺一身輕巧。經過閔老子家時，不由得停下腳步，只見此屋平凡無奇，但樸素雅致啟人好感。鄭森見門扉半掩，乍著膽子推門而入，喊道：「有人在嗎？」不一會兒，一老者自裡間出來，素袍潔淨，臉上皺紋雖多，肌膚卻光澤煥發。鄭森忙道：「敢問是閔汶水老先生嗎？」老者冷冷地道：「正是老朽，有何見教？」鄭森道：「聽老先生瀹茶乃留都一絕，特來拜望。」閔汶水心不在焉地比比身旁一張椅子，請鄭森坐。

鄭森道：「打擾老先生清興，尚祈莫怪。」閔汶水口中哼哼，不置可否，問道：「貴客從何處來？」鄭森道：「泉州南安。」閔汶水隨口道：「嗯，那可遠。」接著便不再言語，鄭森正要發話，閔汶水忽然站起身來，拍著額頭道：「唉呀，我把手杖忘在那個誰家了。」說罷撇下鄭森逕自出門而去。

鄭森見閔汶水就這麼去了，先是一楞，接著大感氣憤，心道這老兒怎麼如此慢客，登時便想拔步就走。一轉念又想，自己乃不速之客，貿然登門失禮在先，怎可怪人家倨傲？於是定下心，暗想今日必要試試這閔老子的茶究竟如何好法。

閔汶水家客廳不大，陳設也十分簡單，牆上只掛著一幅素蘭，無字無款而意趣甚佳。鄭森別無可觀，久坐無聊，幾番想走，卻總有一股倔強之氣攔阻著。一面也是想到不知王月生此際是否還在閔汶水家中，也就按捺著不去。

良久，閔汶水從外而返，見了鄭森頗感詫異，直問：「你還在呀，你究竟想做甚麼？」鄭森道：「仰慕汶老之茶多時，今日不暢飲汶老茶，絕不去。」閔汶水笑道：「倒是個癡人，請茶室裡坐吧。」

閔汶水領著鄭森到臨河的一個小間中，同樣陳設簡單，窗明几淨，而桌上有荊溪壺、成化宣德瓷甌十餘種，器型質地均佳，鄭森雖不懂茶具，但自幼便見識過各種上好瓷器，一看就知道必是精品，忍不住湊近細細張望。

閔汶水自起爐火，熟巧地搓茶沖水入甌，俐落如大匠治器，優雅如名伶起舞，十分賞心悅目。他將瓷甌遞給鄭森，茶色甚白，與瓷甌竟無分別，彷如一體，而香氣逼人。鄭森稍稍啜飲，較陶庵公之茶毫不遜色。飲陶庵公之茶，其中似有深渺意境，引人忍不住一再品味深思。閔汶水之茶則直截明白，純然是本色風味，不啟人意念，心地自寬近乎禪境。

鄭森一飲而盡，胸中似無一物而清爽通透，無可置一詞，也無須置一詞，遂只淡淡一笑。閔汶水見狀十分高興。

鄭森問道：「這是甚麼茶？」閔汶水道：「這乃是閬苑茶。」鄭森疑惑道：「晚生也曾喝過閬苑茶，雖與此味相近，卻不盡相同。」閔汶水點頭道：「此茶實為羅岕所產，而以閬苑之法製之。」閔汶水竊笑著問道：「你知道這是用甚麼水所沖的嗎？」鄭森想起陶庵公之言，便道：

「莫非是惠泉之水？」閔汶水先是一喜，瞬時又收斂容色道：「我引惠泉之事，知道的人不算少，也不知你是喝出來的還是猜出來的。」

閔汶水取過另一個罐子，說道：「我再沖一種茶你試試。」一邊迅捷地往瓷甌裡沖水。茶葉受水的一瞬間，一股熟悉的香味漫出，如秦淮河上曉風殘月，鄭森失聲叫道：「這是蘭雪茶！」閔汶水嚇了一跳，放下水壺抓著鄭森肩頭道：「老弟，看不出你真是行家。」鄭森有些不好意思，忙道：「不敢欺妄老先生，晚生於茶之一道實在未窺門徑。只是碰巧不多時前曾與陶庵公共飲此茶，是以知之。」

閔汶水樂道：「原來是石公之友，難怪，難怪。」說著便把瓷甌遞來。鄭森接過細細品嘗，其味與陶庵公所沖者小異，較為明白痛快，而不掩原本幽微深遠的餘韻。

鄭森想起當日清晨舟中飲茶風景，正想向閔汶水打聽陶庵公和王月生的消息，門外忽然一個清麗的聲音喚道：「好啊，我說閔老子怎麼下樓這麼久，必是沖茶沖上了神，果然如此。」

鄭森轉頭看時，一位儒士打扮，身形細小的美貌女子走了進來，她一見鄭森，驚喜地道：「這不是大木嗎？我和牧翁正找你不著呢，不想卻在這裡相見。」鄭森認出是柳如是，喜道：「師娘安好，牧翁也來了嗎？」柳如是笑道：「就住在這樓上，汶老這裡地面邪，甚麼人都往這兒來。」閔汶水瞪眼看著鄭森道：「你是錢牧翁的弟子，卻不早說？」鄭森道：「弟子這幾日有事離開南京，未知牧翁要來，也沒能為牧翁先做安排。」柳如是道：「不妨的，牧翁此行甚是隱密，本不欲外間知道。」

三人上樓，來到臨河一室，鄭森興奮地進門，見錢謙益正和一人執手歡談，那人白面長髯，卻正是阮大鋮。鄭森如遭雷擊，動彈不得，眼前一人是自己最欽仰的師長，一人是自己最不齒的奸邪小人，一時話也說不出口了。

錢謙益見了鄭森，喜出望外，道：「這回我來南京，乃是悄悄而來，並未驚動一干故舊。往時來都住在丁家水閣，但那裡人來人往，眼目雜。汶老這裡清靜，就跟他打商量住下了。不想卻遇上大木。」

柳如是道：「汶老這兒雅是雅，說清靜卻未必，每日裡不知多少人上門討茶喝呢！牧翁還不是貪圖茶好，我就說住這裡事機不密，你瞧不是？」

錢謙益指著鄭森，對阮大鋮道：「你們認認，這位是……」阮大鋮起身一派瀟灑地道：「鄭公子別來安好？」鄭森抿嘴不語，錢謙益笑道：「啊？呵呵，你們早見過了？」

鄭森忍不住道：「我識得此人，他就是名列逆案，惡名昭彰的阮鬍子！」

阮大鋮聞言，笑容只稍一僵，強持自若地道：「不意鄭公子對我誤會一深至此，您倒看尊師還願意跟在下一起喝杯茶呢。」錢謙益趕緊打圓場道：「大木休得無禮，圓老乃是當世奇才，世人多有錯認。」

鄭森道：「此人並非正道，牧翁切不可與之過從，啟其攀附之機！」柳如是笑道：「大木這些時必是與太沖、朝宗一干人混得熟了，興許還有吳應箕、陳貞慧他們攪和在一起，瞧你說話和他們一個樣兒。」

阮大鋮嘆道：「阮某一生遭誣，早也看開了。即便令尊鄭帥與尊師不棄，願與在下往還，鄭公子還是如此固執嗎？」

鄭森不悅地道：「牧翁宅心仁厚，可欺之以方；家父遠戍閩粵，對朝中之事難免生疏，偶然不辨糠秕，也是有的。執事莫再將他二位掛在嘴上。」

阮大鋮道：「事情卻恐怕不是如此，錢公對在下之事知之甚詳，令尊也與在下交通多時。更別提晚間在舍下共商王事，不僅宗伯公紆尊光降，鄭帥也派人與會呢！」

鄭森錯愕道：「甚麼共商王事？」阮大鋮也訝異道：「鄭公子如何不知？」柳如是道：「想來是離開留都一段時日，消息不通。」錢謙益點頭道：「那日你們離開常熟之後，令尊和圓老這面都有信來，邀我前來南中。鳳陽總督馬士英日內會到南京，赴清議堂議論是否派兵北上勤王之事，咱們趁便一會，令尊也派了人來。」

鄭森心想，父親大概是趁著遣人押解銀兩之便，參與會議，那麼來人八成就是馮聲海了。他知道父親與老師實與阮大鋮、馬士英交往不淺，只有默然。

阮大鋮轉頭對閔汶水道：「汶老再幫我沖一甌茶吧。」閔汶水隨即換茶沖了遞上，阮大鋮捧在手上看了一眼，接著感慨甚深地一飲而盡，將瓷甌放回桌上，低聲讚道：「好茶，好茶。」抬頭對錢謙益道：「打擾了，在下就此告退。」

錢謙益忙道：「圓老才來不多時，如何便去？」阮大鋮道：「本就只是來打個招呼，晚間在舍下還有一夕好談呢。」他自失地笑道：「況且鄭公子這般固執，我在這兒，你們賢師弟竟不能好好說話了，在下還是先告退的好——晚間之會，在下恭候諸位大駕，也祈鄭公子賞光。」說罷一揖，便自去了，錢謙益待要起身相送，奈何腿腳不便追趕不上，只好命柳如是送他出去。

室中沉默半晌，鄭森低聲歉然道：「弟子得罪老師的客人，讓老師受窘了。」錢謙益道：

「不妨的，你年輕心熱，嫉惡如仇，跟太沖他們一樣，本心是好的。我不怪你。」

一時柳如是送客而歸，鄭森將前往安慶之事概略說了，言道雖經一番周折，幸而左良玉軍勢已定，願奉朝廷節制，只略去自己幾次犯險之事未提。錢、柳二人自是十分高興，不斷稱讚鄭芝龍和鄭森暗中助朝廷退兵的義舉。

鄭森說罷，忍不住又提起阮大鋮之事，道：「弟子日前見過阮大鋮一面——不是弟子特意尋了去，是被楊文驄欺瞞著引去的——覺得他確實是個奸邪之徒。即便他蒙受些許委屈，畢竟是逆案中人，惡名昭彰。牧翁不日就會入閣主政，與這等人相見有失正人之心，請牧翁三思。」

錢謙益伸手虛按了按，呵呵笑道：「大木慢來，此中情由待我向你訴說分明。」他緩緩說道：「我們這次來，到南京之前，特地去觀看了京口古戰場。」

鄭森道：「可是韓王爺和梁紅玉大破金兀朮之地？弟子原也想前往一觀，只是來時匆促未便得往。牧翁前去，必是留心朝廷一旦南遷後的江防態勢了。」

錢謙益道：「不錯，倘若南中重為天子君城，京口便是江上要隘。」他看了柳如是一眼，柳如是不待他說話，自去後邊箱籠中取出幾張詩稿。錢謙益把詩稿遞給鄭森，一邊道：「這是我的〈京江舟中感懷〉八首，你不妨先讀讀看。」

鄭森恭敬地接過詩稿輕輕讀了起來：

柁樓尊酒指吳關，畫角聲飄江北還。月下旌旗看鐵甕，風前浮鼓憶金山。餘香墜粉英雄氣，剩水殘山俛仰間。他日靈巖訪碑版，麒麟高冢共躋扳。

躞躞羣烏啄野田，遼遼一雁唳江天。風光頗稱將殘歲，身世還如未泊船。懶養丹砂回鬢髮，
閒憑青鏡記流年。百金那得封侯藥，悔讀蒙莊說劍篇。

鄭森讀了兩首，越感訝異，道：「牧翁詩中意氣何以如此沮喪？」錢謙益輕聲嘆了口氣道：「可不是，此非強說愁緒為之，而真乃直抒胸臆之作。」

柳如是道：「大木可知牧翁宦途周折之事？」鄭森道：「早聞牧翁年未而立便高中探花，才名早播，卻不知有何周折。」

柳如是道：「其實當年殿試，主考葉向高已將牧翁置為第一，宮內也都傳出喜訊來了，沒想到第二天皇榜張出，卻落為第三；待入了翰林院，次年丁憂回籍，竟就此閒置十年不獲召；三十年來，牧翁在朝之日屈指可數。雖然每有大臣出缺，朝廷都將牧翁列名會推備選，但每每起復不久便遭攻訐削官。這也還罷了，崇禎九年尚且遭人羅織，下刑部獄，幾於不免。」錢謙益聞言，斂起一貫樂天的神情，竟有些慘然地道：「那真是九死一生，不堪回首。」

鄭森詫道：「這卻是為何？」柳如是道：「說穿了也就是『黨爭』二字。牧翁弱冠時已然名滿天下，文苑前輩甚為器重，都目為東林新秀。他二十八歲就高中探花，眼看前程遠大，東林的對手自然不能容他。」

鄭森氣憤地道：「大木每聞朝局，多是這樣濁穢之事，小人逐君子，豺狼據朝堂，莫怪國事糜爛至此。然而師娘有一事說得不對，東林諸君子皆乃清流，同心謀國，卻非結黨。東林遭閹黨

小人構陷，不可稱為黨爭。」

錢謙益道：「天啟年間，東林前輩抗擊豎閹，楊漣、左光斗等人並以身殉，的確是氣節貫日。」他話音一轉，卻道：「然而當年朝局，魏忠賢和客氏，一為寺閹，一為村婦，兩人何能翻弄朝局至此？」

鄭森道：「當時熹宗皇帝年幼，魏閹遂得以欺君把持朝政。」

錢謙益道：「這只是一部分原因。熹宗皇帝雖然年幼，朝中眾臣若不附和魏忠賢，他在宮中也難有做為。」

「這便是小人趨附之禍，所以閹黨不可姑息。」鄭森益發堅定地道。

柳如是道：「所謂閹黨，最初卻也不盡然都是壞人。東林以氣節自許，力矯時政，本是好事。但名流趨附，標榜自負，終成一大門戶，對政見不同者大肆攻訐，逼得對方不得不結成朋黨，一時有浙黨、齊黨、楚黨、昆黨、宣黨，這些朋黨分開來皆不足以和東林抗衡，最後只好聯合起來藉魏閹之力打擊東林，終於結盟成為閹黨。」

錢謙益道：「我雖也是東林中人，卻不能諱言，東林諸君在某些事情上確實是朋黨行徑。萬曆以來，無論國本之論、建儲之議，『移宮』、『梃擊』、『紅丸』三大案，還有幾次京察，身居要津的東林前輩往往藉機罷黜對手，安插私人，不能以朝局為重和衷共濟，黨爭乃起。」他慨然道：「創立東林書院的顧涇陽公曾告誡門人萬不可以意見之歧，變為意氣之激，造成黨爭釀禍流毒。他大概沒有想到，東林後來卻成黨爭之源。」

鄭森道：「弟子孤陋寡聞，不知這些事情的淵源。然而親身所見，黃宗羲、侯方域、吳應箕等復社中人，確實都是耿介君子。而那阮大鋮心計多端，並非好人，更非可與謀國之徒。」

柳如是見兩人談得嚴肅，又見閔汶水默默在一旁沖茶，故意衝著他笑道：「閔老子有何見識，倒不妨說來聽聽。」閔汶水頭也不抬道：「關我屁事，我只管沖茶喝茶，不懂甚麼君子小人。」他給三人各遞上一甌茶，率直地道：「用好水沖好茶，茶湯好沒啥希罕。拿劣水沖劣茶，茶湯劣也是理所當然。但若手上只有好茶葉而無好水，或者有好水無好茶，依然能沖出滋味來，那就是茶人的本事了。」

錢謙益道：「汶老這話頗堪玩味啊！阮大鋮德行有虧，畢竟不是神奸巨惡，且大有才華。他在南京蟄伏多年，甚少活動，倘若催逼過甚，豈不是硬叫他走上絕路嗎？」錢謙益對鄭森耐心地道：「你還年輕，『義』之一字，難免看得太直。自孔聖人以來，天下再無完人。善人偶爾不免會有惡念，惡人也可導之以善。朝政龐雜，總要群策群力才能推動。」

柳如是道：「不錯，朝局平靜，才能談到安內攘外。」

錢謙益道：「我受黨爭之害，下獄幾死，但從來不曾恨過害我之人。我在獄中明白一個道理，黨爭最可怕之處，在於不問是非，只問朋黨。同黨所是者皆是，所非者皆非，即便有甚麼錯處也百般迴護。反之，凡為異黨，即便對方議論如何在理，都嗤之以為謬論，乃至於必欲去之而後快。如此則國政不能持中，朝臣也必不能盡其才。」錢謙益意味深長地道：「我這幾首詩中意氣沮喪，倒不是自傷宦途多舛，實在是眼看朝局紛亂不息，竟有點心灰意懶了。自古以來，鬧黨爭的朝廷都沒下場，不論東漢、中唐還是北宋，總要鬧到元氣耗盡，國亡而後已。眼前我大明竟也似要步上黨爭亡國的後塵，這才是最讓我憂心的！」

鄭森見平日開朗溫煦的錢謙益滿面憂思，心下十分感動，道：「牧翁見事每從大局著眼，這是弟子不能及的。只是弟子仍不明白，像阮大鋮這樣的人，我輩不鳴鼓而攻之也就罷了，為何還要與之合作呢？」

錢謙益沉吟一會，道：「我有句話，你聽了別生氣——譬如令尊，年輕時也曾浪遊海上，令官府疲於奔命，後來慕義歸順，成為東南擎天一柱，這不就是個絕好例子？倘若始終以道德責之，則令尊報國無門，國家也失了一個大才。」他眼望窗外，深沉地道：「果真不幸朝廷偏安，眼前可倚仗者，也只有令尊、左良玉和鳳陽總督馬士英了。令尊忠義為國自不待言，左良玉有侯恂公可以節制。至於馬士英……阮大鋮是馬士英的心腹，更有舉荐之恩。要想籠絡馬士英，導之以正途，就得著落在他身上。這條路子走來雖然艱難，卻是非走不可。」

鄭森順著他的眼光看去，只見天色清朗得有些泛白，微風舒爽，秦淮河上一片太平祥和氣息，彷彿萬世如此。回頭看時，錢謙益目光澄澈，姿態溫然如水上清風。

鄭森心裡漸漸有些鬆動，看向柳如是，只見她眼神如泓，彷彿看透了自己的心思。她似有會意般道：「大木難道就不想知道令尊和馬士英一眾人等對南京局勢有甚麼看法？打的甚麼主意？」

鄭森默然良久，長吁一聲道：「晚間之會，讓我隨牧翁去吧！」

傍晚時分，三乘轎子自閔汶水家離開，繞行小路來到庫司坊阮大鋮所居的「石巢園」前。鄭森掀了轎簾，不由得偷眼左右張望，怕有熟人看見。他看錢謙益和柳如是坦然下轎，心中暗暗慚愧自己怎地心虛如此。

三人進了石巢園大門，忽見一個戲班子嘈嘈亂亂地蜂擁而出，管家也正急匆匆地指揮家丁搬運箱籠，顯是要出班演戲。院裡傳來一個熟悉的聲音，殷切地道：「這些都是上好行頭，別給碰壞了……今日搬演可不比平日，那陳公子、侯公子和冒公子都是十足的行家，千萬都給我打疊十二分精神伺候了！」

鄭森看得分明，說話的正是阮大鋮。錢謙益走上前去，招呼道：「圓老好忙碌，這時分就打發戲班出門。」阮大鋮一看三人來了，喜不迭道：「失迎失迎！恕罪恕罪！鄭公子也來啦，唉呀這可真是……瞧我這忙得不辨時辰了，貴客上門也不曉得。」錢謙益問道：「卻是哪裡來借戲班，讓圓老親送出門，又不住耳提面命？」

阮大鋮春風滿面，難以抑止喜悅之情地道：「真真想不到，陳貞慧、侯方域、冒襄還有幾位復社文友在雞鳴埭上喫酒，差人遞帖來借戲班演《燕子箋》！」他從懷中掏出帖子向錢謙益一展，連珠砲似地道：「您瞧，『教愚弟陳定生拜』。初接到信札時我還以為弄錯了呢，承蒙他諸位瞧得起，說了不少恭維的話，可真是叫人汗顏。我可得吩咐戲班子好生搬演，萬不可有丁點差池！」

錢謙益也開心地道：「可不是，『四公子』到了三位，圓老好大面子，真得好生伺候哪。」

阮大鋮身子一動，像是要交代戲班事情，又似乎想起應該先招呼錢謙益等人，一時竟有些手足無措，急出一頭汗來。錢謙益呵呵笑道：「圓老儘管吩咐去吧，我們老交情了，何必拘禮。」阮大鋮一拱手道：「宗伯體諒！三位廳上稍坐，我即刻回來！」說罷便回頭拉著一個家人小聲交代，鄭森隱約聽見阮大鋮說道：「你好生瞧著陳公子他們，但凡看戲之時有何議論，速來報我……」

鄭森看著戲班出門，心裡覺得奇怪，吳應箕和陳貞慧等人如此痛恨阮大鋮，卻竟然向他借戲，難道復社也有和解之意嗎？然而聽聞此事，心中竟頓時鬆了口氣，原來自己到阮宅赴會，不免有些愧對復社諸友之感，這時多少有些消解。

三人在阮宅大廳裡坐等，不多時，聽見阮大鋮從外頭領著客人進來。鄭森見門口出現兩個熟悉的身影，仔細一看，竟是鄭芝龍和馮聲海，頓時又驚又喜地迎上前去。兩人見到鄭森也十分高興，鄭芝龍見鄭森個把月間成熟不少，甚是開心，卻笑道：「聽說你不肯把給阮先生的書信和禮物送來，我正派了馮澄世那小子到處找你，要把你給押來呢！沒想到你自投羅網了。」

鄭森道：「阿爹怎地到南京來了？」鄭芝龍道：「和蘭人那邊穩住了，安海無事，我就趁機來和阮先生、馬制軍和你老掛在嘴邊的錢先生見見——還有就是看看交代你辦的事怎麼樣了。」鄭森知道鄭芝龍的貿易命脈就在長江一線，只是沒想到他會親自前來，可見其關心慎重。

不多時，楊文驄和鳳陽總督馬士英聯袂而來。馬士英形貌魁梧，留著稀疏的鬍子，倒有幾分儒將風範。他不帶隨從，無甚架子而自有一股威嚴。一時眾人彼此引見，互道仰慕，坐定談事。

馬士英與阮大鋮乃是至交，彷彿半個主人，蹺起了腿發話，逕入正題道：「今日南京兵部召集左近督撫到清議堂會議軍情，本說要論退左良玉兵之事，我說前兩日就有消息，左兵早已退了，咱們該好好議論一下江北各地防務。淮安巡撫史可法卻一個勁兒老提出兵北上勤王的事，跟他說了糧餉兩缺也是無用，翻來覆去都是一堆大道理，鬧了半天沒個結論。」

阮大鋮道：「聽說李邦華擅開九江藩庫，給了左良玉好大一筆餉銀，又把南京左近軍糧都給他送了去，真是白白便宜了左良玉；這史可法也真不曉事，南京的糧餉都關出去了，哪裡還有餘裕出兵勤王？」

錢謙益道：「史公心憂聖上，那是人臣本分。不過北京防務固若金湯，聖上洪福，不會有甚麼亂子的。倒是江北、江南和南直隸一帶，乃國家氣運所關，這才是我輩應該著眼經畫之處。」

錢謙益這番話點到為止，但大家心照不宣。與會之人事前彼此早有聯絡，都以為北京早晚失守，皇帝或者太子將會出奔南來，在南京再創中興之局。因此眾人咸認謀畫此間防務，才是眼前至要之事。

馬士英點頭道：「錢宗伯所言甚是，這也是今日咱們齊聚在此的原因。依我看，日裡清議堂的會議，實在沒有甚麼作用。今晚之會，才是能定江南局勢之舉。」他對鄭芝龍道：「鄭帥難得遠來，不知有甚麼高見？」

鄭芝龍一派輕鬆地笑道：「我一向都在南方，北邊人地生疏，馬制軍有甚麼經畫，我們照辦就是。」

馬士英道：「鄭帥忒也過謙了，誰不知你潮漳水師無敵於天下。留都防務，水師至關重要，諸般細節還得靠鄭帥指教呢！」他又請錢謙益發言，錢謙益志在復出主政，在這等場合不免想顯出「知兵」的模樣，遂道：「要保國家元氣，必守留都。欲守留都，則必先守江淮。流賊的長處在於不立根基四處奔竄，其短處也正在此。愚見以為留都左近，須設幾個重鎮，以逸待勞、以靜制動，一鎮有事各鎮來援，如此則留都安矣、江南安矣，國家中興之根基安矣。」

馬士英道：「錢宗伯所言確是高見，正與下官之意暗合。」他從袖中取出一張稿子遞給錢謙益，一面道，「我這幾日剛擬了一份奏疏，經畫江淮防務，建議朝廷讓史可法專理留都和上游，錢宗伯開府江浙以扼海道，鄭鴻逵副帥則領潮漳水師入衛京口至采石磯。至於下官，則願自請為江北援剿，伺機進取。」

錢謙益看過奏稿，說道：「制軍謀畫高明之至，比愚見更勝一籌！」馬士英道：「這並非我的主意，而乃是阮圓老的經畫。」眾人都是一番稱讚。鄭森聽出來，他刻意強調阮大鋮的謀略，顯是在為阮大鋮將來起復鋪路。

錢謙益卻又沉吟道：「這番擘畫是好，只是我老邁衰廢，開府江浙恐怕力有未逮。」阮大鋮知道錢謙益眼望的是閣臣乃至內閣首輔之位，對此興趣缺缺，趕緊道：「其實南京輿論都盼宗伯入閣主政，當個總督或巡撫著實是太委屈了。只是眼前局勢亂，江浙地方防務空虛，需要一個威望素著的督撫鎮守，才不得不請宗伯勉為其難。」馬士英也道：「宗伯在地方上雷厲風行，朝廷也不能視而不見的。」

錢謙益點點頭，將奏稿遞給鄭芝龍，鄭芝龍只稍瀏覽便又遞給馮聲海，心中雪亮，知道馬士英想把南京四周地盤都抓在手上，屆時無論是皇帝或太子南來，龍椅橫豎都是由他扶著。只是馬士英目前實力有限，必須找錢謙益和自己合作。他問道：「馬制軍建議史可法專守留都和上游，那史可法可以信賴嗎？」鄭芝龍表面上問的是史可法堪用否，言外之意是此人與你交情如何，關鍵的時候能否和眾人同心？

馬士英何等精明，聽出他話中意思，率直地答道：「皇上最忌臣下結黨，大家都知道我和史可法素無來往，他的清流名頭又大，這樣奏上去，才顯得這番經畫一秉至公。」他毫不顧忌地道：「史可法這人名過其實，把他擺在南京，外頭樣子好看，真有事的時候，弄走他輕而易舉。何況──要是左良玉又有甚麼輕舉妄動，可以先叫他上去頂著。」

鄭芝龍骨子裡是個生理人，講究務實，覺得馬士英作風明快，可以一談。重要的是，鄭芝龍必須鞏固長江自江西到海口這段商路，能把水師布置在此乃是求之不得的事，但不知馬士英想跟自己做甚麼買賣？於是道：「馬制軍開門見山，痛快，痛快！本鎮有甚麼可以效勞的地方？」

馬士英道：「海內水師無過潮漳鎮，留都江防交給貴鎮那是萬無一失，不論於國於民，這都是最好的安排。我聽說鄭帥在江西和江浙一帶生意做得挺大，屆時江面上的商船都歸貴鎮查管，豈不方便？」他接著暗示道：「倘若都城南遷，則請鄭帥『保國護駕』，共創中興新局。」

鄭芝龍明白馬士英是要掌握朝政，乃至擁立新君，請自己支持。他對朝局並無興趣，關心的是長江的平靜和暢通。調用鄭鴻逵守江之議正中下懷，又可和入閣呼聲極高的錢謙益結為盟友，至於將來助馬士英擁立新君，有利無害，當即道：「馬制軍這番布置再妥當不過了，承蒙抬愛，有用得著我的地方，敢不盡心？」

阮大鋮滿意地笑道：「之前商議過，讓兵科給事中曾應遴上疏薦鄭副總兵『緩急可恃』，調守京口。疏稿早已備好多時，只要一封信去，即刻就可拜發。」

鄭芝龍想，鄭鴻逵守京口，顧不到江西一段水路，於是道：「南京江防，不唯抵禦流賊。

那左良玉反覆不定，包不準甚麼時後又打起東下的歪腦筋。左兵雖強，在江上遇到咱潮漳水師，未必就能討得了好去。依我之見，與其讓舍弟守京口，不如更往上游駐在九江，南贛有事也可馳援，豈不更好？」

錢謙益讚道：「鄭帥有此承擔，真乃國家之福！」馬士英乍一聽，顧忌著鄭芝龍會不會一下子把地盤探得太深了，嘴上卻道：「果然如此，南京守禦可謂固若金湯了。原本是想，鄭副帥守京口到崇明一段，可就近歸錢宗伯節制，有將帥相偕之效；倘若能駐在九江，則我在江淮更無後顧之憂。」心中卻想，讓你去跟左良玉硬碰硬也好，反正你潮漳水師上了陸地也不足慮。

眾人撫掌大笑，彼此恭維，都說要齊心戮力王事。鄭森心思良善，未曾察覺父親已和馬士英達成一筆交易，只覺得史可法守南京、錢謙益守江浙，又有潮漳水師守江防，可謂一時之選。雖然此事係由馬士英所發動，對他抱持成見，但如此安排大有利於國家，因此也頗感興奮。

歡談間，阮大鋮派去偵伺復社看戲的家人快步而入，臉帶喜色地道：「老爺，小人有事相稟。」阮大鋮道：「快說！」那家人道：「小人到雞鳴埭上，看著眾位相公們酒過十巡，戲演三折，趕緊來回話。」阮大鋮道：「那公子們怎麼樣議論來？」家人道：「相公們看老爺的戲，大加稱讚，不住點頭擊節，連酒都忘了喝！」眾人聽說，無不「喔」地一聲微笑讚嘆。阮大鋮喜不自禁地道：「唉呀，他們竟能夠鑑賞哪！」

家人又道：「一位公子直說老爺您是『真才子，筆不凡』。」阮大鋮寬慰道：「喔？這樣讚許，著實難得。卻是哪位公子所言？」家人道：「小人認不得，只是這三月天的，那位公子手上摺扇卻搖個不停。」阮大鋮道：「這必是陳貞慧陳公子了，其他人可有議論？」家人道：「還有一位落腮灰白鬍子公子……」阮大鋮詫道：「落腮灰白鬍子？莫非是吳應箕？他也在場？說了些甚麼？」家人囁嚅道：「他說話奇怪，也不知是讚是貶，感覺似乎有些不中聽……」阮大鋮瞪大了眼睛急道：「你嘀咕甚麼，倒是快說！」那家人趕緊道：「他不住叫好，卻一邊說甚麼老爺是天上鮮栗子，要擇出仁兒來煎……又要炙甚麼牛耳、煮甚麼燒罈，也沒聽說過這燒罈是哪一地的銘酒……」

眾人都是一楞，柳如是忽道：「他該是說『天上仙吏子、謫人間』吧？」眾人聞言，霎時捧腹大笑，馬士英笑岔了氣道：「好小子，『執牛耳、主騷壇』也不懂。你主子盼著一席好話，給你傳成這德行。」阮大鋮笑罵道：「去帳房叫個懂文墨的先生再去探探，有話隨時來報！」那家人仍自一頭霧水，見主人高興，哈笑著去了。

錢謙益笑道：「不想復社諸君，也為圓老才情傾倒，可賀，可賀！」

「太過譽了，真叫人生受不起。」阮大鋮口不應心地講起客套話，一時又嘆道：「不料這班公子，倒是知己！」

「圓老乃當今第一才子，這番讚譽實至名歸。」楊文驄在議論正事時沉默已久，這時故意調侃道：「但說到這《燕子箋》，連我也只看過頭幾折，還沒能看足全本。今日本想飽飽眼福，不料圓老卻把戲班子借去巴結復社公子們了。」

「啊呀，這樣說叫兄弟如何自處呢……」阮大鋮告罪道：「全本《燕子箋》固然是無法搬演了，不過今日早為諸位貴客備下上好節目，咱們一邊宴飲一邊欣賞吧！」說著起身向內裡一比道：「請！」

眾人到裡間花廳入席，好酒好菜立即流水價地不住送來。一時飛箋叫局，名姬伴席樂工彈唱，加上眾人都有意彼此結交，席上十分熱絡。

酒過三巡，楊文驄笑道：「圓老不是備了上好節目，怎地還不讓大夥兒見識見識？」這時阮宅管家到花廳門口，向阮大鋮一點頭，阮大鋮喜道：「角兒來了，這就請進來吧！」

不多時，花廳門口空氣一凝，忽又像是深夜裡百花叢中清風潛過，只覺葉影顫動、花香暗襲。一個倩影緩步而入，鄭森看得分明，竟是王月生走入這花廳。

楊文驄驚呼道：「圓老好大面子，竟把月生小娘請到了。啊耶，頓老也來了！咱們今日真是耳福不淺！」眾人這才發現王月生身後，南京琵琶名家頓仁跟著進來。楊文驄興奮不已地對鄭芝龍和鄭森道：「他二位還有柳敬亭，是留都三個行情人，要是沒有天大面子，任一位都是金山銀山堆在面前也請不動的。」他看看阮大鋮，「卻不知圓老是使了甚麼法術，一次請到兩位連袂而來。」

阮大鋮和馬士英相視一笑，只道：「今日貴客們面子大，他二位自然不會推辭的。」

頓仁向眾人微微點頭，王月生則獨行幽谷般走到桌邊，自行坐下，並不與眾人問訊，眾人也不敢稍相驚擾。王月生目光向席面淺淺一掃，眾人多是風月場上的老手，恁大場面都見慣了，這時卻都不由得氣息一屏，心道：「她看到我了」。鄭森與她眼神相接，心中一突，但她似乎並未看見自己，又或者是根本不認得自己。

鄭芝龍忽道：「有小娘、有琵琶，怎不唱隻曲兒來聽聽？」阮大鋮聞言一驚，額頭微微沁汗。要知道王月生和頓仁身價甚高，並非走唱賣藝之輩，只有熟客密友再三稱讚懇求，才肯演唱個兩、三曲。以鄭芝龍這般近乎指使，實為失禮。於是忙道：「頓老、月生，在座諸位都是知音之人，仰慕二位彈弦、歌唱的絕藝，可否請二位不吝賜演，以饗耳福。」楊文驄等人也紛紛湊趣地恭維、請求。雖然才入席就邀演並不合規矩，畢竟馬士英、阮大鋮面子大，頓仁和王月生終究勉強答應。

待頓仁坐定、調好琵琶，王月生便起身幽幽唱道：

曲江寒食草青青，有人來茂陵。隔花小犬吠春星，風吹繡幕鈴。擔酒債，閣琴心，凌雲賦早成。當壚先唱白頭吟，文君心似冰。

王月生歌如其人，寒寒澹澹，卻又餘韻不絕，凡事漠不關心的面容底下似乎藏著無限心事。一眾文士早聽得癡了，也不敢喝采。

良久，楊文驄輕聲吟道：「當壚先唱白頭吟，文君心似冰。這可是《燕子箋》裡華行雲自報家門？不僅詞好，描摹青樓才女暗託終身於未第才子的心境，更是絲絲入扣。」錢謙益也嘆道：「難得佳曲，難得雅唱！圓老真當世奇才。」他一面看著王月生道：「此姬亦奇，我敢說，曲中上下三十年絕無其比也！」柳如是也大方地讚道：「莫說是留都曲中，就是蘇州半塘也沒有可相提並論的人物。」

鄭森正自癡醉著，他細聽曲中含意，前半闋描景生動，又透露著女子待望情郎的心緒。後半闋用了卓文君的典故，那卓文君出身豪奢之家，卻與貧寒的司馬相如私奔，甘願在市上售酒為生。後來司馬相如飛黃騰達，思欲納妾，文君賦〈白頭吟〉明志，令相如大為感動而打消念頭。

阮大鋮以此描摹女子託身於落拓才子，又盼對方功成名就之後一心與己偕老，其情至深。鄭森正是功名未成的一介秀才，王月生一字一句都唱進自己心坎裡了。不由得想，若能得王月生這般女子鍾情至此，夫復何求？一時又感嘆，怪不得牧翁對阮大鋮的才情大為讚賞，連一干復社社友們也都不能不服。

兀自出神間，琵琶叮咚，王月生又唱道：

秋露清，秋月明，會合牽牛織女星，倚樓無限情。笑幾聲，嘆幾聲，歡楚那知愁暗生，他家展雀屏。

唱罷，眾人又是癡迷不已。阮大鋮不無得意地對鄭芝龍道：「這曲兒，還入得了鄭帥之耳吧？」鄭芝龍笑道：「你阮老先生寫的戲詞，那還有得說的?只是這娃兒專挑喪氣的曲子唱，又是『心似冰』，又是『愁暗生』的，好不寒磣。圓老好不好請她唱點男歡女愛的段子，熱鬧熱鬧！」

阮大鋮心中一陣尷尬，正尋思著講兩句場面話應付過去，那邊頓仁已是臉色一變，放倒了琵琶道：「小老兒技藝不精，不能博貴客雅賞，這就請罷了。」王月生臉上不溫不涼，瞧不出甚麼情緒，卻也退步斂手，顯然不再唱下去了。

鄭芝龍不熟悉南京風月場上規矩，從來只道賣唱的得討好主顧，哪知在此間，頂兒尖兒的樂工名妓等閒是求都求不來的，何況有一句不滿意的表示。他見兩人罷唱，知道壞了場面，卻當然不肯向「賣唱的」屈身討好，只賴皮地一笑道：「唉呀，冒犯兩位了。這豈不是讓我給各位大人掃興？兩位看大人們正聽得如癡如醉，要罷唱了，我的罪名可不小。好不好賣諸位大人個面子，再唱幾曲吧！」三言兩語又把「得罪諸位大人」的帽子扣在王月生二人頭上。

阮大鋮身為主人，自該出來打打圓場。權衡輕重，應當先安撫鄭芝龍，但如此一來不免唐突王月生二人，傳出去有傷自己「雅士」之名——此事可非等閒，蓋阮大鋮已被「閹黨」、「逆案」惡名牢牢套住，能博世人同情者僅風雅才華一途而已。王月生二人更是他透過馬士英的權勢顏面，加上自己花了許多心血曲意交結而來。他於此關心太重，一瞬間竟想不出幾句兩面淨光的話語。

這時柳如是輕巧地笑道：「小娘『心似冰』，不想卻引得大帥『愁暗生』了，圓老這詞兒寫得可蹊蹺。」阮大鋮趕緊接話道：「是作主人的安排不周，我自罰一杯！」說罷向席面上及王月生二人舉酒一飲。眾人趁勢鼓譟，把場面揭過。鄭芝龍也舉杯向眾人道：「我是海上野人，壞了諸位大人清興，告罪，告罪！」卻不理會王月生二人。

鄭森眼看王月生似乎就要拔步而走，捉起酒杯走到王月生面前，道：「家父遠道而來，與諸位大人歡聚難得，希望席面熱鬧，亦人情之常，請姑娘和頓老體諒。」

王月生看著鄭森，似乎並不識得他，然而眼波一轉，卻道：「公子乃是知音之人，為你再唱一曲無妨。」語罷回頭看看頓仁，頓仁會意，豎起琵琶便彈了起來。王月生唱道：

風吹雨過百花殘，香閨春夢寒。起來無力倚欄杆。丹青放眼看，揚翠袖，伴紅衫，鶯嬌蝶也憨。幾時相會在巫山，龐兒畫一般。

唱罷走回桌邊，就在鄭森身旁坐下，拾起酒杯，卻不理會眾人，只向鄭森一敬，靠在唇上淺啜一下。鄭森恍在夢境，趕緊舉杯回敬。

楊文驄笑道：「月生小娘名動公卿，對人一向少有顏色，話也不多說兩句的。不想卻對鄭公子青眼如此，真是奇聞。原來鄭公子識得月生？」鄭森道：「曾有一面之雅。」楊文驄奇道：「月生甚少赴筵席，常人求見也不輕許。大木卻是幾時與她見上面的？」鄭森道：「偶然邂逅，同飲過一甌茶。」阮大鋮捋鬚呵呵笑道：「只見過一面？那更顯小娘對公子之心許了。公子若有意，請馬制軍幫你做個媒如何？」

鄭森大感意外，忙道：「我們不過初識，談不及此。」阮大鋮道：「才子佳人，貴在心契，而非見面多寡。」楊文驄湊趣道：「譬如朝宗與香君，也是頭一回見面就定情的，何況你們今日是『一回生，二回熟』啦。」

鄭森瞥見王月生對此彷彿事不關己，卻也無慍色。鄭森微一遲疑，搖手道：「謝謝老先生好意，晚生……並無此念。」阮大鋮看看鄭芝龍，笑道：「鄭公子莫非顧忌著方才月生小娘冒犯了令尊？卻不知鄭帥意下如何？」鄭芝龍嘿嘿一笑道：「說哪裡話來，這算啥事情？這小娘如此冷傲，我看著倒覺挺有點意思。」

阮大鋮樂道：「那麼鄭公子就不須推辭了吧！這事情平常我也不敢輕易包攬的，要知月生小娘眼界甚高，尋常人想見她一面都難，何況為她作媒？難得她與鄭公子有緣，馬制軍在她家乾娘那裡也說得上話，兩面俱到，這媒也才說得動哪。」

其實鄭森何嘗不心動。前次在舟中與王月生邂逅，晨光幽微朦朧裡，已叫人心凝息屏。此時燈燭燦然，更見她天人之姿。何況這樣一位麗人，對自己似乎也有好感。

但鄭森無論如何不願讓阮大鋮為他說媒，否則自己就此與馬、阮這幫人揪扯不清了。他看著王月生，想起當日舟中之夢，猛然醒悟以自己的海外出身，絕不可再多與逆案中人有甚麼瓜葛，於是把心一橫道：「小娘風采，南中有目者無不傾倒，但晚生年少識淺、功名未成，正當寒窗苦讀，實不敢有聲色之念。老先生美意，晚生心領了！」

馬士英對鄭芝龍讚道：「瞧瞧令公子，絕色當前而能堅心持志，他日必成偉器！」

鄭芝龍笑道：「甚麼偉器，用咱們閩南話講，這叫『假仙』！想要又裝不要！」

楊文驄道：「大木不須自律太過了，容我賣個老，在座幾位大人都是有功名的，卻也不礙乎『食、色，性也』。」他指著錢謙益道：「更別提尊師，人稱『廣大風流教主』呢！當年他與柳夫人結褵，一幫自命道學之士阻撓詬辱，錢宗伯雖千萬人亦往矣，大木在這一點上倒要跟錢宗伯好好學學。」

「當年我們在茸城舟中合巹，一群搢紳罵我傷士大夫之體統，還向船上拋擲磚石，」錢謙益看著柳如是，禁不住得意地笑道：「我們也可算是『滿載而歸』了，一船上全都是瓦礫呢。人生而不風流，枉為丈夫！」

眾人競勸，叫鄭森難以招架，想不出還有甚麼話來推辭，只能一個勁搖頭。柳如是瞧出鄭森別有心事，出來解圍道：「大木興許是年少皮薄，大家越勸越不成的。圓老且莫心急，你看大木推辭以後，一直偷瞧著月生小娘是否為此嗔怒。保管他回去想一晚上，又自個兒巴巴地跑來求你說媒呢！」眾人哄笑一團，鄭森被說中心事，不免尷尬，幸而這個話頭也就此擱下了。

這時門外忽然傳來一陣嘈雜喧鬧之聲，阮大鋮不悅地對下人道：「外邊在吵甚麼，忒沒規矩，看看去。」話還沒完，管家已進門來報道：「老爺，戲班子回來了。」阮大鋮道：「怎麼回事，瞧這辰光，應該還有大半齣好演呢。」他起身到門口張望，詫道：「噫，怎麼如此狼狽？」

偵伺復社看戲的家人走了進來，畏縮地喚道：「老爺……」阮大鋮問道：「這是怎麼回事？」家人道：「我也不曉得是怎麼回事，公子們喫多了酒，忽然摔酒杯罵人，還往戲班子丟東西，咱們就匆匆逃了回來。」

「有這等事？」阮大鋮不解地道：「可是戲班有唱得不到處？」家人道：「唱是唱得挺好，可公子們無端就罵起來了。」阮大鋮道：「罵了甚麼？」家人道：「說老爺是南國秀、東林彥、玉堂班。」

馬士英笑道：「這是讚語，哪是罵人呢，你又聽左了吧？」阮大鋮鬆了一口氣，道：「如此推崇，叫人益發惶恐。他們還說了些甚麼呢？」家人道：「他說老爺為何卻投效於魏忠賢之門，自甘墮落。」阮大鋮皺眉道：「這點陳年舊事，如今也不必多提。下邊還有話嗎？」家人道：「話是還有，小人也不敢說了。」阮大鋮道：「但說無妨。」家人欲言又止，終於道：「他說老爺……呼魏閹為親父，自稱乾子，狗仗人勢恬不知恥……」

阮大鋮「啨」地大叫一聲，舉手就要往家人臉上打去，揮到半途，忽然眼冒金星，手臂瘦軟地垂下。那家人縮著脖子閃躲，見巴掌遲遲沒有拍下來，抬頭見阮大鋮臉如白紙，忙上前扶著，直喚：「老爺！老爺！」

眾人見了，也都紛紛上前關心。阮大鋮巍巍顫顫地讓人攙扶著坐好，家人捏手揉肩、送茶順氣，好一會兒「吁」地長長吐了口氣，臉色才緩過來。

馬士英道：「哼，一幫浮浪子弟，滿嘴胡言亂語，圓老莫聽他們說。」楊文驄道：「唉呀，朝宗他們也真是，這次做得實在過分了。向人借戲，又要折辱人，洵非忠恕之道！」錢謙益秉性仁厚，不願說太重的話，卻也連連搖頭道：「小子狂簡，委屈圓老了。」

阮大鋮慘然道：「今日聽說復社公子們有此雅興，要看在下剛寫的一部新聲，只道彼此文藝過從，不敢稍有怠慢，速速借出戲班、發出上好行頭，助他們看花下酒。過去有甚麼恩怨，我也不曾計較……」他說著說著，益發傷心，「無奈他們並不關心在下嘔心瀝血經營的這部傳奇，也未能剖辨在下遭誣蟄伏的心情，偏要這樣惡言詆訕，我這是……唉，怎麼說呢……」

錢謙益安慰道：「圓老的苦心，總有一天會為世人所知的。」

阮大鋮倏地陰沉起來，語氣卻異乎尋常的平靜，道：「復社諸人誇誇其言，每以氣節自命，實則行事孟浪乖張，我今日總算看得真切了。」他眼望遠方，幽幽說道：「前些時左兵東下，南京戒嚴，我聽得一個傳言，本來不肯輕信。如今想來，果然卻是實情。」

眾人都問：「甚麼傳聞？」阮大鋮道：「那左良玉遠在武昌，對南京十分陌生，怎地無端東下就食？這必是有人與之暗通，打算來個裡應外合。」馬士英問道：「是哪一個？」阮大鋮道：「就是與你我同榜年兄侯恂之子，侯方域。」馬士英詫異道：「不會吧，侯世兄乃復社名士，他怎麼會做這種事。」阮大鋮道：「制軍大人豈不知左良玉是侯恂一手提拔，相交最厚，互為奥援，私下書信往來不絕。就是此番左兵已至安慶之際，侯方域還託了柳敬亭去遞私書的。叛亂之兵、嫌疑之地，侯方域這時候派人送信去做甚麼？」

鄭森聞言駭然，當初侯方域遲遲不願動筆修書給左良玉，就是怕遭人誣陷，乃至拖累老父。如今阮大鋮為報私仇，果然抓著此事大做文章。鄭森不由得衝口為侯方域辯解道：「老先生不可亂講，朝宗作書之時，晚生就在一旁，那書信內容一字一句都看得分明。他勸左良玉以國家為重，速速退兵，寫得十分懇切，怎可如此疑心於他。」

阮大鋮看著鄭森，緩緩說道：「鄭世兄心地寬厚，不曉得賊人的伎倆。他書信裡都有字眼暗號，外人哪裡看得出來。」

馬士英長眉一軒，大聲道：「如此說來真有其事。這侯方域膽大包天，竟敢謀亂造反，若不及早捕拿，這高皇陵寢、南京滿城性命可都不保了。」他對一個家人道：「拿我名刺去鎮撫司遞報單，讓他們派校尉前去拿人。」

「慢來慢來，」錢謙益忙道：「內應罪名不小，該當細細查明白了再說。」

馬士英道：「反叛大罪怎可輕慢。寧可錯抓，不可使之走脫。有罪無罪，他自當在鎮撫司裡分辯明白。」

錢謙益道：「朝宗一封書去，左良玉立時退兵，足證朝宗無罪。」

「朝廷幾番嚴令，都檄不動左良玉這名悍將，侯方域一封信卻能叫他數萬虎狼之兵立時退後。」阮大鋮陰惻惻地道：「今日揮之即去，他日也能呼之即來。細細想來，叫人不寒而慄啊！」

馬士英接著道：「這幫閒散公子身上沒有功名，自負才華卻又沒處使勁，只知惹是生非。前幾年弄了個甚麼〈防亂公揭〉，滿紙杜撰，純是惡少年潑臭水的手段。眼下侯方域又私修書信裡通邊將，倘若不防微杜漸，真到了要緊關頭，只怕將有敗壞大局之舉。」馬士英見錢謙益一時語塞，對家人下頷一抬，那家人趕緊往門外走去。

鄭森越聽越氣，正欲起身阻止，手臂忽被一股大力牢牢抓住，動彈不得，是鄭芝龍在席面下暗暗拉著他。

鄭芝龍看也沒看鄭森，逕自對眾人道：「這般賊徒，著實該殺的。」鄭森急道：「朝宗不是賊徒，他是正人義士。」他對楊文驄道：「楊兄也是國門廣業社友，知道朝宗為人的，你倒說說話。」楊文驄看看馬、阮二人，暗暗搖了搖頭。鄭森又對錢謙益道：「牧翁！救救朝宗吧。」錢謙益訥訥地道：「……這其中必有誤會，總要審個實情，不要冤枉好人了……」

鄭森難以置信，滿腔嫉憤，一時直想起身往屋外衝，但父親的手還抓著自己，倘若輕舉妄動讓父親更感警覺，就別無機會出去報信了，於是強自按捺住，盤算著待會兒要怎麼離席遁去。

鄭芝龍說道：「馬制軍防亂於未然，免去南京一場浩劫，咱們該敬一杯。」眾人聞言，都或疾或徐地舉起酒杯飲了。鄭芝龍又道：「這南京的安危，實也就是天下的安危。我雖久在閩粵，對此也不能坐視。瞞不了各位大人，我是有點生理在這上頭，尤其是瓷器生理。」他意有所指地看著鄭森，慎重地道：「我中國瓷器獨步天下，又以江西所出最工。雖然南北各省乃至海外的朝鮮、日本也有窯場，都遠不如江西所製者。這就是為甚麼和蘭國遠在萬里之外，卻情願冒波濤艱險，花那麼多時間、捧著大筆銀子前來貿易的原因。光靠這個，多少窯工、繪師、腳夫、船家、商賈都能討生活。長江一線，不僅只是江南屏障，也是數萬小民生計所倚、國家財富所出。所謂『國家元氣』，一大半倒是在這上頭。」

錢謙益道：「莫說鄭帥是武人，這番經世之論，卻看得比誰都透徹。」

鄭芝龍好整以暇地道：「錢先生過獎了。此間安危實在關係國家氣運和百姓生途太大，我於公於私都不能不管的。因此這次聽說馬制軍有命，一定要親自來一趟，盡點綿薄之力。」

眾人紛紛叫好，舉杯相敬，鄭森卻只覺憤懣。他知道父親這番話實是在告誡自己，不可因為私交而壞了留都守禦大計以及父親的貿易命脈。但他這次卻不能再如離開安海前和父親在小船上談心那樣，為父親之言所折服。鄭森無法想像，國家存亡、海上霸業，非得與阮大鋮這樣的人共圖，更不能接受犧牲侯方域去討好阮大鋮。

這時馬士英遣去鎮撫司的家人匆匆走入，鄭森心裡一揪，生怕侯方域已遭鎖拿。幸而聽得那家人道：「稟老爺，鎮撫司派了校尉前去媚香樓拿人，但是黑燈瞎火地不見人影，想是還在雞鳴埭上喫酒未歸，校尉又往雞鳴埭去了。」馬士英揮揮手道：「知道了。」

鄭森心中稍寬，默禱著侯方域別讓鎮撫司的人撞上，又盤算著如何能夠脫開身前去報信。

眾人又宴飲了一回，席間始終沉默的王月生，忽然細聲對頓仁道：「家去吧！」頓仁旋即起身道：「月生小娘要回去了，小老兒也就此告退。」眾人也不敢多留他們。

王月生看了鄭森一眼，目光中似有深意。鄭森有所領悟，起身道：「夜沉了，我送兩位回去。」頓仁道：「不敢有勞……」話還未完，王月生忽然開口道：「夜沉，有勞公子。」

眾人笑鬧起鬨，柳如是衝著鄭森促狹地一笑，楊文驄則直道恭喜。鄭芝龍道：「森兒今日喝得多，也有酒了。外頭黑，別找不著路回來，我看老馮跟著去吧……」鄭森本想趁機離席報信，心中暗道不好。楊文驄帶著幾分酒意搶道：「欸，馮兄頭一次來南京，這夜裡他認得甚麼路？鄭帥要不放心，我來送！頓老方才彈的〈醉桃源〉真是一絕，但下官有一、二不明白之處，正要趁機跟他請教請教。」

鄭森看向鄭芝龍，只見他雙目炯炯，彷彿洞穿了自己的心思。但鄭森毫不猶豫，毅然道：「我再送楊大人回來。」鄭芝龍意在言外地道：「外頭黑，別亂走。注意楊大人腳步。」

鄭森點點頭，攙扶著楊文驄，與王月生二人離開花廳，直出大門。到街角一黑暗處，楊文驄醉醺醺地道：「大木，你看後邊……有人沒有。」鄭森回頭一看，左右別無他人，遂道：「楊兄不舒服嗎？我去叫人。」

楊文驄忽然話音清醒地道：「傻瓜，你好不容易出來了，卻去叫誰？」王月生跟著道：「兩位要救人，自去吧。」頓仁也道：「這南京城裡的路，咱倆閉著眼睛也能走的。」鄭森見眾人相助，感激地道：「多謝各位幫忙。」頓仁道：「侯公子那兒，我也常往來的，他是好人，兩位別去得遲了。」

楊文驄道：「我去雞鳴埭，你去媚香樓，務要在白靴校尉前面截住朝宗。」鄭森道：「我去雞鳴埭吧。」楊文驄道：「你道我老，去雞鳴埭太遠？我還沒真老呢，何況你到了雞鳴埭曉得往哪裡去尋嗎？」鄭森不好意思地搖搖頭，道：「楊兄高義，不惜得罪阮大鋮和令姊夫馬制軍，令人敬佩。」楊文驄道：「錦衣衛鎮撫司不是開玩笑的地方，進了那裡，沒罪也給折騰成有罪。謀反叛亂之事，哪裡還有性命。我救朝宗，也是幫阮圓海和姊夫免造殺孽——這哪是閒話的時候，咱們快分頭去吧！」他忽然又想到：「這幾日史可法大人入京議事，住在城南大油坊巷市隱園，你尋著朝宗，可叫他前去投奔。」

鄭森聞言，向三人重重點頭，深深看了王月生一眼，轉身逕往媚香樓去。他心情憂慮，健步如飛，不多時便來到舊院。經過文德橋時心念一動，轉到橋邊尋著小四，急急吩咐如此這般。

兩句話交代完了，趕緊繞進釣魚巷，只見媚香樓燈火通明。一時又喜又憂，連忙叫門。裡面一女子應聲道：「哪位？」鄭森道：「我是鄭森，鄭大木，快快開門！」大門開處，李貞麗驚喜地道：「鄭公子，這幾日卻跑哪裡去了？」鄭森閃入門內，將門關上，直問：「侯兄在哪裡？」李貞麗道：「剛剛和幾個公子吃酒回來，正在樓上……」

鄭森不待她說完，逕自望樓上喊道：「侯兄！侯兄請下樓來！」侯方域和李香君相偕下樓，侯方域笑道：「大木兄來無影、去無蹤，前幾日不告而別，這時卻來消夜？」鄭森道：「朝宗還不知，有天大禍事來尋你了。」

李貞麗道：「甚麼禍事，鄭公子這樣嚇人？」鄭森道：「阮大鋮說朝宗與左良玉暗通私信，打算做他的內應。馬士英著人去鎮撫司遞報單要拿你，幸虧校尉來時你還沒回來，這會兒他們到雞鳴埭上去尋人，晚些還會再來的。」

侯方域詫道：「真有此事？」鄭森道：「這種事好拿來騙你尋開心嗎？楊兄也知道此事，急著到雞鳴埭上找你報信去了。你快些離開這裡吧！」

侯方域茫然道：「我與阮鬍子並無舊怨，為何下這樣的毒手？」鄭森默然，覺得他未免過於天真，稍停說道：「阮大鋮早先意欲結交於你，你卻退了他送香君的妝奩；今晚社友們向他借戲又極盡羞辱，他怎能不恨？」李香君道：「那阮鬍子甚是奸險，做出這等事毫不奇怪。萬一真有此事，你卻不知躲避，豈不後悔莫及？」

外邊忽然傳來急促的拍門聲，眾人緊張地對看一眼，接著聽見陌生而粗厲的聲音叫道：「鎮撫司巡夜，開門！開門！」

侯方域低聲焦急道：「當真來了，怎麼辦？」鄭森道：「貞娘一會兒用言語絆住他們，凡有詢問一概推說不知。朝宗和香君隨我來。」說著拉了二人往後進走去。秦淮河兩岸河房，臨河處多開有後門，設一道小梯入水，可供遊船靠泊上下。鄭森等來到後進，門開處，小四已駕船靠在梯旁等候。待三人上船，小四旋即撐篙離岸。

侯方域無言，只能緊緊握著李香君的手。鄭森待小船駛出一段水路，眼前暫時無事了，遂道：「楊兄說史中丞來京議事，住在市隱園，你可前去投奔於他。」侯方域楞了一下，一會兒才回神道：「是，史公是家父門生。」他稍稍恢復鎮定，接著道：「今夜不妨請他收留，但怕拖累於他。比及天明，我還是往宜興，去定生家裡躲避為是——今日多虧大木相救，若差一步，當真性命不保。」

「也是楊兄大力幫忙，我才能從阮鬍子家中脫身，你要好好謝謝他。」鄭森道。

侯方域問道：「大木如何卻去了石巢園，又得知他要害我？」

鄭森道：「家父和阮鬍子有所聯繫，命我與其往還。今晚赴石巢園，席間聽說他要害你，便和楊兄藉故出來報信。」

侯方域道：「鄭帥與阮鬍子聯絡，是想和鳳陽總督馬士英搭上頭吧？聽說錢牧翁和馬、阮交遊不淺，如此一來阮鬍子他們勢力可不小，甚可慮也。」侯方域見鄭森左右為難的樣子，又道：「大木離席報信，不免誤了令尊之事？」

鄭森道：「義所當為，不在話下。」侯方域道：「可如此一來，大木該如何在令尊前自處？」這話問得鄭森心頭大感煩亂。方才席間一心只想出來救人，未及細思後果。現在冷靜想來，此舉勢必使得父親開罪阮大鋮，卻不知是否壞了他們商議的大事，乃至影響到父親在長江的生理命脈。念及此，鄭森瞬時頭腦嗡鳴，惶然無已。

鄭森看著侯方域，不知怎麼就是覺得可以相信於他，遂道：「實不相瞞，方才家父也在席間，我是背著他出來的。」侯方域歉然道：「為了我，讓大木難為了。你一會兒還回去嗎？」鄭森搖頭道：「再怎麼說也要等你出了城才能回去，免得讓家父在問話中套出你的行蹤來。至於日後……此刻我也不知該怎麼辦。」

侯方域道：「如此你也算半個亡命之身，不如同往宜興，共研兵書、地理，以待他日，豈不甚好？」

鄭森嘆道：「唉，我方寸甚亂，竟不知該何去何從。眼前走一步算一步吧。」侯方域聞言點頭，只道：「大恩不言謝，大木往後有甚麼差遣，我無有不從便是。」鄭森道：「當初若非我力勸你致書左良玉，也不會有今日之事。」侯方域道：「不是這一說。那阮大鋮要害人，何愁尋不出一個『莫須有』？大木別往自己心上去。」

兩人彼此一點頭，不再言語。好一會兒，侯方域忽道：「原來城南夜裡，竟是如此清寂。」鄭森往外看時，才發現秦淮河兩岸的燈火，早已在管弦歌舞聲中漸漸遠去。

沉默中，小船已駛近大油坊巷，尋著一處地方靠岸。侯方域深情地看著李香君，良久道：「遭誣亡命，緹騎追捕、盜匪橫截，此去路上甚是艱難，我不想讓妳犯險，可是真捨不得妳……」

李香君道：「公子素以豪傑自命，此時怎地做起兒女態來？你就是不說，我也不會跟在你身旁拖累於你。」

侯方域悄聲道：「不想今日卻須與妳相別。」

李香君道：「滿地煙塵，也不知官人還能重來否。」她取出懷中一把摺扇，吟道：「『秦淮橋下水，舊是六朝月。煙雨惜繁華，吹簫夜不歇。』這是我倆定情之日，公子題贈之詩。誰知繁華簫鼓，卻歇得這麼早。」說罷將摺扇交給侯方域，道：「匆此出奔，未及準備甚麼，這把摺扇，請公子收著。」

侯方域接過摺扇，取下扇軸上繫著的碧玉扇墜，又把扇子還給李香君，說道：「妳外號『香扇墜兒』，我見此物就如見妳一般。扇上有我題詩，妳還是留著吧。」接著黯然吟道：

妾守金閨中，君出玉關道。風吹萬里雲，聚散難長保。朝為春花月，暮為秋日草。榮枯自有時，凋落亦何早。

侯方域吟罷拭淚道：「待風頭一過，我必再來尋妳。」

鄭森心中不忍，但不能不催促侯方域動身，遂道：「朝宗兄，咱們走吧。」侯方域一點頭，艱難地起身。鄭森道：「我先陪你去史公府上，待會兒再送香君回媚香樓。」侯方域搖頭道：「不用了，這地方我很熟，自個兒去就行了。大木兄好生照看香君回家，我才放心。」於是獨自下船登岸。

鄭森向侯方域一揮手，道：「保重。」侯方域也道：「珍重。」又對李香君道：「勿以我為念。」李香君道：「公子請留步，你最愛聽我唱〈琵琶詞〉，且為公子再歌一曲。」說罷，一邊以指輕扣船舷，悠悠地唱了起來：

才斟別酒淚先流，郎上孤舟妾倚樓。
片帆漸遠皆回首，一種相思兩處愁。

李香君唱畢，流下兩行清淚，輕聲道：「此去相見未可期，願公子勿忘妾所唱的〈琵琶詞〉。妾從此亦不復歌矣！」

鄭森看在眼裡，也覺頗為心酸。他吩咐小四開船，起身走到船尾，只見侯方域的身影愈來愈小，終於消失在一片黑闃之中。一時心中思潮起伏，這六朝煙雨繁華、騷客麗人邂逅的情緣，以及犯險說退大軍的奔走，仿如夢境一場。

鄭森深吸一口氣，忽然覺得胸口有異物壓迫，旋即醒悟是父親交給自己的那枚翡翠扳指，取出一看，在黑暗中依然幽光流轉。心中隱然明白，從今以後，自己和父親之間已然劃出了一道裂痕。

此處再無簫鼓之聲，只聽得小四搖著櫓，在靜夜裡反覆劃得河水淙淙作響。

主要人物簡介

鄭森，幼名福松，字明儼，又字大木。父親為鄭芝龍，母親是日本平戶人田川松。出生於平戶，七歲被接到泉州安海。自幼志於儒學與科舉，十五歲考取秀才，入縣學附讀。同時在父親指導下精熟弓箭與鳥銃之術。

鄭芝龍，字飛虹，小名一官，天主教名尼古拉斯。福建泉州府南安縣安海鎮人，通佛郎機（葡萄牙）文，於日本平戶經商發跡，後成為中國沿海勢力最大的海盜，受明朝招安，由海防游擊逐漸積功升為署（代理）潮漳鎮總兵。

馮聲海，福建晉江人。早年隨鄭芝龍為海盜，通文墨，有機智。芝龍招安後，積功升為諮議參軍。

施天福，本籍江西宜春，幼年時移居福建晉江，投靠鄭芝龍下海為盜，隨之東征西討，成為鄭芝龍心腹大將，統領中軍。

馮澄世，字亨臣，福建晉江人。機智有謀略，是鄭森的伴讀摯友。

曾定老，福建泉州人，長住南京經營瓷器與絲綢生意，是鄭芝龍的一大商務夥伴。其子曾汝雲，剛自綢布店學徒滿師，回到父親店裡學習生理。

錢謙益，字受之，號牧齋，南直隸常熟（在今江蘇）人。明末文壇及東林書院領袖，曾任禮部侍郎，時人以周代掌禮官職敬稱他為「錢宗伯」。在朝時間甚短，但入閣呼聲始終極高。

柳如是，本名楊愛，後改柳隱，字如是，號我聞居士，浙江嘉興人。蘇州名妓，工詩、書、畫，色藝雙絕。仰慕錢謙益的才華，自行登門求納為妾。後世列為「秦淮八豔」之首。

黃宗羲，字太沖，號梨洲，浙江餘姚人。其父黃尊素為東林健將，被閹黨迫害而死，崇禎即位後黃宗羲入京伸冤，以鐵錐擊刺仇人。少時即以古文與博學聞名。

侯方域，字朝宗，河南商邱人。與冒襄、陳貞慧、方以智合稱「四公子」。其父侯恂曾任戶部尚書、保定總督，對左良玉有恩。侯方域少以才名，尤其擅長詩詞與策論。與名妓李香君交往。

楊文驄，字龍友，貴州貴陽人。崇禎時官至兵部郎中，後流寓南京。為馬士英妻舅，與阮大鋮交好。為人寬厚正直，因此侯方域等復社人物也願意與其往來。

柳敬亭，本名曹永昌，南直隸泰州（在今江蘇）人。十五歲犯法逃亡，改名柳敬亭，人稱柳痲子。善說書，名動公卿。

吳應箕，字次尾，號樓山，南直隸貴池（在今安徽）人。復社領袖，通九經廿一史。主筆〈留都防亂公揭〉阻止名列逆案的阮大鋮復出。

陳貞慧，字定生，南直隸宜興（在今江蘇）人。四公子之一，曾參與起草〈留都防亂公揭〉。與名妓李貞麗交往。

周鑣，字仲馭，號鹿溪，南直隸金壇（在今江蘇）人。禮部主事，到南京公幹，因北方戰亂而滯留在南京。

阮大鋮，字集之，號圓海。蓄長鬚，人稱阮鬍子。南直隸淮寧（在今安徽）人。天啓年間依附魏忠賢，崇禎時被列入「逆案」永不錄用，流寓南京，仍積極謀求復出。與馬士英為摯友。具高度戲曲才華，編有《燕子箋》、《春燈謎》等戲曲多種。

龔老爺子，蕪湖瓷器商人，經營江西瓷器運銷到南京及沿海的業務。

宋哥，龔老爺子手下頭號「販客」，類似今日的業務經理，與各地商人往來。

左良玉，字崑山，山東臨清人。不識字而多智謀，年輕時犯法逃亡，得侯恂收留，並破格委以副總兵重任。對人講恩義，故得士卒死力。能左右開弓，作戰驍勇，數次大破張獻忠軍，被反抗軍稱為「左爺爺」。但對朝廷驕恣跋扈，不受節制。

左夢庚，左良玉之子，任副總兵。有乃父的驕恣而無乃父之才。

金聲桓，字虎臣，遼東人。世襲軍户，後投入左良玉軍中，頗立戰功。

王月生，字微波。南京名妓，出身較舊院次一等的珠市，但容色出眾，被譽為「曲中三十年無其比」。訥訥寡言，如孤梅冷月，甚難博其一歡。

馬士英，字瑤草，貴州貴陽人。曾因貪汙而罷官，流寓南京時與阮大鋮結為莫逆。後藉阮之力復出擔任鳳陽總督。

印刻文學 419

INK PUBLISHING

鄭森 上卷 大明命脈的危局

作　　者　朱和之
總 編 輯　初安民
責任編輯　陳健瑜
美術編輯　黃昶憲
校　　對　吳美滿　陳健瑜　朱和之

發 行 人　張書銘
出　　版　INK印刻文學生活雜誌出版有限公司
新北市中和區建一路249號8樓
電　　話　02-22281626
傳　　眞　02-22281598
e-mail　ink.book@msa.hinet.net
網　　址　舒讀網http://www.sudu.cc

法律顧問　漢廷法律事務所
劉大正律師
總 經 銷　成陽出版股份有限公司
電　　話　03-3589000（代表號）
傳　　眞　03-3556521
郵政劃撥　19000691 成陽出版股份有限公司
印　　刷　海王印刷事業股份有限公司

港澳總經銷　泛華發行代理有限公司
地　　址　香港筲箕灣東旺道3號星島新聞集團大廈3樓
電　　話　852-27982220
傳　　眞　852-27965471
網　　址　www.gccd.com.hk

出版日期　2014年 11 月　初版

ISBN　978-986-5823-92-4

定　價　350元

Copyright © 2014 by Claudio Chih-Hsien Chu
Published by INK Literary Monthly Publishing Co., Ltd.
All Rights Reserved
Printed in Taiwan

國家圖書館出版品預行編目資料

鄭森. 上卷, 大明命脈的危局 / 朱和之 著
--初版, --新北市中和區：INK印刻文學,
2014.11　面；　公分.（印刻文學；419）
ISBN　978-986-5823-92-4　（平裝）
857.7　103016028

版權所有・翻印必究
本書如有破損、缺頁或裝訂錯誤，請寄回本社更換